PAULA
McLAIN

NACHT OHNE STERNE

rütten & loening

PAULA
McLAIN

NACHT OHNE STERNE

ROMAN

Aus dem Amerikanischen
von Yasemin Dinçer

rütten & loening

Die Originalausgabe unter dem Titel
When The Stars Go Dark
erschien 2021 bei Penguin Random House, New York.

MIX
Papier aus verantwortungsvollen Quellen
FSC® C083411
FSC
www.fsc.org

ISBN 978-3-352-00958-7

Rütten & Loening ist eine Marke
der Aufbau Verlag GmbH & Co. KG

1. Auflage 2021

Gesetzt durch Greiner & Reichel, Köln
Druck und Binden CPI books GmbH, Leck, Germany
Printed in Germany

www.aufbau-verlag.de

Für Lori Keene,
die da ist,
seit ich diesen Traum zu träumen begann

Hier ist die Welt.
Schöne und schreckliche Dinge werden geschehen.
Hab keine Angst.

Frederick Buechner

Prolog

Die Mutter, die sich das Kleid vom Leib riss, als die Polizei vor ihrer Tür stand, um ihr die Nachricht zu überbringen, und die dann nur mit ihren Schuhen an den Füßen die Straße hinunterrannte, während ihre Nachbarinnen und Nachbarn, selbst jene, die sie gut kannten, sich hinter ihren Türen und Fenstern versteckten, aus Furcht vor ihrem Leid.

Die Mutter, die die Handtasche ihrer Tochter umklammert hielt, während der Krankenwagen davonraste. Die Handtasche pink und weiß, in der Form eines Pudels und blutverschmiert.

Die Mutter, die begann, für die Detectives und für den Priester ihrer Gemeinde zu kochen, während diese noch versuchten, ihr zu erklären, was geschehen war, ihre rauen Hände, mit denen sie einen Berg Zwiebeln hackte und in siedend heißem Wasser Teller wusch. Niemand konnte sie dazu bringen, sich zu setzen. Sich zu setzen bedeutete, es wissen zu müssen. Es zu akzeptieren.

Die Mutter, die nach der Identifizierung des Leichnams ihres Kindes die Leichenhalle verließ und direkt vor eine Straßenbahn lief, von dem Schlag sechs Meter nach hinten geschleudert wurde und mit schwarzen Lippen und rauchenden Fingerspitzen, durch die der Strom geschossen war, liegen blieb. Aber sie hatte überlebt.

Die Mutter, die einst eine berühmte Schauspielerin gewesen war, nun jedoch auf Neuigkeiten wartete, wie Gletscher am fernen Ende der Erdkugel warten, eingefroren und still, nur halb lebendig.

Die Mutter, die ich an jenem Tag im Juli war, auf die Knie gesunken, als der Rettungssanitäter versuchte, mit Worten, Sätzen oder meinem Namen zu mir durchzudringen. Ich ließ den Körper meines Kindes nicht los. »Detective Hart«, sagte der Sanitäter immer wieder, während mein Verstand nach Luft rang, in die Tiefe stürzte. Als ob diese Person überhaupt noch existieren könnte.

1

Zeichen und Schwaden

Eins

Die Nacht fühlt sich zerfetzt an, als ich durch den Dunst aus der Stadt hinausfahre, ein zerfallender Septemberhimmel. Potrero Hill ist ein toter Strandabschnitt hinter mir, ganz San Francisco wirkt ohnmächtig oder nichtsahnend. Über der Wolkendecke steigt eine gespenstische gelbe Kugel auf. Es ist der Mond, gigantisch und prall, in der Farbe von Limonade. Ich kann den Blick nicht von ihm abwenden, wie er höher und höher rollt, so hell glühend wie eine Wunde. Oder wie eine Tür, die von Schmerz grell erleuchtet wird.

Niemand kommt, um mich zu retten. Niemand kann irgendjemanden retten, auch wenn ich einst etwas anderes glaubte. Ich habe an alle möglichen Dinge geglaubt, aber heute begreife ich, dass der einzige Weg nach vorn darin besteht, mit nichts anzufangen. Ich habe mich selbst und niemanden sonst. Ich habe die Straße und den sich schlängelnden Nebel. Ich habe diesen gequälten Mond.

◆◆◆

Ich fahre, bis ich keine vertrauten Wahrzeichen mehr sehen kann und aufhöre, im Rückspiegel nachzuschauen, ob mir jemand folgt.

Die Travelodge in Santa Rosa liegt versteckt hinter dem Parkplatz eines Großmarkts, dessen gesamte Fläche leer und grell angestrahlt ist wie ein nächtliches, menschenleeres Schwimmbad. Als ich die Glocke läute, macht die Nachtportierin in einem Hinterzimmer ein Geräusch, ehe sie fröhlich hervorkommt und sich die Hände an ihrem hellen Baumwollkleid abwischt.

»Wie geht es Ihnen?«, fragt sie, die harmloseste aller Fragen.

»Gut.«

Sie hält mir das Registrierungsformular und einen lila Kugelschreiber hin, dabei entfaltet sich das gekräuselte Fleisch unter ihrem Arm wie ein Flügel. Ich spüre, wie sie mein Gesicht und mein Haar betrachtet. Sie beobachtet meine Hände und liest verkehrt herum: »Anna Louise Hart. Das ist aber ein schöner Name.«

»Was?«

»Finden Sie nicht, Baby?« In ihrer Stimme hört man die Karibik, ein satter, warmer Klang, der den Eindruck erweckt, sie nenne alle Menschen »Baby«.

Es kostet mich alle Mühe, angesichts ihrer Freundlichkeit nicht zusammenzuzucken und stattdessen im grünlichen Schein der Neonröhre stehen zu bleiben und mein Autokennzeichen aufzuschreiben. Und mit ihr zu sprechen, als wären wir einfach nur zwei beliebige Personen an einem beliebigen Ort, die sich vollkommen sorglos miteinander unterhalten.

Endlich gibt sie mir meinen Schlüssel, und ich gehe auf mein Zimmer, wo ich erleichtert die Tür hinter mir schließe. Im Zimmer befinden sich ein Bett, eine Lampe und einer jener merkwürdig platzierten Sessel, auf denen niemals irgendjemand sitzt. Die schlechte Beleuchtung verwandelt alles in triste Rechtecke, den geschmacklosen Teppich, die nach Plastik aussehende Tagesdecke und die Vorhänge, an denen einzelne Haken fehlen.

Ich stelle meine Reisetasche mitten aufs Bett, nehme meine Glock 19 heraus und schiebe sie unter das steife Kissen. Sie in der Nähe zu wissen gibt mir ein Gefühl der Sicherheit, als wäre sie eine alte Freundin. Dann schnappe ich mir einen Satz

Wechselkleidung und stelle die Dusche an. Während ich mich ausziehe, vermeide ich bewusst jeden Blick in den Spiegel, außer, um meine Brüste zu betrachten, die so hart wie Steine geworden sind. Die rechte fühlt sich heiß an, die Brustwarze ist umgeben von einer ungleichmäßigen roten Schwellung. Ich drehe das Wasser in der Dusche auf die heißeste Stufe und stelle mich darunter, lasse mich beinahe bei lebendigem Leib verbrennen, ohne jede Linderung.

Nachdem ich tropfend herausgestiegen bin, halte ich einen Waschlappen unter den Hahn, ehe ich ihn durchnässt in die Mikrowelle stecke, bis er raucht. Die Hitze fühlt sich vulkanisch an, als ich den Lappen fest gegen meinen Körper presse, und ich versenge mir die Hände, während ich mich, noch immer nackt, über die Toilettenschüssel beuge. Die lose Haut um meine Taille fühlt sich unter meinen Armen so gummiartig und weich an wie eine Rettungsinsel, aus der die Luft entwichen ist.

Ich laufe mit nassem Haar zum Vierundzwanzig-Stunden-Drugstore, kaufe elastischen Verband und eine Milchpumpe, verschließbare Plastikbeutel und eine Ein-Liter-Flasche mexikanisches Bier. Es gibt nur eine Handpumpe, unangenehm und zeitaufwendig. Zurück in meinem Zimmer wirft der schwere, veraltete Fernseher schräge Schatten auf die kahle Wand. Ich pumpe zu einer spanischen Seifenoper mit ausgeschaltetem Ton, in dem Versuch, mich von dem schmerzenden Saugen abzulenken. Die Schauspielerinnen und Schauspieler machen übertriebene Gesten und Gesichtsausdrücke, gestehen einander irgendwelche Dinge, während ich zuerst die eine, dann die andere Brust bearbeite, den Behälter dabei zweimal fülle und die Milch in die Beutel gieße, die ich mit 21.09.93 beschrifte.

Eigentlich sollte ich alles im Klo hinunterspülen, aber ich kann mich nicht dazu überwinden. Stattdessen halte ich die

Beutel für einen langen Augenblick hoch und lasse ihre Bedeutung auf mich wirken, ehe ich sie in das Gefrierfach des kleinen Kühlschranks lege und die Tür schließe. Ich denke nur ganz kurz an die Putzfrau, die sie dort finden wird, oder vielleicht auch irgendein straßenmüder Trucker, der auf der Suche nach Eis angewidert zurückschreckt. Die Milch erzählt eine ganze elende Geschichte, auch wenn ich mir nicht vorstellen kann, dass irgendein Fremder in der Lage wäre, deren Plot korrekt zu erraten. Mir fällt es ja selbst schwer, ihn zu verstehen, dabei bin ich darin die Hauptfigur. Ich schreibe diese Geschichte.

◆◆◆

Kurz vor Morgengrauen wache ich fiebrig auf und schlucke zu viele Ibuprofen auf einmal, die mir mit einem brennenden Gefühl im Hals stecken bleiben. Am unteren Bildschirmrand des Fernsehers läuft ein Eilmeldungs-Banner entlang. SIEBENUNDVIERZIG BESTÄTIGTE TODESOPFER IN BIG BAYOU, ALABAMA. TÖDLICHSTER UNFALL IN DER GESCHICHTE DES AMTRAK. Irgendwann inmitten der Nacht ist ein Schlepper auf dem Mobile River im schweren Nebel vom Kurs abgekommen und hat einen Frachtkahn in die Big Bayou Canot Bridge gefahren, wodurch ein Gleis auf der Brücke um neunzig Zentimeter verschoben wurde. Acht Minuten später krachte der auf dem Weg von Los Angeles nach Miami pünktlich nach Zeitplan fahrende Amtrak-Zug *Sunset Limited* mit hundertfünfzehn Stundenkilometern gegen die entstandene Unebenheit, wodurch die ersten drei Wagen in den Fluss stürzten, die Brücke in der Mitte zusammenbrach und der Dieseltank aufgerissen wurde. Amtrak wirft dem Schiffsführer Fahrlässigkeit vor. Mehrere Besatzungsmitglieder werden vermisst, die Bergungsarbeiten dauern noch an. Präsident Clinton soll im Verlauf des Tages die Unfallstelle besuchen.

Ich schalte das Gerät aus und wünsche mir, der radiergummiartige rote Knopf auf der Fernbedienung könnte auch gleich alles andere ausschalten, innerlich wie äußerlich. Chaos und Verzweiflung und sinnlosen Tod. Züge, die auf Unebenheiten und Abgründe zurasen, während ihre Passagiere ahnungslos schlafen. Schiffsführer, die auf dem falschen Fluss unterwegs sind, genau im falschen Augenblick.

Acht Minuten, möchte ich schreien. Aber wer würde mich hören?

Zwei

Einmal ermittelte ich in einem Vermisstenfall, in dem es um einen Jungen ging, den wir später zerstückelt unter der Veranda seiner Großmutter in Noe Valley fanden. Als wir bei ihr vorfuhren, saß die Großmutter auf einer knarrenden, abblätternden Hollywoodschaukel direkt über seinem Leichnam. Danach bekam ich ihr Gesicht monatelang nicht mehr aus dem Kopf, die gepuderten Hautfalten um ihren Mund, der mattrosa Lippenstift, der etwas über ihre Oberlippe hinausgezogen war. Die Ruhe in ihren wässrig blauen Augen.

Ihr Enkel, Jeremiah Price, war vier Jahre alt gewesen. Sie hatte ihn zuerst vergiftet, damit er sich nicht an die Schmerzen erinnern würde. »Erinnern« war ihr Wort, das erste Wort in der Geschichte, die sie sich selbst erzählte über das, was sie tun zu müssen glaubte. Die Geschichte hatte jedoch keinen Kern, für niemanden außer ihr. Als sie ihr Geständnis ablegte, stellten wir ihr immer wieder dieselbe Frage: *Warum haben Sie ihn umgebracht?* Sie konnte uns darauf nie eine Antwort geben.

◆◆◆

Auf dem billigen, verschrammten Nachttisch in meinem schwach beleuchteten Zimmer im Travelodge steht ein Wählscheibentelefon, daneben eine Anleitung für ausgehende Anrufe und die Gebühren für Ferngespräche. Brendan hebt beim zweiten Klingeln ab, die Stimme langsam und schwer, als dränge sie durch Beton. Ich habe ihn geweckt. »Wo bist du?«

»Santa Rosa. Ich bin nicht weit gekommen.«

»Du solltest etwas schlafen. Du klingst fürchterlich.«

»Ja.« Ich blicke hinunter auf meine nackten Beine auf der Tagesdecke, deren billiger Stoff sich an meinen Schenkeln so kratzig anfühlt wie ein Scheuerschwamm. Mein T-Shirt ist feucht und zerknittert und klebt mir verschwitzt im Nacken. Ich habe mir die Brüste mit mehreren Rollen Verband abgebunden, und trotz all der Ibuprofen durchzieht mich bei jedem Herzschlag ein stechender Schmerz, eine dilettantische Art von Ortung durch ein Echolot. »Ich weiß nicht, was ich tun soll. Das hier ist furchtbar. Wieso bestrafst du mich?«

»Das will ich nicht, es ist nur ...« Es folgt eine lange, schwere Pause, während er seine Worte mit Bedacht wählt. »Du musst ein paar Dinge für dich klären.«

»Wie soll ich das denn bitte schön tun?«

»Ich kann dir nicht helfen.« Er klingt ausgelaugt und bis zum Zerreißen gespannt. Ich kann ihn mir im Licht der Morgendämmerung auf der Kante unseres Bettes vorstellen, den Oberkörper über das Telefon gebeugt, eine Hand in seinem dichten, dunklen Haar. »Ich habe es versucht, und ich bin müde, verstehst du?«

»Lass mich einfach nach Hause kommen. Wir kriegen das wieder hin.«

»Wie denn?«, fragt er mit belegter Stimme. »Manche Dinge lassen sich nicht wieder hinkriegen, Anna. Nehmen wir uns einfach beide etwas Zeit. Es muss ja nicht für immer so bleiben.«

Irgendetwas in seinem Tonfall lässt mich jedoch aufhorchen. Als hätte er die Verbindung längst gekappt und traute sich nur noch nicht, es zuzugeben. Weil er nicht weiß, was ich sonst tun würde. »Über wie viel Zeit reden wir? Eine Woche oder einen Monat? Ein Jahr?«

»Ich weiß es nicht.« Sein Seufzen verhallt. »Ich muss über eine Menge Dinge nachdenken.«

Neben mir auf dem Bett sieht meine eigene Hand wächsern und steif aus, wie etwas, das zu einer Schaufensterpuppe in einem Einkaufszentrum gehört. Ich wende den Blick von ihr ab und fixiere einen Punkt an der Wand. »Weißt du noch, als wir gerade frisch verheiratet waren? Die Reise, die wir damals unternahmen?«

Er schweigt für eine Minute und antwortet dann: »Ich erinnere mich.«

»Wir haben in der Wüste unter diesem riesigen Kaktus geschlafen, in dem all die Vögel lebten. Du hast gemeint, es wäre ihr Wohngebäude.«

Eine weitere Pause. »Ja.« Er ist sich nicht sicher, wo das hier hinführt, ist sich nicht sicher, ob ich nicht vollkommen den Verstand verloren habe.

Ich bin mir ja nicht einmal selbst sicher. »Das war einer unserer besten Tage. Ich war damals wirklich glücklich.«

»Ja.« Durch das Telefon höre ich seinen Atem schneller gehen. »Allerdings habe ich diese Frau nun schon lange nicht mehr gesehen, Anna. Du bist nicht für uns da gewesen, und das weißt du auch.«

»Ich kann mich bessern. Lass es mich versuchen.«

Schweigen breitet sich durch den Hörer aus, sammelt sich um mich herum, während ich auf seine Antwort warte. Schließlich sagt er: »Ich vertraue dir nicht. Ich kann es nicht.« Die Klarheit in seiner Stimme ist niederschmetternd. Die Entschlossenheit. Er ist wochenlang so wütend gewesen, aber das hier ist noch schlimmer. Er hat eine Entscheidung getroffen, die ich nicht anfechten kann, da ich ihm jeden Grund gegeben habe, sich genau so zu fühlen. »Pass auf dich auf, okay?«

Ich spüre, wie ich vor einem dunklen Abgrund taumele. In früheren Augenblicken unserer Ehe hätte er mir ein Seil zugeworfen. »Brendan, bitte, ich kann nicht alles verlieren.«

»Es tut mir leid«, sagt er und legt auf, ehe ich noch ein Wort hinzufügen kann.

◆◆◆

Nahezu zweihundert Menschen erschienen zu der Beerdigung, viele von ihnen in Uniform. Kolleginnen und Kollegen, Freundinnen und Freunde und auch wohlmeinende Fremde, die den Artikel im *Chronicle* gelesen hatten und sich dachten: Gott sei Dank hat es nicht uns erwischt.

Ich hatte mich in ein Kleid gezwängt, ohne es spüren zu können, war von dem Lorazepam so high, dass es auch aus Messern hätte bestehen können. Durch meine riesige schwarze Sonnenbrille las ich Lippen, während Brendan wieder und wieder Danke sagte. Zurück im Haus stellte ich mich in eine Ecke der Küche, abgewandt von den aggressiv platzierten Blumen und Kondolenzschreiben, von den ergriffenen Gesichtern rund um den Tisch voller Aufläufe und Käseplatten. Mein Vorgesetzter Frank Leary trat zu mir, in den Händen einen Teller mit Essen, das er nicht einmal vorgab zu wollen.

»Was kann ich sagen, Anna? Was kann irgendjemand über etwas so Schreckliches sagen?«

Normalerweise war sein Tonfall barsch und nicht so sanft. Ich wünschte, ich könnte ihn an Ort und Stelle einfrieren lassen, ihn und alle anderen, wie beim Stopptanz auf Kindergeburtstagen, und dann einfach verschwinden. Stattdessen nickte ich bloß. »Danke.«

»Du solltest dir so viel Trauerzeit nehmen, wie du brauchst. Mach dir keine Sorgen, okay?«

Die Wand schien näher zu rücken, während er sprach. »Eigentlich dachte ich, ich komme nächste Woche wieder. Ich muss mich auf irgendetwas anderes konzentrieren.«

»Anna, das meinst du doch nicht ernst. Es ist zu früh. Du solltest jetzt nur an deine Familie denken und dich um dich selbst kümmern.«

»Du verstehst mich nicht, Frank.« Ich spürte, wie sich meine Stimme um die Worte anspannte, und versuchte, langsamer zu sprechen, um weniger verzweifelt zu klingen. »Ich werde hier wahnsinnig, wenn ich nichts zu tun habe. Bitte!«

Er zog die Augenbrauen hoch und schien mich gerade korrigieren zu wollen, als mein Ehemann sich zu uns stellte. Frank straffte ein wenig die Schultern und streckte seine Hand aus. »Brendan. Harter Tag. Es tut mir so leid, Mann. Lass mich wissen, wenn ich irgendwie helfen kann.«

»Danke, Frank.« Brendans graue Strickkrawatte hing lose um den offenen Kragen seines Hemdes, aber nichts an seinem Körper wirkte auch nur annähernd entspannt, während er zwischen Frank und mir stand und von einem zum anderen blickte, als versuchte er, ein Gefühl in der Luft zu lesen. »Also, was ist hier los?«

»Nichts«, log ich rasch. »Wir können später darüber reden.«

»Ich habe dich gehört.« Er blinzelte hektisch, und sein Gesicht lief pink an. »Du kannst doch nicht ernsthaft jetzt schon wieder arbeiten wollen.«

»Hör zu«, sagte Frank und trat einen Schritt vor, »ich habe gerade genau das Gleiche gesagt. Ich bin auf deiner Seite.«

»Wer ist auf meiner Seite?« Die Wand hinter mir drückte glatt und kühl gegen meine Handfläche, dennoch fühlte ich mich plötzlich eingesperrt. Gefangen. »Ich versuche nur, das hier irgendwie durchzustehen, okay? Wenn ich mich nicht ablenken kann – « Ich brachte den Satz nicht zu Ende.

»Das glaube ich einfach nicht!« Brendan presste die Lippen aufeinander. »Was ist mit uns? Wie wäre es damit, dich einmal auf deine Familie zu konzentrieren? Steht uns das etwa nicht zu? Ganz besonders nach dem, was passiert ist?«

Es war, als hätte er mich geschlagen. Mein Körper versteifte sich. »So meine ich das nicht.« Ich konnte hören, wie hölzern meine Antwort klang, wie defensiv.

»O doch.«

Frank und ich sahen zu, wie er auf dem Absatz kehrtmachte und sich dann mit gesenktem Kopf durch das Zimmer voller Menschen drängte.

»Du solltest ihm hinterhergehen. Er trauert nun einmal. Die Menschen sagen alle möglichen Dinge, wenn sie leiden.«

»Die Menschen, Frank? Was ist mit meinem Leid?« Aus meiner Brust schien alle Luft gewichen zu sein, sie fühlte sich an wie versiegelt. »Du gibst mir auch die Schuld, nicht wahr? Sag es doch einfach.«

Drei

Als ich in Santa Rosa aufbreche, ist die Luft so warm wie Badewasser, und die Sonne glitzert aufreizend. Sogar der verwahrloste Parkplatz des Motels ist ein Garten aus einem halben Dutzend Seidenbäumen mit fedrigen fuchsiafarbenen Dragqueen-Blüten. Überall sind Vögel – auf den Zweigen, im wolkenlosen Himmel, in dem verfallenen neonroten Drive-Through-Kiosk von Jack in the Box, von wo aus mich drei flaumige Küken aus einem mit Strohhalmverpackungen durchzogenen Nest anstarren, die Hälse so pink und so weit aufgerissen, dass allein schon der Anblick wehtut.

Ich bestelle einen großen Kaffee und ein Eiersandwich, das ich nicht essen kann, ehe ich auf die Route 116 abbiege, die mich durch das Russian River Valley bis zur Küste führen wird. Der Ort dort heißt Jenner, mehr Postkarte als tatsächliches Dorf. Weit unterhalb sieht der Goat Rock vor dem atemberaubenden Blau des Pazifiks aus wie der plumpe Spielzeugball eines Riesen, jene Art von Zaubertrick, die Nordkalifornien im Schlaf zu beherrschen scheint.

In fünfunddreißig Jahren habe ich nie den Bundesstaat verlassen oder irgendwo südlicher als Oakland gelebt, dennoch haut mich die Schönheit noch immer um. Dumme, mühelose, lächerliche Schönheit, die einfach kein Ende nimmt – die Achterbahn des Pacific Coast Highway, das Meer wie ein wilder Farbwirbel.

Ich fahre rechts ran und parke auf einem kleinen Oval aus Schotter, überquere beide Fahrspuren, um mich auf einen kahlen Flecken Erde über verheddertem Unterholz und schwarzen gezackten Felsen zu stellen. Ein Abgrund gähnt unter mir – schwindelerregend. Der Wind stürzt sich auf mich und gräbt sich unter all meine Kleidungsschichten, so dass ich mich zitternd mit den Armen umschlingen muss. Dann ist mein Gesicht plötzlich nass, zum ersten Mal seit Wochen kommen mir die Tränen. Nicht über das, was ich getan oder nicht getan habe. Nicht über das, was ich verloren habe und nie wieder zurückbekommen werde, sondern, weil mir klar wird, dass es nur einen Ort gibt, an den ich von hier aus gehen kann, nur eine Straße auf der Karte, die mir jetzt noch etwas bedeutet. Der Weg zurück nach Hause.

Siebzehn Jahre lang bin ich Mendocino ferngeblieben, habe den Ort in meinem Inneren weggeschlossen als etwas, das zu kostbar ist, um es auch nur zu betrachten. In diesem Augenblick auf der Klippe erscheint es mir jedoch wie das Einzige, das mich noch am Leben hält, das Einzige, was jemals mir gehört hat.

Denkt man einmal darüber nach, haben die meisten von uns kaum eine Wahl, wenn es darum geht, was wir werden oder wen wir lieben oder welcher Ort auf der Erde uns auserwählt hat und zu unserem Zuhause wird.

Wir können uns lediglich auf den Weg machen, wenn dieser Ort uns ruft, und hoffen, dass wir dort noch immer hereingelassen werden.

◆◆◆

Bis ich ein paar Stunden später Albion erreiche, hat der Küstennebel die Sonne verdeckt. Er wirbelt vor meinen tiefen Scheinwerfern, lässt alles vor mir verschwinden und wieder auftauchen: die sich windende Küstenstraße und die Tannen und dann endlich das Dorf, das wie ein Ort aus einer düsteren Sage erscheint – viktorianische Häuser schweben weiß über der Landspitze; der alles umgebende Dunst zittert und löst sich auf.

Mich überkommt ein beklemmendes Gefühl, während jede gewundene Kurve mich der Vergangenheit näherbringt. Die Umrisse der Bäume scheinen nachzuhallen. Ebenso die Straßenschilder und die lange feuchte Brücke. Ich bin schon beinahe auf Höhe der Ampel, ehe ich sie wahrnehme, und muss Gas geben, um noch bei Gelb auf die Little Lake Road abzubiegen. Dann habe ich das Steilufer erreicht.

Als ich links auf die Lansing Street abbiege, habe ich das Gefühl, seitlich durch die Zeit geschoben zu werden. Auf dem Dach der Masonic Hall zeichnet sich vor dem durchscheinenden Himmel die Holzstatue von *Zeit und die Jungfrau* scharf und weiß ab, das bekannteste Wahrzeichen des Ortes. Eine bärtige ältere Figur mit Flügeln und einer Sense, die das Haar eines vor ihr stehenden Mädchens flicht. Deren Kopf ist über ein auf einer abgebrochenen Säule liegendes Buch gebeugt, in einer Hand hält sie einen Akazienzweig, in der anderen eine Urne, und vor ihren Füßen steht ein Stundenglas – jedes der Objekte ein mysteriöses Symbol in einem größeren Rätsel. Die gesamte Schnitzerei wie ein für alle sichtbares Geheimnis.

Als ich zehn war, kurz nach meinem Umzug nach Mendocino, fragte ich Hap einmal, was die Figuren zu bedeuten hätten. Er lächelte und erzählte mir stattdessen ihre Geschichte. Wie ein junger Mühlenarbeiter und Zimmermann namens Erick Albertson sie Mitte des 19. Jahrhunderts nachts in seiner Hütte am Strand aus einem einzigen Stück Mammutbaum geschnitzt hatte. Während dieser Zeit wurde er zum ersten Meister von Mendocinos Freimaurerorden ernannt, aber er hörte nie auf, an seinem Meisterstück zu arbeiten. Insgesamt benötigte er sieben Jahre dafür, und dann, kurz nachdem die

Schnitzerei 1866 aufgestellt wurde, starb er bei einem seltsamen Unfall, den die Geschichtsbücher nicht ausreichend erklären konnten.

Hap war bereits seit Jahrzehnten Mitglied des Freimaurerordens, sogar noch länger, als er Förster war. Ich nahm an, er würde alles wissen, alles, was es zu wissen gab. Aber als ich ihn fragte, wie Albertsons Tod mit den Figuren und deren Bedeutung verknüpft war, sah er mich von der Seite an.

»Albertsons Tod hat nichts mit dir zu tun. Außerdem ist das vor so langer Zeit geschehen. Die Symbole ergäben keinen Sinn, selbst wenn ich sie dir erklären würde. Sie erzählen eine Geschichte, die nur die Freimaurer kennen, die sie jedoch niemals niedergeschrieben haben, sondern nur mündlich weitergeben, wenn sie ihren dritten Grad erreichen.«

Ich wurde noch neugieriger: »Was ist der dritte Grad?«

»Bis dorthin gehst du mir gerade auf die Nerven«, sagte er scherzhaft und ließ mich stehen.

◆◆◆

Ich parke und setze eine Baseballkappe und eine Sonnenbrille auf, ehe ich hinaus auf die kühle, nebelfeuchte Straße trete. Es ist zwar schwer vorstellbar, dass mich irgendjemand im Dorf als erwachsene Frau wiedererkennen sollte, allerdings werden die Zeitungen aus San Francisco hier oben viel gelesen, und meine Fälle haben mich ab und an in den *Chronicle* gebracht. Der Unfall im Übrigen auch.

In Mendosa's Market versuche ich mit gesenktem Kopf, nur das Nötigste einzukaufen, Dosengemüse und Trockenwaren, Sachen, die sich leicht zubereiten lassen. Ein Teil von mir fühlt sich jedoch gefangen in der sich drehenden Rolle eines alten Films. Ich bin gerade erst hier gewesen, so scheint es, genau hier neben dem beleuchteten Kühlregal voller Milch, als Hap nach einer kalten Flasche griff und sie aufmachte, direkt daraus trank und mir zuzwinkerte, ehe er sie mir reichte. Dann schob er den Wagen weiter, lenkte ihn mit den Ellbogen und beugte sich dabei über den Korb. Trödelte, als hätten wir alle Zeit der Welt.

Aber die hat niemand.

Als ich meinen Einkauf beendet habe, zahle ich bar und lade die Taschen in den Kofferraum meines Broncos, dann mache ich mich die Straße hinunter auf den Weg zum Good Life Café. Als ich noch hier lebte, trug es irgendeinen anderen Namen, ich kann mich jedoch nicht mehr an ihn erinnern, und er tut auch nichts zur Sache. Der Klang, die Form und der Geruch des Cafés stimmen exakt mit meiner Erinnerung überein. Ich bestelle Kaffee und eine Schüssel Suppe und setze mich ans Fenster mit Blick auf die Straße, beruhigt durch die Geräusche um mich herum, das Klappern der Teller im Spülbecken, die frischen Bohnen in der Kaffeemühle, das freundliche Geplauder. Dann höre ich hinter mir zwei Männer streiten.

»Du glaubst diesen ganzen Scheiß doch nicht etwa, oder?«, blafft der eine den anderen an. »Hellseherin und was noch alles? Du weißt doch, wie viel Geld die Familie hat. Sie will einfach was davon abbekommen. Verdammt, ich kann's ihr nicht mal verübeln.«

»Aber wenn sie nun wirklich etwas weiß, und niemand geht dem nach?«, erwidert der andere scharf. »Das Mädchen könnte gerade irgendwo verbluten.«

»Wahrscheinlich ist sie längst tot.«

»Was hast du für ein Problem? Sie ist ein Mensch. Ein Kind.«

»Das Kind von jemand Berühmtem.«

»Das hat doch nichts damit zu tun. Was ist, wenn die Hellseherin die Wahrheit sagt? Hast du noch nie etwas gesehen oder gehört, für das du keine Erklärung hattest?«

»Nee. Kann ich nicht behaupten.«

»Dann passt du nicht richtig auf.«

◆◆◆

Die beiden Männer zu belauschen löst bei mir ein schwereloses, haltloses Gefühl aus. Ich bezahle für meinen Kaffee und meine Suppe, gebe acht, nicht in ihre Richtung zu blicken, und gehe hinüber zum Schwarzen Brett an der entgegengesetzten Wand. Es war immer ein fester Bestandteil von Haps und meiner Morgenroutine. Er lehnte sich nach hinten statt nach vorn, um die Pinnwand zu überfliegen, in der Hand einen schweren weißen Becher, der Blick umherschweifend auf der Suche nach etwas, das ihm noch nicht entgegengesprungen war.

»Was denkst du, wie viel du über einen Ort dieser Größe wissen kannst?«, fragte er mich einmal, ziemlich zu Beginn. Ich hatte bislang immer in größeren, schmuddeligeren Städten in ganz Mendocino County gelebt. Im Vergleich zu ihnen wirkte das Dorf mit seinen nur fünfzehn Straßen, die sogar Namen trugen, wie aus dem Ei gepellt. In meiner Vorstellung war es ein Puppenhaus, das man wie einen Koffer aufklappen und hineinsehen konnte, Zimmer für Zimmer. »Alles.«

»Menschen, die du jeden Tag siehst? Häuser, an denen du tausend Mal vorbeikommst, ohne einen Gedanken an sie zu verschwenden?«

»Wahrscheinlich.«

»Denk nach, Anna. Wodurch entsteht ein toter Winkel?«

Er meinte beim Autofahren. »Wenn jemand direkt hinter deiner Schulter ist, zu nah, um ihn zu sehen.«

»Das gilt auch allgemein für Menschen. Alle, die direkt vor deiner Nase sind, verschwinden. Das ist die Gefahrenzone, in deiner unmittelbaren Nähe. Wer auch immer die Person ist, der du am meisten vertraust.«

Ich hörte ihm zu, hörte gut zu. Solange ich denken konnte, hatten die Leute mir erzählt, ich solle ihnen vertrauen, Sozialarbeiterinnen und Lehrerinnen und vollkommen Fremde, sie alle sagten in irgendeiner Form das Gleiche: dass ich weniger auf der Hut sein und mich öffnen solle. Die Welt aber hatte mir das Gegenteil vermittelt, und nun tat es auch Hap. »Was ist also das Geheimnis?«

»Es gibt kein Geheimnis, behalte nur die Augen offen. Behalte sie immer offen, aber ganz besonders, wenn du glaubst, du könntest nicht überrascht werden. So lernst du, aufmerksam zu sein und auf deine eigene Stimme zu hören.«

»Was ist mit anderen Menschen?«

»Entweder verdienen sie sich dein Vertrauen oder nicht.«

Damit meinte er auch sich selbst und seine Frau Eden. Ein anderes zehnjähriges Mädchen mit anderen Erfahrungen hätte es vielleicht nervös gemacht, so etwas zu hören, aber ich war erleichtert. Er vertraute mir noch nicht, und ich vertraute ihm nicht. Endlich einmal jemand, der nicht so tat, als wäre irgendetwas hiervon einfach. Endlich einmal jemand, der sich entschieden hatte, die Wahrheit zu sagen.

◆◆◆

Der Name des Cafés mag sich geändert haben, das Schwarze Brett jedoch nicht. Ich durchkämme langsam die Botschaften, leuchtende Zettel aus buntem Papier, auf denen Gitarrenstunden, Handlesen und Gartenerde angeboten werden. Jemand sucht nach einem Künstlermodell. Jemand anderes ist auf der Suche nach kostenlosem Feuerholz. Ich nehme mir Zeit, die Mitteilungen einzeln zu lesen, bis ich bei dem vermissten Mädchen angelangt bin, bei ihrem verschwundenen lieblichen Gesicht unter den Worten: WER HAT MICH GESEHEN?

Cameron Curtis
Alter: 15
Zuletzt gesehen am: 21.09.
Rotes Flanellhemd, schwarze Jeans
1,63 m, 48 Kilo
Langes schwarzes Haar, dunkelbraune Augen
Hinweise: 724–555–9641
Hohe Belohnung

Der 21. September war gestern, jener Tag, an dem Brendan schließlich die Nase voll hatte und mich aufforderte zu gehen. Das Timing bringt mich ins Wanken, während ich einen weiteren Blick auf das Mädchen werfe, ihre düsteren, ernsten Augen, ihr Haar, das sich bis zu ihrer Taille ergießt. Alles an ihr ist zu schön, um irgendwo lange in Sicherheit zu sein. Irgendetwas in der Krümmung ihres Mundes sagt mir, dass ihr bereits fürchterlich falsche Dinge zugestoßen waren, noch bevor sie verschwand. Ich habe schon zu viele von ihrer Sorte gesehen, um etwas anderes zu glauben. Aber das hier ist nicht San Francisco, wo Flyer mit verschwundenen Teenagern an jeden Fahrkartenautomaten geklebt werden, ein so üblicher Anblick, dass man irgendwann durch sie hindurchsieht. In einem kleinen Ort wie Mendocino ist jeder Gewaltakt persönlich. Alle hier werden es spüren. Alle werden davon betroffen sein.

Ich starre das Mädchen noch einen Augenblick länger an, dann greife ich nach der Nummer eines Cottage, das zu vermieten ist, direkt unter der Vermisstenmeldung. Das Haus liegt sieben Meilen außerhalb der Stadt und kostet vierhundert Dollar im Monat. Ich rufe den Besitzer Kirk an, der mir erklärt, es gebe dort keinen Fernsehempfang, keinen Telefonanschluss und keine Zentralheizung.

»Man könnte sagen, es ist bis aufs Nötigste reduziert«, fügt er hinzu. »Aber ein netter Rückzugsort, wenn man es gern ruhig mag.«

»Das tue ich.«

Vier

Als ich Mendocino zum ersten Mal sah, wirkte es auf mich nicht wie ein echter Ort. Die sauberen Straßen waren gesäumt von Lebkuchenhäusern, die meisten von ihnen weiß gestrichen, mit aufwendigen Zierleisten und Palisadenzäunen. Das ganze Dorf erstreckte sich über die raue halbrunde Steilküste über dem Pazifik, klein genug, um es mit einem Blick zu erfassen. Es gab ein Lebensmittelgeschäft, eine Handvoll hübsche Lädchen, zwei Friedhöfe und eine Grundschule.

»Was ist das?«, fragte ich Hap und wies auf einen viereckigen Holzturm, der an einem der benachbarten Häuser befestigt war. Meine Sozialarbeiterin Mrs. Stephens hatte sich gerade verabschiedet, und wir standen in Haps und Edens Vorgarten in der Covelo Street.

»Das sind Tanks«, antwortete Eden. »Wassertürme.« Ihr Körper war sanft und rund und roch nach Puder, während Hap groß und kräftig gebaut war, mit breiten Schultern und einem gezwirbelten Schnurrbart. Wenn er wie ein Cowboy aussah, dann wirkte sie wie eine Großmutter, obwohl sie gar keine war. Die beiden hatten schon häufig Kinder in Pflege genommen, jedoch nie eigene bekommen.

Ihr Haus war wunderschön, ein großes viktorianisches Gebäude, das für mich wie ein Schiff aussah. Das obere Stockwerk war breiter als das Erdgeschoss und hatte gerundete Vorderfenster mit Blick auf die Landzunge, eine wilde Fläche voller goldener Gräser und vom Wind verdrehter Zypressen. Während wir dort draußen beisammenstanden und uns und dieses neue Arrangement beschnupperten, ging die Sonne über ihrem Garten unter.

Ich war gerade erst aus Fort Bragg gekommen, aus einem kleinen, traurigen Schuhkarton von einem Haus neben dem Militärstützpunkt. Auch von dort aus hatte man das Meer sehen können, aber nicht so wie hier. Nichts, was ich je gesehen hatte, war hiermit vergleichbar. Die Sonne glitt in den Pazifik, als würde sie langsam schmelzen, eine Kugel aus sich ausdehnendem orange-pinkfarbenem Toffee, das aus der Mitte heraus zu pulsieren schien wie ein klopfendes Herz. Ich konnte den Blick nicht davon abwenden.

Dann, gerade als die Sonne komplett verschwand, blitzte es plötzlich grün auf.

»Das bringt Glück«, sagte Eden.

Ich hatte aufgehört, an Glück zu glauben, aber irgendetwas geschah in diesem Augenblick tatsächlich. Mendocino hatte bereits begonnen, mich an sich zu ziehen, wie durch Schwerkraft.

◆◆◆

Kirks Wegbeschreibung folgend fahre ich über die Little Lake Road aus dem Dorf. Nach fünf Meilen verwandelt sich die Straße von Asphalt in Sand und Schotter. Tannen, Kiefern und Fichten scheinen sich um mich zu verdichten, drängen aus allen Richtungen herbei. Märchenbäume mit schwarzen Spitzen, die aus dem Nichts Schatten stricken und den Tag in Nacht verwandeln – als hätten sie alles Licht gestohlen und hielten es nun irgendwo versteckt. Gott, wie sehr ich sie vermisst habe!

Nach weiteren zwei Meilen biege ich scharf nach links auf einen Weg ab, der mit einer roten Flagge und einem maroden Holzschild gekennzeichnet ist, auf dem steht: KEIN ZU-

TRITT. Der Waldweg wird immer schmaler, während er sich ein paar hundert Meter einen steilen Hügel hinunterwindet. Dann sehe ich die Auffahrt und die Umrisse des Zedernholz-Cottage, die zwischen einer dicht stehenden Gruppe hochgewachsener Kiefern aufblitzen. Es sieht aus wie der Wohnort eines Eremiten, wie eine Insel in den Bäumen, eine Höhle, in der man verschwinden kann. Es ist perfekt.

◆◆◆

Kirk wartet auf der Veranda auf mich. Er wirkt wie Mitte sechzig, hat steife Schultern und militärisch kurz geschorene graue Haarstoppel. Sein Gesicht ist kantig, und sein Blick wirkt abweisend, selbst als er lächelt und mir mit dem Schlüssel in der Hand kurz zuwinkt. »War schwer zu finden?«

»Nicht besonders.« Die Veranda sieht ordentlich aus, auf einer Seite liegt Klafterholz bis zum Fensterbrett gestapelt. »Ist das eine Hütte für Fallensteller gewesen?«

»Irgendwann mal, wahrscheinlich. Gehörte der Familie meiner Frau. Jetzt vermiete ich sie, wenn ich kann.« Ich spüre, wie er mich mustert, sich fragt, was wohl meine Geschichte sein mag. »Die meisten Leute wollen mehr, einen Ort für ein romantisches Wochenende. Solche Sachen.«

Ich nicke nur und stapfe nach ihm hinein. Der Hauptraum ist düster, mit dunklem Holz verkleidet, und riecht nach Mäusen, ein leicht süßlicher und fauliger Geruch. In einer Ecke steht ein runder Holzofen, vom Gebrauch geschwärzt. Rosenfarbene Vorhänge umrahmen die Fenster der winzigen Küche, in der eine winzige Spüle steht, daneben ein Kühlschrank, der besser in ein Studentenwohnheimzimmer passen würde. An einem Metallhaken hängt ein einzelnes verschlissenes Handtuch.

»Wie Sie sehen, haben Sie hier alles, was Sie brauchen«, sagt Kirk.

Wenn er nur wüsste, wie wenig ich tatsächlich brauche. Wie viel.

Vom Wohnzimmer geht ein schwach beleuchtetes Badezimmer ab, in dem sich eine winzige Dusche mit einer billigen Milchglastür befindet. Das einzige Schlafzimmer scheint ein Anbau zu sein. Beim Eintreten gibt die Türschwelle nach wie ein Schwamm, aber das Zimmer selbst fühlt sich stabil genug an. Darin stehen ein Doppelbett mit Metallrahmen und ein einfacher Schreibtisch plus Lampe. Ein Panoramafenster auf der Südseite blickt hinaus in den dichten Wald, der sich vor dem schwindenden Licht scharf abzeichnet. *Das Abendlicht*, nannte Eden diese Zeit des Tages, was seltsam war, da es doch eigentlich um die Dunkelheit ging.

»Nachts kann es ziemlich kalt werden«, erklärt Kirk. »Wenn Sie hier sind, würde ich ein Feuer brennen lassen. Sie können so viel Holz benutzen, wie Sie wollen, solange Sie neues hacken. Dieses Heizgerät benötigt Propan.« Er zeigt achselzuckend auf das Gerät an der Wand. »Was Sie verbrauchen, füllen Sie in der Stadt nach.«

»In Ordnung«, versichere ich ihm, um nur endlich allein zu sein.

Aber es kommt noch mehr. Die Wasserhähne der Dusche seien kompliziert, der heiße und der kalte seien nämlich vertauscht. Dem Ofenrohr müsse man ab und an gut zureden. Kirk zeigt mir auch, wie ich den Generator verwende, wenn der Strom ausfällt, was manchmal passiere, wie er mich warnt.

»Die Holzarbeiter durchtrennen die Leitungen. Ich glaube, die sind öfter betrunken als nüchtern. So wie die über die Straßen hier brettern, würde ich mich vor denen in Acht nehmen. Und schließen Sie auch nachts alles ab. Eine Frau ganz allein, ich meine …« Seine Stimme wird leiser und verstummt, als hätte er gerade selbst registriert, wie er eine unsichtbare Grenze zum Bereich des Persönlichen überschritten hat.

»Ich komme schon zurecht.« Ärger hat sich in meinen Tonfall gemischt.

Kirk hustet verlegen. »Klar werden Sie das.«

◆◆◆

Nachdem er endlich gegangen ist, tickt die Hütte vor Stille. Ich packe meine paar Sachen aus und trete dann hinaus auf die Veranda, in die kühle Abenddämmerung mit ihrem lilafarbenen Licht. Die Lücken zwischen den Bäumen haben sich zusammengezogen. Ich atme die Stille ein und erlaube mir für einen gefährlichen Augenblick, an das Leben zu denken, das ich gerade so schwungvoll hinter mir gelassen habe, allerdings nicht freiwillig, an Brendan und unsere chaotische Küche, mit überall verstreuten Spielsachen und in der Spüle ausgekippter Babywanne. Unsere Namen Seite an Seite auf dem Briefkasten, wie ein Talisman, der seinen Zweck nicht erfüllt hat. Wir hatten sieben gemeinsame Jahre – nicht annähernd genug –, aber er hatte recht, als er sagte, ich sei nicht für ihn da gewesen. Ich war es nicht.

Ich halte in den zerklüfteten Lücken zwischen den Baumwipfeln über mir Ausschau nach dem Mond, kann ihn jedoch nicht finden. Eine Eule sendet in der Ferne in einem zitternden Rhythmus ihre Rufe aus. Noch weiter entfernt beginnt ein Hund zu jaulen, es klingt wie ein Klagelaut. Oder ist das ein Kojote? Die Temperatur ist gefallen. Ich schaudere in Flanellhemd und Jacke und frage mich, wie kalt es wohl bis zum Morgen werden wird und ob das verschwundene Mädchen eine Decke oder ein Feuer hat, wo auch immer sie sein mag.

Das Mädchen.

Ich habe keine Ahnung, wo der Gedanke herkam, aber ich versuche, ihn sogleich beiseitezuschieben. Hinter mir raucht noch immer meine gesamte Welt wegen Mädchen wie Cameron Curtis. Die Vermissten und die Verletzten, ihre Geschichten locken mich an wie schrille leise Sirenengesänge. In den letzten paar Jahren habe ich für Project Searchlight gearbeitet, eine Initiative in der Bay Area, die sich auf Sexualverbrechen und Verbrechen an Kindern konzentriert, die von Fremden gekidnappt und ermordet oder von ihren eigenen Familienmitgliedern entführt und eingesperrt oder von Zuhältern ins Visier genommen und verkauft werden.

Es ist der härteste Job, den ich je hatte, aber auch der wichtigste, selbst wenn Brendan mir niemals vergeben kann. Außerdem bin ich gut darin. Im Laufe der Zeit habe ich eine Art Radar für Opfer entwickelt, und Cameron Curtis ist mir zutiefst vertraut, fast so, als würden ihre Geschichte und ihre Verletzlichkeit in Neonbuchstaben über ihrem Kopf aufblinken. Und nicht nur für mich. Wie auch immer die Buchstaben dort hingelangt sind, ich weiß, dass auch Gewalttäter sie sehen können, grell leuchtend und unmissverständlich.

Ich denke an die Familie des Mädchens, die vor Angst und Sorge den Verstand verliert. Ich denke daran, wie einsam und verloren Cameron sich womöglich schon seit Jahren gefühlt hat, wie verzweifelt gar – abgekoppelt von allen anderen. Dass Traurigkeit und Scham mehr sind als Gefühle: Sie sind eine Krankheit, ein schrecklicher Krebs, der um die Welt geht und auf verborgene, zyklische und vielleicht niemals endende Weise Leben raubt.

Als das Jaulen erneut ertönt, zucke ich zusammen. Es ist definitiv ein Kojote. Mehr als alle anderen Tiere in diesen Wäldern klingen sie beinahe menschlich – frierend, einsam und hungrig. Ängstlich gar. Unaufhörlich heulend.

Fünf

In dieser Nacht schwebe ich körperlos über einem halbmondförmigen weißen Strand, während irgendjemand stolpernd durch verworrenen Seetang und Schatten rennt. Aber sie kann nirgendwo hin. Natürlich ist es ein Mädchen. Sie rutscht aus und fällt auf die Knie, steht auf und fällt wieder hin, kriecht auf den Händen rückwärts, schreit und schüttelt sich. Und dann wird sie plötzlich ruhig. Wird so ruhig wie ein Tier, das weiß, dass die Verfolgungsjagd nun beendet ist.

Ich wache erschrocken auf, mein Herz donnert, und meine Haut ist klebrig vom Schweiß. Ich muss wieder Fieber bekommen haben, denke ich, und werfe die kratzigen Decken von mir. Unter meinem dicken Pullover sind meine Brüste noch immer verbunden, aber die Schwellung hat kein bisschen abgenommen. Der Schmerz ist dumpf, jedoch konstant, ein pochender Ankerpunkt.

Die Dunkelheit um mich herum ist eiskalt und scheint zusammenzufließen. Ich habe vergessen, wie es sich anfühlt, im Wald zu übernachten, vollkommen isoliert, ohne Straßenlärm, Nachbarn oder Licht. Ich schlüpfe in ein zweites Paar Socken und trete hinaus in das Hauptzimmer, wo mir die blinkende Mikrowelle mitteilt, dass es noch nicht einmal vier Uhr morgens ist. Ich habe vielleicht fünf Stunden geschlafen. Oder bewusstlos verbracht, das trifft es wohl eher.

Ich nehme ein paar Ibuprofen und noch eine Schlaftablette, die ich mit Whiskey hinunterspüle, in der Hoffnung, den Albtraum so aus dem Kopf zu bekommen. Ich kann nur annehmen, dass das Mädchen Cameron Curtis war und mein Unterbewusstsein eine Version ihres Verschwindens fabriziert hat, gefangen in jenem Drama, das mich schon immer beschäftigt hat, bereits lange bevor ich Polizistin wurde. Als würden Hilferufe, die unendlich in der Atmosphäre widerhallen, lauter werden und haften bleiben, sobald sie meinen Weg kreuzen. Als würden sie irgendwie zu mir gehören, und ich hätte dabei nichts zu sagen, hätte keine andere Wahl, als zu versuchen, ihnen zu antworten.

◆◆◆

Das Erste, was ich am nächsten Morgen nach dem Aufwachen sehe, sind die halb leere Schnapsflasche neben dem Sofa auf dem Fußboden und meine zusammengeknüllten Socken auf dem Couchtisch. Wenn Hap hier wäre, wäre er besorgt, mich so viel trinken zu sehen. Er wäre außerdem längst angezogen, hätte sich das Gesicht gewaschen und Kaffee aufgesetzt. Er liebte die Morgen genauso wie die späten Abende. Manchmal fragte ich mich, ob er überhaupt jemals schlief, aber es war tröstlich, zu wissen, dass er jederzeit da war, wenn ich ihn brauchte, wach und bereit. Ich wünschte, das wäre noch immer so.

Ich ziehe mehrere Schichten übereinander und spüre den obersten Knopf meiner Jeans in das weiche Fleisch um meine Taille sinken, während meine Fingerspitzen die gekräuselte Haut streifen, die sich wie eine frische Narbe anfühlt. Ich binde mir das Haar zurück, ohne in den Spiegel zu schauen, dann fülle ich meine Thermoskanne mit Kaffee, ehe ich die Tür zur Hütte hinter mir verriegele und mich auf den Weg in Richtung Dorf mache.

Als ich die Küstenstraße erreiche, biege ich jedoch nördlich in Richtung Caspar und Jug Handle Creek ab, einer von Haps

Lieblingsorten für Tageswanderungen. Als ich elf war, schlossen Hap und viele der Ranger, mit denen er zusammenarbeitete, sich den örtlichen Aktivistinnen und Aktivisten an, um die Steilküsten vor der Abholzung und Umwandlung in Bauland zu schützen – und sie hatten Erfolg. Ein Erbe, auf das die gesamte Gegend stolz ist. Hap war erst zwanzig gewesen, als er begann, für die US-Forstverwaltung zu arbeiten, wo er kurz, nachdem ich zu ihnen gezogen war, zum Revierförster befördert wurde, der mehr als ein Dutzend Ranger und zwanzigtausend Hektar bundeseigenes Land beaufsichtigte.

Seine Aufgabe war groß und manchmal gefährlich. In seinen Geschichten wimmelte es nur so von Jagdunfällen und Wanderern in Not, von Teenagern, die blau und leblos aus versteckten Gruben gezogen wurden. Er wusste, was ein aggressiver Schwarzbär einem Menschen antun konnte und was Menschen sich gegenseitig antun konnten, draußen in dieser Grenzenlosigkeit.

In den acht Jahren, in denen ich bei den Straters in Mendocino lebte, wurde ich zu Haps Schülerin und Helferin, zu seinem Schatten. Zuerst verstand ich nicht, weshalb er so viel Zeit mit mir verbringen wollte oder warum er und Eden mich überhaupt aufgenommen hatten. Ich war bereits durch ein halbes Dutzend Häuser gereicht worden, ohne irgendwo Fuß zu fassen. Wieso sollte es diesmal anders sein? Ich brauchte Zeit und mehrere Anläufe, bis ich glaubte, dass Hap und Eden tatsächlich so waren, wie sie nach außen wirkten: einfach anständige Leute, die freundlich sein wollten, weil sie es konnten. Ich stellte sie auf die Probe und reizte sie, versuchte, sie dazu zu bringen, mich wegzuschicken wie alle anderen. Einmal rannte ich davon und schlief im Wald, um zu schauen, ob Hap mich suchen kommen würde. Als er es tat, dachte ich, er wäre wütend und hätte nun die Nase voll von meinem

Unsinn, aber so war es nicht. Er blickte mich bloß an, wie ich feucht und schmutzig vor ihm saß, zitternd von meiner auf dem Waldboden verbrachten Nacht.

Während er mit mir zu seinem Geländewagen zurücklief, sagte er: »Wenn du allein hier draußen bleiben willst, müssen wir dir ein paar Dinge beibringen, damit du auch für dich selbst sorgen kannst.«

»Ich kann schon lange für mich selbst sorgen«, erwiderte ich, automatisch abwehrend.

»Das Leben ist für dich bislang schwer gewesen. Das weiß ich. Du musstest hart sein, um es durchzustehen, aber Härte ist nicht dasselbe wie Stärke, Anna.«

Es war, als hätte er das Licht einer Lampe direkt in meine Augen gerichtet, in eine Spalte meines Herzens, die ich besser versteckt zu haben glaubte. »Wie meinst du das?«

Wir hatten den Wagen erreicht und stiegen ein. Er richtete sich hinter dem Lenkrad ein und schien es nicht eilig zu haben, meine Frage zu beantworten. Endlich wandte er sich zu mir um und sagte: »Linda hat uns erzählt, was mit deiner Mom passiert ist, Liebes.«

Linda war Mrs. Stephens, meine Sozialarbeiterin. Nun konnte ich nur noch so tun, als wäre mir egal, was er wusste oder nicht wusste, was er von mir dachte oder nicht dachte. »Und?«

»Ich kann mir gar nicht vorstellen, wie das für ein Kind in deinem Alter gewesen sein muss. Ehrlich. Es bricht mir das Herz.«

Alle Gedanken in meinem Kopf lösten sich mit einem Knall in Luft auf. Ich rutschte automatisch in Richtung Türgriff.

Hap bemerkte es und wurde ganz still. Nur seine Augen schienen sich zu bewegen, und sie sahen alles. »Ich werde dich nicht aufhalten, wenn du weglaufen willst, aber falls du uns eine Chance geben und bleiben könntest, kann ich dir Dinge beibringen, die dir später vielleicht helfen werden. Dinge, die mir geholfen haben. Über das Leben im Wald.«

Ich hielt den Blick starr auf die Windschutzscheibe gerichtet, auf die Staubschicht über dem Rand der Scheibenwischer, und zuckte mit den Achseln, um ihm zu signalisieren, dass er nicht meine volle Aufmerksamkeit hatte.

»Die Natur verlangt unseren Respekt, Anna. Sie hat ganz sicher eine brutale Seite, aber wenn du ihre Sprache lernst, kannst du in ihr auch Frieden und Trost finden. Die beste Art von Medizin, die ich kenne.«

»Mir geht es gut, so wie ich bin.« Ich blickte ihn an, forderte ihn trotzig auf, mir zu widersprechen.

»Selbstverständlich. Aber wie wäre es nur mit einer einzigen Lektion, bevor wir nach Hause fahren? Ich kann dir zeigen, wie man den geographischen Norden bestimmt. Ist ganz einfach.«

Ich wollte Ja sagen, aber das Wort brachte ich schon seit Langem nicht mehr hervor, es war wie eine Murmel mitten in meinem Hals stecken geblieben und hatte sich dort festgesetzt. Stattdessen zog ich meine Hand von der Tür zurück und legte sie in den Schoß.

»Oder wir machen das ein andermal«, sagte er. »Läuft uns ja nicht weg. Fahren wir nach Hause.«

An jenem Abend gab er mir vor dem Schlafengehen ein in Stoff eingeschlagenes Buch mit dem Titel *Überleben in der Wildnis für Anfänger*. Ich steckte es in eine Schublade meines Nachttisches, zog es aber wieder hervor, sobald er das Zimmer verlassen hatte, und überflog die Titel der einzelnen Kapitel: »Zeichen geben«, »Nahrung«, »Schutz«, »Knoten binden«. Ich blieb bis nach Mitternacht wach und verschlang den Inhalt. Es gab Schritt-für-Schritt-Anleitungen, wie man die Essbarkeit von Pflanzen und Käfern testete, Fallen stellte, einen Unterschlupf baute, Fische mit den Händen fing. Es gab Fachausdrücke für Karten und Kompasse zu lernen, und ich las über Orientierung nach Sicht und die Berücksichtigung des Geländes, über das Entfachen von Feuer, persönliche Sicherheit, Wundversorgung, Anpassungsfähigkeit, die Bewältigung von Stress, Unterkühlung und Angst.

Ich verstand nicht, weshalb mich diese Szenarien anzogen, zumindest damals noch nicht, aber sie sprachen mich auf tiefster Ebene an. Hap war ein weiser Mann. Er schien von Anfang an erraten zu haben, dass er auf genau diese Weise mit mir kommunizieren musste, von Überlebendem zu Überlebender.

◆◆◆

Ich fahre auf den kleinen Parkplatz am Anfang des Wanderwegs, verschnüre meine schweren Stiefel doppelt, ziehe den Reißverschluss meines Anoraks bis zum Kinn hoch und laufe los. Ich lasse den Hauptstartpunkt links liegen, um einer weniger bekannten Route zu folgen, die zum Rundweg über die Landzunge führt. Nach einer halben Meile erreiche ich einen dichten Zypressenhain und ducke mich durch eine schmale Lücke zwischen den Bäumen, wobei ich eine Hand vor mein Gesicht halte, um die Spinnweben einzufangen, von denen ich weiß, dass sie da sind, auch wenn ich sie nicht sehen kann. Meine Fingerspitzen sind klebrig von den Fäden, während ich mich immer tiefer hineindrücke, und auf einmal wird auch die Zeit klebrig. Ich bin zehn oder elf Jahre alt und bekomme den geheimen Weg in den Hain zum ersten Mal gezeigt.

»Krummholz« ist der Begriff für diese Art von Vegetation; an dieses deutsche Wort erinnere ich mich aus einer von Haps Lektionen. Über mehrere Jahrzehnte hat das raue Wetter die Bäume zu grotesken Formen verbogen. Der salzreiche Nordwind lässt die Zweigspitzen absterben, zwingt sie, sich zu neigen und zu verdrehen, in Richtung Boden zu schießen statt gen Himmel. Sie sind ein lebendiges Schaubild für die Anpassung, die Intelligenz und die Widerstandsfähigkeit der Natur. Sie dürften eigentlich nicht in der Lage sein, auf diese Weise zu wachsen, und doch tun sie es.

In dem Hain verspüre ich eine plötzliche schmerzhafte Sehnsucht nach Hap. Nach all der Schönheit, die er mir zeigte, und auch all der Hässlichkeit. Danach, wie er eine Schicht der Welt nach der anderen entfernte und darauf vertraute, dass ich alles aufnähme. Hier fühle ich mich ihm näher und auch den Antworten, nach denen ich suche, um mich selbst wieder zusammenzufügen wie ein zerbrochenes und verstreutes Puzzle.

Ich schließe die Augen und versuche, alles zum Stillstand zu bringen – das spärliche, wie durch ein Sieb fallende Licht und den schweren Geruch des Mooses. Aber sobald ich so dastehe, blitzt ein Gedanke auf wie auf einer dunklen Kinoleinwand. Ein aufscheinendes Nachbild, kurz und düster. *Dies ist der perfekte Ort, um eine Leiche zu vergraben.*

Cameron Curtis steigt so rasch an die Oberfläche meiner Gedanken wie Hitze. Wie das Blut, das in meinen Händen prickelt, als ich sie zu Fäusten balle. Die großen braunen Augen, die schwierige Dinge gesehen haben. Der stur hoffnungsvolle Zug um ihren Mund und ihr langes dunkles Haar. Es scheint nicht mehr wichtig zu sein, dass ich gegenüber anderen wie ihr versagt habe – und dabei auch gegenüber mir selbst. Dass es vermutlich bereits zu spät ist. Denn sie ist hier.

Ich stolpere fast, als ich mich zurück durch die Lücke und auf die Landzunge dränge, immer schneller entlang des menschenleeren Wanderwegs laufe, bis zum Rand der Klippe, wo der Wind so stark ist, dass er mich beinahe umbläst. Unter mir besetzen vier Kormorane einen zerklüfteten schwarzen Felsen, die Hälse an ihre Körper gezogen wie Haken. Die Brandung schießt um sie nach vorn und wirft Schaum auf. Weiter draußen sind schwarze Wellen und grüne Wellen zu sehen. Ein Fischerboot rollt auf die Spitze eines Wellenkamms und stürzt dann hinab, wie durch eine Falltür.

Ich möchte, dass Cameron Curtis genauso verschwindet und meinem Bewusstsein für immer fernbleibt. Aber nicht einmal das Boot ist verschwunden. Klein und weiß springt es wieder aus dem Wellental hervor, klammert sich oben fest. Meine Ohren klirren vor Kälte, dennoch setze ich mich und umfasse meine Knie fest mit den Armen. Das Haar weht mir über die Augen und in den Mund, es schmeckt nach Salzwasser. Alles scheint in einem Strudel umherzuwirbeln, vor und zurück gerissen, furchtbar und wunderschön. Und ich bin hier inmitten von allem und versuche, mich daran zu erinnern, wie man Unvorstellbares überlebt, wie man die Wildheit, das Chaos und die Angst aushält.

Sechs

Etwa eine Stunde später mache ich mich auf den Weg zurück zu meinem Wagen, durchgefroren bis auf die Knochen, aber ruhiger im Kopf. Als ich den Parkplatz erreiche, bleibe ich vor Schreck stehen. Zwei gestreifte Absperrbänder der Polizei blockieren den Eingang zum Park. Etliche uniformierte Polizistinnen und Polizisten mit Spürhunden und Walkie-Talkies haben sich vor dem Schwarzen Brett der Forstverwaltung versammelt. Es handelt sich um einen Suchtrupp für Cameron Curtis.

Ich ziehe die Kapuze meines Anoraks fester und mache mich auf den Weg zu meinem Bronco. Ich bin noch drei Schritte entfernt und habe den Schlüssel bereits in der Hand, als ich meinen Namen höre. Aber das muss ich mir einbilden. Niemand hier kennt mich, nicht mehr. Ich werde schneller und habe die Tür erreicht, als sich mir eine Hand auf den Rücken legt.

»Hey.«

Ich wirbele herum, die Hände automatisch vor dem Körper, bereit für eine Konfrontation. Nichts jedoch kann mich auf das Gesicht vorbereiten, in das ich nun blicke – so vertraut, auch noch nach all den Jahren. Es ist, als würde man durch einen Schwindelanfall schwimmen oder in einer Zeitmaschine aufwachen.

»Anna Hart. Ich glaube es nicht.«

Ich kann ihn bloß anstarren. Graue Augen, mittlerweile von Falten umringt, aber noch mit demselben Leuchten, sein kantiger Kiefer und die feine gerade Nase, die Fransen seines unbändigen rotgoldenen Haars, die unter seiner Kappe hervorsprießen. Er ist ein Phantom, eine Erinnerung, ein Freund aus längst vergangenen Zeiten. »Will Flood.«

Ich umarme ihn und stoße mit dem Ellbogen gegen seine Schulter, weiche zurück und trete ihm dabei auf den Fuß.

»Autsch!« Er lacht. »Was zum Teufel machst du hier?«

Mir fällt so schnell nichts ein, was ich ihm antworten könnte. Als ich Will zum letzten Mal sah, war ich achtzehn, er zweiundzwanzig, und er trug noch ganz neu seine Uniform im Büro des Sheriffs, das sein Vater jahrzehntelang ohne Unterbrechung geleitet hatte. Damals hatte Will große Träume gehabt, hatte oft von San Francisco, Los Angeles, Denver, Seattle gesprochen, Hauptsache raus aus dem langen Schatten von Ellis Flood.

»Was ist hier los?«, frage ich, als wäre es nicht offensichtlich.

»Vermisstes Mädchen. Mittlerweile seit zwei Tagen. Ist mitten in der Nacht von zu Hause verschwunden, keine Einbruchspuren.«

»Eine Ausreißerin?«

»Glaube nicht. Ihre Mom ist Emily Hague.«

»Emily Hague, die Schauspielerin?« Ich kann es kaum glauben. Ein Filmstar in Mendocino?

»Was für ein Zufall, dass es gerade mich trifft. Die Familie will alles aus der Presse heraushalten. Der Dad wollte mir unter der Hand zehntausend Dollar zustecken, damit ich die Suche beschleunige. Als ob das funktionieren würde. Er wedelt mit ein bisschen Geld, und ich zaubere das Mädchen aus dem Hut hervor.«

»Ich hoffe doch, du hast es angenommen.«

Sein Lachen kommt schnell. »Hör mal, trink doch später was mit mir.«

»Ich kann nicht.«

»Und ob du kannst. Um acht im Patterson's, oder ich komm dich holen.«

Ich verspüre einen weiteren Schwindelanfall und wünschte, ich könnte einfach mit einem Wimpernschlag verschwinden. Weit entfernt und unsichtbar sein. Aber hier handelt es sich um Will. »Ich werde es versuchen.«

»Du wirst da sein.« Dann schreitet er davon, auf sein versammeltes Team zu, dem er bereits im Gehen Anweisungen erteilt.

◆◆◆

Ich steige in meinen Bronco und starte den Motor, während der Suchtrupp sich auf den Hauptweg stürzt. Ich kenne diesen auswendig, ebenso wie die harte Arbeit, die nun vor ihnen liegt. Sie werden aus den einzelnen Quadratmeilen ein Raster bilden, und jede von ihnen nach zerknickter Vegetation oder Kleidungsfetzen absuchen, nach allem, was dort fehl am Platz wirkt. Ein paar der Hunde sind Rettungshunde, die Camerons Geruch von einem Sweatshirt oder einem Kopfkissenbezug aufgenommen haben, von irgendetwas, das sie häufig benutzt hat. Andere sind Leichenspürhunde, die darauf trainiert sind, Spuren von menschlicher Verwesung ausfindig zu machen, ein Geruchsbild, das vom Boden aufsteigt oder in der Luft hängt.

In einem Fall wie diesem, wenn jemand einfach verschwunden ist, besteht zumindest am Anfang eine fünfzigprozentige Wahrscheinlichkeit, dass diese Person unversehrt wiederauftaucht. Es ist möglich, dass Cameron sich irgendwo im Wald verirrt hat oder dass sie selbst beschlossen hat, abzuhauen.

Zu verschwinden ist kein Verbrechen, aber hier scheint es eine vielsagende Leerstelle zu geben, ein vertrautes dunkles

Schimmern, das Fragen aufwirft. Vielleicht ist sie gezwungen worden, wegzulaufen, oder sie ist sogar in das Leid verstrickt, das ihr widerfahren ist. Ich erinnere mich an eine alte Gruselgeschichte, in der es genau darum geht. In ihr stiehlt der Teufel Seelen, indem er ganz offen um sie bittet. Er ist kein Dieb, sondern ein meisterhafter Manipulator. Die wahre Gefahr, so lautet in etwa die Moral der Geschichte, liegt nicht im Teufel selbst, sondern in der eigenen Unkenntnis darüber, dass man die Möglichkeit hat, ihn abzuweisen.

Das ist für mich der traurigste Teil, den ich immer wieder erlebt habe: dass manche Opfer nicht einmal ein geflüstertes Nein in sich tragen. Weil sie nicht daran glauben, dass sie ihr Leben selbst retten können.

Sieben

Auf dem gesamten Weg bis zum Dorf fühle ich mich wie eine aufgeschüttelte Schneekugel, in der spitze Erinnerungssprenkel direkt miteinander kollidieren. Will ist noch immer hier. Er ist zum Sheriff des Ortes geworden, genau wie sein Vater, und was nun? Wie soll ich irgendeine der Fragen beantworten, mit denen er mich garantiert konfrontieren wird, über mein Leben und über die Gründe für meine Heimkehr? Wie kann ich vermeiden, noch mehr über diesen Fall zu hören, der schon jetzt so schwer auf mir lastet? Und wie sollen wir es umgehen, über die Vergangenheit zu sprechen? Schließlich sind wir nicht einfach zwei beliebige alte Bekannte ohne jegliche Altlasten.

In all den Jahren, seit ich zehn und Will vierzehn war, gehörten wir zur Geschichte der und des anderen. Sein Vater Ellis Flood war Haps engster Freund, weshalb wir einander häufig begegneten. Aber selbst, wenn das nicht der Fall gewesen wäre, bewegten sich die Kinder in einem kleinen Ort wie Mendocino stets in Rudeln. Wir bauten am Portuguese Beach Forts aus Treibholz, wanderten durch die Wälder hinter der Jackson Street oder schossen uns in mondlosen Nächten draußen an den Klippen im Spiel gegenseitig mit Taschenlampen ab. Zu unserer Gang gehörten auch noch Caleb und Jenny Ford, Zwillinge, die allein bei ihrem Dad lebten, seit ihre Mutter vor Jahren mit einem anderen Mann davongelaufen war, da sie sich ein Leben wünschte, das nichts mit ihnen zu tun hatte.

Ich hatte mich schon immer zu Kindern hingezogen gefühlt, deren Geschichte meiner ähnelte, als würden wir eine Art Club mit einem unausgesprochenen Passwort bilden. Sie waren zwei Jahre älter als ich, ein Unterschied, der sich bei Jenny aus irgendeinem Grund größer anfühlte als bei Caleb. Er war schlau auf eine Art, die ich interessant fand, hatte den Kopf voller seltsamer Fakten und Geschichten über das Dorf, was ihn von vornherein zu einem passenden Freund für mich machte. Ich hatte ebenfalls schon immer gern Dinge gewusst, nicht nur historische Tatsachen, sondern auch alles, was sich ereignete. Einzelheiten über Menschen und Orte, alte Geschichten und neue Rätsel und Geheimnisse aller Art.

Außerdem kannte Caleb die besten Verstecke für das Taschenlampenspiel. Eines Nachts heftete ich mich an seine Fersen, als Jenny zu zählen anfing und alle auseinanderstoben. Viele Kinder waren in dem Spiel gern einsame Wölfe, aber Caleb hatte nichts dagegen, dass ich ihn begleitete. Ich lief ihm hinterher bis hinaus zum Rand der Klippen, wo er durch eine unsichtbare Tür zu verschwinden schien. Als ich ihm folgte, sah ich, dass er einen perfekten Ausguck-Hochsitz in einer Zypresse gefunden hatte. Die Astgabel hielt sein Gewicht, während der gesamte Baum wie ein Zaubertrick an der Seite der Klippe hing. Es war ein genialer Platz, der gleichzeitig ein verbotenes Gefühl auslöste. Theoretisch befanden wir uns jenseits des Klippenrands, aber wir waren auch geschützt – in gewisser Weise. Die Äste unter uns hatten genau die richtige Form und Größe für zwei magere Kinder. Die Zweige waren gerade dicht genug, um uns zu verbergen – eine dermaßen effektive Tarnvorrichtung, dass Jenny zwar angerannt kam und direkt in den Baum blickte, ihr Gesicht im Lichtkegel ihrer kleinen Taschenlampe zitronengelb erleuchtet, dann aber weiterlief und die Suche fortsetzte.

All das war für mich noch immer neu und fremd, die nächtlichen Spiele und lachenden Banden aus benachbarten Freundinnen und Freunden: Kindheit. Caleb und ich grinsten einander selbstzufrieden an, da wir das Spiel bereits gewonnen hatten. Jedes Spiel, das wir jemals spielen sollten. Die Nacht schien sich in alle Richtungen auszudehnen, geschaffen für Kinder wie uns, unbesiegbar – unsterblich –, während Jenny weit draußen auf den Klippen Namen rief, in der Hoffnung, damit jemanden aufzuscheuchen. Wir sahen ihr lange zu, wie ihre Taschenlampe durch die schwarzen Grasbüschel auf und ab hüpfte, bis davon nur noch ein winziger Lichtpunkt zu sehen war.

◆◆◆

Damals war Will in Jenny verknallt, aber das waren alle. Im ganzen Ort gab es kein hübscheres oder netteres Mädchen. Sie hatte gerade weiße Zähne, wie in einer Reklame für Pfefferminzdragees, kupferfarbene Sommersprossen auf dem Nasenrücken und langes braunes Haar, das ihr beim Gehen von Seite zu Seite schwang. Sie hatte auch eine wunderschöne Gesangsstimme, hoch und sehnsuchtsvoll, wie die von Joni Mitchell. An Lagerfeuerabenden spielte sie Gitarre, die Füße im nassen Sand vergraben, während die anderen Kids geklautes Bier herumreichten und nur mit halbem Ohr zuhörten. Ich konnte den Blick jedoch nicht von ihr abwenden.

Eines Abends sang sie ein selbst geschriebenes Lied namens »Goodnight, California«, über ein Mädchen, das sich so einsam und verloren fühlt, dass sie ins Meer hinausläuft und nie wieder zurückkehrt. *Sucht nicht nach mir, ich bin niemand*, lautete der Text.

Im rotgoldenen Licht der Flammen am Strand erzeugte sie ein solches Gefühl der Intimität, als würde ich sie tatsächlich allein in ihrem Zimmer beobachten, ihren Körper über die Gitarre gebeugt, all ihre Worte von Einsamkeit handelnd. Im wirklichen Leben kam Jenny nie so rüber, aber ich wusste, dass das nichts zu bedeuten hatte. Traurigkeit konnte sich direkt unter jeder beliebigen Oberfläche verbergen.

Weil Jenny zwei Jahre älter war und mich nicht näher einweihte, wusste ich nicht viel über ihr Leben zu Hause. Doch selbst, wenn wir beste Freundinnen gewesen wären, hätte sie mir vielleicht nichts davon erzählt. Man konnte auf tausend verschiedene Arten schweigen, das wusste ich. Das Lied sprach, zumindest zu mir, löste bei mir Gänsehaut auf Armen und Hals aus und landete direkt in meinem Herzen. *Gute Nacht, Kalifornien. Gute Nacht, Blau. Die Wellen können nun meine Geschichte erzählen. Alle Worte sind für dich.*

◆◆◆

Als Jenny Ford verschwand, im August 1973, war ich fünfzehn. Sie war fast achtzehn und hatte gerade ihren Abschluss an der Mendocino High gemacht. Im Herbst sollte sie auf die University of California, Santa Barbara gehen, um Krankenpflege zu studieren. Bis dahin arbeitete sie fünfundvierzig Minuten vom Dorf entfernt im Landesinneren, bei Husch Vineyards in Boonville, sparte auf ein Auto und erschnorrte sich bis dahin die Heimfahrten bei jedem, der sie mitnahm. Eines Abends verließ sie die Arbeit wie gewöhnlich, kam jedoch nie zu Hause an. Tagelang war das ganze Dorf in Panik, allen voran Caleb. Es war niederschmetternd zu beobachten. Es wurde getuschelt, sie könne abgehauen sein. Das taten Teenager schließlich andauernd, aus allen möglichen Gründen. Caleb beharrte jedoch darauf, dass sie das nicht getan hätte – nicht, ohne ihm Bescheid zu geben oder ihn mitzunehmen.

Während wir auf Neuigkeiten warteten, spürte ich, wie eine alte Angst in mir erwachte. Diese Jahre in Mendocino bei Hap und Eden hatten mir ein Gefühl von Sicherheit gegeben – hatten mich gerettet. Doch nun war mir deutlich bewusst: Was Jenny zugestoßen war, hätte ebenso gut auch mir zustoßen können. Tief in unserem Inneren waren wir nicht so unterschiedlich.

Acht

Als ich schließlich durch die Tür des Patterson's trete, etwas nach halb neun, sitzt Will am hinteren Ende der Bar, vor ihm eine fast leere Tasse Kaffee.

»Ich hatte schon langsam das Gefühl, ich werde versetzt«, sagt er und umarmt mich mit warmem Druck.

Ich erwidere die Umarmung und bemerke, dass er geduscht und sich eine frische Uniform angezogen hat. Sein Haar ist feucht und gekämmt, aber ich weiß, wo all seine Locken sitzen und wie wild es aussehen wird, sobald es trocknet. Abgesehen von den üblichen Zeichen der Zeit ist Will auf unheimliche Weise unverändert geblieben – derselbe kräftige Kiefer, dieselben langen Wimpern. Dieselbe energische Anmut seines Körpers, als wäre er halb Mann, halb Golden Retriever.

»Du hast mich heute vielleicht überrascht«, sage ich.

»Du mich auch.« Er lacht kurz auf und gibt dann der Barkeeperin ein Zeichen, eine blonde Frau mittleren Alters mit einer weichen Kieferpartie und reichlich Falten um die Augen.

Ich bestelle ein Guinness mit einem Schuss Jameson und wende mich dann an Will. »Möchtest du nichts?«

»Nicht während der Arbeit. Wirklich Feierabend habe ich eigentlich erst, wenn ich dieses Mädchen finde.«

»Oh, natürlich. Ich weiß nicht, was ich mir dabei gedacht habe.« Die Barkeeperin kommt mit meiner Bestellung zurück, und ich hebe mein Bierglas an und proste Will gespielt zu. »Ich kann nicht glauben, dass du immer noch hier bist. Du hattest so viele große Ideen.«

»Wirklich?« Er verzieht das Gesicht. »Wo sollte ich denn hin?«

»An tausend verschiedene Orte. Egal wohin.«

»Du meinst, bloß raus aus dem Schatten des alten Mannes?«

»Vielleicht. Manchmal denke ich noch an ihn. Die Imitationen, die er immer gemacht hat. Bugs Bunny.«

»Ja. An den Sachen hat er hart gearbeitet. Er hat stundenlang geübt. In anderer Hinsicht kann er echt ein Scheißkerl sein, aber lustig ist er.«

»Er lebt also noch?«

»In einem Pflegeheim oben in Fort Bragg.« Will legt die Finger über seiner Kaffeetasse zusammen und windet sich in offensichtlichem Unbehagen. »Nicht mehr ganz bei sich, wie man so sagt.«

»Oh, das tut mir leid.«

»Schon okay.« Er zieht die Schultern zu den Ohren hoch und lässt sie dann fallen, wie um sich von etwas zu befreien. »Er kann meine Kinder immer noch zum Lachen bringen.«

»Kinder? Das ist ja toll. Ich wette, du bist ein prima Dad.«

»Ich versuche es.«

»Junge? Mädchen?«

»Je eins, zehn und zwölf. Beide schlauer, als gut für sie ist.«

»Und deine Frau, was macht sie?«

»Beth. Sie unterrichtet an der Montessori-Schule, ein Stück die Straße hinauf. Ist schon lange dort. Sie ist toll mit den Kindern.«

»Was für ein schönes Bild.« Instinktiv werfe ich einen Blick auf seine rechte Hand. Dort ist kein Ring zu sehen, kein Abdruck, wo ein Ring einmal gesessen hat, und auch kein etwas blasserer Streifen Haut. Vielleicht trägt er keinen, vielleicht gibt es aber auch noch eine andere Geschichte, die er mir nicht erzählt.

»Was ist mit dir?«, will er wissen. »Wie lange bleibst du?«

»Keine Ahnung.« Ich wende den Blick ab. »Ich schaue einfach von Tag zu Tag.«

»Verheiratet?«

»Ich habe meine Arbeit geheiratet.« Es ist eine Lüge, in der ganze Ozeane an Wahrheit stecken.

»Ich habe deine Karriere ein wenig verfolgt. Project Lighthouse. Du hast wirklich etwas erreicht.«

»Searchlight«, korrigiere ich ihn. »Aber ja.«

»All die vermissten Kinder, das muss hart sein. Ich könnte das nicht.«

Du machst es doch gerade, möchte ich erwidern, aber das wäre nicht fair. »Wie kommst du zurecht?«, frage ich stattdessen.

Er schüttelt erschöpft den Kopf. »Ich habe nicht mehr geschlafen, seit ich den Anruf bekam. Die Familie verlangt Antworten, aber ich habe keine.«

»Hat das FBI sich eingeschaltet?«

»Um auf bundesstaatlicher Ebene Aufmerksamkeit zu bekommen, bräuchte ich Belege für eine Entführung, und die habe ich nicht. Eigentlich habe ich überhaupt keine Beweise und auch kein Motiv. Keine Zeugen und keinen Tatort.«

»Aber du glaubst, dass jemand sie entführt hat.«

»Es ist bloß ein Gefühl, aber ja. Das tue ich. Da war dieses Mädchen, unten in der Nähe von Richmond, vor ein paar Jahren. Ist aus ihrem eigenen Vorgarten verschwunden.«

»Amber Swartz-Garcia.«

»Ähnliches Alter, oder?«

»Sie war sieben. Zwischen sieben und fünfzehn liegen Welten. Außerdem ist das fünf Jahre her.«

»Oh, okay.« Er seufzt. »Sorry. Ich vergesse, dass du im Urlaub bist.«

»Schon in Ordnung. Mein Verstand als Polizistin macht nie wirklich Urlaub. Gibt es irgendeinen Grund, die Familie zu verdächtigen?«

»Nicht auf Anhieb. Wir sind noch dabei, Befragungen durchzuführen.«

»Ich nehme an, du gehst auch allen registrierten Sexualstraftätern in der Gegend nach? Informierst dich, wer auf Bewährung oder Hafturlaub draußen ist? Alle, die eine Affinität zu Mädchen in diesem Alter, zu dieser Art von Straftat haben?«

Er sieht mich seltsam an. »Willst du wirklich darüber reden?«

»Ist mein einziges Hobby.« Ich zucke mit den Achseln und nehme einen Schluck von meinem Bier. »Vielleicht ist sie irgendwie manipuliert worden. Oder hat sich in etwas Düsteres verwickeln lassen, ohne es zu ahnen.«

»Meinst du Drogen? Sie macht einen blitzsauberen Anschein.«

»Könnte auch um Sex gehen. Vielleicht wird sie von jemandem kontrolliert.«

»Dem Bruder der Mom wurde im College Vergewaltigung vorgeworfen, aber das ist dreißig Jahre her. Vielleicht ist es Camerons Dad?«

»So was kommt vor.« Ich lehne mich vor und bemerke die Anstrengung um Wills Augen herum. Er braucht dringend eine Pause, und ich fühle mit ihm. Ich weiß haargenau, was er gerade auf seinen Schultern trägt. Wie schwer all das sein kann.

»Cameron ist adoptiert worden. Vielleicht hat das etwas zu bedeuten?«

Er wirft dieses Detail hin, als wäre es nur ein weiterer Punkt, den man berücksichtigen sollte; mir geht es allerdings etwas zu nahe. Cameron könnte mit den klassischen Adoptionsproblemen zu kämpfen haben und die Liebe ihrer Eltern austesten, indem sie Dummheiten macht. Oder womöglich trägt sie gleich mehrere Schichten aus emotionalen Narben, Identitäts- oder Bindungsschwierigkeiten, Abgrenzungsproblemen oder selbstzerstörerischen Tendenzen. »Vielleicht«, antworte ich und versuche dabei, meinen Tonfall ruhig zu halten, »wenn ihr das Schwierigkeiten bereitet. Aber du meintest doch gerade, dass sie blitzsauber ist.«

»Ich weiß. Scheiße.« Er atmet lange und geräuschvoll aus, dann winkt er der Barkeeperin zu, damit sie die Rechnung bringt.

»Ich hoffe, du bekommst bald eine Spur«, sage ich.

»Ich auch.« Er wirkt nicht überzeugt. »Ich verrate dir mal was: Ich verspüre gerade eine neue Anerkennung für meinen Dad. Der Druck, der damals auf ihm gelastet haben muss, als er die Dinge nicht wieder in Ordnung bringen konnte. Und das Gefühl des Scheiterns.« In seinem Seufzen stecken ganze Generationen, so wie in jeder Muschel der ganze Pazifik steckt. »Alle haben darauf gewartet, dass er dafür sorgt, dass sie sich wieder sicher fühlen. Aber das konnte er nicht.«

Er spricht von Jenny Ford. Wir haben beide von ihr gesprochen, ohne ihren Namen zu erwähnen.

»Hast du Caleb schon gesehen?«, fragt Will plötzlich.

»Was? Caleb ist hier?«

»Er ist vor fast einem Jahr zurückgekehrt, nachdem sein Dad gestorben ist. Schlaganfall. Caleb hat alles geerbt und hat auch alle Bilder verkauft. Dieser alte Mistkerl besaß Millionen.«

»Ehrlich?« Ich beschwöre Jack Ford herauf, den exzentrischen, eremitenähnlichen Mann, den ich kannte, der stets dieselbe farbbekleckste Jeans und dasselbe Flanellhemd trug, das

Haar struppig, als hätte er es sich selbst mit der Küchenschere geschnitten. Ein Millionär? »Ich konnte ihn nie leiden.«

»Ich auch nicht. Irgendetwas stimmte mit dem Typen nicht. Er hat nie wieder geheiratet, weißt du?«

»Das überrascht mich nicht. Ich glaube, er konnte mit Menschen nicht viel anfangen. Wie geht es Caleb heute?«

»Ich glaube, ganz gut, in Anbetracht der Situation. Ich sehe ihn nicht oft.«

»Ich hätte gedacht, er würde für immer von hier fernbleiben. Dieser Ort hält so viel Schmerz für ihn bereit.«

»Für uns auch, würde ich sagen«, erwidert er schlicht. »Aber hier sind wir nun.«

◆◆◆

Nachdem wir bezahlt haben, folge ich Will hinaus aus der Bar auf die ruhige Straße, wo die Straßenlaternen *Zeit und die Jungfrau* in ein übernatürliches Licht zu tauchen scheinen. Die Figuren wirken auf mich so rätselhaft und verzaubernd wie eh und je.

Will bleibt mitten auf dem Bürgersteig stehen und blinzelt. »Es ist schön, dich wiederzusehen, Anna. Ich will dich nicht anlügen, es ist bislang nicht das beste Jahr gewesen.«

»Für mich auch nicht.« Ich umarme ihn kurz, überrascht von dem Kloß in meinem Hals.

»Fahr vorsichtig, ja?«

»Von Bier wird man nicht betrunken«, behaupte ich.

»Ach ja? Sag dir das selbst auf dem ganzen Weg bis nach Hause.«

Sein Auto steht direkt hinter meinem. Ich weiß, dass er noch zu tun hat, spüre ihn aber dennoch zögern. Vielleicht ist es lediglich die Sorge über diesen Fall, die er ausstrahlt, vielleicht ist es auch die pure Einsamkeit. Jene Einzelheiten über seine perfekte Familie mochten eine Lüge gewesen sein. Oder seine Ehe läuft vollkommen in Ordnung, aber er ist auf irgendeine andere Weise aus der Bahn geraten. Wie schnell sich das eigene Leben gegen einen wenden kann – das weiß ich nur zu gut.

Ich schließe die Tür auf und setze mich an das Steuer meines Broncos, da tritt Will näher heran, sein Gesichtsausdruck traurig und ungeschützt. Er blickt mir lange in die Augen und löst in mir eine leise surrende Vorahnung aus. Versucht er etwa gleich, mich zu küssen?

Aber ich habe die Situation falsch gedeutet. »Ich bin froh, dass du wieder da bist«, sagt er, »auch wenn du nur für eine Weile bleibst. In Zeiten wie diesen, wenn die Welt sich so verrückt anfühlt, ist es gut, Freundinnen und Freunde um sich zu haben.«

Er hat natürlich recht. Dafür bin ich zwar nicht nach Hause zurückgekehrt, aber er hat absolut recht.

Neun

Fünf Tage nach Jennys Verschwinden fanden zwei Fliegenfischer ihren Leichnam im Navarro River, so aufgeschwemmt und verunstaltet, dass die Rechtsmedizin zur Bestätigung ihrer Identität zahnärztliche Unterlagen brauchte.

Hap nahm mich mit in den Wald, um es mir zu erzählen. Ich hatte nie zuvor erlebt, dass er die Fassung verlor, aber als er meine Hände ergriff, tat er sich ganz offensichtlich schwer. »Ich sage dir immer die Wahrheit, Anna, nicht wahr?«, fragte er mich mit zitternder Stimme.

Mein Mund wurde trocken. Der Boden unter meinen Füßen schien sich zu drehen, aber Hap sprach weiter und erklärte, wie die Fischer an einem kleinen, wenig genutzten Abschnitt des Flusses über Jennys Überreste gestolpert waren. Sie war allerdings nicht ertrunken. Sie war erwürgt worden.

Von der Geschichte wurde mir so schlecht, dass ich wünschte, Hap würde aufhören. Mir war jedoch klar, dass er das nicht tun würde. Wenn er mich wirklich beschützen wollte, durfte er nichts zurückhalten. »Wer hat das getan?« Meine eigene Stimme schien von den Bäumen abzuprallen und wie ein Stein zurück in meinen Schoß zu fallen, ein kleines, hartes Stück Welt.

»Das wissen wir noch nicht.«

»Wird Sheriff Flood den Mörder fangen?«

»Davon gehe ich aus.«

»Wie kann irgendjemand so etwas tun?«, wollte ich von ihm wissen, auch wenn ich die Antwort bereits kannte. Ich hatte schon alle möglichen Menschen gesehen, die durch Leid und Umstände verdreht worden waren. Menschen, die so schlimm und so tief verwundet worden waren, dass sie nicht anders konnten, als anderen das Gleiche anzutun. »Jenny war so jung«, schluchzte ich, und mir rannen heiße Tränen in den Mund. »Sie hat nicht einmal eine Chance bekommen.«

»Im Leben existiert auch der Tod, Anna. Es gibt Dinge, die zu unmöglich sind, um sie zu ertragen. So viele Dinge, und doch ertragen wir sie.«

Ich wusste, dass er recht hatte, aber ich hätte alles darum gegeben, etwas anderes zu hören. Könnte Hap mir doch nur versprechen, dass es nie wieder passieren würde, dass ich niemals sterben würde und er und Eden auch nicht. Dass wir gemeinsam vor allem Übel geschützt blieben, auch wenn die Welt voller schrecklichster Dinge und Menschen war. Menschen, die in ihrem Inneren verdorben genug waren, um ein siebzehnjähriges Mädchen zu ermorden und sie wie Abfall in den Fluss zu werfen.

»Wie ertragen wir sie?«, fragte ich schließlich. »Diese unmöglichen Dinge?«

Seine Hand lag still auf meiner, so warm und fest und lebendig. Er war keinen Zentimeter von mir abgerückt. »Genau so, mein Liebling.«

◆◆◆

An den folgenden Tagen breche ich mit einem Rucksack von meiner Hütte aus auf, ohne ein eigentliches Ziel zu haben, abgesehen davon, im Wald zu sein. Vor langer Zeit hatte Hap mir beigebracht, Pfade zu lesen und ihnen zu folgen, sogar kaum genutzte, und ebenso, wie man ohne einen Pfad unterwegs war. Es gibt nichts Besseres, um den Kopf freizubekommen. Die Schönheit der lebendigen Welt, die feuchten Farne, eingerollt am Talboden, benetzt von Tautropfen. Senfgelbe Flechten und kräftiges Moos, die dunkle Felsen und Baumstämme sprenkeln wie Farbkleckse. Das Dach der Baumkronen über mir, wie eine in den Himmel gezeichnete Karte.

Eines Morgens überquere ich nach vier bis fünf Meilen Wanderung durch den Jackson State Forest eine abgelegene Landstraße und erreiche dann den Big River, der sich durch diesen Teil des nördlichen Küstenbereichs schlängelt, ehe er in die Mündung bei Big River Beach strömt, etwas südlich des Dorfes. Das Flussbett ist schmal und flach, gesäumt von moosigen Steinen. Ich habe eine Spule mit einer leichten Angelschnur und ein paar Fliegenhaken dabei und versuche, eine der blassen Forellen zu fangen, die zwischen Licht und Schatten hin und her schnellen. Aber sie sind zu vorsichtig, und mir ist bald zu heiß. Ich gebe auf, ziehe mich bis auf die Unterwäsche aus und wate in das Becken. Über mir wirbeln im schräg fallenden Licht Moleküle von Kiefernstaub auf wie ein goldener Dunst. Das Wasser streicht über meine Haut wie kühle Seidenbänder. Ich spüre, wie sich mein Herzschlag verlangsamt. Das hier meinte Hap mit Medizin.

Auf dem Weg zurück gehe ich direkt über den Bergrücken, hauptsächlich um der damit verbundenen Anstrengung willen. Das Gelände wird mancherorts so steil, dass ich zu Boden sinken und mich auf Händen und Knien weiter fortbewegen muss, durch graue Flechten, Farnkraut und Humus, mein Atem schnell und heftig, mein Gesicht überzogen von Kiefernstaub und phosphoreszierenden Pollen.

Auf dem Kamm angelangt lege ich eine Trinkpause ein und fühle mich so atemlos wie beflügelt. Hier oben liegt eine umgefallene Hemlocktanne, die wie ein erschlagener Riese aussieht, ihr Stamm wie ein feuchter schwarzer Schwamm. Wo der Wurzelballen gewaltsam herausgerissen wurde, entdecke ich drei lange Kratzer in der Erde und daneben Tierkot, der von einem Puma stammen könnte. Als ich mich bücke, um die Stelle genauer in Augenschein zu nehmen, flackert am Rande meines Blickfelds etwas auf, kein Tier, sondern eine feste Form. Ein Unterschlupf.

Obwohl die Sonne bereits untergeht und ich zwischen den Schulterblättern zu frösteln beginne, springe ich dennoch den Abhang hinunter, da ich zu neugierig bin, um mir die Stelle nicht genauer anzusehen. Ich muss mich auf die Fersen zurücklehnen, um am Hang mein Gleichgewicht zu halten. Der Erdboden ist dünn und voller Totholz. Trockenes Farnkraut sticht mich an den Händen und schlägt gegen meine Jeans, aber schließlich erreiche ich das kleine Lager. Jemand hat eine Falle gebaut, wie man sie in einem Wildnisratgeber finden kann. Ein einen Meter achtzig langer Pfahl lehnt gegen den entrindeten Stamm einer Douglasie und ist in regelmäßigen Abständen mit Drahtschlingen umwickelt. Anscheinend funktioniert das Prinzip. Um den Baum herum sind Tannenzapfen und anderer Bodenbelag zertrampelt, ein Hinweis auf die Mühe, die Schlingen wieder und wieder neu zu befestigen. Das hier ist eine effektive Tötungsapparatur, elegant sogar. Wer auch immer sie errichtet hat, weiß genau, was er getan hat, und hat mehr als genug zu essen.

Der Unterschlupf weist dasselbe Ausmaß an Raffinesse auf und lässt bei mir leise die Alarmglocken läuten. Er sieht nicht aus wie eine Jagdhütte, sondern wie ein kegelförmiges Gebilde, das mich an historische Fotografien von indigenen Kulturen wie den Pomo erinnert. Diese siedelten Hunderte Jahre vor den Europäerinnen und Europäern in kleinen Gruppen in ganz Nordkalifornien, und ihre Häuser sahen diesem hier ausgesprochen ähnlich: in einem Kreis aufgestellte Pfähle, die

die schrägen Wände stützen, mit Halmen zusammengebunden und mit Mammutbaumrinde und Holz bedeckt.

Wer sollte sich bloß solche Mühe geben, um eine überzeugende Nachbildung einer Pomo-Hütte zu bauen? Und weshalb in so großer Distanz zum Dorf, meilenweit von allem entfernt, das einer Straße auch nur ähnelt? Ist es die Arbeit eines durchgeknallten Preppers, der glaubt, dass der Weltuntergang kurz bevorsteht? Oder von jemandem, der untergetaucht ist, weil er etwas zu verbergen hat? Oder greift nur mein Polizistinnenverstand nach düsteren Szenarien, obwohl es sich wahrscheinlich einfach nur um einen Outdoor-Typen wie Hap oder mich handelt, der oder die manchmal den Wald und die Stille benötigt, um sich ganz zu fühlen?

»Hallo?«, rufe ich einmal aus und beuge mich auf eine Antwort horchend nach vorn, aber zurück kommt nur Schweigen.

◆◆◆

Am ersten Oktober fahre ich erneut nach Mendocino hinein, weil mir die Vorräte ausgegangen sind. Das Licht hat sich mit der Jahreszeit gewandelt, genauso wie immer, und lässt die Winkel und Schatten nun ausgeprägter erscheinen und einen selbst dankbar für jeden sonnigen Tag werden. Heute ist es kühl, aber klar, mit einer strengen Frische, die sich im Gesicht gut anfühlt. Nach dem Einkaufen verstaue ich meine Lebensmittel im Bronco und beschließe, ein paar Schritte zu laufen. Im Rotary Park sitzen an einem einzelnen Picknicktisch ein Mann und eine Frau neben einem kleinen ramponierten Schutzzelt. Sie haben einen mittelgroßen Hund mit dunkler Schnauze und rötlichem, kurzem Fell bei sich. Als er mich bemerkt, schnellt sein Kopf nach oben, als wären wir Freunde. Dann trottet er herüber und heftet sich an meine Fersen.

Zuerst ist es komisch, wie schnell er sich meinen Schritten anpasst. Ich halte inne, hebe eine Hand wie eine Verkehrspolizistin – »Stehen bleiben« –, aber er ignoriert mich. Ich mache einen Schritt, und er macht einen Schritt. Ich lache, und er setzt sich. Wir befinden uns plötzlich mitten in einer Sitcom, auch wenn anscheinend niemand zuschaut, nicht einmal das Hippiepärchen im Park.

Ich kehre zu ihnen zurück. »Hey, würden Sie bitte Ihren Hund festhalten?«

»Ist nicht unserer«, antwortet die Frau. Sie könnte dreißig oder auch fünfzig sein, mit ihrem von der Sonne gealterten Gesicht und dem in Spitzen abstehenden Haar, das an den Flaum eines Entenkükens erinnert. Über einem langen bedruckten Rock trägt sie ein Seahawks-Sweatshirt, das ihr fast bis zu den Kniekehlen geht. »Hab den noch nie gesehen.«

Der Typ bei ihr sieht aus, als lebte er seit dem Summer of Love auf der Straße. Ein einzelner ergrauender Zopf hängt ihm über eine Schulter, lose geflochten, aber sauber. Als er den Mund aufmacht, blitzt ein Silberzahn auf: »Ist allerdings ein schlaues Tier.«

»Woran erkennen Sie das? Ich hatte nie einen Hund.«

»Liegt alles in den Augen«, erklärt er. »Sie hört zu, sehen Sie?«

»Sie?«

Er zeigt erneut sein Lächeln mit der silbernen Spitze. »Sie sind kein Hunde-Mensch.«

Seinem Charme erlegen, muss ich plötzlich lachen. »Könnten Sie die Hündin einfach festhalten, damit ich hier wieder rauskomme?«

»Kein Problem.« Er zeigt einmal auf den Fußboden, und die Hündin setzt sich und wartet auf sein nächstes Kommando. Als er die Hand ausstreckt, lässt sie sich auf den Bauch fallen.

Auf seinem linken Handrücken fallen mir ein halbes Dutzend *x* in einem Kreis auf.

»Was hat Ihre Tätowierung zu bedeuten?«, frage ich und weise darauf.

»Lektionen.« Seine Pupillen sind so schwarz, dass sie mir entgegenzuspringen scheinen. »Dinge, die ich niemals vergessen sollte.«

Die Frau an seiner Seite sagt: »Glauben Sie nichts von dem, was er Ihnen erzählt. Einmal wollte er behaupten, sie stünden für die Männer, die er in der Schlacht getötet hat. Na los, fragen Sie ihn, welche.«

»Welche Schlacht?«, frage ich, um keine Spielverderberin zu sein.

»Waterloo.«

Zehn

Eden war der erste Mensch, dem ich begegnete, der an frühere Leben glaubte. Davor hatte ich an verschiedenen Orten wild gemischte Stichproben unterschiedlicher Religionen mitbekommen, vom Mormonentum über die Pfingstbewegung bis zum wiedergeborenen Presbyterianismus, ohne mich von einer von ihnen überzeugen zu lassen. Aber Edens Universum war größer und komplexer als jedes, von dem ich je gehört hatte, und wesentlich intuitiver. Für sie war die Vorstellung der Reinkarnation eine offensichtliche Ausweitung des Lebenskreislaufs. Jedes Lebens. Alles bewegte sich auf einem sich kontinuierlich drehenden Rad aus Geburt, Wachstum und Vergehen, das Meer um uns und die Milchstraße über uns und all die Galaxien außerhalb der unseren, so zahllos wie die Farne, die sich am Straßenrand entrollten. Gott war nicht da oben, in irgendeinem himmlischen Königreich, sondern hier in der Welt, in den Dreckklumpen und dem Tau, in der Geduld der Spinne, die hinter der Zuckerdose lebte, in den feinsten Fäden ihres Netzes. Der Tod war ebenso wenig das Ende, wie eine einzelne, schaudernde Welle am Portuguese Beach aufhören konnte, sich zu bewegen. Sie hatte sich damit abgefunden, mir fiel es jedoch noch schwer.

◆◆◆

Nachdem Jennys Leichnam gefunden wurde, dehnten sich die Ermittlungen über Monate aus. Um das Mysterium aufzudecken, befragten Ellis Flood und sein Team die halbe Stadt, oder zumindest schien es so. Ihren Vater und Caleb, alle Freundinnen und Freunde von Jenny sowie ihre Mitarbeiterinnen und Mitarbeiter auf dem Weingut in Boonville. Jack Ford war ein früher Verdächtiger. Er war ein seltsamer Mann, war es schon immer gewesen, und alle wussten, dass er zu viel trank. Abgesehen von seiner Frau, die ihn plötzlich verlassen hatte, als Caleb und Jenny sechs waren, ohne einen Hinweis auf ihren Aufenthaltsort zu hinterlassen, stand er kaum jemandem nahe, auch nicht seinen Kindern. Ich hatte mehr als einmal erlebt, wie Caleb zusammengezuckt war, als Jack seinen Namen rief – aber das war kein Beweis. Ellis Flood fand nichts, das Jack Ford belasten würde, und so ging die Suche weiter.

Wie sich herausstellte, hatte Jenny ein Tagebuch geführt, das entdeckt wurde, als die Polizei ihr Zimmer durchsuchte. Die Seiten waren hauptsächlich mit kryptischen Gedichten und Liedtexten gefüllt, aber aus den letzten Monaten vor ihrem Tod fanden sich mehrere Einträge, in denen sie schrieb, sie wolle ihr Zuhause auf dieselbe Weise verlassen wie ihre Mutter und einfach ohne ein Wort verschwinden. Es sei unerträglich. Sie könne nicht bleiben. Halte es nicht mehr aus. Das war der generelle Tonfall des von ihr Geschriebenen, sie nannte jedoch keine spezifischen Zwänge oder Ängste, oder weshalb sie sich ausgerechnet jetzt so verzweifelt fühlte, wo sie ohnehin kurz davorstand, ihr Zuhause zu verlassen, um aufs College zu gehen. Ob es Sinn ergab oder nicht, lautete die allgemeine Theorie nun, Jenny habe in der Nacht, in der sie verschwand, davonlaufen wollen, aber statt auf einen hilfsbereiten Fahrer sei sie auf einen Mörder gestoßen. Es gab jedoch keine richtigen Hinweise darauf, wer diese Person sein mochte. Es könnte ein Landstreicher auf der Durchreise gewesen sein, womöglich lebte er aber auch noch immer unter uns, direkt vor unserer Nase.

Die Nachbarn blieben nicht mehr auf der Straße stehen, um sich zu unterhalten. Hap und Eden hatten bislang ihre Türen nicht einmal nachts verschlossen, taten es nun aber wie alle anderen auch. Haps Dienstwaffe, die er normalerweise im Wagen eingeschlossen hielt, lag nun regelmäßig neben seinem Bett bereit, wenn wir schliefen. Fühlte ich mich damit sicherer? Vielleicht ein wenig, allerdings hatte sich über Nacht die Oberfläche der Welt verschoben, hatte ihre Form geändert – und zwar nicht nur für mich. Das Büro des Sheriffs setzte eine Ausgangssperre ab neun Uhr abends für alle unter achtzehn Jahren durch. Aber es wollte ohnehin niemand nach Einbruch der Dunkelheit im Dorf unterwegs sein. Jene Tage schienen für immer vorbei zu sein, wie die Lagerfeuer unten am Strand und das Taschenlampenspiel auf der Landzunge. Gerade als ich zu glauben begonnen hatte, ich könnte auf all das zählen.

◆◆◆

Am hinteren Ende der Kelly Street steht das Haus der Familie Ford, ein verwittertes, braunes Schindelhaus mit einem frei stehenden Künstleratelier, beide Gebäude schräg zur Landzunge und zum Meer ausgerichtet. Caleb erzählte mir einmal, es sei von einem der Gründungsväter des Dorfes erbaut und seit 1859 ununterbrochen von einem seiner Vorfahren bewohnt worden, was nicht schwer vorstellbar ist, wenn man sich das Haus anschaut. Als er noch am Leben war, hatte Jack Ford niemals irgendwelche Anstrengungen unternommen, um das Grundstück gepflegt zu halten, und nun sind noch so viele Jahre später die Auswirkungen seiner Vernachlässigung überall zu sehen, in der abblätternden Farbe der Dachtraufen und Schindeln, der ramponiert aussehenden Garagentür und dem Garten, der überwuchert ist von hohen Gräsern und Disteln. Fast so, als wäre er noch immer hier und stellte sicher, dass niemals irgendetwas frei von ihm wächst oder sich verändert oder davonfliegt.

Jack war im Dorf stets als Exzentriker bekannt gewesen. Ein Maler, der mit Ölfarbe auf riesigen Leinwänden malte und nur selten sein Atelier verließ. Er hatte kaum Freunde und schien nicht zu wissen, wie man sich höflich mit anderen Menschen unterhielt. Wann immer ich auf der Suche nach Caleb vorbeischaute, jedoch nur Jack antraf, löste er ein seltsames Gefühl in mir aus, das mir mehr als nur ein bisschen vertraut war. Es war im Grunde nichts von dem, was er sagte oder tat. Lediglich eine Hitze, die er verströmte, die mich zurückversetzte in weggeschlossene Augenblicke, die ich hinter mir gelassen hatte, zu Menschen, über die ich niemals redete.

Nun gehe ich langsam die Kelly Street hinauf auf das Haus zu, ohne genau zu wissen, weshalb ich hergekommen bin oder was ich zu empfinden hoffe. Vielleicht ist es das, was Will über verrückte Zeiten gesagt hat, in denen man seine alten Freundinnen und Freunde um sich haben möchte. Vielleicht habe ich aber auch nie richtig Frieden geschlossen mit Jennys Tod und muss noch einmal vor ihrer Tür stehen, auch wenn sie mir keine Antwort mehr geben kann.

Ich habe kaum das Tor erreicht und gehe im Kopf immer noch rasch alle möglichen Erklärungen für mein Auftauchen durch, da öffnet sich die Tür des Ateliers, und ein Mann tritt heraus. Er ist groß und kräftig gebaut und trägt einen Maleranzug voller weißer Farbkleckse. Sein graues T-Shirt darunter gibt den Blick frei auf einen gebräunten Nacken, breite Brust und Schultern, große Hände. Nichts an ihm ähnelt dem dünnen, aufgeweckten Jungen, den ich einst kannte.

»Caleb?«, rufe ich.

Sein Kopf schnellt nach oben, sein Blick geht einen Moment ins Leere.

»Ich bin's, Anna – Anna Hart.«

Er tritt mit verwirrtem Gesichtsausdruck an den Zaun, dann erst erkennt er mich. »O mein Gott, Anna. Was zum Teufel machst du hier?«

»Ich bin nur zu Besuch.« Ich laufe rot an, fühle mich orientierungslos. Die Jahre zwischen uns scheinen sich zusammenzuziehen und wieder auszudehnen. »Ich bin Will Flood über den Weg gelaufen, und er meinte, du seist wieder in der Stadt. Geht's dir gut?«

»Ja, schon.« Er wippt mit dem Kopf. »Ich glaub's nicht! Anna Hart.«

»Ist lange her.«

Er zuckt die Achseln, wobei er ein Ohr Richtung Schultern sinken lässt. Sein Haar rutscht ihm jungenhaft über die Stirn. »Das ist es.«

»Hör mal, hast du Zeit für einen Drink?«, frage ich, ohne darüber nachzudenken.

»Klar«, antwortet er zögerlich. »Lass mich hier noch kurz fertig werden, und danach treffen wir uns irgendwo.«

»Ich könnte einfach einen Sixpack besorgen und auf der Klippe auf dich warten.«

»Klar«, wiederholt er. »Wieso nicht?«

◆◆◆

Fünfzehn Minuten später sitzen wir auf der festgetretenen Kante über Portuguese Beach und nippen an unseren Coors-Dosen. Es ist mitten am Nachmittag; das Licht kommt bereits von der Seite. Fünfzehn Meter unter uns rennen Wasserläufer auf ihren Cartoon-Füßen hin und her, während die Wellen ans Ufer krachen und sich wieder zurückziehen. Aus irgendeinem Grund empfinde ich alles um uns herum als beruhigend und irgendwie zärtlich. In jüngeren Jahren saßen wir

Hunderte Male hier, manchmal mit geklautem Bier. Ich vermisse jene Jahre. Jene Kinder.

»Ich glaube, du warst noch auf der Highschool, als ich weggezogen bin«, sagt Caleb nach einer Weile. »Ich habe mich ein paar Jahre treiben lassen und bin dann zur Marine gegangen. Ich war froh, fort von hier zu sein, sogar, als ich im Persischen Golf war.«

»Iran? Das muss hart gewesen sein.«

»Klar, zum Teil. Ich war neunundsiebzig während der Islamischen Revolution dort. Das war ziemlich heftig, aber das Meer da war phantastisch. Superwarm, nicht wie dieses hier.« Er lächelt. »Ich habe dort Apnoetauchen gelernt. Da gab's Austern so groß wie verdammte Softbälle. Und die Riffs waren verdammt unglaublich.« Er nimmt einen tiefen Schluck Coors aus der Dose in seiner Hand. »Was ist mit dir?«

»Ich war ein halbes Jahr auf der San Francisco State, dann habe ich abgebrochen und mich auch eine Weile treiben lassen. Eine Zeit lang habe ich Outward-Bound-Trips im Yosemite geleitet.«

»Das klingt cool.«

»Hat Spaß gemacht, ja, aber mit der Zeit fühlte es sich nach Ferienlager an.«

»Du wolltest keine Rangerin werden?«

»Ich habe darüber nachgedacht, aber die Polizeiarbeit erschien mir dann wichtiger. Einmal auf der Polizeischule habe ich mich ihr voll und ganz verschrieben. Ich habe mich von Anfang an für Vermisstenfälle interessiert. Das erschien mir wie die eindeutigste Möglichkeit, etwas Gutes zu tun. Bin nie aus der Bay Area hinausgekommen.«

»Vermisstenfälle, hm?« Er klingt überrascht. »Dann bist du also hier, um dieses Mädchen aus der Highschool zu finden?«

»Nein.« Noch nicht, fügt mein Verstand hinzu, ich behalte

es jedoch für mich, da ich Angst habe, alte Gefühle aufzuwecken. Jenny noch mehr heraufzubeschwören, als wir es ohnehin schon getan haben. »Gerade lege ich eine Pause ein.«

»Oh, dann ist ja gut.« Es klingt, als würde er es ernst meinen. »Gut für dich.«

»Danke.«

Die Sonne geht nun schnell unter und färbt die Wolkenschicht ein. Möwen ziehen über den Wellengang unter uns, in die Höhe getrieben und frei.

»Dieser Ort«, sagt Caleb leise, als könnte er meine Gedanken lesen.

»Ich weiß.«

Elf

In einem besonders schlimmen Jahr bei Searchlight, als ich innerhalb weniger Monate mit drei toten Kindern zu tun hatte, schickte Frank Leary mich zu einer Therapeutin. »Das ist keine Strafe«, erklärte er. »Reine Standardmaßnahme. Du hast eine Menge durchgemacht, Anna.«

»Mir geht's gut.«

»Schön. Sorgen wir dafür, dass es auch so bleibt.«

Der Name der Therapeutin war Corolla, wie das Auto. Ihre Praxis lag an der Embarcadero mit Blick auf die Bay Bridge. Aus ihrem Fenster war von der Brücke jedoch bloß ein kleiner metallischer Schimmer zu erkennen. Sie hatte einen Eames-Sessel und eine Sally-Jessy-Raphael-Brille mit rotem Rahmen, und sie trug einen Cashmere-Poncho, der ihr bis über die Knie ging und dessen Dreiecksspitze auf den konservativen Perserteppich zeigte, wenn sie die Beine überschlug.

Wie sollte das funktionieren?, fragte ich mich. Wie sollte ich dieser Frau in einem Poncho bloß irgendetwas Bedeutsames erzählen können? Und warum sollte ich das wollen? Ich war gut in meinem Job und hatte reichlich Erfolge vorzuweisen. Diese drei Kinder hatten wir nicht gerettet, aber das kam nun einmal vor. Wir würden das nächste retten. Wir würden weiterkämpfen.

»Haben Sie Schlafprobleme?«, legte Corolla los. »Albträume?«

»Nicht mehr als gewöhnlich.«

»Wie sieht es aus mit Drogenkonsum? Machen Sie sich je Sorgen, dass Sie zu viel trinken?«

Wie viel ist zu viel?, fragte ich mich, schüttelte die Sorge jedoch ab, um betont mit den Achseln zu zucken. »Sehen Sie, ich glaube eigentlich gar nicht an diese ganze Gesprächstherapie. Nichts für ungut. Ich bin bloß hier, weil ich muss.«

»Ich habe mit vielen Klientinnen und Klienten gearbeitet, die Traumata bewältigen müssen«, fuhr sie unbeeindruckt fort. »Ich habe meine Ausbildung mit Soldatinnen und Soldaten begonnen, die im Einsatz waren und Kriegstraumata erlitten haben. Viele ehemalige Soldatinnen und Soldaten gehen danach zur Polizei. Sie glauben, die Dinge, die sie damals sahen und taten, wären längst begraben, das alles läge weit in der Vergangenheit. Sie unterdrücken es. Betäuben es. Führen schlechte Ehen. Verfallen dem Alkohol. Bis irgendetwas geschieht, das das Trauma triggert. Und dann, mit einem Schlag, zerbrechen sie.«

»Warum erzählen Sie mir das? Ich war nie beim Militär.«

»Es gibt auch andere Arten von Schlachtfeldern, Anna.« Sie führte ihre Fingerspitzen vor dem Gesicht zusammen, um ihre Worte sacken zu lassen. »Auf Ihrem Aufnahmeformular haben Sie angegeben, Sie seien bei Pflegeeltern aufgewachsen. Sie hatten auch Geschwister. Was ist aus ihnen geworden?«

»Das hat nichts mit meinem Job zu tun.«

»Vielleicht nicht. Es kommt darauf an, wie intensiv Sie daran gearbeitet haben, das zu bewältigen, was Sie zuvor durchgemacht haben. Was Sie bereits mit sich trugen. Was können Sie mir über Ihre Eltern erzählen? Erinnern Sie sich noch an sie? Weshalb konnten sie sich nicht um Sie kümmern?«

Ihre Fragen kamen viel zu schnell nacheinander und wirkten wie Fangfragen. Ich drehte mich in dem übermäßig weichen Sessel und wünschte mir, unsere Stunde wäre vorüber, dabei hatten wir gerade erst angefangen. »Ich möchte nicht darüber reden. Außerdem, wie soll es mir auf der Arbeit weiterhelfen, wenn ich Ihnen hier mein Herz ausschütte? Danach würde ich mich nur noch schlimmer fühlen.«

»Es könnte tatsächlich eine Erleichterung sein, darüber zu reden. Haben Sie das schon einmal in Erwägung gezogen?«

»Nein.«

Es entstand eine lange Pause, in der sie mich betrachtete. »Menschen sind widerstandsfähig, Anna. Ich hege keinen Zweifel daran, dass Sie in Ihrem Job unglaublich versiert sind. Sie reißen sich wirklich gut zusammen. Vielleicht allerdings ein bisschen zu gut.«

»Was soll das heißen?« Ich hatte begonnen, schwer zu atmen. Meine Schultern waren zusammengezogen und verkrampft.

»Nur, dass etwas klaglos durchzustehen keine Dauerlösung ist. Sie mögen glauben, dass Sie einfach ewig so weitermachen können. Aber was Sie gesehen haben, wird nie ganz verschwinden. Es sammelt sich in Ihnen an und beginnt, Sie zu belasten. Und dann ist da noch jenes ältere Trauma, das Sie nie richtig verarbeitet haben. Kein Mensch ist unerschütterlich. Um Hilfe zu bitten bedeutet nicht, dass Sie schwach sind.«

Schwach? Wo kam das denn auf einmal her? »Mir geht es gut. Fragen Sie all meine Kolleginnen und Kollegen.«

Ihr Blick schnellte über mein Gesicht. »Wenn Sie nicht reden möchten, könnten wir andere Wege erkunden, um Ihnen bei der Verarbeitung zu helfen. Manche meiner Klientinnen und Klienten probieren Yoga oder Tai-Chi aus, oder sie führen ein Tagebuch. Ich möchte Ihnen lediglich Werkzeuge an die Hand geben.« Sie ließ ihr Notizbuch sinken und setzte dann ihre Brille ab, um sie zwischen den Händen zu balancieren. »Wann haben Sie in Ihrem Leben am meisten Frieden gefunden, sind am meisten Sie selbst gewesen?«

»Wie bitte?«

»Ihr glücklichster Ort?«

Ich hatte keine Ahnung, worauf sie mit diesen Fragen hinauswollte, aber Mendocino war die einzig mögliche Antwort. »Nicht alle meine Erinnerungen daran sind gut«, stellte ich klar, »aber es ist mein Zuhause.«

»Okay.« Sie drückte den Rahmen ihrer Brille mit den Händen zusammen und blickte hinaus auf das Raster der Stadt, auf den Himmel. Dann schloss sie die Augen. »Ich möchte, dass Sie sich jeden Tag einmal Mendocino vorstellen und in Ihren Gedanken dort hinreisen. Visualisieren Sie den Ort, bis er vollständig ist, in allen Einzelheiten, wie Sie sich daran erinnern können. Und wenn Sie alles klar vor sich sehen, genau so, wie Sie es sich wünschen, dann möchte ich, dass Sie ganz langsam anfangen, ein Haus zu bauen, ein Brett nach dem anderen. Ein Haus, das groß genug ist für alle, die Sie verloren haben, alle, die Sie nicht retten konnten.«

Mir lief es eiskalt den Rücken hinunter. Ich starrte sie an. Was für ein Mensch redete denn bloß so? Was für ein Leben hatte Corolla geführt, das ihr erlaubte, mit einer Fremden in einem Zimmer zu sitzen und sich sicher genug zu fühlen, um die Augen zu schließen?

»Wie soll diese Übung helfen?«

»Auf diese Weise können Sie integrieren, was Ihnen zugestoßen ist. Es ist eine Heilungsgeschichte.«

Heilungsgeschichte? Hatte sie das in irgendeinem Handbuch für Therapeutinnen gelesen? »Es gibt kein Haus, das groß genug wäre«, sagte ich schließlich.

»Es ist Ihr Haus, es sind Ihre Gedanken. Es kann so groß sein, wie es sein muss. Streichen Sie die Wände in leuchtenden Farben. Lassen Sie die Sonne herein. Und wenn alles genau richtig ist, stellen Sie sich vor, wie sie alle darin zusammenkommen, Anna, gemeinsam, glücklich und heil. All jene Kinder, die etwas Besseres verdient hatten.«

In meiner Brust spürte ich, wie etwas zitterte und dann hinabstürzte. Wenn sie nur aufhören würde, zu reden, dann könnte ich mich wieder sammeln. Aber das tat sie nicht.

»Wichtig ist nicht, was Sie mit sich herumtragen, sondern wie Sie lernen können, es zu tragen. Auch Ihr jüngeres Ich, Anna. Geben Sie ihm Raum. Finden Sie einen Weg, dieses Ich hereinzulassen.«

Zwölf

Als ich von meinem Treffen mit Caleb zurück in der Hütte bin, erhitze ich eine Dose Eintopf und esse ihn über der Spüle, dann schenke ich mir zwei Fingerbreit Maker's Mark Whisky in ein Glas ein und erhasche dabei in der Fensterscheibe einen Blick auf mich selbst. Willkürlich gebundener Pferdeschwanz und zerknittertes Thermo-Langarmshirt, die Jeans, die ich seit Wochen nicht gewaschen habe. Caleb war höflich genug, keine Bemerkung darüber abzugeben, als wir vorhin zusammensaßen, aber ich sehe definitiv nach *Ruf der Wildnis* aus.

Ich bleibe bis lange nach Mitternacht auf, trinke und starre ins Feuer, bis ich irgendwann auf das kratzige karierte Sofa im Wohnzimmer sinke. Träume tauchen auf, die ich nicht will. Um die ich nicht gebeten habe. Sind es überhaupt Träume?

Ich bin mit Eden auf einem schmalen Pfad im Wald. Sie läuft in einer von Haps Arbeitsjacken voraus. In diesem Moment ist sie nicht krank. Noch nicht krank.

»Schau mal, Anna. Das hat mir einmal eine Medizinfrau gezeigt.« Sie deutet auf einen Baum, der sich scharf zur Seite biegt, als würde er hinab auf den dichten feuchten Humus um ihn herum blicken.

Moment mal. »Du kennst eine Medizinfrau?«

»Das ist ein Markierungsbaum.« Hat sie meine Frage gehört? »Ein Pfeil. Die Pomo taten das vor Hunderten von Jahren manchmal, um einander Zeichen zu geben. Und schau, wir empfangen die Botschaft erst heute.«

»Welche Botschaft?«

Dann ist Eden verschwunden, und stattdessen ist Hap bei mir, älter als ich ihn im Leben je kannte. Gekrümmt wie der Baum, beinahe in der Mitte. Über den Pfad gebeugt.

»Bloß die alte Hüfte, die sich beschwert«, sagt er laut, als könnte er meine Gedanken hören und wüsste, dass ich mir Sorgen um ihn mache. »Komm schon. Zusammen schaffen wir es. Wir sind fast da.«

Wo? Ich versuche, näher heranzutreten, stecke aber irgendwie fest, klebe an Ort und Stelle. *Du fehlst mir*, versuche ich hervorzubringen. *Ich schaffe das nicht alleine.*

»Fast da«, wiederholt er. Aber er hat sich nicht bewegt.

Um uns ist der Nebel so dicht, dass er von den Bäumen tropft. Ich sehe eine Bananenschnecke auf dem Pfad neben meiner nassen Stiefelspitze, fett und gelbgrün, glitschig vom Tau.

»Heute kriegte jeder einen Drink.« Er lauscht erneut meinen Gedanken und lacht leise. »Da sind wir. Schau.«

Es ist derselbe Markierungsbaum, aber seine Zweige zeigen nun hinunter auf ein verwundetes Reh. Das gelbbraune Fell des Tieres ist von irgendetwas Fürchterlichem aufgerissen worden, sein Bauch ist durchbissen, so dass ich sein faustgroßes Herz zittern sehen kann, schwarz vor Blut. Aus seinem Maul dringt ein Laut, der weder menschlich noch tierisch ist, sondern beides zugleich – ein gleichmäßiger, tiefer Laut des Schmerzes.

Oh, Hap. Tu doch etwas.

»Ich kann nicht, aber du kannst es. Sie ist genau wie du, Liebling. So wirst du sie finden.«

Dann ist das Reh verschwunden. Der Waldboden ist zimtfarben von den Nadeln der Mammutbäume, die Welt ist kühl, vollkommen und still. Hap ist nirgends zu sehen, aber ich kann ihn hören, seine Worte durchdringen mich wie ein ursprüngliches Geräusch, das Meer in einer hohlen Muschel, der ganze Wald im Zweig eines Baumes.

»Hab keine Angst. Du wirst wissen, was zu tun ist. Folge einfach den Zeichen.«

Was? Nein. Komm zurück!

»Anna, Liebling. Deshalb bist du hier. Mach die Augen auf.«

◆◆◆

Ich wache mit pochenden Kopfschmerzen auf, meine Zunge ist schwer und belegt. Ich habe schon seit Langem lebhafte Träume. Das geht allen Polizistinnen und Polizisten so, zumindest im Laufe der Zeit. Aber dieser Traum hat einen Kater zurückgelassen, der nur wenig bis gar nichts mit dem Whiskey zu tun hat.

Ich lasse die Dusche an und stelle mich lange unter das fließende Wasser, warte darauf, dass das Dröhnen in meinem Kopf verschwindet, aber das tut es nicht. Mich überkommt eine Woge der Übelkeit, und ich sinke auf den Fußboden, wo ich meine Knie umklammere, während das Wasser über mich läuft wie ein Vorhang aus warmem Regen. Ich verspüre einen seltsamen dumpfen Schmerz in meinem Rücken und im Bauch, ein Gefühl, das mich verwirrt, bis ich einen schwachen Hauch Eisen rieche. Bis ich das Blut bemerke, dass zwischen meinen Beinen hervor- und in den Abfluss sickert, blassrosa und wässrig. Mein Zyklus ist wieder da.

Während meine Brustdrüsenentzündung langsam geheilt ist und meine Brüste wieder ihre normale Form angenommen haben, habe ich versucht, meinen Körper zu vergessen, aber er erinnert sich eindeutig noch an alles. Wie ich an jenem Tag schrie, mich wie eine Fremde anhörte. Wie Brendan mir immer wieder sagte, der Krankenwagen sei auf dem Weg, als würde das irgendeinen Unterschied machen. Meine Nachbarin Joyce wich nicht von meiner Seite. Ihr Gesicht war blass und blutleer. Es tut mir so leid, wiederholte sie ständig. Aber ich konnte ihr nicht antworten. Später standen die Sanitäterinnen und Sanitäter über mir, während meine Jeans an meinen Beinen klebte, nass und kalt. Ich fühlte mich darin tot. Es war Zeit für mich, den Körper loszulassen, aber ich konnte meine Arme nicht öffnen. Aus der Ferne hörte ich ein Baby schreien. Einer der Sanitäter sagte immer wieder meinen Namen, der sich auf einmal absurd anhörte.

Durchweicht und zitternd in der Dusche liegend, spüre ich auf einmal alles mit erschreckender Unmittelbarkeit, die Schwere meiner Schuld, den Schmerz, den ich Brendan zugefügt habe, Franks Zweifel an mir, die Trümmer meines Lebens in der Ferne, wie eine Stadt in Flammen. Ich hatte gehofft, Mendocino könne mir helfen, zu heilen und zu vergessen. Stattdessen ist der Ort voller Geister und Spuren, Botschaften, die ungeduldig auf mich gewartet haben. Hap in meinem Traum von dem verwundeten Reh. *Sie ist genau wie du, Liebling. So wirst du sie finden.* Camerons gequälter Blick auf ihrer Vermisstenmeldung. Ihr Hilferuf, den ich keinen Augenblick aufgehört habe, zu vernehmen, so sehr ich es auch versucht habe.

Ich stehe auf; und meine Knie stoßen so hart gegeneinander, dass es sich gefährlich anfühlt, in meinem Körper zu sein. Ich bin gerade erst hier angekommen. Ich bin noch nicht annähernd bereit für irgendetwas hiervon, aber das spielt keine Rolle. Im beschlagenen Badezimmerspiegel hat sich ein kleiner Kreis aufgeklart, und in dessen Zentrum taucht mein eigenes Gesicht auf. Jedes Zeichen ist ein und dasselbe. Ich soll Cameron Curtis finden.

2

Geheime Dinge

Dreizehn

Am 4. Juli 1970 fuhren alle Streifenwagen unseres Sheriff's Departments in einer Parade über die Main Street bis zum Feuerwerk am Steilufer. In jenem Jahr war ich zwölf und wartete auf meinen Anteil an Wunderkerzen, die Ellis Flood allen Kindern in die Hand drückte. Er hatte in seinem Büro ein ganzes Lager, darunter auch Rauchbomben und Fontänen und Red Rockets mit der Aufschrift NACH DEM ANZÜNDEN NICHT IN DER HAND HALTEN an der Seite ihrer orange-blauen Verpackung.

Ich hatte mich an Feiertagen nie besonders wohlgefühlt. Feiern bedeutete für mich typischerweise Chaos, weil die für einen zuständigen Erwachsenen dann sogar noch abgelenkter und unberechenbarer waren als gewöhnlich und sich erlaubten, noch mehr Hemmungen fallenzulassen, als sie es ohnehin jeden Tag taten.

Mit acht Jahren wachte ich früh am Weihnachtsmorgen in unserer Wohnung in Redding auf und stellte fest, dass meine Mutter weder in ihrem Bett noch überhaupt zu Hause war. Im Wohnzimmer lag unter dem Plastikbaum, den wir in der Woche zuvor aufgestellt hatten, lediglich ein verknülltes Bettlaken, auf das die Geschenke platziert werden sollten. Die Baumlichter waren über Nacht eingeschaltet geblieben und warfen blinkende regenbogenbunte Eier über die Wand und den Teppich. Neben einem überquellenden Aschenbecher auf dem Sofatisch hingen drei rot-weiße, noch mit dem Preisschild versehene Filzsocken halb aus einer Plastiktüte heraus.

Ich hatte gerade angefangen, alles aufzuräumen, als meine Geschwister aus ihrem Zimmer kamen und ich mir schnell etwas einfallen lassen musste.

»War Santa schon da?«, wollte Jason wissen. Er trug sein Captain-Kangaroo-T-Shirt ohne Hose und hatte sich seinen Kuscheltier-Gepard Freddy unter den Arm geklemmt.

»Der kommt doch erst heute Abend, Dummerchen.« Ich scheuchte die beiden in die Küche. »Jetzt ist Zeit fürs Frühstück.«

»Wo ist Robin?« Amy nahm den Daumen aus dem Mund, um die Frage zu stellen, steckte ihn dann jedoch schnell wieder hinein und blickte sich im Zimmer um, während ich sie sanft von hinten anschob.

»Die hilft Santa. Kommt schon, lasst uns essen.«

Jason und Amy waren meine Halbgeschwister, in jenem Jahr vier und fünf Jahre alt. Irische Zwillinge, wie meine Mutter sie immer genannt hatte, auch wenn ich keine Ahnung hatte, was sie damit meinte. Ihre eigene Mom Trish war schon immer ziemlich kaputt gewesen und lange nicht mehr zu Besuch gekommen. Unser Dad Red saß wegen eines bewaffneten Überfalls auf einen Spirituosenladen im County-Gefängnis. Er hatte dabei zwar eine Skimaske getragen, diese aber ausgezogen, sobald er draußen war, und es hatte Zeuginnen und Zeugen gegeben.

»Was für ein Idiot«, hatte meine Mutter nach diesem Urteil mehr als einmal gesagt. »Der könnte nicht einmal mit beiden Händen seinen eigenen Arsch finden.«

Ich hatte längst gelernt, ihr zuzustimmen, um nichts noch komplizierter zu machen. Zum Glück mochte sie die Kids, obwohl es nicht ihre eigenen waren und sie Trish niemals hatte leiden können. Ohnehin übernahm ich die meiste Arbeit. Wir vier waren nun seit Monaten allein, und es lief ganz okay. Ich durfte bereits kochen, seit ich fünf oder sechs war, und hatte dabei niemals einen Unfall gehabt oder mir auch nur einen Finger verbrannt.

»Du bist eine gute Helferin«, sagte meine Mom gelegentlich, und es fühlte sich jedes Mal an, als würde die Sonne hinter einer großen dunklen Wolke hervorschauen.

◆◆◆

An jenem Morgen schleifte ich einen Stuhl an den Herd, um Rühreier zu machen, die ich mit dem Holzlöffel in der Pfanne hin und her schob, bis sie ganz durchgebraten waren. Andernfalls würde Amy sie nicht essen.

Amy hatte hellblondes Haar. Wenn sie besorgt war, steckte sie sich die Spitzen in den Mund und lutschte gleichzeitig an ihnen und an ihrem Daumen. Genau das tat sie nun auch. »Wo ist Robin?«, fragte sie erneut.

»Das habe ich dir doch schon gesagt, sie hilft Santa. Trink jetzt deine Milch.«

»Ich habe immer noch Hunger«, sagte Jason. »Kann ich ein Pop-Tart haben?«

»Du hattest genug.« Ich hatte bereits nachgesehen, wie viel Essen noch vorrätig war. Bevor Amy und Jason bei uns eingezogen waren, war meine Mom einmal zum Laden gegangen, um Zigaretten zu kaufen, und zwei Tage lang nicht zurückgekehrt. Ich hatte damals Frühstücksflocken gegessen, bis keine Milch mehr da war. Für die beiden Kleinen musste ich mir jedoch mehr einfallen lassen. »Hier«, sagte ich und gab Jason den Rest von meinen Eiern. »Jetzt ziehen wir uns an und spielen draußen ein Spiel.«

»Gehst du nicht in die Schule?«, wollte Amy wissen.

»Nein, heute ist doch ein Feiertag, Dummerchen. Und hör auf, Fragen zu stellen.«

Wir spielten den ganzen Tag lang auf dem Hof unseres Wohngebäudes, im Waschraum, der perfekt zum Verstecken war, und im Swimmingpool, aus dem am Ende des Sommers das Wasser abgelassen worden war und der noch weitere Monate leer bleiben würde. Wir aßen Käsesandwiches unter einem Kamelienbusch und bauten dann einen Märchengarten aus Steinen und Wäscheklammern und allem, was wir sonst noch finden konnten. Das war gut, weil es viel Zeit in Anspruch nahm. Wann immer eins der Kids fragte, wann wir wieder hineingehen konnten, sagte ich ihnen, sie sollten geduldig sein. Dass Weihnachten in diesem Jahr später anfange, weil es am Nordpol einen Eissturm gegeben habe, weshalb Robin auch habe helfen müssen.

Alles lief wie geschmiert, bis unsere Nachbarin Phyllis mit ihrem Chihuahua Bernard vorbeikam und stehen blieb, um uns in Augenschein zu nehmen, als würden wir etwas falsch machen, indem wir nur atmeten. »Wo ist eure Mutter?«

»Schläft«, sagte ich und warf den beiden rasch einen Blick zu, der bedeutete, dass sie mir nicht widersprechen durften.

Jason nickte und streckte dann die Hand nach Bernard aus, der zitternd zur Seite huschte.

Dieser Hund mochte keine Menschen und vor allem keine Kinder, aber Jason konnte sich nicht zurückhalten.

Phyllis hob Bernards sich windenden Körper mit angewidertem Gesichtsausdruck hoch, während sie weiter auf uns hinabstarrte. »Den ganzen Tag?«

Amy hatte sich nicht gerührt, mischte sich nun jedoch ein. »Wieso denn nicht? Sie ist müde.«

Schließlich kehrte Phyllis in ihre Wohnung zurück, schaute aber immer wieder durch den Schlitz zwischen ihren Vorhängen hinaus. Währenddessen erklärte ich den Kids, wie gut sie sich verhalten hätten und dass ich stolz auf sie sei. Und das war ich auch. Welche Sorgen ich mir auch um meine Mutter machen mochte, sie wurden ausgeglichen durch die Leichtigkeit des Tages, wie einfach sich alles anfühlte, von jenem Gespräch mit Phyllis einmal abgesehen. Mom hatte »eine Menge um die Ohren«, wie sie sich häufig ausdrückte. Auch mit den Essensmarken war das Ernähren von drei Kindern kein Zuckerschlecken. So unberechenbar und launisch Red auch sein konnte, hatte er sie doch stets zum Lachen bringen können. Nun, da er schon seit einer Weile fehlte, hielt sie nichts mehr davon ab, in ein tiefes emotionales Loch zu stürzen. Sie war einsam und müde, und das Leben zog an ihr vorüber.

Einmal fand ich Amy im Flur, wie sie Mom in ihrem Zimmer durch die Tür beim Weinen belauschte. Sie hatte den ganzen Tag dort drinnen verbracht.

»Worüber macht Robin sich solche Sorgen?«, fragte Amy, als ich ihr eine Handvoll Kekse reichte, um sie abzulenken.

»Über eine Menge Dinge. Du würdest es nicht verstehen.«

Vierzehn

Will hat dasselbe Büro wie einst sein Vater, stelle ich fest. Als ich anklopfe, hebt er den Blick von seinem Schreibtisch, hinter dem er umgeben von Papieren in einem Kreis aus Neonlicht sitzt.

Auf Wangen und Oberlippe blitzen rotblonde Stoppeln auf; seine Augen wirken müde, aber sobald er mich sieht, blicken sie erwartungsvoll und offensichtlich überrascht.

»Anna. Hey. Was gibt's?«

»Hast du kurz Zeit?«

»Gerade ist ziemlich viel los. Kann ich dich nachher anrufen?«

»Eigentlich hatte ich gehofft, du lässt mich dir bei dem Fall helfen.«

»Was?« Er blinzelt mehrmals schnell hintereinander. »Meinst du das ernst?«

»Absolut.«

Er gießt uns Kaffee in fleckige Keramiktassen und kippt Kaffeeweißer dazu, dessen Geruch süß und chemisch ist – und vertraut. Wie alles andere auch, die Wände aus grau-beigefarbenem Beton, die zerknickten Aktenmappen, aus denen Papierschnipsel und Formulare herausschauen, die eingerollten Post-it-Zettel und halb vollgeschriebenen kleinen Notizbücher, dic verstreut herumliegenden Kugelschreiber mit ihren verbogenen und angekauten Kappen.

Hinter Wills Schreibtisch hängt ein großes Stück Papier, auf das Listen mit Namen, Daten und Uhrzeiten für Camerons

Fall gekritzelt sind. Direkt daneben ist auf Augenhöhe eine weitere Vermisstenmeldung angepinnt.

ENTFÜHRT
Mit vorgehaltenem Messer
Polly Hannah Klaas
Geboren am 03.01.1981
Braunes Haar – Braune Augen
1,47 m – 36 Kilo
Zuletzt gesehen am 1. Oktober 1993 in Petaluma, Kalif.

Mein Blick bleibt hängen, während alles sich beschleunigt. »Moment mal. Was ist das?«

Er schüttelt den Kopf, als wünschte er, er könnte die Tatsachen ausradieren. »Ich weiß, das muss man erst einmal sacken lassen. Ich hänge seit dem Morgengrauen am Telefon. Der Verdächtige läuft immer noch frei herum.« Er reicht mir das Phantombild eines untersetzten Mannes mittleren Alters.

VERDÄCHTIGER
Weißer männlicher Erwachsener, 30–40 J.
Ca. 1,90 m, dunkles/dunkelgraues Haar
Vollbart, trägt dunkle Kleidung
Gelbes Bandana um den Kopf
Wenn Sie irgendwelche Informationen zu diesem Mann besitzen,
RUFEN SIE DIE POLIZEI IN PETALUMA AN:
707–778–4481

Erst einmal sacken lassen? Ich bin hierhergekommen mit der Bereitschaft, alles in meiner Macht Stehende zu tun, um ein Mädchen zu finden, und hier ist nun noch ein weiteres. »Wie hängt das mit unserem Fall zusammen? Könnte das derselbe Typ sein, der auch Cameron hat?«

»Irgendwie hoffe ich es«, seufzt Will. »Dieses Mal gibt es Zeuginnen. Es gibt einen Tatort. Pollys zwei beste Freundinnen waren bei ihr, als er das Zimmer betrat. Sie haben seine Stimme gehört. Sie haben sein Gesicht gesehen.«

Während ich die Einzelheiten auf mich wirken lasse, bekomme ich mehr und mehr das Gefühl, in trübem schwarzem Wasser auf der Stelle zu treten. Wir sind nun in dem Bereich, in dem die Füße den Boden nicht mehr erreichen. Es handelte sich hier um drei zwölfjährige Mädchen inmitten einer Pyjamaparty. Pollys Kidnapper war am Freitagabend plötzlich im Türrahmen aufgetaucht und hatte gedroht, ihnen die Kehlen durchzuschneiden, wenn sie schrien. Er hatte den Mädchen Kissenbezüge über den Kopf gezogen und sie gezwungen, bis tausend zu zählen. Wie hatte sich Tausend angefühlt? Wie eine Ewigkeit.

»An der Hintertür gab es keine Fingerabdrücke«, berichtet Will. »Dort ist er ins Haus gelangt. Das Team der Spurensicherung hat zwar einen Abdruck in Pollys Zimmer gefunden, aber der ist zu verschmiert, um ihn durchs System laufen zu lassen. Anscheinend kam er ausgerüstet mit einem Stück Seil und einer selbst gemachten Haube aus irgendeinem seidigen Material, etwa einem Nachthemd.«

Ich greife nach den Armlehnen des Schalensessels, die sich glatt und fest anfühlen. »Eine Haube?«

»Richtig. Die Mädchen meinten, er hätte verwirrt darüber gewirkt, sie zu dritt anzutreffen. Er fragte, welche von ihnen in diesem Haus lebe.«

»Vielleicht hatte er Polly zuerst irgendwo anders gesehen und sie ins Visier genommen, ohne daran zu denken oder sich darum zu scheren, wer sonst noch dabei sein könnte, wenn er zur Tat schritt. Ein Haus voller Mädchen ist nicht gerade ruhig. Wo waren die Eltern?«

»Die Mom schlief, der Dad war in seinem eigenen Haus. Sie sind geschieden.«

»Womöglich hätten sie sie auch nicht beschützen können, wenn sie beide anwesend und wach gewesen wären. Manche Täter schrecken vor nichts zurück, wenn sie erst einmal angefangen haben.«

Wills Augen sind leicht glasig geworden, und ich weiß, weshalb. Er bewegt sich bereits die letzten zehn Tage, seit Camerons Familie sie vermisst gemeldet hat, in einem Minenfeld, aber nun ist es gleich zweimal so groß, mit einem doppelten Risiko. »Falls das derselbe Typ ist, der Cameron entführt hat«, sagt er schließlich, »ich meine, falls er aktiv auf der Jagd ist, dann besteht keine Chance, dass wir sie lebend finden, oder? Du kannst es mir sagen.«

Es gibt darauf keine einfache Antwort. Fünfundsiebzig Prozent der gekidnappten und ermordeten Kinder werden innerhalb der ersten drei Stunden nach ihrer Entführung umgebracht. Aber Cameron ist kein Kind mehr. Sie ist fünfzehn. Und dann ist da noch diese Tatsache: In der Abraumhalde an Fällen, an denen ich im Laufe der Jahre gearbeitet habe, gab es nur einmal ein Opfer im Teenageralter, das seinem Entführer entkommen und nach Hause zurückkehren konnte, zwei Jahre nach seiner Verschleppung.

Normalerweise ist es schon ein Erfolg, wenn man eine Leiche findet. Menschen sind zu allem fähig, was man sich nur vorstellen kann. Und doch, während mein Polizistinnenverstand weiß, dass Cameron höchstwahrscheinlich tot ist, sagt mir eine andere Stimme, die ausschließlich aus Instinkt und Intuition besteht, ich solle nicht aufgeben.

»Hör zu«, erkläre ich Will. »Wir können es einfach nicht

wissen, solange wir nicht mehr Informationen haben. Du hast dich mit dem Department in Petaluna in Verbindung gesetzt?«

»Gleich als Erstes heute Morgen. Eddie Van Leer leitet die Ermittlungen beim dortigen Police Department.« Will greift nach dem am nächsten liegenden Notizbuch und blättert durch die Seiten. »Rod Fraser ist der Special Agent des FBI. Schon mal mit ihm zusammengearbeitet?«

»Einmal, vor etwa zehn Jahren. Er ist zuverlässig. Überhaupt kein typischer FBI-Beamter. Muss nicht unbedingt immer der Schlauste im Raum sein.«

»Na ja, irgendjemand macht da unten auf jeden Fall etwas richtig. Pollys Gesicht ist jetzt schon überall. Es ist ein bundesweiter Fall, während ich hier noch gar nichts habe. Van Leer sagt, er habe bereits sechzig Polizistinnen und Polizisten auf den Fall angesetzt.«

»Du verstehst schon, wieso dort gerade alles hochgeht, oder? Ein zwölfjähriges Mädchen, das an einem Freitagabend aus seinem Kinderzimmer entführt wird? Welche Eltern hatten diesen Albtraum nicht schon einmal?«

»Okay, aber Cameron Curtis ist jetzt schon seit über einer Woche mein Albtraum. Ich bin total überfordert, Anna.« Er gerät ins Stocken, und man hört seine Anstrengung. »Ich habe keinerlei Hilfe bekommen, habe keine Spuren. Die Familie verliert langsam die Fassung. Und was soll ich ihnen sagen? Herrgott.«

Er hat viel zu viel alleine tun müssen. Es ist auch viel zu viel für uns beide, aber das werde ich ihm in diesem Augenblick nicht sagen. Ich stelle meinen Kaffee ab und ergreife seine Hand, die sich rau und kühl anfühlt, ehe ich meine wieder zurückziehe. »Wer auch immer Polly Klaas entführt hat, könnte auch unser Verdächtiger sein, aber das ist rein spekulativ. Ein

Serientäter hat sehr spezifische Muster und Vorlieben. Polly ist vorpubertär und sieht außerdem jung aus für ihr Alter. Sie hat noch keine Brüste, regt also nicht dieselbe Art von Appetit an. Cameron mag emotional jung sein, aber sie sieht aus wie eine Frau, nicht wie ein Kind.«

»Okay, das verstehe ich. Aber manchmal hat es auch einfach etwas mit Gelegenheiten zu tun, oder nicht?«

»Sicher. Polly könnte das erste Mädchen sein, das vorbeilief, als er getriggert wurde und wusste, dass er jemanden entführen würde. Aber denk mal einen Moment über sein Verhalten nach, Will. Dieser Typ in Petaluma ist mit gezogenem Messer direkt in ein volles Haus spaziert und hat dort Zeuginnen zurücklassen.«

Er nickt langsam. Blinzelt wieder gegen das erbarmungslose Licht. »Cameron dagegen ist einfach verschwunden.«

»Ehrlich gesagt läuft es meistens so, vor allem bei Teenagern. Wenn man eine Person wie Cameron finden will, bei der es entweder keine Beweise gibt oder diese unsichtbar sind, dann muss man das Opfer studieren, um Antworten zu erhalten. Man muss sich dieser Person mit Leib und Seele widmen. Tief eintauchen. Und dann wird sie einem vielleicht zeigen, wo man nach ihr suchen muss.«

»Willst du dich wirklich mit mir in all das hineinbegeben?« Die Hoffnung in Wills Stimme ist spürbar, eine zerfetzte Flagge, die inmitten von Rauch flattert.

»Solange ich nicht das Gesicht von irgendwas werde. Mein Name wird nirgends aufgeführt. Weder auf Mitteilungen noch auf einer Gehaltsabrechnung. Ich werde nicht mit der Presse sprechen, und ich werde definitiv nicht mit dem FBI reden. Ich bin für dich und für diese Mädchen da. Das ist alles.«

»Was auch immer deine Regeln sind, lässt sich einrichten. Ich bin einfach nur froh, dass du hier bist.«

Ich atme durch und lege die Finger auf den kühlen, metallenen Rand seines Schreibtisches, während sich meine Schultern bereits unter der Verantwortung zusammenziehen. »Ich auch.«

Fünfzehn

Am Dienstag, dem 21. September, besuchte Cameron nach der Schule ihren besten Freund Gray Benson, um mit ihm zusammen zu lernen, und ging von dort allein nach Hause, wo sie gegen Viertel nach sechs ankam. Sie und ihre Mutter Emily aßen zu Abend, dann ging Cameron auf ihr Zimmer. Kurz nach zehn sah Emily nach Cameron. Die beiden wünschten einander eine gute Nacht, danach schaltete Emily wie gewöhnlich die Alarmanlage ein und ging ins Bett, in dem Glauben, Cameron würde das Gleiche tun. Als sie jedoch am nächsten Morgen um sieben Uhr Cameron zum Frühstück wecken wollte, fand Emily ihr Zimmer leer und die Alarmanlage ausgeschaltet vor. Sie hatte keine Zeit, darüber nachzudenken, warum das so war, ob sie aus irgendeinem Grund nicht funktioniert hatte oder ob sie selbst vergessen hatte, sie einzuschalten. Ihre Tochter war verschwunden.

Um sieben Uhr neun rief sie ihren Ehemann Troy Curtis an, der sich gerade an ihrem Zweitwohnsitz in Malibu aufhielt. Der Anruf dauerte drei Minuten. Sobald sie aufgelegt hatte, wählte sie den Notruf. Wills Büro reagierte innerhalb von Minuten. Noch vor acht Uhr morgens befragten sie Emily und durchsuchten Camerons Zimmer nach Hinweisen. Aber es gab keine.

Das Grundstück hatte ein Sicherheitstor mit einer Videokamera, die eine Woche Filmmaterial speicherte. Am Abend des 21. zeigte das Band jedoch lediglich das übliche Kommen und Gehen. Emily fuhr gegen sechs Uhr abends in die

Einfahrt, danach war nichts anderes mehr zu sehen bis zu ihrem Notruf und der Ankunft von Wills Team. Bei der Durchsuchung von Camerons Zimmer und dem restlichen Grundstück tauchten keinerlei Anzeichen für einen Einbruch auf, und nichts Bedeutendes fehlte. Emily Hague zufolge hatte Cameron ihr Taschengeld stets gespart und bewahrte mindestens ein paar Hundert Dollar in ihrem Zimmer auf, das Geld war jedoch anscheinend nicht angerührt worden.

◆◆◆

Das ist alles, was ich habe, und es ist so gut wie nichts. Die einfachste Erklärung lautet, dass Cameron beschlossen hat, davonzulaufen. Sie hat die Alarmanlage deaktiviert und ist irgendwann mitten in der Nacht abgehauen, aus der Vordertür und dann durch die Bäume, das Haupttor mit seiner Kamera umgehend. Es kommt andauernd vor, dass Kinder ihr Elternhaus abwerfen wie eine alte Haut und sich zu etwas oder jemandem flüchten, das oder der ihnen Freiheit verspricht. Eine Version dieser Freiheit ist schwarz und dauerhaft wie die Steilküste hundert Meter vor Camerons Haustür. Sie könnte einfach hinuntergesprungen sein, woraufhin ihr Leichnam von der Strömung davongetragen oder von Haien gefressen wurde, vorsätzlich ausgelöscht, ihre Flucht getrieben von einem inneren Schmerz, den niemand sehen oder auch nur ahnen konnte.

Falls sie selbstmordgefährdet war oder sich einfach verloren gefühlt hatte, könnte ihre Adoption ein Teil jenes emotionalen Problems gewesen sein. Cameron war kurz vor ihrem vierten Geburtstag an die Behörden übergeben worden, ein besonders empfindliches Alter, auch wenn das meiner Erfahrung nach eigentlich auf jedes Alter zutrifft. Wie ihr Leben auch ausgesehen haben mochte, bevor man sie weggab – und ob sie sich noch an irgendetwas davon erinnern konnte oder nicht –, sie trug jene Zeit nach wie vor bei sich, das wusste ich nur zu gut, eingebettet in ihr Nervensystem, eingeflochten in ihren einzigartigen genetischen Fingerabdruck. Ebenso wie das Trauma der Umsiedlung. An einem einzigen Tag wurde mit einer Fahrt im Auto einer Sozialarbeiterin ihre alte Familie gelöscht, und aus dem Nichts tauchten neue Eltern auf – von denen ein Teil auch noch eine Berühmtheit war. Diesen Aspekt kann ich mir nur ausmalen, aber als sie älter wurde und mehr von der Außenwelt mitbekam, musste es verwirrend und schwierig für Cameron gewesen sein, dass ihre Mutter ein weltbekannter Filmstar war. Fast so verwirrend wie die Tatsache, dass sie ihre Familie von einem Tag auf den anderen verlieren konnte, aufgrund einer Entscheidung, die jemand anderes für sie getroffen hatte, wahrscheinlich, ohne auch nur zu versuchen, es ihr zu erklären. Mit dem Unterschreiben einiger Papiere hatte ihre Geschichte aufgehört und neu begonnen. Das Mädchen, das sie gewesen war, war ausradiert worden, gemeinsam mit ihrem Geburtsnamen und allem anderen: Geschwistern, Haustieren, Nachbarschaften, Spielzeugen, Erinnerungen – ganze Jahre waren einfach verschwunden.

Da ein Blick in ihre Akte sich anfühlt, als würde ich eine Version meiner eigenen Geschichte lesen, weiß ich, dass Cameron, selbst wenn sie sich glücklich fühlte, bei den Curtis gelandet zu sein, wie ich es bei Hap und Eden gewesen war, damit nicht notwendigerweise alle Geister ihrer Vergangenheit losgeworden war. So widerstandsfähig Kinder auch sein können oder wie sehr sie auch von den neuen Eltern gewollt, geliebt und gehegt werden, die ursprünglichen Verletzungen des Verlassen- und Zurückgewiesen-Werdens lassen sich nicht einfach auf magische Weise kurieren. Auch Durchhaltevermögen und innere Stärke heilen diese Wunden nicht ganz.

Mütter und Väter sollten bleiben. So lautet die ursprüngliche Menschheitsgeschichte, in jeder Kultur, seit Anbeginn der Zeit. Meine waren es nicht, Camerons ebenso wenig. All die Narben, die ich noch immer mit mir herumtrage, trägt auch sie. Schwierigkeiten zu vertrauen, Bindungsprobleme, Identitätszweifel, Gefühle der Leere, der Isolation, des Fremdseins und der Verzweiflung – Risse in der Seele, die sich nicht flicken lassen. Ich habe es selbst gesehen. Ich habe es selbst durchlebt: wie alle Menschen, die eine Leerstelle in ihrem Inneren tragen, immer weiter nach Wegen suchen, um diese zu füllen, manchmal ihr ganzes Leben lang.

Sechzehn

An jenem Weihnachtsabend, als ich acht Jahre alt war, blieb meine Mutter verschwunden. Ich hatte natürlich Angst. Machte mir Sorgen, dass sie irgendwie in Schwierigkeiten geraten war und mich nicht anrufen konnte. Ich versuchte, nicht daran zu denken, auf wie viele Weisen sie allein in der Welt da draußen feststecken könnte, während meine Geschwister und ich uns in ihrem Bett aneinanderdrängten, um gemeinsam schlafen zu können, wobei Freddy sein eigenes Kissen bekam. Irgendwann im Verlauf des Tages hatten die Kids endlich ganz aufgehört, nach Santa zu fragen, was sich wie ein kleiner Erfolg anfühlte. Als ich mich zum Schlafen hinlegte, hatte ich eine Hand auf Amys seidigem Haar, die andere auf Jasons T-Shirt, und irgendwie half mir das, meine Gedanken zu beruhigen.

Am nächsten Morgen ließ ich die Kids fernsehen, während ich die Kaffeedose in der Küche plünderte und zum Drugstore aufbrach, um Brot und Milch, Eier und Erdnussbutter zu kaufen, da die Lebensmittelläden geschlossen hatten. Auf dem Rückweg begegnete ich Phyllis und Bernard, und sie blickte mich auf eine Weise an, als wüsste sie über alles Bescheid.

»Wo ist deine Mom heute?«, fragte sie mich betont.

»Sie schläft«, antwortete ich erneut, da es das Erste war, das mir in den Sinn kam.

»An Weihnachten?«

»Ja.« Ich hasste sie plötzlich und ihren Hund ebenfalls. »Frohe Weihnachten«, sagte ich mit gespielter Fröhlichkeit. »Bis bald.«

◆◆◆

Phyllis hatte mich zwar aus dem Konzept gebracht, aber nachdem ich einmal zu Hause war und die Tür hinter mir geschlossen hatte, verbrachten wir einen großartigen Tag. Eigentlich war es das schönste Weihnachten, das ich je erlebt hatte. Es gab zwar keine Geschenke, aber Essen und so viel Fernsehen, wie wir wollten. Wir bauten im Wohnzimmer ein Fort aus Laken und Decken, das wir den ganzen Tag aufgestellt ließen. Als es dunkel wurde, schalteten wir alle Lichter aus, bis auf den Baum, und ich legte mich auf den Teppich darunter und blickte hinauf in die ausgebreiteten Zweige, während die Regenbogenlichter blinkten, fast wie in einem Traum. Dann steckte ich die Kids in die Badewanne und sorgte dafür, dass sie sich die Haare wuschen und ihr Gebet aufsagten. Bis wir uns an jenem Abend schlafen legten, begann ich langsam zu glauben, wir könnten einfach ewig so weitermachen, selbst wenn meine Mom nie nach Hause zurückkäme. Ich könnte mich um Jason und Amy kümmern. Ich würde es hinbekommen. Es würde okay für uns sein – oder sogar mehr als nur okay. Wir würden glücklich sein.

Ganz früh am nächsten Morgen wachte ich jedoch müde auf. Jason hatte ins Bett gemacht, und wir waren alle durchnässt. Ich musste Handtücher auf die Matratze legen, rollte aber immer wieder versehentlich auf die nasse Stelle und wachte davon erneut auf. Außerdem machte ich mir noch immer Sorgen wegen Phyllis und fragte mich, ob wir ihr wohl wieder über den Weg laufen würden oder ob sie gar anfinge, anzurufen, um herauszufinden, wo meine Mutter wirklich war. Ich war mir ziemlich sicher, dass sie mir nicht geglaubt hatte.

Ich stand auf, um in die Küche zu gehen und für uns Frühstück zu machen, blickte dabei aber alle paar Minuten aus dem Fenster, um zu sehen, ob irgendjemand käme. Amy und Jason ließen Zeichentrickfilme laufen, zu laut aufgedreht. Ich fühlte mich ängstlich und unkonzentriert und dachte immer wieder, ich würde draußen jemanden durch den Flur kommen hören. Schließlich ging ich auch dort nachsehen und blickte in beide Richtungen den Korridor hinunter. Da roch ich die verbrannten Eier. Ich hatte die Herdplatte zu hoch eingestellt, und die Butter war schwarz geworden und hatte begonnen zu brennen. Sobald mir klar wurde, was los war, schob ich die Pfanne mit einem Scheppern vom Herd, aber der Rauchmelder schlug trotzdem Alarm, kreischte und blinkte an der Mitte der Küchendecke. Ich konnte ihn nicht erreichen, nicht einmal mit einem Stuhl. Das Geräusch war ohrenbetäubend und nahm kein Ende, während mein Herz raste. Meine Geschwister begannen zu weinen; ich schrie sie an, sie sollten aufhören, aber das ließ sie nur noch lauter aufheulen. Ich konnte nicht nachdenken. Ich wusste nicht, was ich tun sollte. Und dann hämmerte jemand gegen die Tür, und ich wusste, dass ich einen schrecklichen Fehler begangen hatte. Wir hätten einfach nur Cornflakes essen sollen, Cornflakes und Erdnussbutter.

Die Polizisten drängten sich in unser Wohnzimmer, sie waren zu zweit, schwer und breit, und verängstigten Amy und Jason mit ihren Uniformen und ihren Pistolen im Holster, mit ihrer Aneinanderreihung von Fragen: Wann habe ich meine Mom zum letzten Mal gesehen? Was sagte sie, bevor sie ging? Erwähnte sie, wo sie am Weihnachtsabend hinwollte? Wisse ich, wie ich meinen Dad erreichen könne? Gebe es andere Familienmitglieder in der Nähe? Auf die meisten Fragen wusste ich keine Antwort. Jason und Amy hatten sich zu mir auf das Sofa gekuschelt und drückten sich von beiden Seiten fest an mich. Ich versuchte immer wieder, ihnen zu versichern, es werde alles gut, dabei wusste ich bereits, dass es dafür längst zu spät war.

◆◆◆

Die Familie Curtis lebt nördlich der Ortschaft an einem entlegenen Abschnitt der Lansing Street, hoch über der Schlucht Slaughterhouse Gulch. Wir fahren in Wills Streifenwagen vor das Sicherheitstor, wo er einen Knopf drückt und irgendjemand im Haus den Summer betätigt, um uns hereinzulassen.

»Es sieht auf jeden Fall aus wie das Haus eines Filmstars«, bemerke ich, während die Scheibenwischer klappernd einen dünnen Film Regenwasser davonschieben.

»Emily ist kein Filmstar mehr. Sie hat aufgehört zu arbeiten, als sie vor vier Jahren hierhergezogen sind.«

»Wie ist sie so?«

»Du meinst, vor dieser ganzen Geschichte? Ich kann es dir gar nicht sagen. Die Familie hat keinen Kontakt zu uns anderen gepflegt. Der Ehemann reist mit einem Privatflugzeug. All ihre Einkäufe lassen sie sich liefern. Ich bin überrascht, dass sie Cameron auf eine staatliche Schule geschickt haben, statt ihr eine Privatlehrerin zu besorgen. Das ist wohl ihr einziges Zugeständnis gewesen, eine Kostprobe des echten Lebens.«

◆◆◆

Während wir parken und aussteigen, geht die breite Eingangstür auf. Troy Curtis tritt heraus, jugendlich und gut aussehend in einer verwaschenen Jeans und einem Pullover, im Nieselregen blinzelnd. Wir eilen auf ihn zu und durch die Tür, die er uns aufhält, und dabei erkenne ich, dass er älter ist, als ich zunächst dachte, vielleicht in seinen späten Vierzigern, und um Augen und Mund feine Falten der Anspannung aufweist.

Will und ich treten in den Eingangsbereich, wo alles blitzsauber und beinahe chirurgisch angeordnet ist. Einbauleuchten und dänisch aussehende Möbel, ganz in Weiß. Ein heller, glänzender Fußboden, auf den wir nun tropfen.

»Ich bringe Ihnen ein paar Handtücher«, sagt Troy und verschwindet.

Als er zurückkehrt, rubbele ich mich verlegen trocken, während Will mich vorstellt und erklärt, worauf wir uns verständigt haben, dass ich eine Ermittlerin bin, die ihn bei Camerons Fall berät, nicht mehr und nicht weniger.

»Irgendwelche Neuigkeiten von diesem entführten Mädchen in Petaluma?«, fragt Troy. »Hat das irgendetwas mit Cameron zu tun?«

»Das wissen wir noch nicht«, gibt Will zurück. »Aber wir stehen in enger Verbindung zum dortigen Team. Sobald wir Neuigkeiten haben, sagen wir Ihnen Bescheid.«

Troy nickt erschöpft, führt uns ins Wohnzimmer und weist auf die eleganten Stühle ohne Armlehnen. Ich halte noch immer mein Handtuch in der Hand und falte es nun zusammen, um mich daraufzusetzen. Ich fühle mich hier fehl am Platz und aus dem Gleichgewicht geraten, darf darauf jedoch keine Rücksicht nehmen. »Ist Ihre Frau zu Hause, Mr. Curtis?«

»Emily hat sich gerade hingelegt. Die letzten Tage sind hart für sie gewesen.«

»Natürlich«, erwidere ich. »Es muss eine schreckliche Zeit für Sie beide sein, aber ich bin ein wenig im Rückstand, was diesen Fall angeht.« Ich werfe einen kurzen Blick zu Will, um sicherzugehen, dass ich meine Kompetenzen nicht überschreite, aber er hat sich in seinem Stuhl zurückgelehnt. Ich solle hier die Führung übernehmen, drückte seine Körpersprache aus. Ich bin diejenige, die sich auf den neusten Stand bringen muss. »Können Sie mir helfen, zu verstehen, was in der Nacht von Camerons Verschwinden passiert ist?«

Troy wirkt ausgelaugt, erklärt sich jedoch dazu bereit. »Ich wünschte, ich wäre da gewesen, aber ich arbeite in L.A. und wohne unter der Woche in unserem Haus in Malibu.«

»Was geschieht hier normalerweise an Abenden unter der Woche?«

»Abendessen, Hausaufgaben. Das Übliche. Ich habe kurz vor zehn mit Emily telefoniert, da war Cameron in ihrem Zimmer. Alles schien in Ordnung zu sein.«

»Und am nächsten Morgen? Was ist da passiert?«

»Als Cameron nicht zum Frühstück auftauchte, hat Emily in ihrem Zimmer nachgesehen, und danach hat sie mich angerufen. Ich sagte ihr, sie solle die Polizei verständigen, dann habe ich mich ins Flugzeug gesetzt.«

»Hat Ihre Tochter in letzter Zeit unglücklich auf Sie gewirkt?«

Troy schüttelt den Kopf. »Cameron ist schon immer ruhig gewesen. Sie ist introvertiert, darin ähnelt sie eher Emily als mir. Aber unglücklich würde ich nicht sagen.«

»Wie ich erfahren habe, bekommt sie gute Noten und ist eine Art Bücherwurm. Nicht besonders sportlich oder beliebt. Hatten Sie je den Eindruck, hinter ihrer Schüchternheit oder Zurückhaltung könnte noch etwas anderes stecken?«

»Wie meinen Sie das?«

Ich fange seinen Blick ein, seine Augen sind wolkengrau. »Manche Kinder ziehen sich zurück, aber insgeheim rebellieren sie eigentlich. Sie ritzen sich oder nehmen Drogen. Lassen sich auf ein riskantes sexuelles Verhalten ein.«

»Nein.« Er zuckt beinahe unmerklich zusammen, aber ich habe es gesehen. »Nichts dergleichen. Sie ist ein gutes Kind.«

»Ich behaupte nicht, ihre Tochter sei kein guter Mensch, Mr. Curtis, oder dass sie irgendetwas falsch gemacht habe.«

»Teenager können schwer zu entschlüsseln sein«, mischt Will sich ein.

»Manchmal haben sie Probleme, und niemand weiß etwas davon«, füge ich hinzu. »Sie sind gut darin, ihre Gefühle zu verbergen.«

»Ich verbringe nicht mehr so viel Zeit mit Cameron wie früher«, erklärt Troy. »Aber Emily hätte es bemerkt, wenn irgendetwas unserer Tochter wirklich zu schaffen gemacht hätte.«

»Erzählen Sie mir ein wenig von der Adoption«, sage ich, um den Kurs zu wechseln.

»Wir haben uns damals an eine Agentur in Sacramento gewendet, Catholic Family Charities. Ich glaube, die gibt es immer noch.«

Ich kritzele den Namen in das Notizbuch, das ich bei mir trage. »Offene oder geschlossene Adoption?«

»Geschlossen. Weshalb fragen Sie?«

»Ich denke bloß laut nach. Es ist nicht immer der Fall, aber manche Kinder können den Schmerz darüber, abgewiesen zu werden, niemals verwinden. Dieser Schmerz kann zu bestimmten Verhaltensformen und Risiken führen.«

»Ich sagte doch bereits, nichts dergleichen.«

»Hat die Agentur Ihnen irgendetwas über Camerons leibliche Familie mitgeteilt?«

»Nur sehr wenig. Wir wussten, dass sie noch ein weiteres Kind hatten, ein ganzes Stück älter. Außerdem, dass es eine Vergangenheit mit Drogenmissbrauch und Haftstrafen gab.«

»Das hat Sie nicht abgeschreckt?«

»Schon ein bisschen, würde ich sagen. Aber Emily hatte sehr klare Vorstellungen davon, etwas Gutes tun und dort helfen zu wollen, wo Hilfe am dringendsten benötigt wurde.« Er verengt die Augen zu Schlitzen und nimmt plötzlich eine Verteidigungshaltung ein. »Wollen Sie sagen, dass wir irgendetwas falsch gemacht haben?«

»Überhaupt nicht, ich erwähne lediglich ein paar Dinge, die in Betracht gezogen werden können. Gab es irgendwelche älteren Männer in Camerons Leben, die ein besonderes Interesse an ihr zeigten? Ein Freund der Familie vielleicht oder ein Lehrer?«

»Da fällt mir spontan niemand ein.«

»Steve Gonzales«, sagt Emily vom unteren Ende der frei schwebenden Treppe aus. »Ihr Englischlehrer.« Sie hat sich uns vollkommen lautlos genähert.

Siebzehn

Es ist eine Sache, Emily Hague als Heidi Barrows in ihrer Sitcom *Soho Girls* zu sehen, deren Witze, deren Kleider und deren Haarschnitt auf der ganzen Welt bekannt sind, aber eine ganz andere, inmitten einer allzu realen Tragödie mit ihr in ihrem Wohnzimmer zu sitzen. Sie ist schöner, als eine Kamera jemals einfangen konnte, und auf eine Weise traurig, die mir viel zu vertraut ist. Für einen kurzen Moment frage ich mich, ob ich es aushalten werde, hier zu sein, aber dann wird mir das größere Ziel wieder bewusst.

Ich erhebe mich. »Ich bin Anna Hart, eine neue Ermittlerin in Camerons Fall. Ich hoffe, wir haben Sie nicht geweckt.«

»Schon in Ordnung.« Emily bewegt sich auf das Sofa zu, wobei sie so vorsichtig und zerbrechlich wirkt, als hätte sie eine körperliche Verletzung erlitten. »Hat man das Mädchen aus Petaluma gefunden?«

»Leider nicht«, antwortet Will. »Sobald wir irgendetwas Neues erfahren, geben wir Ihnen Bescheid.«

»Ich weiß, wie schwer es für Sie sein muss«, sage ich. »Können Sie mir ein wenig über Cameron erzählen?«

»Was möchten Sie denn wissen?«

»Alles. Haben Sie beide eine gute Beziehung? Hat sie mit Ihnen geredet?«

»Das hat mich noch niemand gefragt.« Emily verschränkt die Arme über der Brust, als wäre ihr kalt. »Ich denke schon. Ich habe versucht, ihr klarzumachen, dass sie immer zu mir kommen kann. Aber Sie wissen ja, Mütter und Töchter.«

»Natürlich«, erwidert Will aus Freundlichkeit. »Aber über ganz normale Spannungen hinausgehend? Schien Cameron in letzter Zeit irgendetwas zu beschäftigen? Irgendwelche auffälligen Veränderungen in ihrem Verhalten??«

»Das sind wir doch bereits durchgegangen.« Troy bedeckt mit den Händen seine Knie, die Finger pressen sich fest in den Stoff seiner Hose.

»Ich weiß«, versichert Will. »Aber wir müssen Detective Hart auf den letzten Stand bringen. Je mehr Sie beide kooperieren, desto besser können wir Cameron helfen.«

»Ihr helfen?«, bricht es aus Troy hervor. »Wir bewegen uns hier doch im Kreis. Wie wäre es, wenn Sie stattdessen rausgehen und nach ihr suchen?«

»Troy«, sagt Emily, in dem Versuch, ihn zu beruhigen.

»Was?« Sein Gesicht ist rot angelaufen. Plötzlich ist nichts an ihm mehr gut aussehend oder gefasst. Er ist ein in die Enge getriebenes Tier, das zu seiner Verteidigung um sich schlägt.

»Ich verspreche Ihnen, dass wir nicht untätig sind«, interveniert Will. »In meinem Department sind vom ersten Tag an alle auf diesen Fall angesetzt. Wir hoffen auch, bald ein neues Team von der US-Forstverwaltung mobilisieren zu können. Nichts ist uns wichtiger, als Ihre Tochter zu finden.«

»Wir wollen alle dasselbe«, füge ich hinzu und versuche, meine Emotionen im Zaum zu halten. Auch ohne Troys Aufbrausen ist es schon schwierig genug, wie nah mir dieser Fall geht. »Wir müssen uns nun stärker auf Cameron konzentrieren. Wer sie ist, was ihr wichtig ist, wie ihr Tag aussieht, wen sie nach der Schule trifft. Hat sie einen Freund?«

»Nein«, antwortet Emily hastig. »Noch nie.«

Ich bin überrascht. »Ein hübsches Mädchen wie Cameron? Gar kein Interesse von Jungs? Oder Männern?«

»Männern?« Emily wirkt gequält. »Nicht, dass ich wüsste. Nichts, was sie mir erzählt hätte.« Sie wirft einen Blick auf Troy. »Uns.«

»Was ist mit diesem Lehrer, den Sie erwähnt haben?«, hakt Will nach. »Kennen Sie ihn? Haben Sie die beiden je zusammen gesehen?«

»Das Schuljahr hat gerade erst angefangen; ich habe ihn am Elternabend kennengelernt. Ich glaube nicht, dass er sich irgendwie unangemessen verhalten hat, aber er hat ein besonderes Interesse an Cameron gezeigt. Er sagte ihr, sie sei eine begabte Dichterin, und hat sie ermutigt, weiter Gedichte zu schreiben.«

»Das werden wir überprüfen«, erwidere ich. »Was ist mit Gray Benson? Gab es da irgendeine romantische Verbindung, von der wir wissen sollten?«

»Sie sind nur gut befreundet«, antwortet sie. »Er ist immer jemand gewesen, auf den Cameron sich verlassen kann.«

»Sich verlassen wobei?«, frage ich. »Bei welchen Gelegenheiten?«

»Das Übliche.« Emily blickt Troy nicht an, sondern atmet tief durch. »Wir haben ein paar Probleme gehabt. Als Familie.«

»Das geht niemanden etwas an«, platzt Troy dazwischen.

»Mr. Curtis.« Ich bringe ihn zum Schweigen, indem ich meine Stimme so neutral wie möglich halte. »Falls Cameron zu Hause unter Stress gelitten hat, müssen wir das wissen. Sie dürfen nichts verschweigen, das helfen könnte, den Fall aufzuklären.«

»Troy, bitte«, sagt Emily. »Wir müssen ehrlich sein. All das hat Cameron zu schaffen gemacht. Das weißt du auch.«

An Emilys angespanntem Tonfall kann ich erkennen, wie schwer es ihr fällt, sich zu öffnen und Schwäche zu zeigen. Aber das trifft in einer solchen Situation auf die meisten

Menschen zu. Ich bin selten einer Familie begegnet, die den prüfenden Blick einer Ermittlung aushalten konnte, ohne auseinanderzubrechen, manchmal ganz langsam, manchmal auf einen Schlag.

»Wir haben uns in letzter Zeit viel gestritten«, erklärt Emily.

»Jeder streitet sich mal«, wirft Troy reflexartig ein. »Eine Ehe ist kein Kindergeburtstag.«

»Cameron ist schon immer empfindsam gewesen«, fährt Emily fort. »Ich denke, sie hat sich Sorgen gemacht, wir würden uns trennen.«

»Natürlich«, sage ich. »Haben Sie versucht, Ihre Tochter zu beruhigen?«

»Das habe ich. Vielleicht nicht genug.«

Will und ich wechseln einen Blick. Wir fangen gerade erst an, die Familiendynamik zu verstehen, aber es ist offensichtlich geworden, dass Cameron unter emotionalem Druck stand. In diesem Zustand könnte sie sich jemand Neuem oder auch jemand Bekanntem anvertraut haben, jemandem, von dem sie sich Hilfe erhoffte. Dieses Bedürfnis steigerte ihre Verletzlichkeit.

»Emily«, sage ich. »Auch auf die Gefahr hin, dass Ihnen das unangenehm ist, Sheriff Flood erwähnte mir gegenüber, dass gegen Ihren Bruder in der Vergangenheit Anschuldigungen erhoben wurden. Hatte er in letzter Zeit Zugang zu Cameron?«

Sie erbleicht. »Was meinen Sie mit ›Zugang‹?«

»Stehen Sie noch mit ihm in Kontakt? Wie oft sehen Sie ihn?«

»Nicht mehr so oft wie früher. Er und seine Frau Lydia leben mittlerweile in Napa. Sie haben ein Weingut gekauft und stellen ihren eigenen Wein her.«

»Dann ist er also pensioniert?«

»Er hat recht gut verdient.« Ihr Tonfall ist steif, defensiv. Aber ich höre auch noch etwas anderes heraus. Die Schuldgefühle einer Überlebenden? Irgendeine unsichtbare Verbindung?

»Haben die Besuche aus einem bestimmten Grund aufgehört?«, fragt Will.

»Einfach das Leben, würde ich sagen. Wir hatten hier viel zu tun.«

Mehr als zu jener Zeit, als Sie noch arbeiteten?, wundere ich mich. Dann frage ich: »Haben er und Lydia Kinder?«

»Mein Neffe Ashton geht an der Ostküste auf ein Internat. Andover.« Sie verstummt, ihre Miene verdüstert sich. »Was sollen all diese Fragen? Sie wollen doch nicht andeuten, Drew hätte Cameron etwas antun können?«

»Ich würde sehr gern Camerons Zimmer sehen«, erwidere ich und klappe mein Notizbuch zu. »Würden Sie es mir zeigen, Emily?«

Achtzehn

Will bleibt mit Troy im Wohnzimmer, während Emily mich einen langen, glänzenden Flur hinunterführt, dessen Wand in regelmäßigen Abständen von quadratischen Fenstern unterbrochen wird. Auf jedem der tiefen Fensterbretter krümmt sich ein perfekter kleiner Bonsai aus einem Terrakottatopf wie ein Kunstwerk, blassgrün und skulptural. Sie sehen unwirklich aus.

»Haben Sie einen Gärtner?«, frage ich. »Eine Haushälterin?«

»Alle zwei Wochen kommt ein Reinigungsteam aus dem Ort. Den Rest mache ich selbst.«

»Beeindruckend.«

»Finden Sie? Die meisten Frauen haben keine Hilfe.«

Die meisten Frauen sind nicht Emily Hague, denke ich.

Wir haben das Ende des Flurs erreicht und stehen vor einer geschlossenen Tür. Emily scheint nicht recht hineingehen zu wollen, also übernehme ich respektvoll die Führung. Dutzende Personen sind bereits in diesem Zimmer gewesen, haben alles auf den Kopf gestellt, mit Rußpulver nach Fingerabdrücken gesucht. Sie haben Camerons Kleider, Bücher und Fotoalben durchwühlt, jede Schublade aufgezogen. Diese Eingriffe sind nötig, aber schwer auszuhalten, ganz besonders, wenn Emily Schuldgefühle mit sich herumträgt. Und zwar vermutlich schon seit Jahren, falls mich mein Bauchgefühl nicht trügt.

Camerons Doppelbett ist ordentlich gemacht, mit einer einfachen cremefarbenen Tagesdecke und einem Zierkissen in der Form eines kleinen blauen Samthasen. Ich frage mich, ob sie die Sorte Mädchen ist, die immer alles sauber und ordentlich hält, oder ob Emily hereingekommen ist, um das Zimmer aufzuräumen, nachdem die Spurensicherung fort war, da sie einfach nicht anders konnte.

»An jenem Abend waren Sie allein, nicht wahr?«, frage ich. »Schien bei Cameron alles in Ordnung zu sein?«

»Mehr oder weniger. Sie hatte sich noch nicht in das zehnte Schuljahr eingelebt. Sie hatte schlechtere Laune als sonst, ich nehme an, sie machte sich ein wenig Sorgen.«

»Hat sie gesagt, worüber?«

»Ich habe versucht, nicht zu neugierig zu sein. Ich habe all diese Bücher gelesen, in denen steht, dass Teenager Raum brauchen. War das falsch?«

»Teenager sind nicht einfach.« Ich trete ans Bücherregal und fahre mit dem Finger über die Buchrücken.

Little Women. Die Zeitfalte. Tess. Der Fänger im Roggen. Daneben stehen Märchen und Fantasy-Geschichten, Graphic Novels und Gedichte. Rilke, T.S. Eliot, Anne Sexton. Es ist das Bücherregal einer angehenden Schriftstellerin. »Wo sind die Gedichte, die Sie erwähnten?«, will ich wissen. »Die Sachen, die ihr Lehrer gelobt hat?«

»Ich bin mir nicht sicher. Cameron war schon immer sehr zurückhaltend, bereits als kleines Mädchen.«

»Sie hat ihre Gefühle auf dem Papier sortiert. Hat sie auch gezeichnet?«

»Ja. Noch mehr, als sie jünger war. Woher wussten Sie das?«

»Nur eine Vermutung. Wenn wir ein paar neuere Texte finden könnten, bekämen wir vielleicht mehr Hinweise darauf, in welcher Verfassung Ihre Tochter war.« Ich fahre mit der Hand unter dem Regal her, finde jedoch nichts, nicht einmal Staub. Ich ziehe ihre Schreibtischschublade auf und taste dann unter den Rändern ihrer Matratze.

»Vielleicht hat sie alles in ihrem Spind in der Schule aufbewahrt«, gibt Emily zu bedenken.

»Womöglich. Ich bin mir sicher, dass Sheriff Floods Team dort bereits alles eingesammelt hat, aber ich werde es noch einmal überprüfen. Nur um sicherzugehen, dass wir nichts übersehen haben.«

Ich gehe hinüber zu Camerons Kleiderschrank, in dem ein halbes Dutzend Kleider nach hinten geschoben wurde. Ich sehe hauptsächlich Jeans und T-Shirts, Kapuzenpullover und karierte Flanellhemden. Sie mag Schwarz, Grau und Rot, flache Chucks und Rollkragenpullover mit Raglanärmeln. Jungenhafte Kleidung. Ich befühle den Saum eines rot karierten Hemdes, das abgetragen aussieht. Es erscheint mir so intim, hier inmitten ihrer Sachen zu stehen. Ich verspüre den starken Drang, mich bei ihr zu entschuldigen.

Emily ist hinter mich getreten und nimmt eine von Camerons Strickjacken an sich. »Ich versuche, mich auf das Schlimmste vorzubereiten, aber es bringt mich um. Wenn jemand ihr etwas angetan hat, oder …« Sie schnappt nach Luft. »Denken Sie, es könnte einer meiner Fans gewesen sein? Wenn es meine Schuld ist, dann weiß ich nicht, wie ich damit weiterleben soll.«

»Versuchen Sie, diesen Gedanken keinen Raum zu geben«, bitte ich sie. »Wenn das ein Schachzug sein sollte, um Ihre Aufmerksamkeit auf sich zu ziehen, dann gäbe es mit großer Wahrscheinlichkeit eine Lösegeldforderung oder irgendeine speziell an Sie gerichtete Botschaft.«

»Das klingt logisch«, sagt sie und wirkt ein wenig beruhigter.

»Natürlich gibt es noch immer eine Menge Dinge, die wir nicht wissen. Versuchen wir einfach, diese Sache einen Schritt nach dem anderen anzugehen.«

»Ich denke andauernd, dass ich aufwachen werde«, erwidert Emily mit brüchiger Stimme. »Dass Cameron durch die Tür kommt und mir bewusst wird, es war alles nur ein Albtraum.«

»Ich weiß«, antworte ich ruhig.

»Was Sie vorhin erwähnt haben, dieses Gefühl von Verlassenheit, darüber habe ich in Bezug auf Troy und mich noch nie richtig nachgedacht. Oder vielleicht habe ich darüber nachgedacht, habe jedoch alles verdrängt.«

Ich nicke ihr ermutigend zu.

»Ich hätte offener mit Cameron umgehen und mehr mit ihr reden sollen. Als ich in Camerons Alter war, hatte mein Vater mit jemandem aus unserem Country Club in Bowling Green eine Affäre. In Nordohio. Dort bin ich aufgewachsen.« Sie schüttelt den Kopf, ihr Blick ist bewölkt, voller unbewältigter Gefühle. »Alle wussten, dass er fremdging. Es war schrecklich.«

»Aber Ihre Eltern sind zusammengeblieben«, rate ich laut.

»Meine Mutter ist weggefahren, um an einem Programm teilzunehmen, das ihr helfen sollte abzunehmen. Als sie wieder zurückkam, taten wir alle so, als wäre es nie geschehen. Sechs Monate Hüttenkäse und Pfirsiche. Mein Vater schenkte ihr ein Tennisarmband aus Saphiren, aber es ist ihr direkt vom Handgelenk gerutscht. Sie hatte fünfzehn Kilo abgenommen.«

»Und dann sind Sie nach Hollywood geflohen«, bemerke ich. »Wie alt waren Sie da?«

»Neunzehn.«

»Aber Sie haben Ihrem Vater niemals wirklich vergeben.« Wieder stelle ich nur Vermutungen an, würde jedoch eine Menge auf ihre Antwort wetten. »Was ist mit Ihrem Bruder? Empfindet er auf die gleiche Weise, was Ihre Eltern angeht?«

Emily lässt den Ärmel von Camerons Strickjacke fallen und befühlt mit leichtem Stirnrunzeln einen losen Schildpattknopf, den sie entdeckt hat. »Drew hat sich immer nur um sich selbst gekümmert. Er blickt nicht zurück. Wir sprechen nie über diese Zeit.«

»Verstehe«, erwidere ich, da ich etwas in der Art schon geahnt habe. »Als Sie von L.A. hierherzogen, haben Sie ganz aufgehört, als Schauspielerin zu arbeiten. War das immer schon der Plan gewesen?«

Sie nickt steif. »Meine Arbeit nahm zu viel meiner Aufmerksamkeit in Anspruch, und die Paparazzi verfolgten uns überall, in Restaurants und bei Familienausflügen. Wir hatten niemals unsere Privatsphäre. Ich dachte, das Leben hier oben würde uns allen guttun. Cameron könnte ein normales Leben führen, und ich könnte ihr endlich den Großteil meiner Zeit widmen.« Ich sehe, wie sich ihr Gesicht zusammenzieht, während sie mit der grausamen Ironie der Situation ringt, mit den Schuldgefühlen und Gewissensbissen. »Wenn Cameron nun laut nach Hilfe gerufen hat, und ich es einfach nicht erkannt habe?«

Der Schmerz in ihren Augen ist unerträglich. Ich verspüre den Drang, sie zu trösten, möchte sie aber zugleich auch aufwecken.

»Was-wäre-wenn-Fragen ziehen Sie bloß hinunter in ein sehr dunkles Loch, Emily. Sie müssen stark sein, für Cameron. Werden Sie mir helfen?«

»Ich will es versuchen.«

»Emily, hat Ihr Ehemann eine Affäre? Haben Sie sich deswegen gestritten?«

Ihr Gesicht ist so ruhig und unbeweglich wie ein Gletscher, aber ich spüre, dass sie in ihrem Inneren gegen die Frage ankämpft, wie viel sie preisgeben soll. »Es gibt eine Frau in L.A.«, antwortet sie schließlich. »Seine Assistentin bei Paramount. Sie ist nicht die erste.«

»Es tut mir leid. Ich werde den Namen dieser Frau benötigen.«

»Weshalb? Sie denken doch wohl nicht, sie hätte etwas hiermit zu tun?«

»Zu diesem Zeitpunkt müssen wir alles überprüfen.«

»Es ist bloß …« Sie schüttelt den Kopf. »Troy macht gerade eine schwierige Zeit durch.«

»Emily.«

»Ja?«

»Genug damit. Genug damit, ihn zu entschuldigen.«

»Es tut mir leid. Ich weiß noch nicht einmal, weshalb ich das tue.«

◆◆◆

Auf Camerons Schreibtisch liegt ein roter Spiralblock, dessen Vorderseite mit hingekritzelten Sternen übersät ist. Emily schlägt ihn auf und reißt eine leere Seite heraus. Nachdem sie den Namen aufgeschrieben hat, faltet sie die Seite zweimal zusammen und übergibt sie mir.

»Ein paar der Dinge, die wir erfahren werden, werden hart für Sie sein. Und auch hässlich«, erkläre ich ihr. »Aber ich glaube daran, dass selbst die schmerzhaftesten Wahrheiten besser sind als das Nichtwissen.«

Sie sieht zerbrechlich aus, voller Zweifel. »Ich hoffe, Sie haben recht.«

Ich stecke den Zettel in mein Notizbuch und gehe dann auf das große rechteckige Fenster zu, das sich über die halbe Länge der Nordwand erstreckt. Es blickt hinaus auf die Einfahrt und das Sicherheitstor auf der linken Seite sowie auf den Rasen, der rechter Hand in dichte Bäume übergeht. Die Jalousien bestehen aus durchscheinendem, eierschalenfarbenem Reispapier. Als ich vorsichtig die herunterbaumelnden Schnüre zur Seite schiebe, fällt mir etwas ins Auge. Am unteren Rand des Fliegengitters sind winzige Kratzer zu erkennen, so fein, dass man sie übersehen kann, wenn man nach etwas anderem Ausschau hält.

»Hat Cameron sich je auf diesem Weg aus dem Haus geschlichen?«

»Ich glaube nicht.« Emily kommt herüber, um einen Blick darauf zu werfen. »Warum sollte sie das tun müssen?«

Als ich mit dem Daumen gegen den Rahmen des Fenstergitters drücke, gibt dieser sogleich nach und springt heraus. Cameron hat das Gitter mehr als einmal weggenommen, oder jemand anderes hat es getan. »Was liegt auf der anderen Seite dieser Bäume?«

»Die Küstenstraße, etwa eine halbe Meile entfernt.«

»Als Sheriff Floods Team das Grundstück absuchte, hatten sie da Hunde dabei?«

»Ja, hatten sie. Was ist los? Ich bin verwirrt. Wollen Sie behaupten, Cameron sei selbst davongelaufen?«

»Ich kann es nicht sicher sagen, aber es würde eine Menge erklären.«

»Wohin sollte sie denn gehen? Und weshalb?«

Ich antworte nicht sofort, da ich noch nach den richtigen Worten suche. Natürlich ist Emily verwirrt. Sie ist größtenteils blind gewesen gegenüber dem Schmerz ihrer Tochter, scheint aber auch ihren eigenen nicht zu verstehen.

Sie wuchs voller Hass auf ihren Vater auf, nur um eine Kopie von ihm zu heiraten. Sie bemitleidete ihre Mutter, hat sich jedoch selbst in sie verwandelt.

Hat ihre Flucht nach Hollywood am Ende irgendetwas gebracht? Sicher, sie fand Ruhm, indem sie eine Rolle spielte, die Millionen Menschen liebten und mit der sie sich identifizierten, aber ich frage mich, ob Emily nicht eigentlich nach einer kaum erreichbaren Freiheit von dem suchte, was sie hinter sich gelassen hatte.

In meinen Jahren als Kriminalpolizistin und insbesondere bei Searchlight habe ich eine Menge über Gewaltkreisläufe in Familiensystemen gelernt. Aber Kreisläufe des Schweigens können ebenso gefährlich sein – und sie wiederholen sich mit erschreckender Beständigkeit über Generationen hinweg. Aus den Diäten einer Mutter wird bei der Tochter die obsessive Kontrolle über ihre Bonsaibäume. Geheim gehaltene, aber offenkundige Untreue wird zu stillschweigender Einwilligung. Cameron war all dem ausgesetzt.

»Ich glaube nicht, dass Ihre Tochter entführt wurde«, sage ich. Meine Worte sind unverblümt, und ich ziehe womöglich voreilige Schlüsse, aber es bleibt keine Zeit für irgendetwas anderes.

»Nein«, sagt Emily so schwach, dass es auch ein Ja sein könnte. Wie ich gelernt habe, liegen diese beiden Worte niemals allzu weit auseinander.

»Wenn Cameron jetzt in jemandes Gewalt ist, dann denke ich, dass sie ihn kennt. Ich denke, sie ist freiwillig gegangen.«

Neunzehn

Alles okay?«, fragt Will mich, als wir wieder in seinem Streifenwagen sitzen, da er meine angespannte Stimmung spürt.

Ich reiche ihm den zusammengefalteten Zettel. »Troy Curtis' Geliebte.«

»Ich würde sagen, das überrascht mich nicht.«

»Mich auch nicht, aber ich hatte mir etwas Besseres gewünscht. Für sie alle.«

Kurz darauf fahren wir durch das Sicherheitstor; das Auge der Kamera schwenkt geräuschlos herum, um uns zu folgen. Ich denke an Cameron in ihrem Zimmer, wie sie plant, diesem Auge aus dem Weg zu gehen, ein Mädchen mit einem geheimen Innenleben, das sich an eine Hoffnung klammert, die sie womöglich niemandem gegenüber geäußert und nirgendwo niedergeschrieben hat.

»Was hältst du davon, dass Drew Hague so nahe bei ihnen wohnt?«, frage ich Will. »Erzähl mir mehr über ihn.«

»Als die Vergewaltigungsvorwürfe laut wurden, war er neunzehn und ging im zweiten Jahr aufs College. Behauptete, es sei ein Missverständnis und das Mädchen sei betrunken gewesen. Ich weiß nicht, wie, aber seine Eltern haben dafür gesorgt, dass die Anklage fallengelassen wurde. Ich nehme an, es hat sie einiges gekostet.«

»Wie alt war das Mädchen?«

»Sechzehn.«

»Und die Anklage wurde fallengelassen? Wir sollten ihn

diese Woche noch befragen. Napa ist um diese Jahreszeit wirklich hübsch.«

Will lächelt. »Einverstanden.«

»Ob Drew hierbei nun eine Rolle spielt oder nicht, ich denke, dass Cameron irgendwie selbst an ihrem Verschwinden beteiligt war. Bei solchen Fällen ist es nie so schwarz und weiß, wie man es sich vorstellt. Manchmal suchen Opfer ihre Täter mit derselben Intensität, mit der sie selbst gejagt werden.«

»Was willst du damit sagen?«

Ich erzähle ihm von dem Fenster in Camerons Zimmer, und wie es sein könnte, dass sie von diesem Täter, um wen es sich dabei auch handeln mag, vorbereitet und manipuliert worden ist. Dass er sich auf ihre Unsicherheit und Bedürftigkeit gestürzt hat. »Die heikelsten Formen von Gewalt sind oftmals unglaublich intim. Sie erfordern Vertrauen und Zeit.«

»Ich weiß nicht«, erwidert er. »Falls Cameron das Grundstück freiwillig verlassen hätte, wäre sie dabei absichtlich der Überwachungskamera aus dem Weg gegangen. Wieso? Ihre Eltern würden ja ganz offensichtlich früh genug mitbekommen, dass sie verschwunden ist.«

»Du gehst davon aus, dass sie verschwunden bleiben wollte. Vielleicht plante sie ja lediglich, sich für ein paar Stunden hinauszuschleichen, aber dann hat sich die Situation gewendet. Es ist leicht genug, die Kameras zu umgehen, wenn sie durch die Bäume in Richtung Küstenstraße gelaufen ist. Sie musste einzig und allein den Alarm ausschalten. Die Fernbedienung lag direkt in ihrem Nachtschränkchen, sie brauchte sich dafür also noch nicht einmal Mühe geben.«

»Willst du damit sagen, Cameron hatte eine Verabredung? Ein Date?«

»Vielleicht nicht. Womöglich war sie nur auf der Suche nach Aufmerksamkeit.«

»Von jemandem, der sie verletzen könnte? Glaubst du nicht, sie würde es besser wissen?«

»Nein«, antworte ich. »Das würde sie nicht.« Ich kann von ihm nicht erwarten, ein so feines Gespür für Camerons Verletzlichkeit zu haben wie ich. Er ist nie adoptiert worden. Hat die Welt nie aus dem Körper einer Frau heraus erlebt oder dem eines Mädchens. Hatte nie einen Grund, Liebe mit Leid zu verwechseln. Diesen Irrtum spüre ich beinahe wie eine elektrische Ladung, seit ich Camerons Vermisstenmeldung zum ersten Mal sah, die Verletztheit in ihrem Blick. »Vielleicht hatte sie von Anfang an keinen gesunden Radar.«

Will nickt halbherzig und verfällt dann in Schweigen. Nach einer Weile fragt er: »Wie fandest du Emily?«

»Ich weiß nicht. Ich würde sagen, dass ich mir wünschte, sie wäre stärker.«

»Womöglich gibt sie ihr Bestes.«

Seine Worte erzeugen ein Klopfen und Funkensprühen, wie wenn ein Feuerstein auf einen Stein geschlagen wird. Natürlich hat er recht. Die Menschen geben immer ihr Bestes. Manchmal reicht das, viel häufiger jedoch nicht.

»Wenn Emily den Mut besessen hätte, Troy zu verlassen, nachdem er sie das erste Mal betrogen hatte, wäre vielleicht alles ganz anders gekommen«, sage ich.

»Könnte sein. Das werden wir aber nie erfahren.«

»Was hältst du denn von ihr?«

Er zuckt die Achseln. »Als die Familie vor vier Jahren hierhergezogen ist, dachte ich, es würde total cool sein, einen Filmstar durch die Straßen laufen zu sehen, aber sie sind wirklich sehr für sich geblieben. Ich kann mich an kein einziges Gespräch erinnern, das ich mit Emily oder Troy geführt hätte, nicht einmal im Vorübergehen. Und Cameron ist für mich nur ein Gesicht. So sollte es nicht sein.«

»Ja, das sollte es wohl nicht.«

Will räuspert sich. »Was du da zu den Curtis' über Adoption gesagt hast, die Identitätsprobleme und das Rebellieren, hat irgendetwas davon auch auf dich zugetroffen?« Er hält inne, da es ihm offensichtlich unangenehm ist. »Ich habe dich als ein ziemlich glückliches Kind in Erinnerung, aber vielleicht habe ich auch nicht richtig aufgepasst.«

Für einen langen Augenblick weiß ich nicht, was ich ihm antworten soll. Ehrlich gesagt bin ich überrascht, dass er sich diese Frage überhaupt zu stellen traut.

»Du kannst mir sagen, wenn es mich nichts angeht«, fügt er hastig hinzu, als er meinen Gesichtsausdruck deutet.

Ich blicke starr geradeaus. »Das tut es nicht«, sage ich freundlich, aber bestimmt.

»Entschuldige.«

Wir umrunden die Steilküste; das Dorf flackert vor uns auf, die grellweißen Dächer, die weißen Zäune und die weißen Turmspitzen. Die Sturmwolken verziehen sich langsam. An einer Stelle auf der Landzunge bricht ein Lichtstrahl über dem trockenen Gras durch und verwandelt es in sattes Gold. Mein Leben lang ist das meine Lieblingsfarbe gewesen. Als ich hier ankam, stets auf der Hut vor Ärger, war ich mir sicher, dass nichts jemals besser werden würde. Aber das wurde es.

»Es war nicht gespielt«, erkläre ich schließlich.

»Gut. Da bin ich froh.«

Das goldene Gras wiegt sich im Wind. »Jeder Mensch hat es verdient, irgendwo hinzugehören.«

Zwanzig

Meine Mutter ist an Weihnachten gestorben, auch wenn es noch lange dauerte, bis ich alle Einzelheiten zusammenfügen konnte. Alle wollten mich davor abschirmen, als ob das die Sache nicht nur noch schwerer machen würde. Das Schweigen und Raten, die Versuche, Gesichtsausdrücke und Blicke zu deuten, die meinem nie standhielten. Irgendwann erfuhr ich, dass sie am Heiligabend ausgegangen war, nachdem die Zwillinge und ich im Bett waren, und sich von einer Freundin fünfzig Dollar geliehen hatte, um uns Geschenke zu kaufen. Stattdessen hatte sie jedoch Heroin gekauft und sich eine Überdosis gesetzt. Man hatte sie in der Weihnachtsnacht auf einem Parkplatz von Long John Silver's in ihrem Wagen gefunden und war dann nach uns schauen gekommen, aber da mussten wir bereits geschlafen haben. Vielleicht hätten sie uns gar nicht gefunden, dachte ich noch Jahre später in jener magischen Denkweise, die Kindern zu eigen ist, wenn ich die Eier nur nicht verbrannt hätte.

Die Cops riefen den Sozialdienst. Ich sah zu, wie eine ältere Frau in einem abgetragenen blauen Hosenanzug die Schubladen durchwühlte, um die Sachen der Kids zusammenzusammeln. Sie ließ mich nicht dabei helfen und stopfte einfach weiter Kleider in Kissenbezüge, auf eine Art, die mich wütend und beschämt machte. Ich konnte mich kaum von ihnen verabschieden, ehe sie meine Geschwister in ein Auto schob und sie zu ihrer Mom zurückbrachte, von der ich bereits wusste, dass sie kaum für sich selbst sorgen konnte.

Als ich Amy zum letzten Mal sah, hatte sie eine Haarsträhne im Mund, und ihr Gesicht war verheult. Die Frau vom Sozialdienst hatte Jason ihre hellblauen Socken angezogen, als wäre es vollkommen gleichgültig, was er trug. Ich werde nie vergessen, wie die beiden mich anblickten, als fragten sie mich stumm, wie ich all das nur zulassen konnte.

◆◆◆

Da Red noch immer im Gefängnis saß und weder er noch Robin Familie in der Gegend hatten, wusste niemand, was man mit mir anfangen sollte. Ich wurde in ein Heim gebracht, um auf meine erste Unterbringung bei einer Pflegefamilie zu warten. Die Hausmutter war eine junge Frau, die nicht viel älter wirkte, als meine Mom gewesen war – siebenundzwanzig. Sie nähte ihre Kleider selbst, wie sie mir erzählte, während sie mir einen Teller Cracker und ein Stück leuchtend orangefarbenen Käse reichte, der in einem riesigen Block geliefert wurde, mit dem blauen Stempel der Sozialbehörde auf der Verpackung. »Du hast eine Menge durchgemacht«, bemerkte sie, während ich aß. »Möchtest du darüber sprechen?«

Das wollte ich nicht. Ihr Rock war braun mit gelben Blumen, als wäre sie eine Art Frontiersfrau, eine Figur in einem Buch von Laura Ingalls Wilder. Sie konnte mein Leben unmöglich verstehen, aber in meinem Kopf hatte sich Druck aufgebaut. Worte, die ich irgendwie hinauslassen musste. Nicht über den Tod meiner Mutter, den ich noch kaum begonnen hatte, zu verarbeiten, oder darüber, wie sehr ich um meinen Bruder und meine Schwester besorgt war, sondern über einen einzigen Augenblick. Eine kleine Drehung des Herdschalters, während sich in meinem Kopf eine Sorge über Phyllis festsetzte, die sich am Ende doch als harmlos herausgestellt hatte.

»Ich bin bloß so wütend auf mich«, sagte ich zu der Frau in ihrer gerüschten Bluse und fing an zu weinen. Bis zu diesem Augenblick hatte ich die Tränen entschlossen zurückgehalten.

»Warum?«, fragte sie.

»Ich war so ein Idiot«, sagte ich mit der gleichen Betonung, die meine Mom stets für meinen Dad verwendet hatte. »Ich hätte den Herd nicht anmachen sollen. Das war so dumm.«

Die Frau – ich glaube, sie hieß Susan – sah mich traurig an. »Du bist nur ein kleines Mädchen, Anna. Du hättest dich nicht um deine jüngeren Geschwister kümmern können. Wenn du auf jemanden wütend sein willst, dann sei auf deine Mom wütend. Sie hat euch allein gelassen. Das war nicht richtig.«

Sie meinte es ganz offensichtlich gut, aber sie hatte keine Ahnung von unserer Familie. Meine Mom war kein starker Mensch. Wenn sie zu viel schlief oder zu viel weinte oder Drogen nahm, dann lag das daran, dass unser Dad sie ohne genügend Geld zurückgelassen hatte und sie damit nicht umgehen konnte. »Ich kam schon zurecht«, erklärte ich ihr. »Die beiden sind wirklich gute Kids.«

Sie schenkte mir einen weiteren tieftraurigen Blick und schüttelte den Kopf. »Wir werden ein schönes Zuhause für dich finden.«

Plötzlich schien mir das Licht in der Küche direkt in die Augen. Die Crackerkrümel in meinem Mund hatten sich in süßen Klebstoff verwandelt. Sie hatte mir überhaupt nicht zugehört. »Ich hatte ein gutes Zuhause.«

Es entstand ein längeres Schweigen. Ich denke, sie hatte Angst, mich anzusehen. »Es tut mir so leid.«

Einundzwanzig

Wills zwölfköpfiges Team hat seit dem zweiundzwanzigsten September, direkt nach Camerons Verschwinden, unablässig gearbeitet, hat bei den Leuten geklingelt und sie befragt, ist mit ihrem Plakat im Dorf und in der umliegenden Gegend von Haustür zu Haustür gegangen. Jeden Tag haben sie Datenbanken durchforstet und Bewährungshelfer angerufen, in der Hoffnung, dabei auf einen Namen und ein Motiv zu stoßen, die auf diesen Fall passen. Ich bin mir sicher, dass sie allesamt gute Männer und Frauen sind, aber ich möchte sie nicht kennenlernen oder mich stärker in den alltäglichen Kleinkram dieses Falls verstricken lassen, als nötig ist. Will ist damit einverstanden. Er sagt, ich sei allein ihm unterstellt und könne so unabhängig handeln, wie ich wolle, solange ich ihn stets auf dem neusten Stand halte.

»Ich würde gerne Steve Gonzales befragen«, erkläre ich ihm. »Außerdem möchte ich mehr über Camerons leibliche Eltern erfahren.«

»Gut. Ich werde Troy Curtis' Geliebte ausfindig machen und uns mehr Informationen zu Drew Hague verschaffen. Aber zuerst sprechen wir gemeinsam mit Gray Benson.«

»Das wollte ich auch gerade vorschlagen.«

◆◆◆

Es ist kurz nach drei Uhr nachmittags am Montag, dem vierten Oktober, als wir zu ihm hinüberfahren. Gray lebt zwei Blocks entfernt von der Mendocino High in der Cahto Street, eine Wohngegend, die an den Hillcrest Cemetery angrenzt. Es gibt dort eigentlich keinen Platz zum Parken, aber Will bekommt es hin, indem er seinen Streifenwagen an die dichte Hecke aus Weinreben und Eukalyptus am linken Straßenrand steuert. Er schaltet den Motor aus, während sich die letzten Regentropfen auf der Windschutzscheibe sammeln, die von innen durch unseren Atem beschlagen ist.

Ich kenne jeden Winkel von Mendocino, habe jedoch noch nicht viel Zeit in der Cahto Street verbracht. Dort stehen nur vier Häuser, Grays inbegriffen, ein einfacher Schindelbau hinter einem schlichten niedrigen Zaun, vor dem sich die Mülltonnen reihen. Wir steigen aus und erklimmen den steilen Hang der Straße, wobei wir schlammigen Schlaglöchern und geflickten Asphaltstellen ausweichen und über die in mittlerweile rissigem, regenglattem Gelb auf die Straße gemalten Buchstaben SCHULE hinweglaufen. Die Luft riecht schwer und süßlich, wie feuchte Baumrinde.

Ich versuche, mir Cameron hier vorzustellen, mich in sie hineinzuversetzen. An jenem Abend, an dem sie verschwand, hatte sie zuvor nach der Schule zusammen mit Gray gelernt. Auf dem Weg nach Hause zum Abendessen ist sie an diesen Häusern vorbeigekommen. Woran hat sie dabei gedacht? Wusste sie bereits, dass sie noch in derselben Nacht ihren Entführer treffen würde? Oder sind sie einander irgendwo auf dem Weg von Grays Haus zu ihrem begegnet? Vielleicht hat er dabei ein Treffen vorgeschlagen und Cameron irgendetwas versprochen, das ihr wichtig war. Aber was?

»Habt ihr in diesen Häusern nachgefragt, ob irgendjemand sich an ein verdächtiges Fahrzeug erinnern kann?«, frage ich Will.

Er nickt. »Nichts.«

»Wenn Cameron häufig hier war, sollte man auch die Nachbarn genauer in Augenschein nehmen. Was ist mit Mr. Benson?«

»Wie ich es verstehe, ist er von der Bildfläche verschwunden. Ist nach New Orleans gezogen, als Gray noch klein war.«

»Das muss ein weiterer Grund für die Verbindung zwischen Gray und Cameron sein. Ein Elternteil zu verlieren, verändert einen, ganz gleich, auf welche Weise es passiert.«

◆◆◆

Das Tor zum Grundstück der Bensons steht offen und hängt schief, um den Pfosten ranken sich Clematis. Ich nehme den unordentlichen Gemüsegarten neben dem Haus wahr, der aus langen Pflanzkisten sprießt, die vernachlässigten Tomatenpflanzen, die sich über Drahtstützen beugen, und überlege, wie einfach und echt all das auf ein Mädchen wie Cameron gewirkt haben mochte, die in einem Glaskasten auf der Steilküste gelandet war, in dem ihre berühmte Mutter Bonsaibäume beschnitt und so tat, als wüsste sie nichts über die Fehltritte ihres Mannes.

Di Anne Benson antwortet auf Wills Klopfen. Sie ist rundlich und hübsch, Mitte vierzig, mit gekräuseltem rotbraunem Haar. Aus der Küche hinter ihr riecht es nach Tomatensoße. »Sheriff Flood.« Sie streckt die Hand mit ihrem Küchenhandtuch aus. »Ich habe Sie nicht erwartet.«

»Tut mir leid, Sie erneut stören zu müssen. Das hier ist Detective Hart. Ist Gray zu Hause? Ich verspreche Ihnen, wir halten es kurz.«

Sie nickt und führt uns durch den Flur und eine schmale Treppe hinauf, die mit einem hellbraunen Berberteppich voller Gebrauchsspuren bedeckt ist. An den Wänden hängen in Abständen schiefe Pflanzendrucke, deren Rahmen von einer leichten Staubschicht überzogen sind. Während ich hinter ihr hergehe, fällt mir auf, dass das Schildchen aus ihrem locker sitzenden marineblauen Pullover herausschaut, und ich muss mich zurückhalten, es nicht wieder hineinzustecken.

»Gray?« Di Annes Stimme dringt vorsichtig durch die Tür, ehe sie sie öffnet und zur Seite tritt. Ihre Bewegungen wirken besorgt auf mich. Als wüsste sie, dass ihr Sohn empfindlich und misstrauisch geworden ist. Verletzlich.

Gray sitzt in einem braunen Samtsitzsack auf dem Fußboden, die langen Beine wie ein Schild vor sich aufgestellt. Er hält ein Skizzenbuch in der Hand, das er sofort schließt, bevor er aufblickt. Sein rotes Haar ist zu einer Tolle gegelt, wie bei einem Mädchenschwarm aus den Fünfzigern oder bei John Taylor von Duran Duran auf dem Poster, das innen an Grays Schlafzimmertür klebt. Es stammt von der ersten Tour der Band – missmutiger Blick, aufgestellter Kragen und alles. Grays Kleidung dagegen ist schlicht und alltäglich, ein blaues Kapuzensweatshirt, weiche Kakihosen und wollene Pantoffeln mit Gummisohle. Auf mich wirkt er wie jemand, der gefangen ist zwischen dem, der er sein möchte, und dem, der er sein muss.

»Ich habe Ihnen nichts Neues zu erzählen.« Er spielt an dem geschlossenen Skizzenbuch herum und blickt weder Will noch mir direkt in die Augen.

»Das ist in Ordnung«, sagt Will und wendet sich dann Mrs. Benson zu. »Wir brauchen bloß zehn Minuten.«

»Ich bin Anna Hart«, stelle ich mich Gray vor. »Ich bin eine der Polizistinnen und Polizisten, die versuchen, Cameron zu finden.«

»Ich habe schon alles gesagt, woran ich mich erinnern kann.«

»Das weiß ich. Ich weiß auch, wie schwer es sein muss, sich jeden Tag zu fragen, was wohl mit Cameron geschehen ist. Ich wette, du kannst nicht schlafen. Ich wette, du weißt gar nicht, was du mit dir anfangen sollst.«

Er blinzelt. »Mir geht es gut.«

Ich setze mich auf den Boden, damit wir auf Augenhöhe sind, und sage: »Wir waren gerade bei Cameron zu Hause. Ihre Eltern haben eine schwierige Phase durchgemacht. Hat Cameron viel mit dir darüber gesprochen?«

»Ein bisschen.«

Will und ich wechseln einen raschen Blick. Es wird Zeit, eine andere Strategie auszuprobieren.

»Ich gehe nur mal kurz raus, um einen Anruf zu tätigen«, erklärt er. »Bin in wenigen Minuten wieder da.«

Als er fort ist, sieht Gray mich argwöhnisch an.

»Du magst Duran Duran«, stelle ich fest. »›Ordinary World‹ ist ein großartiger Song.«

Ich habe ihn überrascht. Vielleicht antwortet er deswegen. »Es ist der beste Song auf der Platte.«

»Ja, aber ganz schön traurig. Darin geht es um David Miles, oder?«

Seine Pupillen weiten sich. »Das hat Simon Le Bon nie gesagt.«

»Nein, das hat er nicht. Deshalb ist es ein guter Song. Er verrät nicht alles, aber wenn man aufpasst, fängt man an, zu hören, was er nicht sagt.«

Ich kann an Grays Gesicht ablesen, dass er mir folgt. »Die Dinge, die uns am meisten bedeuten, beschützen wir. Manchmal sagen wir sie niemandem und manchmal nur einer einzigen Person, die uns am besten kennt.«

»Kann sein.« Gray lässt das Skizzenbuch auf den Fußboden fallen; plötzlich sehen seine Hände leer und blass aus.

»Camerons Eltern berichten, sie habe sich in letzter Zeit schwergetan. Würdest du das auch so sagen?«

Es vergeht ein langer Moment, während er mit sich ringt. Dann: »Bei ihr zu Hause gab es viel Stress.«

»Scheint so. Vielleicht war es zu viel für jemanden, der so sensibel ist wie Cameron.«

Sein Blick ist nach wie vor verhalten, aber er folgt nun der Richtung, die ich vorgebe. »Es war immer schon irgendwie hart für sie, dass ihre Mom diese weltberühmte Schauspielerin ist. Und ihr Dad ist ständig unterwegs.«

»Hält seine Abwesenheit die beiden davon ab, einander nahe zu sein? Emotional meine ich?«

»Es ist mehr als nur das.« Seine Pupillen scheinen zu zucken, sein ganzer Körper vibriert auf subtile Weise durch seinen inneren Konflikt. »Er hatte eine Affäre mit einer Frau, die für ihn arbeitet. Cameron war wütend auf ihn und hat sich Sorgen um ihre Mom gemacht.«

Ich nicke ihm ermutigend zu, um ihm das Gefühl zu vermitteln, er habe mich damit nicht überrascht. »Glaubst du, es ist das erste Mal, dass Camerons Vater fremdgeht? Oder ist es vielleicht nur das erste Mal, dass sie davon weiß?«

»Cameron sagt, er sei schon immer so gewesen. Aber diesmal sei es schlimmer. Seine Freundin sei schwanger und werde das Baby bekommen. Haben ihre Eltern Ihnen das erzählt? Vielleicht sollte ich gar nicht darüber reden. Ich weiß es nicht.«

Ich versuche, nicht zu überreagieren. Ein Baby? Wie sollte das Cameron nicht aus der Fassung gebracht haben? »Du darfst alles sagen«, versichere ich ihm. »Du kannst hier für nichts Ärger bekommen. Cameron ist deine beste Freundin. Es ist ganz natürlich, dass du ihre Geheimnisse kennst und sie deine. Das ist unter besten Freundinnen und Freunden so.«

»Der Sheriff war ein paar Mal hier, um mit mir zu reden. Ich war total verwirrt.«

»Selbstverständlich warst du das«, erwidere ich. »Du versuchst, Cameron zu beschützen. Aber, Gray, womöglich gibt es Dinge, die du weißt, die uns helfen können, sie zu finden. Denkst du, du könntest versuchen, noch offener zu sein?«

Ich spüre, wie er sich auf dem Sitzsack versteift, sich fragt, ob er mir vertrauen kann, ob es wirklich okay ist, auszusprechen, was er bisher verschwiegen hat. »Cameron musste mit einer Menge Sachen fertig werden. Nicht nur das mit ihren Eltern.«

»Persönliche Sachen«, füge ich hinzu.

»Ja.«

Die Tür geht auf, und Will tritt erneut ins Zimmer. Ich spüre, wie fast hörbar die Luft aus mir entweicht. Bei einer Befragung ist es selten die erste oder zweite oder dritte Aussage des Befragten, die von Bedeutung ist. Echte Offenbarungen benötigen Zeit. Und Gray ist gerade kurz davor gewesen, mir die Wahrheit zu sagen.

»Hey«, sagt Will und setzt sich aufs Bett. »Was habe ich verpasst?«

Ich werfe Gray einen Blick zu, und er nickt kaum wahrnehmbar. »Wir reden gerade über Camerons Eltern. Die Affäre ihres Dads. Anscheinend ist die Situation komplizierter, als wir dachten.«

»Ach ja?«

Ich blicke erneut zu Gray, um ein Zeichen der Zustimmung zu erhalten, ehe ich fortfahre: »Troys Freundin ist schwanger.«

»Oh, wow. Das ist ja ein starkes Stück.«

Gray wirft ein: »Bitte erzählen Sie Camerons Eltern nicht, dass ich irgendetwas gesagt habe.«

»Du bleibst bei uns absolut anonym«, versichert Will ihm.

»Genau das meine ich, Gray. Auf diese Weise kannst du Cameron helfen.«

Gray schweigt und streckt seine Hände in seinem Schoß. Schließlich sagt er: »Cameron hat begonnen, sich an Dinge zu erinnern, von früher.« Das letzte Wort bleibt ihm im Hals stecken. »Aus der Zeit, als sie noch klein war.«

»Was für Dinge?«, frage ich behutsam.

»Sie dürfen es wirklich nicht ihren Eltern sagen.« Gray schließt die Augen und öffnet sie dann wieder, scheint sich bereitzumachen, den Preis für die Wahrheit zu zahlen. Ich kann seine Angst und Sorge spüren. Wir verlangen von ihm, Camerons dunkle Geheimnisse aus der Kiste zu holen, in der er sie für sie aufbewahrt hat. »Das müssen Sie mir versprechen.«

Wir nicken beide.

»Sie wollte die Pille nehmen. Sie hatte keinen Sex oder so. Denken Sie das nicht. Angeblich soll sie wirklich gut für die Haut sein.«

»Das stimmt«, bestätige ich. »Viele Mädchen nehmen sie aus diesem Grund.«

»Genau. Jedenfalls hat sie mich gebeten, mit ihr zum Gesundheitszentrum zu fahren. Vor ein paar Wochen haben wir nach der Schule den Bus nach Fort Bragg genommen. Es war wie so eine aufregende Erwachsenensache.«

»Erzähl weiter«, dränge ich ihn. »Ihr seid also zum Gesundheitszentrum gefahren.«

»Genau, aber die Frau dort wollte ihr kein Rezept schreiben, ohne sie gründlich zu untersuchen. Ich habe auf Cameron gewartet, keine große Sache, aber als sie wieder herauskam, war sie total still und abweisend. Ich habe sie immer wieder gefragt, was passiert sei, aber sie wollte es mir nicht erzählen, bis wir mit dem Bus schon die halbe Strecke zurückgefahren waren. Es war schrecklich.«

»Was war schrecklich?«, fragt Will.

»Die Krankenschwester hatte ihr mitgeteilt, dass sie Vernarbungen habe.« Sein Gesicht erstarrt. Er braucht eine Minute, ehe er fortfahren kann. »Also, in ihrem Körper.«

»Hat sie dir gegenüber je ihren Onkel erwähnt? Drew Hague?«

Gray schüttelt den Kopf. »Ich glaube nicht.«

»Wie ist es mit jemand anderem? Einem Mann? Denk nach, Gray.«

»Es gab keine Männer. Keine, von denen sie mir erzählt hätte. Nach jenem Tag wurde sie wieder vollkommen verschlossen und wollte überhaupt nicht mehr mit mir darüber reden. So war das eigentlich nicht zwischen uns.«

Er ist bloß ein Jugendlicher. Natürlich hat er sich machtlos gefühlt, aber das hat Cameron auch. Andernfalls hätte sie sich auf ihn gestützt, auf ihren besten Freund. Sie hätte mit ihm geredet, wenn sie die Worte dafür gehabt hätte.

»Es ist wirklich tapfer von dir, dass du so offen zu uns bist«, sage ich schließlich. »Das hier könnte wichtig sein, Gray. Ich denke, dass irgendjemand Cameron vor langer Zeit verletzt hat. Diese Person könnte erneut in ihr Leben getreten sein, oder vielleicht hat sie jemand Neues kennengelernt, der ihr auf dieselbe Weise nahekam. Du darfst dir nicht die Schuld dafür geben, dass du nicht wusstest, wie du es besser machen solltest. Das ist quasi unmöglich. Verstehst du?«

Grays Nicken ist kaum wahrnehmbar. Ich sehe, welche Anstrengung es ihn kostet, sich selbst zu vergeben.

»Kannst du uns Bescheid sagen, wenn du dich noch an irgendetwas anderes erinnerst? Was auch immer es sein mag?«, fragt Will.

Ich rücke näher an den Sitzsack heran. »Und, Gray?«

»Ja?«

»Nichts von alledem ist deine Schuld.«

Zweiundzwanzig

Will und ich kehren schweigend zum Wagen zurück. Er wartet lange, ehe er den Motor anlässt. Direkt neben mir drückt ein Eukalyptuszweig gegen die Fensterscheibe, wodurch seine gebündelten, von Regentropfen übersäten grüngrauen Blätter vergrößert wirken.

Hap hat sie immer Gummibäume genannt. Einmal erklärte er mir, es gebe allein in Australien siebenhundert Gummibaumarten, und sie könnten ihren eigenen Nebel produzieren, einen blauen Dunst, der entstehe, wenn ihre chemischen Verbindungen in der warmen Luft verdampfen. Siebenhundert und mehr Arten einer einzigen Gattung, und dennoch scheinen die Menschen dazu verdammt zu sein, unablässig dieselben schrecklichen Muster zu wiederholen, als gäbe es nur einen einzigen möglichen Verlauf, den die Geschichte nehmen kann.

»Weist diese Art von Vernarbungen mit Sicherheit auf sexuellen Missbrauch hin?«, fragt Will mich schließlich.

»Nicht unbedingt. Das Thema ist umstritten. Viele medizinische Fachkräfte werden dir sagen, solche Narben seien uneindeutig. Andere werden behaupten, die meisten Ärztinnen und Ärzte wissen entweder nicht, was sie vor sich haben, oder sie wollen es nicht sehen. Am aufschlussreichsten ist für mich Camerons Reaktion.«

»Du meinst, dass sie sich geweigert hat, darüber zu sprechen.«

»Genau. Ich gehe davon aus, dass sie diese Sachen wirklich tief vergraben hat.«

»Ich weiß nicht, was die Krankenschwester sich dabei gedacht hat. Es erscheint mir doch ziemlich verantwortungslos, so etwas einfach vor einem Kind fallenzulassen.«

»Nun ja, das ist kompliziert. Diese Klinikmitarbeiterinnen sehen alle möglichen Dinge. Es Cameron nicht zu sagen hätte noch verantwortungsloser sein können.«

»Ist es nicht auch eine rechtliche Frage? Hätte die Klinik Camerons Eltern nicht benachrichtigen sollen?«

»Das würde man denken, aber in Kalifornien ist diese Auskunft nicht verpflichtend, zumindest noch nicht. Ich frage mich, was wir mit dieser Information anfangen sollen. Vielleicht sollten wir sie einfach noch eine Weile für uns behalten, zumal wir Troy noch nicht als Verdächtigen ausgeschlossen haben. Was ist passiert, als du ihn dem Lügendetektortest unterzogen hast?«

»Keine Unstimmigkeiten. Emilys Ergebnisse waren da schon interessanter.«

»Inwiefern?«

»Du weißt, dass diese Geräte Fehler machen. Ich versuche, sie nicht zu ernst zu nehmen, es sei denn, ich habe keinerlei andere Anhaltspunkte.«

»Klar.« Irgendetwas in seinem Tonfall löst ein leises Unbehagen in mir aus. »Was ist passiert?«

»Sie ist in dem Test durchgefallen.«

Ehe ich antworten kann, springt das Funkgerät in Wills Streifenwagen kreischend an und erschreckt uns beide. Er hebt ab und drückt mit dem Daumen auf den Empfangsknopf. »Flood hier.«

»Hier ist Leon, Sheriff. Wir haben gerade einen Anruf aus Gualala bekommen. Anscheinend ist dort ein Mädchen vermisst gemeldet. Shannan Russo, siebzehn Jahre alt, zuletzt gesehen am zweiten Juni.«

»Juni? Warum kommt das jetzt erst rein?«

»Wegen der anderen, schätze ich.« Der Deputy klingt unsicher und auch noch recht jung, vielleicht kaum älter, als Will gewesen ist, als er anfing, unter seinem Vater zu arbeiten.

»Bin auf dem Weg«, sagt Will und blickt mich an, beide Augenbrauen in purer Fassungslosigkeit hochgezogen.

»Scheiße«, sage ich und wünschte, es gäbe eine Möglichkeit, auf Pause zu drücken. Wenn ich nur aus dem Wagen steigen und für eine Weile allein in den Wald gehen könnte, wäre ich vielleicht in der Lage, klarer zu denken. Aber Will blickt mich nach wie vor an.

»Manchmal kommt es zu einem Effekt wie bei einem Wasserfall«, erkläre ich. »Ein Teenager läuft von zu Hause weg, niemand verschwendet einen Gedanken daran, bis jemand wie Polly Klaas in die Schlagzeilen kommt. Dann beschließt die Familie, nun sei es an der Zeit, in Panik zu verfallen.«

»Das könnte der Grund sein.« Will scheint erpicht darauf, mir zu glauben, auch wenn ich nicht viel gesagt habe. »Ich werde jemanden hinunterschicken, um mit dem dortigen Sheriff zu reden. Oder vielleicht fahre ich gleich selbst hin. Ich kenne Denny Rasmussen ziemlich gut.«

»Soll ich dich begleiten?«, frage ich automatisch.

»Du hast genug zu tun. Wir treffen uns später und tauschen uns aus.« Er startet den Motor, und ich lehne mich auf dem Beifahrersitz zurück, erleichtert darüber, nicht mitkommen zu müssen.

Diese letzten paar Stunden haben mich stärker ausgelaugt, als ich zugeben möchte, zuerst das Gespräch mit Emily, dann das mit Gray, die Neuigkeit über Camerons Narben, wie viel sie auf einmal zu verkraften hatte.

Beinahe als könnte er meine Gedanken lesen, bemerkt Will: »Das arme Kind! Kannst du dir vorstellen, vergewaltigt worden zu sein und dich nicht mehr daran erinnern zu können?«

»Nein«, antworte ich.

Aber ich kann es. So etwas passiert ständig.

Auf dem Weg nach Gualala, fünfzig Meilen südlich von Mendocino, lässt Will mich auf dem Parkplatz der Highschool aussteigen. Ich betrete das Gebäude und werde sofort zurückversetzt in die Vergangenheit, zu dem Teenager, der ich hier war, vor nur einer Minute, wie es scheint. Die Gerüche von Bohnerwachs und Hormonen sind noch dieselben, ebenso die verbeulten Reihen von Spinden, die Wände aus Beton und die grünlichen Neonlampen. Aber ist das alles wirklich so klein gewesen?

Der Schultag ist zu Ende, und das Gebäude ist fast leer. Meine Füße finden den Weg zum Sekretariat von alleine, dort schickt man mich zu Steve Gonzales' Klassenzimmer. Ich erwische ihn, während er die Stühle zurechtrückt, und stelle mich vor.

»Cameron«, sagt er und lässt sich auf einen Stuhl fallen. Allein das, die Schwere, mit der er ihren Namen ausspricht, sagt mir, dass er bei unseren Ermittlungen niemand von Interesse sein wird.

Gonzales hat einen sanften Blick, trägt Hosen aus Breitcord und einen billigen hellbraunen Blazer, den er wahrscheinlich seit Jahren an jedem zweiten Tag anzieht. In seinem tiefschwarzen Haar blitzen silberne Strähnen auf. Ich nehme an, dass er schon lange hier ist und alle Sorten von Schülern erlebt hat.

»Erzählen Sie mir von ihr«, bitte ich ihn. »Was für eine Schülerin ist Cameron?«

»Eine gute. Ich unterrichte sie erst seit einem Monat, aber sie ist sofort herausgestochen. Die sensiblen Leserinnen und Leser haben so einen bestimmten Blick. Man kann es beinahe an ihnen riechen, dass sie Bücher brauchen, um sich wohlzufühlen.«

»Emily Hague sagte, Sie hätten Camerons Texte gelobt.«

»Sie hat ein paar Gedichte geschrieben und sie mir gezeigt. Sie waren kein Teil einer Hausaufgabe.«

»Kann ich die Gedichte sehen?«

»Ich habe sie ihr zurückgegeben, wünschte aber, ich hätte sie vorher kopiert. Vielleicht könnten sie irgendwie nützlich sein.«

»Wie waren sie?«

»Wirklich richtig gut, wenn auch düster. Es war ein schwieriger Moment für mich. Ich soll ja über die Kunstfertigkeit eines Gedichts reden, die Bildsprache oder eine besonders gelungene Zeile, aber in diesem Fall war der Inhalt verstörend, und ich wusste nicht, ob ich auch dazu etwas sagen sollte. Junge Autorinnen und Autoren schreiben fast immer autobiographisch, auch wenn sie es gar nicht wollen.«

»Es bedeutet viel, dass Cameron Ihnen etwas so Persönliches gezeigt hat. Sie muss gewusst haben, dass sie Ihnen vertrauen kann. Was ist als Nächstes geschehen? Hatten Sie das Gefühl, Cameron wünsche sich, dass Sie deswegen etwas unternehmen? Hatten sie den Eindruck, sie würde Sie um Hilfe bitten?«

Seine dunkelbraunen Augen verdüstern sich. »Gott, ich hoffe nicht. Ich gebe die Schulzeitung heraus. Ich habe Cameron gefragt, ob sie wolle, dass ich die Gedichte dort veröffentliche, und sie sagte, sie werde darüber nachdenken. Dann hat sie die Gedichte mehrmals zusammengefaltet. Das hat auf mich so gewirkt, als schämte sie sich dafür, sie mir gezeigt zu haben. Als sie gegangen war, fühlte ich mich schlecht, aber am nächsten Tag im Unterricht wirkte sie völlig in Ordnung.«

»Sie lieben Ihren Beruf, Mr. Gonzales.«

»Das tue ich, ja. Auch wenn es mir gerade schwerfällt.« Er blickt hinunter auf seine weichen, fleischigen Hände. »Meine anderen Schülerinnen und Schüler sind immer noch sehr verängstigt. Ich habe bemerkt, dass sie sich nicht konzentrieren können. Meine Kolleginnen und Kollegen haben dasselbe beobachtet.« Ich weiß genau, wovon er spricht. Wenn etwas derart Erschreckendes in so unmittelbarer Nähe geschieht, sieht man häufig Benommenheit, Unfähigkeit, sich zu konzentrieren, Depression und Angst. Die wenigsten Erwachsenen haben die nötigen Mittel, um mit dieser Art von Furcht umzugehen, von Kindern ganz zu schweigen. Ich empfinde Mitgefühl für Steve.

»Die Nachricht über Polly Klaas muss alles noch so viel schlimmer gemacht haben«, sage ich. »Sie müssen das Gefühl haben, dass es wieder passieren könnte, dass es jeder und jedem Einzelnen von ihnen zustoßen könnte.«

Er nickt. »Was kann ich tun?«

»Haben Sie Geduld! Hören Sie zu! Wirken Sie beruhigend durch Ihre Anwesenheit! Jugendliche sind widerstandsfähig. Sie können im Laufe der Zeit heilen, aber zuerst benötigen sie eine Art von Auflösung. Ich hoffe, diese können wir ihnen bald bieten.«

Er blickt mich lange an. »Lieben Sie Ihren Beruf, Detective Hart?«

Die Frage trifft mich unerwartet. Einst hatte ich darauf eine einfache Antwort, aber das trifft nun nicht mehr zu. »Ich habe schon immer das Bedürfnis verspürt, Menschen zu helfen. Manchmal wird es einem jedoch zu viel, insbesondere, wenn sie wirklich in Schwierigkeiten stecken, und man nicht weiß, ob man überhaupt etwas für sie tun kann, so sehr man es auch versucht.«

»Ja«, antwortet er. »Genau so fühle ich mich auch gerade.«

Bevor ich aufbreche, bitte ich ihn noch, mir Camerons Spind zu zeigen, der nur eine Reihe von der Stelle entfernt ist, an dem einst mein eigener stand. Wills Team hat das Schloss aufgebrochen und beinahe alles daraus mitgenommen. Nur ihre Schulbücher liegen noch dort, *Algebra II*, *Latein für Anfänger*, *Weltgeschichte* und eine zerfetzte Taschenbuchausgabe von *Jane Eyre*.

»Wir hatten gerade angefangen, den Roman zu lesen«, erklärt Steve Gonzales neben mir. Am anderen Ende des Flurs fährt ein Hausmeister eine schwerfällige Bohnermaschine in Kreisen über den Fußboden, wobei er ein Muster aus glasigen, voneinander abgetrennten Bullaugen hinterlässt. »Mädchen wie Cameron lieben Jane Eyre.«

»Das ging mir genauso«, sage ich und verspüre eine Woge der Verbundenheit. »Jane hat jeden Grund, sich wie ein Opfer zu fühlen, aber das tut sie nicht. Sie ist ruhig, sie ist introvertiert, aber sie ist mit Sicherheit eine Kämpferin.«

Ich nehme das Taschenbuch an mich und schiebe dann den Bücherstapel zur Seite. In der unteren rechten Ecke des Spindes, wo nur Cameron sie leicht entdecken kann, hat sie eine Postkarte mit einem Gedicht von Rainer Maria Rilke an die Rückwand geklebt, Vers für Vers niedergeschrieben in ihrer gleichmäßigen, ordentlichen Handschrift:

Ich bin auf der Welt zu allein und doch nicht allein genug,
um jede Stunde zu weihn.
Ich bin auf der Welt zu gering und doch nicht klein genug,
um vor dir zu sein wie ein Ding,
dunkel und klug.
Ich will meinen Willen und will meinen Willen begleiten
die Wege zur Tat;
und will in stillen, irgendwie zögernden Zeiten,

wenn etwas naht,
unter den Wissenden sein
oder allein.

Ich will dich immer spiegeln in ganzer Gestalt,
und will niemals blind sein oder zu alt
um dein schweres schwankendes Bild zu halten.
Ich will mich entfalten.
Nirgends will ich gebogen bleiben,
denn dort bin ich gelogen, wo ich gebogen bin.

Dreiundzwanzig

Während ich im Patterson's auf Will warte, blättere ich *Jane Eyre* durch, wobei ich mich aus irgendeinem Grund unwohl fühle, als würde ich einen Blick in Camerons Tagebuch werfen oder ohne Erlaubnis über ein geweihtes Land laufen. Bücher können für Menschen etwas ungemein Persönliches sein, etwas Heiliges gar. Dieses scheint es für sie gewesen zu sein, weich geworden vom vielen Gebrauch und voller Eselsohren, mit unzähligen unterstrichenen Passagen und Eintragungen mit Bleistift – eine verschlüsselte Landkarte ihrer Seele. Ich habe auch die Postkarte mit dem Rilke-Gedicht dabei und schreibe es in mein Notizbuch ab, wobei ich Wendungen umkreise, die mir bedeutsam erscheinen. *Ich bin auf der Welt zu allein … wenn etwas naht … unter den Wissenden sein …*

Das Gedicht muss für Cameron eine Bedeutung gehabt haben, sonst hätte sie es nicht per Hand abgeschrieben und aufgehoben. Tatsächlich nehme ich an, dass sie sich darin vollkommen wiedererkannte, dass jedes einzelne Wort wie ein brennender Pfeil auf die Person zu zeigen schien, die sie in ihrem Inneren war, und auf das, was sie mit sich trug.

Als ich zu Will sagte, ich könne mir nicht vorstellen, dass Cameron Erinnerungen an den an ihr verübten Missbrauch unterdrückt habe, habe ich gelogen. Tatsächlich ist das eine häufige Reaktion, sogar die vorherrschende. Die Erfahrung eines Missbrauchs ist oftmals so überwältigend und vernichtend, insbesondere für Kinder, dass die Opfer es nur überleben können, indem sie ihren Körper verlassen. Nicht Fliehen oder

Kämpfen, sondern vollkommene Dissoziation. Wenn der Täter zufällig eine Bezugsperson ist, jemand, der einem eigentlich Sicherheit und Liebe schenken sollte, kann die Erfahrung des Sich-Verschließens noch dramatischer und weitreichender sein. Wenn man es nicht ertragen kann, etwas zu wissen oder zu spüren, dann findet man oftmals Wege, es vor sich selbst zu verbergen, und zwar gut zu verbergen.

Wie alt Cameron auch gewesen sein mochte, als der Missbrauch stattfand, ob einmal oder mehrfach – ihr Verstand war damals wahrscheinlich eingeschritten, um sie zu beschützen. Es dürfte keine bewusste Entscheidung gewesen sein, sondern eher eine Art animalischer Urinstinkt, die einzige Möglichkeit, aus einer Sache herauszukommen, die zu schrecklich ist, um sie zu benennen oder auch nur zu empfinden. Womöglich hatte sie sich an nichts davon mehr erinnert, bis der Besuch im Gesundheitszentrum, ein zufälliges Ereignis, es aus dem Dunkeln wieder ans Licht zerrte.

Ich ertrage kaum den Gedanken daran, was Cameron an jenem Tag verspürt haben mochte, als sie auf dem Untersuchungsstuhl saß, ohnehin schon kompromittiert und verletzlich, die Füße auf metallenen Stützen, während die Krankenschwester Latexhandschuhe überzog, ohne sich bewusst zu sein, dass sie gleich einen geheimen Schmerz zum Detonieren bringen sollte, der für ein ganzes Menschenleben reichen würde.

Selbst wenn Camerons Erinnerungen nicht auf diese Weise an die Oberfläche gezwungen worden wären, hatte der Schaden in ihr bereits jahrelang gebrodelt und sicher längst andere Wege gefunden, um auszubrechen, in Gefühlen der Scham oder Hoffnungslosigkeit, und sie unbewusst zu Menschen und Situationen hingezogen, die den ursprünglichen Schmerz wiederholen oder ihm nahekommen.

Es tut mir weh für dieses Mädchen, das ich kenne, ohne ihm je begegnet zu sein. Cameron hat Gewalt, Verrat und Schweigen überlebt, Jahre der erzwungenen Amnesie. Aber kann sie auch überleben, was ihr nun widerfährt? Kann sie das Erinnern überleben?

Ich fühle mich überwältigt, schiebe Buch und Gedicht auf dem Tresen von mir und bestelle einen Whiskey. Sobald ich ihn getrunken habe, halte ich mein Glas nach vorn und signalisiere, dass ich einen weiteren möchte.

Die Barkeeperin sieht mich an, ihre nachgezeichneten Brauen schießen nach oben. »Fahren Sie noch?«

»Mir geht's gut.«

»Ich sage Ihnen was: Sie reichen mir Ihre Autoschlüssel, dann können Sie die ganze verdammte Flasche haben.«

Auf einmal bin ich verärgert. »Schenken Sie mir einfach den Drink ein, in Ordnung? Was kümmert es Sie?«

Sie hält meinem Blick stand. »Irgendjemanden muss es ja kümmern.«

Unter ihrem trockenen Tonfall erkenne ich ihre berechtigte Sorge.

Kurz verspüre ich den Drang, mein leeres Schnapsglas gegen den Spiegel hinter ihr zu schleudern, einfach nur, um irgendetwas zerbrechen zu lassen. Stattdessen atme ich jedoch tief ein und lasse die Luft dann langsam entweichen. »Wie alt sind Sie?«

»Was?«, schnaubt sie. »Hundert und ein paar Tage. Was ist mit Ihnen?«

»Fünfunddreißig. Fünfunddreißig und hundert und ein paar Tage.«

»Jetzt sind wir also Freundinnen?« Sie zeigt die Zähne beim Lächeln, aber ich spüre, dass sie noch herauszufinden versucht, was ich vorhabe und was ich von ihr will. Ist es bloß der nächste Drink oder noch etwas anderes? »Im Dezember werde ich vierzig.«

»Sind Sie schon lange hier im Ort?«

Sie nickt.

»Waren Sie hier, als Jenny Ford ermordet wurde?«

»Ich bin mit ihr zur Schule gegangen. Sie war ein paar Jahre jünger. In letzter Zeit habe ich viel an sie gedacht.«

»Wegen Cameron Curtis? Ich auch.«

Sie hält die Flasche noch immer in der Hand. Ich kann sehen, wie ihr Verstand das Puzzle unseres Gesprächs zusammensetzt. »Waren Sie auf der Mendocino High? Sie kommen mir bekannt vor.«

»Sie müssen Ihren Abschluss gemacht haben, ehe ich dort anfing. Das ist lange her.« Ich ziehe einen Zwanziger aus meiner Hosentasche und lege ihn auf den Tresen. »Ich bin Anna. Tut mir leid, dass ich so ein Arschloch war.«

»Ich bin Wanda, und ich würde sagen, ich habe schon Schlimmere erlebt.« Sie nimmt das Geld und steckt es sich zusammengefaltet in den BH, gerade als Will auf uns zukommt. »Wenn man vom Teufel spricht.«

Wanda und ich sehen uns an und lachen.

»Was ist so lustig?«, möchte Will wissen.

»Dein Gesicht«, sagt Wanda mit einem Zwinkern, und mit einem Mal liebe ich sie. Die Welt braucht eine ganze Armee von Wandas – starke, sarkastische, furchtlose Frauen, die sagen, was sie denken, und freimütig handeln, ohne sich zu entschuldigen oder Erlaubnis einzuholen. Frauen, die brüllen, anstatt zusammenzuzucken.

»Sehr witzig«, brummt Will. »Würdest du mir einfach einen Drink bringen?«

Ich mache mich auf Wandas Wiederholung ihres Vortrags über verantwortungsbewusstes Fahren gefasst, aber ganz offensichtlich weiß sie es besser und schenkt ihm wortlos ein Bier ein, füllt mein Glas auf und stellt sich dann an das andere Ende der Bar.

Will hatte offensichtlich einen anstrengenden Tag. Er kippt sein Guinness in nur zwei Minuten. Ich verspüre den Drang, ihn zu umarmen, überlege es mir jedoch anders.

»Was ist in Gualala herausgekommen?«, frage ich.

»Total deprimierend. Allem Anschein nach verursacht dieses Mädchen Shannan nur Ärger. Sie läuft regelmäßig davon, hat mit Drogen aller Art zu tun und auch mit Sex. In der sechsten Klasse wurde sie suspendiert, weil sie jemandem auf dem Schulklo einen geblasen hat, angeblich im Austausch gegen Geld fürs Mittagessen.«

Ich höre das Zurückschrecken in seiner Stimme. Den Abscheu. Weil ich eine Frau bin, habe ich einen anderen Filter. Ich lebe im Körper einer Frau. Ich kenne die Verwundbarkeiten genau. »Erzähl weiter. Was noch?«

»Als Denny und ich mit der Mutter sprachen, konnte sie nicht einmal genau sagen, wie oft Shannan schon weggelaufen ist. Normalerweise kommt sie nach ein paar Wochen wieder zurück, abgemagert und vollkommen pleite. Dieses letzte Mal schickte sie eine Nachricht, sie sei freiwillig gegangen und wolle nicht, dass irgendjemand nach ihr suche. Die Briefmarke wurde am zehnten Juni in Ukiah abgestempelt. Manchmal hatte Shannan davon gesprochen, nach Seattle zu ziehen, also geht ihre Mutter davon aus, dass sie auf dem Weg dorthin war.«

»Wieso meldet sie das Verschwinden jetzt?«

»Darauf kommst du nie.« Die Bitterkeit in seiner Stimme passt nicht zu ihm, ergibt in diesem Zusammenhang jedoch Sinn.

»Sie hat einen Anruf von einer Wahrsagerin bekommen.

Eine Frau aus der Gegend namens Tally Hollander. Wie auch immer, diese Tally macht Karen Russo also im Telefonbuch ausfindig und ruft sie an, um ihr im Wesentlichen zu sagen, dass Shannan tot sei. Ich meine, wer macht denn so was?«

Mir wird plötzlich kalt. Wenn es so geschehen ist, klingt es wirklich rücksichtslos. »Was hat sie genau gesagt?«

»Dass Shannan ermordet worden sei. Angeblich habe sie eine Vision von einem Wald gehabt. Sie glaubt, Shannans Leichnam könne dort sein.«

»Was für ein Wald?«

»Liegt wahrscheinlich jenseits ihrer außergewöhnlichen Kräfte, das näher einzugrenzen.« Will schnaubt angewidert. »Mich hat sie auch angerufen, direkt nach Camerons Verschwinden, da blieb sie genauso vage.«

»Wirklich? Manchmal sind diese Leute seriös, Will. Mit einigen habe ich schon gute Erfahrungen gemacht, die waren tatsächlich sehr hilfreich. Was hat die Wahrsagerin über Cameron gesagt?«

»Dass sie entführt worden sei und sich an irgendeinem engen Ort im Dunkeln aufhalte.«

»Hmm. Das war's?«

»Genauso gut hätte sie uns sagen können, wir sollen auf dem Mars suchen.«

Meine Gedanken rattern schnell. Bei so wenigen Anhaltspunkten ist es schwer zu sagen, was als Nächstes kommt. »Shannan hatte ein Auto, richtig? Hat jemand nach dem Kennzeichen gesucht?«

»Ich bin mir nicht sicher. Ich könnte Denny fragen, aber die Nachricht war ziemlich eindeutig. Shannan wollte verschwinden.«

»Kann sein, aber sie ist immer noch minderjährig, Will. Wir wissen nicht, ob sie womöglich in ernsten Schwierigkeiten steckte oder irgendwie gezwungen wurde. Und was, wenn sie tatsächlich tot im Wald liegt?«

Er blickt mich scharf an. »Tally Hollander ist ganz offensichtlich durchgeknallt. Du bist doch wohl nicht so leichtgläubig, oder?«

»Hey, stopp«, entgegne ich. »Hier geht es nicht um mich. Wenn Shannan am Leben ist, dann braucht sie unsere Hilfe. Und wenn es schon zu spät ist, hat sie es trotzdem verdient, gefunden zu werden. Wir können nicht einfach aufgeben.«

»Dieses Mädchen ist nicht Cameron, Anna. Das ist eine Ausreißerin, die ihr Leben schon seit Langem in den Sand setzt. Und du hast gehört, was ihre Mutter gesagt hat. Shannan will nicht, dass irgendjemand nach ihr sucht. Ende der Geschichte.«

»Wie kannst du so etwas auch nur sagen, Will? Du bist doch selbst Vater.«

»Was hat das denn zu bedeuten?«

»Wir sind für dieses Mädchen verantwortlich.«

»Wieso? Wieso sind wir das?«

»Weil alle Menschen wollen, dass jemand nach ihnen sucht, ob es ihnen nun bewusst ist oder nicht.«

Zwischen uns entsteht ein langes Schweigen. Wir sind in eine Sackgasse geraten. Schließlich bemerkt er das Exemplar von *Jane Eyre* und zieht neugierig die Augenbrauen hoch.

»Was war mit Steve Gonzales?«

»Ich mochte ihn. Er scheint ein anständiger Kerl und ein guter Lehrer zu sein, und Cameron liegt ihm offensichtlich am Herzen. Ich glaube nicht, dass er mit der Sache auch nur das Geringste zu tun hat, aber du kannst ihn einen Lügendetektortest machen lassen, um ihn auszuschließen.« Moment. Meine Worte erreichen mich selbst und scheinen laut zu klingeln. Im Streifenwagen, ehe der Anruf wegen Shannan unseren Tag durcheinanderbrachte, hatte Will begonnen, mir etwas Wichtiges zu erzählen. »Emilys Lügendetektortest«, erinnere ich ihn. »Wie ist sie dabei durchgefallen?«

Vierundzwanzig

Als man mir beibrachte, Verdächtige zu verhören, lernte ich, wie damals so gut wie alle, die in der Strafverfolgung arbeiteten, die Reid-Methode. John Reid war ein Polizist aus Chicago, der diese Technik entwickelte, als der Supreme Court in den vierziger und fünfziger Jahren verbot, Geständnisse durch Schläge, Schikanen oder Drohungen zu erzwingen. Reid war ein Freund der Wissenschaft. Er war ein Lügendetektorexperte und glaubte, man könne Polizistinnen und Polizisten ebenfalls beibringen, Lügen zu erkennen, indem sie die unbewussten Ticks und Gesten, wiederholten Sprachmuster und Stressreaktionen eines oder einer Verdächtigen beobachteten. Durch eine Reihe von sich zuspitzenden Fragen und Schritten sollte der oder die Befragende mehr und mehr die Kontrolle übernehmen, während der Lügendetektor kleinste Veränderungen von Puls, Blutdruck, Körpertemperatur und Atmung aufzeichnete.

Wie Will habe auch ich stets eine gesunde Skepsis gegenüber dem Lügendetektor an den Tag gelegt, habe ihn als ein Werkzeug verstanden, aber nicht als etwas, woran man sich festhalten und schon gar keine Verurteilung festmachen sollte. Ein Anstieg des Pulses kann natürlich auf Schuldgefühle oder ein schuldhaftes Verhalten hinweisen. Aber bei einem Fall wie Camerons, bei dem das Leben eines Kindes auf dem Spiel steht, mögen die Gefühle einer befragten Person grundsätzlich ungestüm, chaotisch und verwirrend sein. Unzuverlässig. Außerdem haben schuldige Menschen meiner Erfahrung nach auch kein Problem damit, Lügendetektortests zu bestehen. Narzissten, Psychopathen. Menschen ohne Gewissen.

»Was ist passiert, Will? Worüber ist Emily gestolpert?«

Sein Blick macht deutlich, dass er dieses Gespräch lieber umgehen würde, aber schließlich lenkt er ein. »Die Frage lautete: ›Haben Sie Ihrer Tochter jemals Schaden zugefügt?‹ Emilys Antwort war Nein, und du weißt ja, wie es läuft. Die Frage taucht noch ein paarmal anders formuliert auf. Jedes Mal sagt Emily wieder Nein, und jedes Mal steigt dabei ihr Puls.«

»Das erscheint mir vielsagend. Meinst du nicht?«

»Ich weiß es nicht. Die Unstimmigkeit könnte alles Mögliche bedeuten. Vielleicht hat sie Cameron einmal einen zu heftigen Klaps gegeben oder sie in ihr Zimmer eingesperrt. Über solche Sachen zerbrechen sich Eltern jahrelang den Kopf.« Will hält sein Bierglas zwischen den Handflächen und rollt es vor und zurück, als würde ihm das helfen, seine Worte zu wählen. »Nach allem, was wir wissen, könnte es auch um diesen Fall gehen. Um ihr Gefühl, dafür verantwortlich zu sein. Weil sie Cameron in ihrem eigenen Haus nicht beschützen konnte.«

Beim Zuhören muss ich mich fragen, ob ich voreilige Schlüsse ziehe. Oder übersieht er, was direkt vor uns liegt? Elterliche Schuldgefühle können eine heikle und unergründliche Angelegenheit sein, das weiß ich nur zu gut. Aber irgendetwas ist in Emilys Haus geschehen, und zwar nicht nur in jener Nacht, in der ihre Tochter verschwand. Emily hat ihre Tochter nicht beschützt, als es darauf ankam, als Cameron noch viel zu jung war, um sich selbst zu schützen. Dieser Riss ist mit den Jahren größer geworden. Auf jede heute wichtige Weise hat Camerons Vergangenheit ihre Zukunft geprägt. »Will«, sage ich, »wir müssen über den Missbrauch sprechen.«

Er wirkt aus dem Gleichgewicht gebracht. »Wie kommst du darauf, dass dieser nicht geschehen ist, bevor sie zu den Curtis kam, wenn er denn überhaupt geschehen ist?«

Ich ignoriere seinen Zynismus und fahre fort. »Statistisch gesehen beginnt sexueller Missbrauch im Alter zwischen sieben und dreizehn Jahren. Um die neunzig Prozent werden von einem Familienmitglied angegriffen. Und die Opfer, Will, sind stille, problembeladene, einsame Kinder. Mädchen wie Cameron.« Mein Tonfall hat eine Heftigkeit angenommen, die mir sagt, dass ich einen Gang zurückschalten muss, aber aus irgendeinem Grund fühlt sich allein die Vorstellung von Selbstkontrolle gerade weit weg an. »Ich denke, wir sollten Emily damit konfrontieren und sehen, was passiert. Wir gehen mit einer richterlichen Erlaubnis, Camerons Akte einzusehen, zum Gesundheitszentrum und legen diese dann vor sie auf den Tisch.«

Will sieht mich schockiert an. »Gott, du bist eiskalt, Anna. Ihre Tochter wird vermisst.« Das Wort flackert zwischen uns auf, scharf und kantig. »Denkst du nicht, das sichert Emily eine gewisse Schonung, einen kleinen Vertrauensvorschuss? Und was ist mit Troy Curtis? Wieso bleibt er ungeschoren? Er könnte derjenige sein, der ihr wehgetan hat.«

Auf einmal bemerke ich die Hitze im Raum. Den Geruch nach gebratenem Fisch, der aus der Küche dringt. Den klebrigen Tresen unter meinen Händen. Wills Herausforderung ist keineswegs rhetorisch. Er hält mich für übergeschnappt, und vielleicht bin ich das auch.

»Ich habe Troy nicht vergessen«, beeile ich mich zu sagen. »Aber Emily war diejenige, die mit Cameron allein zu Hause war; sie ist ihre primäre Bezugsperson. Sie hat die Schauspielerei aufgegeben, um eine Vollzeitmutter zu sein. Und sie ist diejenige, die beim Lügendetektortest durchgefallen ist. Ich glaube nicht, dass ich eiskalt bin, ich bin bloß realistisch. Wir haben keine Zeit, sie mit Samthandschuhen anzufassen, Will. Sollte Emily von dem Missbrauch gewusst haben, dann würden diese Schuldgefühle nicht nur den Lügendetektor exakt auf diese Weise aufleuchten lassen, sondern auch den Verdacht auf sie lenken. Vielleicht fühlt sie sich ja verantwortlich, weil sie verantwortlich ist. Vielleicht hat sie die Augen zugemacht, als es an der Zeit war, sie weit zu öffnen. Vielleicht hat sie den Mund gehalten, als sie es an die große Glocke hätte hängen sollen.« Der Barhocker unter mir scheint vor Anspannung zu vibrieren. »Vielleicht hat sie ihren Bruder Drew geschützt anstelle von Cameron.«

Will lehnt sich zurück, sein Gesichtsausdruck verwandelt sich. »Du wirkst extrem emotional, Anna.«

»Mir geht's gut«, schieße ich zurück, automatisch in der Defensive. »Ich weiß bloß, dass ich hier einer Sache auf der Spur bin. Schau mal, dieses Gedicht habe ich in Camerons Spind gefunden. Es könnte etwas zu bedeuten haben.«

Er nimmt Camerons Postkarte, die ich ihm entgegenschiebe, und liest die Zeilen stumm. Als er fertig ist, blickt er auf. »Verdammt! Welche Fünfzehnjährige liest denn Rilke?«

»Eine verwundete. ›Ich will unter den Wissenden sein oder allein.‹ Sagt das nicht alles? Manchmal basiert Gewalt mehr auf Zufall und Gelegenheit. Aber manchmal kann sie auch sehr spezifisch und genau auf jemanden abgestimmt sein, als gäbe es irgendeine geheime Verbindung, eine Verletzlichkeit, die Täter bei bestimmten Opfern spüren können, schon wenn sie sie das erste Mal sehen. Wenn jemand einmal Schaden genommen hat, kann das durchdringen wie ein Radarsignal. Fast so, als könnte der dunkelste Teil der Geschichte einer Person direkt durch ihren Körper kommunizieren, als wäre er in ihren Zellen lebendig. Kannst du mir folgen?«

Will sieht unbehaglich aus, sein Gesicht ist gerötet. »Willst du damit sagen, dass das Opfer irgendwie selbst schuld ist? Dass es jemanden dazu bringt, es ins Visier zu nehmen?«

»Nein, überhaupt nicht. Ganz im Gegenteil.« Ich nehme die Postkarte erneut in die Hand, fühle mich frustriert. Ich scheine nicht die richtigen Worte zu finden.

»Was dann? Was passiert tatsächlich?«

»Ich habe einmal mit einem wirklich klugen psychologischen Profiler zusammengearbeitet«, versuche ich es erneut. »Er hat den Begriff ›Fledermaussignal‹ verwendet, um diese Sache zu beschreiben, wie Opfer sich Tätern gegenüber unwillentlich zu erkennen geben. Wir alle kommen mit einem reinen, hellen Licht auf die Welt, richtig? Wir sind unschuldig, so klar wie der verdammte Himmel. Hell, rein und sauber.«

»Daran glaube ich«, bestätigt Will. »Jeder wird mit einer reinen Weste geboren.«

»Ja. Aber manchen Kindern passiert irgendetwas wirklich Schlimmes, in ihrer eigenen Familie oder durch einen Bekannten, dem diese Familie vertraut. Trauma, Vernachlässigung, Missbrauch, Manipulation, Nötigung, Gewaltanwendung. Und ihnen fehlen die Werkzeuge, um es zu verarbeiten, oder die Worte, um darüber zu sprechen. Also folgt Schweigen. Eine erzwungene Komplizenschaft. Scham. Bald ist da ein dichter schwarzer Teer, und wenn das Licht hindurchscheint …« Ich lasse meinen Satz unvollendet, da mir bewusst ist, dass Will wahrscheinlich gemerkt hat, dass ich nicht nur über meine im Laufe der Jahre bearbeiteten Fälle rede, sondern dass ich manches von dem, was ich weiß, selbst erlebt habe.

»Fledermaussignal«, sagt er ernst.

»Ja. So groß wie der Mond über Gotham City. Und jeder Psychopath, Soziopath, Sadist, Alkoholiker, jedes narzisstische

Stück Scheiße überall auf der Welt kann es wahrnehmen und kommt angerannt. Und wenn die beiden einander finden, dann macht es Klick. Sie erkennen einander auf irgendeiner tieferen Ebene. Es ist, als würden sie zwei Variationen derselben Sprache sprechen.«

»Wow, okay. Das ergibt ein bisschen zu viel Sinn.« Er nimmt die feuchte Serviette unter seinem Glas in die Hand und beginnt, damit herumzuspielen, während er den Kopf schüttelt. »Aber wie kommt es zu dem ursprünglichen Missbrauch, wenn doch jeder mit einer weißen Weste geboren wird? Warum werden manche Kinder zur Zielscheibe und andere nicht?«

»Cameron war nicht einmal vier Jahre alt, als ihr Leben auf den Kopf gestellt wurde«, erkläre ich Will, während meine Gedanken um Jahrzehnte zurückgeschleudert werden, in meine eigene Kindheit und Jennys und die zahlloser anderer. »Überleg mal, wie jung das ist, um das ganze Leben umgekrempelt zu bekommen. Aber man ist bereits alt genug, um auf einmal nicht mehr zu wissen, wer man ist oder wohin man wirklich gehört. Selbst wenn Cameron auf Emily und Troy nicht einsam oder verängstigt gewirkt haben mag, erkennt man doch leicht, wie so viel Verwirrung und Unsicherheit sie dazu gebracht haben könnten, anderen zu sehr zu vertrauen. Sie wollte Liebe. Sie wollte sich okay fühlen.« Die Muskeln in meinem Hals fühlen sich angespannt und seltsam an, meine Zunge ist schwer. »Und wenn das noch nicht genug war, könnte die Narbe von jenem frühen Trauma nur zu gut jemand anderes angelockt haben. Einen weiteren Täter.«

Will seufzt. »Das wäre verflucht ironisch. Ich meine, wenn Emily und Troy dachten, sie würden einem bedürftigen Kind helfen, und dabei selbst den Schaden verursachten, der der Grund dafür ist, dass sie entführt wurde?«

Er hat mir also zugehört. »Du hast mich gefragt, weshalb ich Emily nicht vom Haken lassen kann, Will? Aus genau diesem Grund. Was ist, wenn alles Schlimme, das Cameron zugestoßen ist, geschah, nachdem sie gerettet worden war? Nachdem sie angeblich sicher und geschützt sein sollte und glücklich?« Meine Hände zittern an der Kante des Tresens.

Will hat das Zittern bemerkt. Die Sache ist mir über den Kopf gewachsen, und wir beide wissen es.

Er lehnt sich auf seinem Stuhl zurück, um mich besser in Augenschein zu nehmen, seine Stirn bildet dabei eine Landkarte der Besorgnis. »Du kennst dich in diesen Fragen aus und hast viel Erfahrung. Das weiß ich. Und ich weiß auch, dass du bei deiner Arbeit in San Francisco viele Dinge miterleben musstest, die kein Mensch gezwungen sein sollte zu sehen, Anna. Vielleicht bist du ja deshalb hierher zurückgekommen.«

Ich spüre, wie ich rot anlaufe, und kann seinem Blick nicht begegnen.

»Wenn dir das alles zu viel wird, musst du es mir sagen, okay? Ich bin da. Wir sind ein Team.« Er legt mir die Hand auf den Arm und drückt ihn leicht, um seine Worte zu unterstreichen. »Ja?«

»Natürlich, aber, Will, irgendjemand muss dieses Mädchen retten.«

Und diese Person muss ich sein.

Fünfundzwanzig

Am nächsten Morgen, am 5. Oktober, erreiche ich das Dorf bei Sonnenaufgang, um Will im GoodLife zu treffen, wo wir uns einen Kaffee holen. Dann steigen wir in seinen Streifenwagen und fahren an der Küste entlang nach Süden in Richtung Petaluma, wobei wir eine einzelne lange, graue Nebelbank umrunden, die das Meer und den Horizont verhüllt und lediglich die Straße erkennen lässt.

»Irgendetwas Neues über das Russo-Mädchen?«, frage ich. Beim Aufwachen hatte ich sie im Kopf, als bräuchte ich noch ein weiteres vermisstes Mädchen, das mich beschäftigt. »Hast du das Nummernschild überprüft?«

»Das habe ich. Nichts Auffälliges, außer dass die Zulassung abgelaufen ist. Wahrscheinlich hat ihre Mutter entschieden, die Plaketten nicht zu erneuern. Wozu das Geld verschwenden!«

»Und wenn wir nach dem Kennzeichen suchen lassen? Nur um sicherzugehen.«

Er wirft mir einen Nicht-schon-wieder-Blick zu. »Wegen der Behauptung einer Wahrsagerin?«

»Vielleicht«, sage ich, ohne einzuknicken. »Ob man nun persönlich an sie glaubt oder nicht, sie sind nicht alle verrückt. Außerdem, was kostet es uns denn, der Sache nachzugehen?«

Er schweigt.

»Nur weil das Mädchen ein schwieriges Leben geführt hat, heißt das nicht, dass sie unsere Zeit nicht wert ist. Wir sollten noch nichts aufgeben. Es steht zu viel auf dem Spiel.«

Er zieht das Kinn zur Brust, ein halbes Nicken. Ich beobachte sein Gesicht, warte auf mehr, und endlich sagt er: »Okay.«

♦♦♦

Eine Stunde später fahren wir durch Olivenhaine, Rinderweiden und einen ländlichen Flickenteppich aus Bauernhöfen und Feldern nach Petaluma hinein. Ich hatte vergessen, wie sehr dieser Teil von Kalifornien nach New England aussieht.

»Das ist *Unsere kleine Stadt*«, bemerke ich gegenüber Will, als wir den Petaluma Boulevard entlangrollen, vorbei an historischen Lehmziegelgebäuden und alten Fassaden. Es scheint nur eine einzige Bar zu geben, auf deren Schild SALOON steht.

»Wir haben sie immer Chickaluma genannt.« Will zeigt auf den Geflügelverarbeitungsbetrieb. »Kannst du glauben, dass wir nur fünfundvierzig Meilen von San Francisco entfernt sind?«

Das ist zu nah. »Verrückt«, sage ich nur schwach und konzentriere mich auf die ordentlichen Ladenfronten und Gehsteige, die Sparkasse mit einem riesigen Smiley-Aufkleber im Fenster. Nichts wirkt hier fehl am Platz, es gibt weit und breit noch nicht einmal einen unachtsamen Fußgänger. »Eine Stadt wie diese wirkt so sicher und so abgetrennt von der Außenwelt. Da fragt man sich schon, ob sie nicht eigentlich gefährlich ist.«

»Du meinst, dass es nur ein Märchen ist?«

»Genau. Eine falsche Sicherheit. Man ist nicht mehr wachsam, weil das Bild so real erscheint. Schließlich kann einem nichts passieren, wenn die ganze Stadt von einem Burggraben umschlossen wird, richtig? Festungsmauern. Wächter am Tor. Aber der Drachen taucht trotzdem auf.«

Will wirft mir einen vielsagenden Blick zu. »Weißt du, woran mich dieser Ort erinnert?«

»Ja«, erwidere ich. »Mendocino.«

◆◆◆

Das Petaluma Police Department liegt etwas nördlich der Innenstadt. Wir parken, melden uns an und warten am Empfang, bis ein jüngerer Beamter erscheint, um uns nach hinten zu einer Reihe von Büros zu führen.

»Das hier ist Sergeant Barresi«, sagt der Beamte, als er vor einer offenen Tür stehen bleibt.

Der Sergeant ist ein großer Typ mit einem blassen Gesicht und zurückgegeltem Haar. Er steht hinter seinem Schreibtisch auf und erinnert mich sogleich in mehrfacher Hinsicht an viele der leitenden Polizisten, mit denen ich im Laufe der Jahre zusammengearbeitet habe, bis hin zu seinem neu glänzenden beigefarbenen Anzug. Den trägt er wahrscheinlich für die Pressekonferenz. Ob er bereit ist oder nicht, er muss nun Öffentlichkeitsarbeit machen. Schon jetzt ist klar, dass der Fall mit großem Interesse verfolgt werden wird. Pollys Alter und die Art und Weise, wie sie entführt wurde, so brutal aus ihrem eigenen Haus entrissen, haben eine weitverbreitete Furcht und Sorge ausgelöst. Die ganze Nation wird zusehen, wie es in dieser Sache weitergeht.

»Ich dachte, wir sollten uns mit Ed Van Leer treffen«, sagt Will.

»Ed wird bald hier sein. Wir übernehmen die Leitung dieses Falles gemeinsam. Sagen Sie mir, was ich für Sie tun kann.«

»Wir haben ein vermisstes Mädchen oben in Mendocino«, mische ich mich ein. »Cameron Curtis. Haben Sie sicher schon gehört. Und jetzt wurde in Gualala eine weitere Vermisstenanzeige aufgegeben. Shannan Russo, siebzehn Jahre, zuletzt gesehen Anfang Juni. Wir versuchen bloß herauszufinden, ob es irgendeinen Zusammenhang gibt.«

»Wir kennen noch nicht einmal unsere eigenen Zusammenhänge«, entgegnet Barresi trocken. »Das Verbrechen ist Freitagnacht geschehen. Jetzt ist erst Dienstagmorgen. Hier läuft überall das FBI herum, aus Washington und San Francisco, mehr Agentinnen und Agenten, als ich je an einem Ort gesehen habe. Aber das heißt nicht, dass ich wüsste, wo mir der Kopf steht.«

Ich weiß, unter welchem Druck er steht, den Fall zu lösen. Alle Blicke sind auf ihn gerichtet. Das Letzte, was er nun braucht, ist noch etwas anderes, worüber er nachdenken soll, aber ich muss es gleichwohl versuchen.

»Hören Sie, wir wissen, wie kostbar Ihre Zeit ist«, erkläre ich ihm. »Wenn Sie sich nur eine Minute nehmen könnten, um uns den Fall darzulegen.«

»Van Leer meinte, es gebe einen Handabdruck am Tatort?«, drängt Will ihn.

»Zu verwischt für den Computer«, wehrt Barresi ab. »Hätten wir einen Verdächtigen, könnten wir damit allerdings etwas anfangen.«

»Irgendwelche anderen Zeuginnen oder Zeugen, abgesehen von Pollys beiden Freundinnen?«, frage ich.

»Es gab auf dem Grundstück einen Mieter in einer Garagenwohnung. Er hatte einen Freund zu Besuch. Die beiden sahen bei geöffneter Tür fern, als der Unbekannte die Einfahrt heraufkam und auf die Hintertür zuging.«

Will lehnt sich vor. »Das kam ihnen nicht verdächtig vor?«

»Anscheinend ist der Typ einfach anmarschiert, als würde ihm das Haus gehören. Die Hintertür war nicht abgeschlossen. Der Mieter hat sich gedacht, es sei vielleicht ein Freund der Familie.«

»Trotzdem, das ist ganz schön mutig, wenn man weiß, dass man gesehen wurde«, gibt Will zu bedenken.

»Auf der Straße gab es noch mehr Zeugen«, fügt Barresi hinzu. »Ein warmer Freitagabend. Leute im Park. Viele zu Fuß unterwegs.«

Man kann sich leicht genug vorstellen, was der Sergeant beschreibt, die Art von Person, die sich weder um Zeuginnen und Zeugen noch um Tageszeit, Konsequenzen oder Risiko schert – jemand, der, einmal getriggert, Polly um jeden Preis entführen würde.

Diese Art von leichtsinnigem Selbstbewusstsein ist ein Grund dafür, weshalb manche Täter Entführungen vor den Augen anderer Menschen, sogar am helllichten Tag durchziehen können. 1991 fuhr in der kleinen Gebirgsstadt Meyers in Kalifornien, in der Nähe des Lake Tahoe, ein Auto an die elfjährige Jaycee Dugard heran, die gerade auf dem Weg zur Bushaltestelle war. Mehrere Klassenkameradinnen und -kameraden sahen, wie Jaycee mit einem Elektroschocker angegriffen und in den Wagen gezerrt wurde. Auch ihr Stiefvater beobachtete die Entführung und verfolgte das Auto auf seinem Mountainbike, konnte jedoch nicht mithalten. Die Kidnapper waren zu schnell davongerast. Augenblicklich wurde ein riesiger Suchaufwand betrieben, aber Jaycee blieb verschwunden.

Zwei Jahre und drei Monate später ist sie noch immer nicht aufgetaucht, schwirrt mir in Barresis Büro durch den Kopf, selbst als er umschaltet und über Pollys Familie zu sprechen beginnt.

Eve habe sich kürzlich von ihrem zweiten Ehemann getrennt, dem Vater von Pollys erst sechsjähriger Halbschwester Annie. Sei es möglich, dass es zwischen den beiden Spannungen gebe oder dass Marc Klaas mit den Sorgerechtsbestimmungen nicht einverstanden sei? Barresi greift nach jedem Strohhalm.

»Der Verdächtige hat weder geklopft noch gezögert«, berichtet er. »Das könnte bedeuten, dass er das Opfer kannte und das Haus ihm vertraut war.«

Ich kenne die Statistiken so gut wie er und weiß, dass der Täter in weniger als fünf Prozent der Fälle ein Fremder ist. Allerdings habe ich bereits jetzt das Gefühl, dass dieser Fall die Statistiken sprengen wird. »Das wird sich zeigen«, erwidere ich. »Können Sie uns noch mehr mitteilen?«

»Sie können sich den Tatort selbst anschauen, wenn Ihnen das weiterhilft. Wir haben die Umgebung bereits untersucht. Sie können da nichts durcheinanderbringen.«

»Danke«, erwidert Will. »Wie geht es den anderen Mädchen? Pollys Freundinnen?«

»Das sind zwei tapfere kleine Mädchen. Seit Freitagabend haben sie sich sehr kooperativ gezeigt. Wir haben Beamtinnen und Beamte vor ihren Häusern postiert. Ich kann mir vorstellen, dass sie erst einmal nicht bereit sein werden, wieder in die Schule zu gehen.«

»Ich würde nie wieder hingehen wollen«, bemerke ich.

»Manchmal hilft Normalität«, erklärt Barresi.

Ich nicke, da ich dem Sergeant in seinem eigenen Büro nicht widersprechen möchte. Aber ich weiß: Für jene Mädchen, genau wie für die Klassenkameradinnen von Jaycee Dugard, die beobachteten, wie diese vor ihnen auf der Straße attackiert wurde, genau wie für Gray Benson, der zusehen musste, wie seine beste Freundin im Nirgendwo verschwand, wird Normalität für eine lange Zeit unmöglich sein.

Sechsundzwanzig

Eve Nichols Haus steht in einer ruhigen und verschlafenen Wohngegend etwa eine Meile außerhalb des Stadtzentrums. Ihr Häuserblock ist abgesperrt, also parken wir in der Nähe und durchqueren den Wickersham Park unter belaubten Ulmen und Platanen. Ich kann mir vorstellen, wie er eigentlich aussehen sollte, voller kreischender Kinder auf dem Klettergerüst und den Schaukeln, die Mütter auf den Holzbänken und an den Picknicktischen. Es ist jedoch keine Menschenseele zu sehen.

Polizeiabsperrband schlängelt sich durch den Palisadenzaun um den kleinen blaugrauen Bungalow in der Mitte des Häuserblocks, der hübsch und aufgeräumt ist, aber ansonsten kaum von den anderen zu unterscheiden, mit seinen weißen Zierleisten und seinem großen Erkerfenster. Auf der Veranda lassen Topfblumen die Köpfe hängen. Aus dem Briefkasten quellen Wurfsendungen von Safeway.

Wir brauchen nicht zu klopfen. Die Tür steht weit offen, direkt dahinter sind zwei uniformierte Polizisten des Petaluma Police Department postiert. Will zeigt sein Abzeichen und lässt Barresis Namen fallen. Dieser hat uns bereits telefonisch angekündigt, was uns die Sache erleichtert. Anscheinend sind Eve und ihre Tochter Annie zu einer befreundeten Familie in der Nähe gezogen. Zwei Beamte der Spurensicherung bearbeiten Pollys Zimmer – noch immer oder schon wieder. Die Küche wurde in ein provisorisches Hauptquartier des FBI-Teams verwandelt, angeführt von Rod Fraser.

»Schön, dich zu sehen, Anna«, sagt er und umschließt meine Hände mit seinen, die warm und kräftig sind. Er ist dicker, als ich ihn in Erinnerung habe, und sein Haaransatz ist zurückgegangen. Zehn Jahre können so etwas bewirken. »Wünschte, es wäre unter glücklicheren Umständen.«

»Ich auch«, antworte ich, wobei »glücklich« in unserer Branche ehrlicherweise relativ ist.

Eve Nichols Küche vermittelt das seltsame Gefühl eines Schwebezustands, einer unterbrochenen Normalität. Pollys Zeugnis unter einem Magneten am Kühlschrank. Ein Urlaubsfoto von Polly und Eve, beide in leuchtenden Kleidern und mit derselben kühnen Fröhlichkeit in die Sonne blinzelnd, wobei Eves federndes Haar über einen Teil von Pollys Lächeln geweht wird. Jeder Gegenstand im Zimmer verströmt eine Aura der Intimität und der Entblößung. Die Dose mit Oreos auf der Küchentheke, daneben ein Umschlag voller ausgeschnittener Coupons. Die Katzenuhr über dem Kühlschrank, deren Schwanz hin und her schwingt.

»Ich bin noch am selben Abend hier angekommen, kurz nach Mitternacht«, sagt Rod.

»Waren die Mädchen noch hier?«, fragt Will. »Pollys Freundinnen?«

»Gillian Pelham und Kate McLean. Das sind unsere Hauptzeuginnen. Die Mutter hat fest geschlafen und nichts gehört. Ebenso Annie, Pollys Schwester.«

»Das ist wahrscheinlich ein Segen«, meint Will, aber mir bricht es beinahe das Herz. Als dieses Monster kam, um ihre Tochter zu holen, und ihr ein Messer an den Hals hielt, war Eve nicht in der Lage gewesen, Polly zu Hilfe zu eilen.

»Die Mom und Annie sind gegen halb zehn ins Bett gegangen«, fügt Rod hinzu. »Die Mädchen hatten den ganzen Abend lang Spaß, haben sich verkleidet und Brettspiele gespielt, sich gegenseitig geschminkt. Gegen halb elf wollte Polly raus ins Wohnzimmer gehen, um die Schlafsäcke der Mädchen zu holen, da steht der Typ mit gezücktem Messer im Flur. Ein großer, kräftiger Typ mit Bart, mittleres Alter. Er hat auch eine Tasche dabei, in dem ein Seil und eine Haube stecken. Offensichtlich hatte er alles geplant.«

»Wo befand sich der Abdruck, den Sie gefunden haben?«

»Am oberen Etagenbett.« Er weist auf die Stelle. »Es ist nur ein Teilabdruck und ziemlich verschmiert. Wir werden sehen, ob wir ihn verwenden können.«

»Wieso hat die Mutter nichts gehört?«, fragt Will.

»Sie hatte schlimme Migräne und ist früh ins Bett gegangen. Sie hätte ihn wahrscheinlich ohnehin nicht aufhalten können«, fährt Rod fort. »Sie ist eine zierliche Frau, und denken Sie daran, er hatte das Messer.«

»Barresi erwähnte, er habe die Mädchen gefragt, welches von ihnen dreien im Haus lebe«, werfe ich ein. »Das scheint doch nahezulegen, dass es ein Fremder war, richtig?«

»Nicht unbedingt. Ich habe schon Sorgerechtsfälle erlebt, bei denen ein Elternteil jemanden anheuert, um das Kind zu entführen und es aussehen zu lassen, als wäre es ein Fremder gewesen.«

»Richtig«, sage ich. »Aber in dieser speziellen Familie scheinen die Eltern sich freundschaftlich getrennt zu haben. In sechs Jahren gab es keine Gerichtsverfügungen oder Kontaktverbote. Keine häuslichen Rechtsstreitigkeiten.«

»Soweit wir wissen«, fügt Rod hinzu. »Aber angeblich habe er zu den Mädchen gesagt: ›Ich mache es nur für das Geld.‹ Als Polly ihm daraufhin fünfzig Dollar aus einer Kiste auf ihrer Kommode angeboten habe, sei er jedoch nicht darauf eingegangen.«

»Merkwürdig«, sagt Will. »Wobei ich mir vorstellen kann,

wenn er in jemandes Auftrag arbeitete, könnte er gestresst oder verwirrt gewesen sein. Sich davor gefürchtet haben, geschnappt zu werden. Warum sollte er fragen, welches der Mädchen im Haus lebe? Wäre er ein Bekannter der Familie gewesen, hätte ihn das nicht durcheinandergebracht.«

»Kann sein«, gestehe ich ein. »Oder vielleicht ist er eben doch ein Fremder. Ein Soziopath, der sagt, was immer ihm im jeweiligen Augenblick in den Sinn kommt.« In diese Richtung gehen zumindest meine Gedanken, auch wenn es relativ unwahrscheinlich ist. Bei vermissten Kindern sind in nur einem Prozent der Fälle reine Gewaltverbrecher beteiligt, allerdings fehlen hier auch die üblichen offensichtlichen Anzeichen für ein Familiendrama. Außerdem erscheinen die bekannten Details wie etwa die Seidenhaube und die Fesselung zu spezifisch, um nur Requisiten zu sein.

Wenn der Typ, der Polly entführt hat, tatsächlich dafür bezahlt worden wäre, wie Rod nahelegt, wäre er nicht mehr Risiken eingegangen als notwendig. Er hätte bis viel später in der Nacht gewartet. Er hätte das Haus zuerst gründlich beobachtet, um sicherzugehen, dass die Familie schlief und dass Polly allein war. Eine andere Art von Typ jedoch, mit keiner anderen Motivation als der kranken Geschichte in seinem Kopf, hätte sich nach keiner Uhr oder der Sorge, erkannt zu werden, gerichtet. Wenn er einmal beschlossen hätte, sein Opfer anzugreifen, hätte er sich nicht mehr bremsen können. Ein Risiko hätte keinen Unterschied gemacht.

»Kannst du noch den Rest mit uns durchgehen?«, bitte ich Rod. »Was ist als Nächstes geschehen?«

»Er fesselt sie alle mit den Seilen, die er mitgebracht hat, und zusätzlich mit dem Kabel, das er von der Nintendo-Konsole abgeschnitten hat. Die ganze Zeit über erklärt er ihnen jedoch, dass er ihnen eigentlich nicht wehtun werde.«

»Dieser kranke Mistkerl«, murmelt Will.

»Er knebelt sie alle«, macht Rod weiter, »zieht ihnen Hauben über den Kopf und sagt den beiden anderen Mädchen, sie sollen mit dem Zählen anfangen. Dann trägt er Polly davon. Die Mädchen hören die Fliegengittertür vorne am Haus knarren und wissen, dass er fort ist. Sie brauchen ein paar Minuten, um sich aus ihrer Fesselung zu befreien und Eve zu wecken. Dann wählt diese den Notruf.«

»Was ist auf dem Band zu hören?«, fragt Will. »Irgendetwas Ungewöhnliches?«

»Eigentlich nicht. Die Mutter klingt ein bisschen verwirrt, als könnte sie nicht recht glauben, was gerade geschieht. Im Verlauf des Gesprächs reißt dann etwas in ihr auf. Sie bricht förmlich zusammen.«

Ich spüre ein unbehagliches Kribbeln, da die Geschichte, die er wiedergibt, viel zu nah an meine eigene herankommt. »Hast du von Cameron Curtis gehört?«, frage ich Rod, um das Thema zu wechseln.

»Das Kind der Schauspielerin?«

»Genau. Ein fünfzehnjähriges Mädchen verschwindet vor etwas mehr als einer Woche irgendwann nach zehn Uhr abends aus ihrem eigenen Haus. Keine Anzeichen für gewaltsames Eindringen, keine Spuren, kein offensichtliches Motiv, kein Anlass zu glauben, sie sei davongerannt. Hat sich einfach in Luft aufgelöst.«

Rod wendet sich mir zu und fährt mit dem Daumen über den Rand der Kaffeetasse in seiner Hand. »Was glaubst du, Anna? Gibt es irgendeinen Grund zu der Annahme, es könnte derselbe Typ gewesen sein?«

Ich versuche noch immer, mich zu sammeln, da übernimmt Will erneut. »Dieses Mädchen ist keine Ausreißerin. Und ich denke, wir dürfen die geographische Nähe nicht vernachlässigen. Solche Gewalttäter haben doch manchmal Territorien, nicht wahr?«

»Sicher. Allerdings stimmt das Verhalten nicht recht überein, ganz zu schweigen von den Persönlichkeitsstrukturen der Opfer. Zwölf und fünfzehn sehen völlig unterschiedlich aus, insbesondere für einen Täter. Und Sie müssen auch den Kontrollbereich bedenken. Wo diese Mädchen hingehen durften. Auf wen sie dabei unbeabsichtigt treffen konnten.«

»Erinnern Sie sich noch an die Morde an Tramperinnen rund um Santa Rosa, in den Jahren 72 und 73?«, fährt Will fort, als hätte er Rod nicht gehört. »Jener Mörder hat mehrere Male auf eine sehr spezifische Weise zugeschlagen, ehe er untertauchte, und zwar immer im selben Hundertmeilenradius.«

»Das ist lange her. Es wäre ziemlich untypisch für einen solchen Täter, in derselben Gegend wieder zuzuschlagen, nachdem er zwanzig Jahre lang ruhig geblieben ist.«

»Kann sein.« Will lehnt sich gegen die Küchentheke zurück. »Ich werde nur einfach den Gedanken nicht los, dass es hier eine Art Präzedenzfall gibt, den wir nicht ignorieren sollten.«

Frasers Blick wandert von Will zu mir. Ich bin noch immer aus dem Gleichgewicht gebracht wegen Eve, aber mehr noch spüre ich den Druck von Will, seiner These von der Möglichkeit eines Serientäters zuzustimmen. Es steht viel auf dem Spiel, und dies ist die erste Chance auf auswärtige Ressourcen, die er sieht. Auch Rod hat guten Grund, auf meinen Instinkt zu vertrauen. Würde ich ihm sagen, dass ich eine Verbindung zwischen den beiden Fällen sähe, könnte ihn das davon überzeugen, ein Risiko einzugehen und ein paar seiner eigenen Leute zu uns zu schicken.

»Ich sehe es nicht«, sage ich schließlich. »Das ist auf keinen Fall derselbe Typ.«

Ich registrierte, wie Will vor Enttäuschung die Lippen zusammenpresst.

»Irgendjemand hat dieses Mädchen verschleppt«, blafft er uns an. »Ich brauche hier Unterstützung.«

Rod wirkt unangenehm berührt. Ich weiß, dass er ein großes Herz hat und Will und die ganze Situation ihm nahegehen wird, ob er nun etwas tun kann oder nicht. »Ich weiß nicht, wie ich helfen kann«, erklärt er. »Ich arbeite hier am Limit.«

Will seufzt. Er umfasst seine Stirn mit einer Hand und drückt die Finger gegen die Schläfen, gegen den Kopfschmerz, der dort sitzt. Die Anstrengung. »Vielleicht könnten Sie einfach bei Ihrer Behörde anrufen und sie daran erinnern, dass wir hier oben noch ein weiteres vermisstes Mädchen haben. Womöglich auch zwei. Das Gualala Police Department hat gerade eine Vermisstenanzeige für eine Siebzehnjährige gemeldet, die im Juni verschwunden ist.«

Davon hat Fraser offensichtlich noch nichts gehört. »Gualala?«

»Shannan Russo«, werfe ich ein. »Wir haben eine Wahrsagerin, die behauptet, es hätte irgendetwas mit dem Curtis-Fall zu tun.«

Rod zieht die Augenbrauen hoch. »Hier hat auch eine Wahrsagerin angerufen. Frage mich, ob es dieselbe Frau ist.«

»Hast du ihren Namen notiert?«, will ich wissen.

»Barresi hat ihn. Sie meinte, sie wolle Zugang zu Marc Klaas' Wohnung in Sausalito bekommen, irgendetwas über das Erspüren von Pollys Schwingungen.« Rods Blick spricht ihr jegliche Glaubwürdigkeit ab. Selbst wenn ich vorhabe, Tally Hollander zu befragen, ist jetzt nicht der richtige Zeitpunkt, es anzusprechen.

»Du weißt doch, wie es ist, Rod«, sage ich schließlich. »Wir wollen uns hier nicht in die Irre führen lassen und glauben, dass alles mit allem zusammenhinge, aber wir wollen auch nichts übersehen. Was immer zwischen diesen beiden Dingen liegt, auf dieser Linie wollen wir uns bewegen.«

Er nickt schweigend, die Hände in die Hüften gestemmt. Er kennt dieses Gebiet nur zu gut. Er ist einer der Guten – der Besten. Aber das bedeutet nicht, dass er sein Geheimnis lösen kann oder unseres.

Siebenundzwanzig

Wie ich zu Will gesagt habe, sind mir Frauen wir Tally Hollander nicht unbekannt. Searchlight arbeitete gelegentlich mit der ein oder anderen von ihnen zusammen, mit einigem Erfolg. Und dann war da noch Eden.

Eden war »empfindsam« – ihre eigene Bezeichnung – und in der Lage, die Zukunft in Träumen und Visionen zu sehen, die ihr kamen, wenn sie spüren konnte, dass jemand in Schwierigkeiten steckte, etwa nach einem schweren Sturz über die Badewanne gekrümmt war oder am Rand des Highways unter einem Truck lag und einen platten Reifen auszuwechseln versuchte. Wie ich es verstand, handelte es sich dabei stets um reale Menschen, die aber fast immer Fremde waren. Sie war lediglich die Empfängerin eines Bildes, eines Aufblitzens von übertragener Panik, als wäre ihr Unterbewusstsein eine Art kosmische Telefonleitung. Gelegentlich schritt sie dann ein oder versuchte es, wenn die betreffenden Ereignisse sich in der Nähe abspielen oder Menschen zustoßen sollten, die sie identifizieren konnte, und weder zu weit in der Zukunft noch zu weit in der Vergangenheit lagen. Niemals jedoch tauchte sie selbst in ihren Visionen auf, was sie als eine Erleichterung empfand.

»Ich möchte nicht wissen, was mit mir passieren wird«, erklärte sie einmal. »Ich kenne niemanden, der das möchte.«

»Aber was, wenn man die Zukunft verhindern könnte? Irgendetwas anders machen?«, fragte ich sie.

Sie zuckte kaum sichtbar mit den Achseln, den Kopf über

die Schüssel gebeugt, in der sie dunkle Bröckchen Rosinen und Pekannüsse in einen blassen Brotteig knetete. »So funktioniert das nicht.«

»Niemand kann irgendetwas verändern? Dann ist also alles Schicksal?«

»Nein, ich rede nicht von Schicksal, Anna. Ich rede von Charakter. Wir tun, was wir tun, weil wir sind, wer wir sind.«

Ihre Worte fielen durch mich wie polierte Steine. »Träumst du auch von mir?«

Eden hob den Blick. Ich glaubte, ich hätte kurz einen besorgten Gedanken aufblitzen sehen, ehe sie ihn wieder zur Seite schob, als würde sie mit einem Besen durch eine Zimmerecke fegen. »Manchmal.«

Ich traute mich nicht, meine nächste Frage zu stellen.

»Was möchtest du wissen, Anna?« Ihre Stimme war sanft und geduldig.

»Nichts.« Ohne mich zu bewegen, rang ich mit mir. »Bloß … denkst du, ich bin ein guter Mensch?«

Eden schüttete die umgedrehte Schüssel über der gefetteten Backform aus, die den Teig mit einem befriedigenden dumpfen Schlag aufnahm. »Was ist das denn für eine Frage? Natürlich denke ich das, mein Schatz.«

Plötzlich machte Lenore von ihrem Stuhl aus ein seltsames Geräusch, beinahe ein Knurren, das mich aus dem Konzept brachte. Es war einer jener Augenblicke, in denen ich glaubte, der Vogel wisse zu viel und könne Dinge spüren. »Egal«, nahm ich meine Frage zurück.

Eden machte den Ofen auf und stellte die Form hinein, dann kam sie herüber und setzte sich neben mich an den Küchentisch, löste das Band ihrer Schürze, so dass sie ihr über den Schoß hing. Mehl fiel auf den Fußboden wie Staub, aber sie scherte sich nicht darum. »Denkst du an deinen Bruder und deine Schwester, Anna? Wir könnten versuchen, sie zu finden, wenn du das möchtest. Du machst dir sicher noch oft Sorgen um sie.«

Lenore ließ ihren gesunden Flügel flattern und begann dann, sich zu putzen, zog ihre Federn mit dem Schnabel auseinander und arrangierte sie neu. »Wahrscheinlich geht es ihnen gut, oder?«.

»Ich weiß es nicht«, erwiderte Eden sanft. »Wie alt sind sie jetzt?«

»Acht und neun.«

»Aha. Nun ja, es gibt eine Möglichkeit, es herauszufinden. Rufen wir Linda an. Vielleicht könntest du sie sogar besuchen. Ich bin mir sicher, dass solche Begegnungen immer wieder organisiert werden.«

Ich verspürte einen schmerzhaften Stich in der Brust. »Ich glaube nicht, dass ich sie besuchen möchte. Nicht jetzt. Aber du kannst nachfragen. Ruf Mrs. Stephens an. Ich würde gern erfahren, ob es ihnen gut geht.«

»Sicher, mein Schatz.« Eden griff nach den Bändern ihrer Schütze und hielt das lose Bündel für einen Moment nachdenklich in der geöffneten Hand. Dann fuhr sie fort: »Ich weiß nichts über diese beiden Kinder, aber ich kann dir sagen, dass sie dir nicht die Schuld für das geben, was geschehen ist.«

»Woher weißt du das?« Ich konnte den Blick nicht heben.

»Weil es nicht deine Schuld war.«

Ich spürte Hitze in meinen Wangen. Mehr als alles andere wollte ich nicht weinen. »Na ja … wie auch immer.«

»Nein, Anna, hör mir zu.« Eden lehnte sich nach vorn und griff nach meinen Händen. »Das ist wichtig. Erwachsene fallen manchmal. Deine Mom lebte wahrscheinlich in einer Welt des Schmerzes. Ich weiß es nicht genau. Was mit deiner Familie geschehen ist, könnte daran liegen, dass sie zu viel Schmerz verspürte, oder weil ihr die ganze Welt zu viel geworden ist. Aber nicht wegen dir, mein Liebling. Du hast nichts falsch gemacht.«

Ich wollte ihr so gern glauben, aber es fiel mir schwer. »Träumst du manchmal von Hap?«, fragte ich. Wenn ich das Thema nicht wechselte, könnte ich mich bald wirklich nicht mehr zusammenreißen.

Ihr Blick fiel so zärtlich auf mich. »Zu oft. Das ist etwas, das ich ändern würde, wenn ich es könnte.«

»Aber du kannst es nicht.« Ich wollte sie wissen lassen, wie gut ich ihr von Anfang an zugehört hatte.

»Ich kann es nicht.«

»Aber du kannst Brot backen.«

»Ganz genau, Anna.« Eden drückte meine Hände noch einmal, ehe sie sie losließ. »Das hier ist etwas, das jede und jeder tun kann.«

Achtundzwanzig

Als Will und ich zurück auf die Fourth Street treten, schäumt er vor Wut. »Hätte es dich umgebracht, mir den Rücken zu stärken? Herrgott, Anna! Du weißt doch, unter welchem Druck ich stehe.«

»Das weiß ich. Es tut mir leid. Aber es wäre nicht richtig gewesen, Rods Team einzubeziehen, wenn die Vorgehensweisen der Täter einander nicht entsprechen.«

Er schnaubt, die Lippen aufeinandergepresst, aber auch er hat alles gehört, was ich gehört habe. Pollys Entführer ist an einem warmen Abend in ihr Haus eingebrochen, als auf der Straße viel los war, und hat Polly mit vorgehaltenem Messer vor Zeuginnen mitgenommen. Wie sollte das derselbe Typ sein, der Cameron irgendwie aus der Sicherheit ihres Zuhauses gelockt und sie wahrscheinlich zuvor manipuliert hatte? Sie ging freiwillig, wie ein Mädchen in einem von Grimms Märchen, die immer tiefer in den dunklen Wald hineingelockt wird, die erst aufblickt, als es bereits zu spät ist, als sie sich verirrt hat und voller Furcht ist und viel zu weit von zu Hause entfernt.

»Wir werden diesen Fall lösen, Will«, beteuere ich, »aber du musst mir vertrauen.«

»Muss ich das?« Seine Augen funkeln.

»Anna! Warte mal«, ruft plötzlich Rod Fraser von Eves Veranda aus. Er winkt mich zu sich.

Ich eile zurück. »Was ist?«

»Ich wollte dir nur sagen, wie sehr es mir leidtut.«

»Mach dir keine Sorgen«, antworte ich, ohne nachzudenken. Dann begreife ich. Er meint weder unseren Fall noch seinen eigenen. Er meint mich. Die Beerdigung und die Ermittlung.

»Ich hätte eine Karte schicken sollen. Ich habe wirklich mit dir gefühlt.«

»Schon okay«, bringe ich hervor.

»Anscheinend bist du nun wieder bereit, zurück im Job zu sein.«

»Fast.« Es ist das ehrlichste Wort, das ich den ganzen Tag über ausgesprochen habe. »Danke, Rod.«

»Selbstverständlich.« Er räuspert sich. »Eine Sache kann ich für euch tun. Es ist nicht viel, aber wir haben einen Hubschrauber, der Tag und Nacht Patrouille fliegt, mit einer Fotografin, die alles aufnimmt, was aus der Luft verdächtig oder auffallend wirkt. Wir müssen ein so großes Gebiet absuchen. Es gibt so viele Orte, an denen dieses Mädchen sein könnte.«

»Unseres ebenfalls.«

»Das dachte ich mir auch. Es würde nicht viel kosten, das Team noch etwas höher und weiter zu schicken, auch bis runter nach Gualala. Wir wollen und dürfen ja nichts übersehen.«

»Das wäre großartig.« Ich greife nach seiner Hand und umarme ihn dann aus einem Impuls heraus, lehne mich einen Moment länger gegen ihn, als es der Augenblick rechtfertigt, da ich Frank Leary und meinen Partner vermisse. Da ich Brendan vermisse, so kompliziert sich das auch anhören mag. Aber vor allen Dingen vermisse ich Hap.

»Falls Shannan Russo tot ist, könnten ihre Überreste irgendwo im Wald versteckt liegen«, sage ich zu Rod. »Bloß ein Hinweis, den wir bekommen haben. Und halte auch die

Augen nach ihrem Wagen offen. Ich besorge dir das Kennzeichen.«

»Klingt gut«, erwidert er, während ich von der Veranda trete und eine leise Hoffnung in mir aufflackert.

Neunundzwanzig

Ein Hubschrauber kann ein großes Gebiet abdecken«, gebe ich die Neuigkeit an Will weiter, während wir auf seinen Streifenwagen zugehen. »Das wird helfen, die Leute wettzumachen, die wir nicht haben.«

»Die Leute wären mir lieber«, erwidert er, ohne mich anzusehen.

Der Wickersham Park ist noch immer unheimlich ruhig. Wir kommen an einer leeren Wippe vorbei, die Schatten auf den Sand wirft. »Ich weiß, dass du sauer auf mich bist.«

Als wir seinen Wagen erreicht haben, steigt er schweigend, mit düsterer Miene ein. »Du hast alles gehört, was Rod gesagt hat«, versuche ich es noch einmal. »Verwenden wir unsere Energie darauf, mehr über Cameron herauszufinden.«

»Ist dir jemals in den Sinn gekommen, dass du in dieser Sache falsch liegen könntest? Was ist, wenn es doch eine Verbindung gibt, und du sie übersiehst, Anna? Hast du noch nie einen Fehler gemacht?«

Ich blicke auf die schrägen Schatten entlang der Straße. »Wie wäre es, wenn wir nach Napa fahren, um Drew Hague aufzusuchen? Wir sind weniger als eine Stunde von dort entfernt. Was meinst du?«

»Es kann nicht schaden.«

◆◆◆

Es ist nur etwa eine Stunde vergangen, seit wir aus der Innenstadt zur Fourth Street aufgebrochen sind, aber als wir auf dem

Weg zum Highway wieder in Richtung Stadtmitte fahren, wird deutlich, dass hier etwas in Gang gekommen ist. Auf der Kentucky Street, einen Block westlich des Petaluma Boulevard, stehen nun Stoßstange an Stoßstange die Übertragungswagen vom Fernsehen – lokal, regional und national. *Dateline, Primetime Live, America's Most Wanted.*

»Muss eine Pressekonferenz sein«, bemerke ich.

»Noch eine?«

Seit dem zweiten Oktober, dem Tag nach Polly Klaas' Entführung, sei die Medienaufmerksamkeit exponentiell gewachsen, und die örtlichen Freiwilligeneinsätze seien es ebenfalls, wie Sergeant Barresi uns mitgeteilt hatte, bevor wir zu Rod Fraser aufbrachen. Bei den Freiwilligen handele es sich um ganz normale Leute aus der Stadt, die sich aus eigener Initiative an der Suche beteiligen, von Haustür zu Haustür ziehen und die Nachricht über Polly verbreiten. Barresi erklärte, eine Geschäftsinhaberin habe eine Verkaufsfläche für das Polly-Klaas-Suchzentrum zur Verfügung gestellt, und die Telefonhotlines seien bereits eingerichtet und in Betrieb genommen worden. Jemand anderes habe die ganze Stadt und das umliegende Gebiet in ein Raster aus siebzehn Schauplätzen aufgeteilt, und über sechshundert Bewohnerinnen und Bewohner der Stadt durchsuchen nun täglich die Felder, Bäche und Ackerflächen rund um Petaluma. Sie warten nicht darauf, dass jemand ihnen sagt, was sie tun sollen oder wie sie sich nützlich machen können. Sie handeln.

In jedem Restaurant und Ladenschaufenster hängt bereits ein Plakat mit Pollys Vermisstenmeldung. Anscheinend hat der Besitzer einer kleinen Druckerei in der Innenstadt Tausende Kopien bereitgestellt und alle anderen Firmen in der Stadt, die über einen Drucker verfügen, aufgefordert, es ihm nachzutun. Eine Gruppe von Menschen beschäftigt sich damit, Flyer an Krankenhausnotaufnahmen und Polizeibehörden in ganz Nordkalifornien zu verschicken. Lastwagenfahrer und Busfahrerinnen bekommen Kisten mit Flyern in die Hand gedrückt, die sie auf ihrer Route verteilen sollen, um das Netz noch weiter zu spannen.

»Etwas Derartiges habe ich noch nie gesehen«, sage ich zu Will, während wir langsam durch die Stadt zurückrollen.

»Ich auch nicht. Nach nur vier Tagen ist sie das Kind von ganz Amerika. Wie kommt es zu so etwas?«

»Die Stadt fühlt sich für sie verantwortlich. Das ist selten. Denkst du, sie alle kennen sie wirklich persönlich?«

»Vielleicht«, antwortet er. »Sie ist ihnen wichtig. Das zählt.«

♦♦♦

»Emily sollte sich auch mit einer Bitte um Hilfe an die Öffentlichkeit wenden«, sage ich. »Ich verstehe, weshalb sie Angst vor einem Medienzirkus hat, aber sie hat immer noch eine Stimme wie kaum jemand sonst. Millionen von Menschen wissen, wer sie ist. Überleg doch nur mal, was solch eine Aufmerksamkeit für Cameron bewirken könnte.«

»Wir können sie nicht zwingen. Sie ist noch nicht so weit.«

»Hier geht es nicht um Emily.« Ich bemerke den scharfen Ton in meiner Stimme. »Wir verschwenden so viel Zeit. Wir hätten von Anfang an ein Suchzentrum und eine Telefonhotline einrichten sollen. Wir hätten auch wie verrückt Flyer drucken und überallhin versenden sollen. Hätten wir das getan, wäre Cameron jetzt vielleicht schon wieder zu Hause.«

♦♦♦

Wir brauchen ewig, um durchs Stadtzentrum zu fahren. Der Verkehr stockt aus keinem für mich ersichtlichen Grund. Es ist mitten am Tag, noch zu früh für den Feierabendverkehr.

Dann erkenne ich den Grund. »Halt an, Will.«

Zwischen zwei Laternen in der Mitte des Petaluma Boulevard ist gerade ein Banner aufgehängt worden. Noch immer befinden sich zwei große Arbeitsleitern auf dem Gehsteig. Ein Dutzend oder mehr Kinder und ihre Eltern stehen bis auf die Straße, um hinaufzublicken. Einen Block vor uns schaltet die zentrale Ampel auf Rot um, und wir sehen zu, wie eine Frau in Jeans und einem offenen Trenchcoat aus ihrem VW Beetle steigt. Ihr folgen andere, die ihre Motoren ebenfalls ausschalten, um sich auf die Straße zu stellen, wo sie hinaufblicken zu den bunten, gewölbten, wie aufgeblasen wirkenden Buchstaben: BITTE SCHICKT POLLY NACH HAUSE! ALLES LIEBE, P.J.H.S.

»Ach herrje«, entfährt es Will. Wir steigen aus, wodurch wir zu einem Teil dessen werden, was auch immer hier gerade passiert, eine spontane Versammlung.

Das hier sind Pollys Klassenkameradinnen und -kameraden aus der Junior Highschool. Sie haben Herzen und Blumen, Vögel und Wolken gemalt, zwei Meter hoch und fünfzehn Meter lang, einmal quer über die Straße. Wie auch immer es nun weitergehen mag, was sie getan haben, ist phantastisch. Ihre Mitschülerinnen und Mitschüler aus der siebten und achten Klasse haben Pollys Entführer einen Brief geschrieben – bis in den Himmel reichend, leuchtend und laut.

Dreißig

Wir lassen Petaluma hinter uns und folgen den Anweisungen, die Wills Stellvertreter Leon Jentz uns über Funk erteilt, fahren entlang des Petaluma River über die 116, bis wir durch üppiges Weideland in das Weingebiet vordringen. Emily sagte, ihr Bruder habe recht gut verdient, aber während wir über den Napa River und auf den Silverado Trail fahren, wird offensichtlich, dass Drew weit mehr als nur gut verdient hat. Extravagante Anwesen leuchten auf wie Edelsteine, daneben Weinkellereien mit Namen wie Stag's Leap und Mumm, deren Terrassen mit ihren Millionen-Dollar-Ausblicken in die Hügel gebaut wurden. »Landschaftlich schön« beschreibt es nicht. Das hier ist das Paradies, mit einem erschütternden Preisschild.

Will pfeift, als wir durch das Tor von Provisions rollen, Drew Hagues privatem Weingut. Leon hat für uns ein wenig recherchiert und herausgefunden, dass Emilys Bruder und ihre Schwägerin keinen eigenen Wein abfüllen oder vertreiben, sondern lediglich ihre Trauben im Valley und der Umgebung verkaufen. Anscheinend genießt ihr Produkt hohes Ansehen, aber es liegt auf der Hand, dass sie ihr Geld bereits vor langer Zeit verdient haben. Die gewundene Auffahrt führt uns vorbei an beschnittenen Zypressen auf eine griechisch anmutende Villa zu, deren hohe Säulen einen Innenhof umrunden. Sie sieht aus wie Tara aus *Vom Winde verweht.*

◆◆◆

Die Pfeiler und Giebel des Haupthauses scheinen aus dem antiken Griechenland entliehen zu sein. Der cremeweiße Stuck dehnt sich in alle Richtungen aus, zumeist von Efeu umrankt. Vor dem riesigen marmornen Eingang dösen zwei schlanke Hirschhunde, die von unserer Ankunft kaum Notiz nehmen, als hätten sie wie alles andere um sie herum eine rein dekorative Funktion.

Wir klingeln und werden von einer Assistentin in gestreiftem Anzug mit einem Mikrofon am Revers eingelassen, die aussieht wie eine Mischung aus einer Sicherheitsbediensteten und einer Marketingleiterin.

»Wenn Sie bitte hier warten würden«, sagt sie und führt uns in eine mit dicken Teppichen versehene Bibliothek. Vom Fußboden bis zur Decke glänzen speziell angefertigte Kirschholzregale, gefüllt mit gebundenen Büchern und katalogisierten Reihen, die nach Farben sortiert zu sein scheinen. Obwohl gerade erst Anfang Oktober ist, lodert im Kamin ein Feuer.

Nach einer unangemessen langen Zeitspanne erscheint Lydia Hague in einem schlichten gelben T-Shirt und einer Art von Overall. Ich muss zweimal hingucken und sehe, dass es Will ebenso geht, ehe er uns vorstellt. Was wir auch erwartet haben mögen, das hier ist es nicht.

»Es ist gerade Erntezeit«, sagt Lydia, als würde das alles erklären, von ihrem ungekämmten, silbern gesträhnten Haar bis zu ihrem schuhlosen Zustand, in dem sich ihre schlichten weißen Sportsocken hell von dem dunklen Teppich abheben. Da sie in keiner Weise beschämt wirkt, genügt es vielleicht wirklich als Erklärung. »Ich fürchte, mein Mann wird für den Rest des Tages und noch bis in die Nacht hinein beschäftigt sein. Wir lesen unsere Weißen oft erst nach Einbruch der Dunkelheit, damit der Zuckergehalt stabil bleibt.«

Ihre Nichte ist verschwunden, und sie möchte über den Zuckergehalt ihrer Trauben sprechen? »Cameron steckt wirklich in Schwierigkeiten«, sage ich mit einem Anflug von Ärger. »Ihr Mann wird sich die Zeit nehmen müssen.«

Ich bin auf eine Auseinandersetzung vorbereitet, aber Lydia nickt lediglich ernst und greift dann nach dem Haustelefon. »Drew ist auf einem der Traktoren«, erklärt sie, nachdem sie wieder aufgelegt hat, »aber Janice wird versuchen, ihn zu erreichen.«

Ich nehme an, dass Janice die Assistentin im gestreiften Anzug ist.

Lydia weist auf die Sitzlandschaft vor dem Kamin, üppig und übergroß. »Wir machen uns natürlich wahnsinnige Sorgen um Cameron. Wie können wir helfen?«

Will und ich wechseln einen Blick, ehe wir uns setzen. Es ist schwer, sich aus Lydia oder aus diesem Anwesen einen Reim zu machen. Schließlich besteht ein eklatanter Unterschied zwischen ihrer äußeren Erscheinung und dem Palast, in dem sie lebt.

»Können Sie Ihre Beziehung zu Ihrer Nichte beschreiben?«, fragt Will, nachdem wir Platz genommen haben. »Würden Sie sagen, dass Sie einander nahestehen?«

»Wir standen uns wesentlich näher, als sie noch klein war. Unser Sohn Ashton ist zwei Jahre älter, also sind die beiden gemeinsam aufgewachsen, zumindest in den Ferien. Vor fünf Jahren sind wir dann hier rausgezogen.«

»Bevor Emily und Troy sich in Mendocino niedergelassen haben«, ergänze ich.

»Genau. Der Gedanke war, dass wir einander öfter sehen würden, aber das ist nicht in dem Maße geschehen, wie wir es uns erhofft haben. Wir sind hier jetzt extrem beschäftigt, und Ashton verbringt den Großteil des Jahres an der Ostküste.«

Ihr Tonfall ist gleichmäßig, aber ihre Körpersprache hat sich verändert, ist steifer geworden. Ich habe den Eindruck, dass sie irgendetwas verschweigt. »Wann haben Sie Cameron zuletzt gesehen?«

»Im Juli, glaube ich, an Emilys Geburtstag.«

»Wie wirkte sie damals auf Sie?«

»Cameron? Tatsächlich ein wenig abwesend. Sie schien gerade irgendetwas durchzumachen, aber der ganze Tag war auch ein ziemliches Desaster.«

Ich mustere Lydia, während ich Schweißperlen auf meiner Stirn spüre. Nun, da ich näher am Feuer sitze, wirkt dieses noch lächerlicher. Ich lehne mich zurück und tupfe mir den Schweiß mit dem Ärmel ab. »Würden Sie sagen, dass Sie und Ihr Ehemann viel mit Emily und Troy gemeinsam haben?«

Lydia zieht die Augenbrauen hoch. »Im Grunde nicht. Sie haben bestimmte Entscheidungen getroffen …« Sie beendet ihren Satz nicht.

»Entscheidungen?«, hakt Will nach.

»Ich weiß, dass Emily kein gewöhnliches Leben geführt hat. Ich versuche, nicht über sie zu urteilen.«

»Aber?«, ermutige ich sie.

»Aber wir haben ehrlich gesagt nie richtig verstanden, weshalb sie bei Troy bleibt. Er ist nicht in der Lage, ihr treu zu sein, war es noch nicht einmal ganz am Anfang ihrer Beziehung. Ein Mann wie er ändert sich nicht, und Emily hätte so viel mehr bekommen, hätte sich jeden beliebigen Mann aussuchen können. Das hat noch nie irgendeinen Sinn ergeben.«

Will fängt meinen Blick ein. Ich habe ihm über Troys Untreue das Gleiche gesagt, aber das Muster erscheint mir mittlerweile so viel logischer, da ich Emilys Familiengeschichte kenne. »Was ist mit Cameron?«, frage ich. »Haben die Spannungen in der Ehe ihrer Eltern sie Ihrer Meinung nach verändert?«

»Kann sein«, antwortet Lydia nachdenklich. »Aber ehrlich gesagt hatte sie sich schon vor einer ganzen Weile verändert. Oder zumindest kam es mir so vor.«

»Auf welche Weise?«

»Ich würde sagen, sie ist empfindlicher geworden und regt sich leichter auf. Es ist schwerer geworden, an sie heranzukommen.«

»Sie ist verschlossen?«, biete ich an.

»Vielleicht ist es das.« Lydias Blick verdüstert sich. »Als Cameron zu den beiden kam, dachte ich zunächst, es wäre eine gute Sache für sie alle. Emily hatte sich schon lange ein Kind gewünscht. Und sie war immer so übermäßig beansprucht gewesen von ihrer Karriere. Hollywood.« Lydia spricht es aus wie den Namen eines Virus.

»Und was geschah dann?«

»Das weiß ich nicht genau. Von irgendeinem Zeitpunkt an schien Cameron sich zu verschließen. Ehrlich gesagt habe ich mir nun schon seit Jahren Sorgen um sie gemacht. Nicht, dass es viele Möglichkeiten gegeben hätte, das Emily gegenüber zur Sprache zu bringen.«

Ich lehne mich vor, da mir Lydia mit einem Mal viel interessanter vorkommt. Will scheint es ebenso zu gehen.

»Was für Sorgen?«, möchte er wissen. »Worüber genau?«

»Ich dachte, sie könnte sich selbst verletzen, etwas in der Art. Machen Mädchen in ihrem Alter das nicht manchmal, sich ritzen oder irgendein selbstzerstörerisches Verhalten an den Tag legen?«

»Haben Sie Cameron jemals Hilfe angeboten?«, frage ich.

»Ich habe es versucht. Im Juli schien sie kaum anwesend zu sein. Als ich sie fragte, behauptete sie, es gehe ihr gut, aber später fanden wir heraus, dass sie gerade erst von dem Baby erfahren hatte. Ausgerechnet Troys Assistentin. Was für ein Albtraum! Ich nehme an, davon wissen Sie bereits.«

»Das tun wir«, bestätigt Will. »Wie hat Cameron es herausgefunden?«

Lydia kneift für einen Augenblick zornig die Lippen zusammen. »Seine Geliebte hat zu Hause angerufen, und sie ist ans Telefon gegangen. Können Sie sich das vorstellen?«

»Troys Geliebte hat Cameron erzählt, dass sie schwanger ist? Wie grausam.«

»Grausam, aber effektiv.« Lydia sieht mich an und schüttelt den Kopf. »Tatsächlich ist es unentschuldbar. Cameron war wahrscheinlich vollkommen erschüttert, aber trotzdem hatten wir diesen komplett steifen Geburtstagslunch. Krabbensalat und Schokoladenkuchen. Emily hat nichts durchblicken lassen, hat keinen einzigen Hinweis darauf gegeben, dass irgendetwas nicht stimmt. Aber so ist Emily eben, nicht wahr?« Sie seufzt vielsagend. »Drew und ich haben seitdem nicht mehr mit Troy gesprochen.«

◆◆◆

»Cameron ist am 21. verschwunden«, stellt Will nun fest. »Was haben Sie und Drew an jenem Abend gemacht?«

»Wir waren gerade dabei, den Pinot zu ernten«, erklärt Lydia. »Ich würde sagen, wir waren bis zwei oder drei Uhr draußen auf den Weinbergen.«

Sie meint ganz offensichtlich nachts. »Zusammen?«

»Genau. Von August bis Oktober müssen alle mit anpacken. Da schläft niemand.«

»Und wann haben Sie an jenem Abend angefangen zu arbeiten?«, frage ich.

»Direkt nach Sonnenuntergang. Gegen sieben.«

Bei diesem Detail verliere ich ein wenig den Mut, nicht nur, weil Lydia ihrem Mann gerade ein starkes und überprüfbares Alibi gegeben hat, sondern auch, weil sie glaubwürdig wirkt. Nichts davon entspricht meinem derzeitigen Wunsch, auch nur einen einzigen konkreten Hinweis zu bekommen.

Schließlich nehmen wir in der Eingangshalle Bewegung wahr, und kurz darauf betritt Drew die Bibliothek. Er nimmt seinen staubigen Cowboyhut ab und lässt ihn auf einen Beistelltisch fallen, ehe er uns beiden die Hände schüttelt. Der Hut hat einen albern aussehenden, ringförmigen feuchten Abdruck in seinem spärlichen mausgrauen Haar hinterlassen. Sein Gesicht ist gerötet, und auf seinem Nasenrücken sind Schlammspritzer zu erkennen. Er hat hart gearbeitet und nicht etwa nur den Farmer gespielt, wie ich angenommen hatte, doch diese Tatsache löst bei mir eher Ärger als Erleichterung aus.

Will erhebt sich. »Mr. Hague, ich bin Sheriff Flood aus Mendocino County, und das hier ist Special Agent Anna Hart. Wir sind wegen Cameron hier.«

Drew setzt sich ohne Umstände hin. Janice hat auf einem verschnörkelten Silbertablett Eistee hereingetragen, und er greift nach einem Glas, das er mit einem Zug leert.

»Schreckliche Geschichte«, sagt er, als er getrunken hat, während die Eiswürfel wie Kristalle klirren. »Und jetzt auch noch dieses andere Mädchen. In Petaluma.« Er runzelt die Stirn.

»Ihre Frau hat uns berichtet, Sie seien an dem Abend von Camerons Verschwinden bei der Weinlese gewesen«, mische ich mich ein. »Ist das richtig?«

»Ja. Gerade ist unsere geschäftigste Zeit im ganzen Jahr. Andernfalls würden wir mehr unternehmen, um zu helfen.«

»Sind Sie seit jenem Abend oft mit Emily oder Troy in Kontakt gewesen?«

»Tatsächlich nicht. Ich … Ich wusste nicht, was ich sagen sollte.«

»Wir schämen uns ehrlich gesagt ein bisschen«, fügt Lydia hinzu. »Spannungen und Meinungsverschiedenheiten sollten in einer Zeit wie dieser nicht von Bedeutung sein. Eine Familie sollte zusammenhalten.«

Drew nickt unbehaglich, und ich mustere ihn, sein feuchtes Haar und seinen schweißgetränkten Kragen. Auch seine Hände, die groß und stark sind. Wirkt er wie ein Mann, der einem fünfzehnjährigen Mädchen wehtun könnte? Oder einem noch viel jüngeren? Mein Bauchgefühl sagt mir, es könnte so sein, Alibi hin oder her. Es ist nur ein Gefühl, womöglich völlig unbegründet. Aber es ist da.

»Ich würde Sie beide gern einem Lügendetektortest unterziehen«, sagt Will. »Reines Standardprozedere.«

»Oh?« Drew wirkt überrascht. »Wenn Sie das so handhaben.« Er wirft Lydia einen Blick zu. »Es könnte gerade ein wenig schwierig sein, einen Termin dafür zu finden. Die Ernte dauert noch ein paar Wochen an.«

»Wir haben hier keine Wochen Zeit, Mr. Hague.« Ich starre ihn wütend an. »Sie werden doch sicher Personal haben, das einspringen kann, wenn Sie für ein paar Stunden fort sein müssen.«

Ich erwarte, dass er sofort einlenkt, aber das tut er nicht. Er blickt mich unbeirrt aus seinen blauen Augen an. Emily hat in der Familie alle Schönheit abbekommen, er verfügt jedoch über etwas anderes: Selbst in seiner Arbeitskleidung kann ich erkennen, dass er es gewohnt ist, Macht auszuüben. Autorität. Und dass ihm nur selten widersprochen wird.

»Wenn irgendjemand auf meinem Grund und Boden arbeitet, dann können Sie darauf wetten, dass ich auch dabei bin. Auf diesen Kodex schwören wir hier. Ich hoffe, das verstehen Sie.«

»Ihr Arbeitsethos in allen Ehren«, sagt Will, »aber wir haben jetzt keine Zeit, um flexibel zu sein. Ich erwarte Sie morgen in meinem Büro.« Er blickt Lydia an. »Sie beide. Wie wäre es um elf Uhr vormittags?«

Drews Gesichtsausdruck verrät seine Wut.

»Selbstverständlich«, antwortet Lydia, ohne in seine Richtung zu blicken.

Janice erscheint im Türrahmen, und Drew beugt sich vor, um nach seinem Hut zu greifen. Beim Aufstehen kommt er mir für einen kurzen Augenblick bedrohlich nahe; ich spüre, wie ein Knistern körperlicher Macht von ihm ausgeht. Es ist schnell wieder vorbei, aber ich habe dabei den seltsamen Eindruck, dass er die Bewegung bewusst ausführt, dass er mir zu nahe kommen will – um seine Muskeln spielen zu lassen. Ich muss an den Vorwurf der Vergewaltigung denken, der ihm als Student gemacht wurde, und dass es bei Gewalt gegen Frauen so gut wie nie um Sex geht, sondern um Beherrschung.

Als er fort ist, bringt Lydia uns zur Tür. »Wir haben die Nachrichten aus Petaluma verfolgt. Ich habe sogar ein paar Freundinnen dort, die sich freiwillig im Suchzentrum für Polly Klaas einbringen. Wenn Geld gebraucht wird, um etwas Ähnliches für Cameron auf die Beine zu stellen, dann würden wir gern einen Beitrag leisten. Drew und ich haben bereits darüber gesprochen.«

Will und ich wechseln einen Blick. Vielleicht fühlt sie sich schuldig oder beschämt, weil sie nicht sofort mehr unternommen hat. Oder womöglich ist dieses Angebot auch der Versuch einer Entschuldigung, einer Art Wiedergutmachung für das, was ihr Ehemann getan hat, oder für das, was er ist. Manche Ehefrauen von Sexualstraftätern sind schweigende Komplizinnen, während andere – ein paar wenige – offen mit ihnen zusammenarbeiten und sozusagen als Zuhälterin für die Gelüste ihres Ehemanns fungieren. Und dann gibt es noch diejenigen, die nichts wissen oder ahnen, selbst wenn der Missbrauch unter ihrem eigenen Dach stattfindet, und zwar nicht, weil sie ignorant oder arglos sind. Viele Straftäter haben die unheimliche Fähigkeit, nur das von sich zu zeigen, was sie andere sehen lassen wollen.

»Das ist ein freundliches Angebot«, erwidere ich.

»Wir können es morgen näher besprechen«, fügt Will hinzu. »Ich danke Ihnen, dass Sie sich für uns Zeit genommen haben.«

Einunddreißig

Was zum Teufel war das denn?«, fragt Will, als wir wieder im Auto sitzen.

»Keine Ahnung. Mir gefällt er jedenfalls nicht.«

»Ich weiß nicht, was ich denken soll. Er verströmt so eine Aura von Clint Eastwood in der Mitte seiner Karriere. Aber gleichzeitig bekommt man auch den Eindruck, er habe bereits in einer Menge von Vorstandssitzungen gesessen, sich wichtiggemacht und große Schecks unterschrieben.«

»Und diese ganze Geschichte von wegen: Auf seinem Grund und Boden arbeite niemand, wenn er nicht da ist? Meint er das ernst?«

Will zuckt die Achseln und lässt den Motor an. »Er hat jedenfalls ein Alibi.«

Dem kann ich leider nicht widersprechen. Ich werfe einen letzten Blick auf das Haus, den imposanten, überdimensionierten Vordereingang, vor dem die Hirschhunde im Profil sitzen. Sie haben sich seit unserer Ankunft keinen Zentimeter bewegt, als wären sie dort festgeklebt. Ein Betrieb dieser Größe benötigt viele Hände, um reibungslos zu funktionieren, aber ich sehe weit und breit keine Menschenseele. Vielleicht sind sie alle irgendwo draußen auf den Weinbergen. Dennoch ist es ein sonderbares Bild, wie ein gigantischer Bienenstock, perfekt konstruiert und voller Honig, aber ohne jegliches Gesumme.

»Ich würde trotzdem nicht ausschließen, dass Drew den Missbrauch begangen hat«, erkläre ich. »Damals saß er noch nicht auf seinem Traktor.«

»Guter Einwand«, stimmt Will zu, während wir die lange, gepflegte Auffahrt hinunterfahren. »Was hältst du von Lydia?«

»Ich weiß es nicht. Ein paar Dinge, die sie über Cameron gesagt hat, erschienen mir ziemlich aufschlussreich. Aber wenn es sie tatsächlich kümmert, wieso hat sie sich dann nicht bei Emily und Troy gemeldet, seit Cameron verschwunden ist? Das passt alles nicht zusammen.«

»Auch wenn gerade Erntezeit ist«, bemerkt er spitz. »Auf das Geld sind sie doch nicht angewiesen.«

»Eben. Und wenn sie sauer auf Troy sind, wieso fahren sie dann nicht hin und beziehen klar Stellung? Hast du mitbekommen, wie Lydia gesagt hat, Cameron habe seit ihrer Ankunft in der Familie einen Persönlichkeitswandel durchgemacht? Sie hat sich Sorgen gemacht, na schön. Aber wieso behält sie das für sich?«

Wir biegen wieder auf die Hauptstraße ein, die durch lange Reihen von Weinbergen führt. Von den Drähten über den Reben flattert bunt glitzerndes Lametta, das die Vögel verscheuchen soll, aber auch einfach für sich genommen hübsch aussieht. Dafür fahren all die Touristinnen und Touristen ins Weingebiet: nicht nur, um von winzigen Schlucken Cabernet Sauvignon angeschickert zu werden, sondern um einzutauchen in diese Welt, in der jede Oberfläche die Sonne reflektiert.

Wills Funkgerät ist auf den Sender seines eigenen Departments eingestellt. Einer seiner Deputys gibt einen Notfall durch, einen Ehekrach. Will beugt sich vor und hört aufmerksam zu, bis ein weiterer Deputy losgeschickt wird. Erst dann frage ich ihn, worüber ich nun schon seit einer Weile nachdenke. »Wie stehen die Chancen, dass wir die Genehmigung bekommen, Camerons Adoptionsakte einzusehen?«

»Was denkst du, was du dort finden könntest?«

»Ich bin mir nicht sicher, aber ich hänge noch immer an der Frage fest, wann der Missbrauch an Cameron stattgefunden haben könnte. Sollte es Drew gewesen sein, könnte uns die Befragung ihrer leiblichen Familie helfen, den früheren Teil ihres Lebens auszuschließen.«

»Ich kann es versuchen. Was sagst du dazu, dass Lydia angeboten hat, ein Suchzentrum zu unterstützen?«

»Wenn sie es ernst meint, solltest du kein Problem damit haben, ihr Geld anzunehmen. Aber womöglich hilft uns nicht einmal ein dicker, fetter Scheck dabei, die Bewohnerinnen und -bewohner von Mendocino für die Sache zu mobilisieren. Das ist es schließlich, was in Petaluma so gut funktioniert.«

»Das Thema hatten wir doch schon, Anna. Mit ›entführt bei vorgehaltenem Messer‹ kann ich nicht konkurrieren. In unserem Fall lässt nichts dieselben Alarmglocken läuten. Und Polly war offensichtlich ein ganz besonderes Mädchen. Du hast es ja gesehen. Diese Menschen haben ein persönliches Interesse. Das kann man nicht vorspielen, und das lässt sich auch nicht erzwingen.«

»Nein«, muss ich zugeben. »Aber wir können uns darum bemühen, den Menschen einen besseren Eindruck davon zu vermitteln, wen wir zu finden versuchen. Du hast selbst gesagt, dass die Familie Curtis sich stets von der Gemeinde ferngehalten hat. Das muss ein Teil des Problems sein. Wie wäre es, wenn wir eine Versammlung einberufen, auf der wir einfach geradeheraus um Unterstützung bitten? Vorher bei Zeitung und Fernsehen trommeln, damit sie auch hinkommen. Behaupten, wir hätten eine Eilmeldung.«

»Haben wir die denn?« Selbst im Profil, den Blick auf die gewundene Straße gerichtet, sieht Will genervt aus.

»Bis dahin vielleicht schon, und wenn nicht, können wir ihnen einfach das Engagement der Menschen vorführen, dass der ganze Ort für Cameron zusammenkommt. Wir hängen überall Bilder von ihr auf, und dann stehst du auf und sprichst ihren Namen zehnmal aus. Zwanzigmal.«

»So einfach kann es nicht sein.«

Eine Weile huschen die Weinberge vorüber, grün, golden und tiefviolett. Die Abenddämmerung ist wie ein warmes, weiches Tier, das seinen Körper über die runden, gelben Hügel und Lebenseichen senkt.

»Ich kann mich an Gray wenden«, versuche ich es erneut, »und an Steve Gonzales ebenfalls. Die Schüler auf der Highschool sind alle traumatisiert. Das hier könnte ihnen helfen. Sie könnten sich dadurch aktiver fühlen. Wir dürfen sie nicht einfach mit ihren Emotionen allein lassen. Du weißt, wie schlimm so etwas werden kann. Sie müssen irgendetwas tun.«

»Wahrscheinlich lohnt sich ein Versuch. Troy und Emily mag dieser Standpunkt allerdings nicht gefallen.«

Scheiß auf die beiden, möchte ich sagen, kann es mir jedoch gerade noch verkneifen. »Vielleicht lassen sie sich ja überzeugen.«

◆◆◆

Als Will mich beim GoodLife Café absetzt, ist es bereits dunkel. Meine Beine fühlen sich an wie Gummi, und der Bund meiner Jeans hat Furchen in meinen nach wie vor weichen Bauch gegraben. Ich beschließe, meiner inneren Unruhe davonzulaufen, statt sie auf einen Barhocker im Patterson's zu schleppen, und sobald ich loslege, werde ich belohnt. Als ich das Ende der Lansing Street erreicht habe, nimmt der Wind zu, fegt mit jeder salzgetränkten Böe über mich hinweg und wäscht den Tag von mir ab.

Am Rand des Steilufers blicke ich hinunter auf den Big

River Beach und weiß augenblicklich, dass es sich dabei um den Schauplatz aus meinem Albtraum handelt, jenem mit dem Mädchen, das durch Seetang und Treibholz rennt, während es verfolgt oder gejagt wird. Der Nachthimmel ist bewölkt, und der Weg ist dunkel, aber ich kann vor mir die ersten paar Stufen aus festgetretener Erde erkennen, die hinunter auf das geriffelte sandige Ufer führen. Ich beginne mit dem Abstieg, wobei ich die in mir aufsteigenden kleinen Warnsignale ignoriere.

Ich kenne diesen Pfad, oder meine Muskeln kennen ihn und erinnern sich daran, wo ich mich sinken lassen und an der Klippe nach Griffen suchen muss. Die letzten paar Stufen sind fortgewaschen worden, aber ich rutsche auf dem Hintern an den tückischen Stellen vorbei und drücke mich dann mit den Händen ab, um den letzten Meter in den feuchten Sand hinunterzuspringen. Er gibt mit einem leisen, nassen Geräusch nach.

Als meine Augen sich an die Dunkelheit gewöhnt haben, erkenne ich, dass der Strand leer ist. Die Ebbe hat eine lange, gezackte Kette aus Seetang zurückgelassen. Auf dem Weg zum Rand des Wassers kann ich riechen, wie er feucht vermodert. Der Sand scheint in der Dunkelheit beinahe zu leuchten und fühlt sich unter meinen Stiefeln weich und locker an, während ich weißen Treibholzstücken ausweiche. Als Mädchen fand ich stets, sie sähen aus wie menschliche Knochen, und ich muss zugeben, dass sie das immer noch tun.

Draußen auf dem Wasser blinkt die Mastleuchte eines Fischers rot auf. Noch weiter entfernt antwortet ein anderes Licht, oder zumindest wirkt es von hier aus so. Tatsächlich sind die Boote mindestens eine Meile voneinander entfernt.

»Alles klar da unten?«, ruft eine tiefe männliche Stimme vom oberen Ende der Steilküste.

Ich zucke erschrocken zusammen. Über mir türmt sich seine Silhouette gesichtslos auf. Es ist schwer, sich nicht in die Enge getrieben zu fühlen. Ich blicke den Strand hinauf und hinunter, dann rufe ich zurück: »Alles in Ordnung.«

»Sieht aus, als säßen Sie fest.«

»Nein, mir geht's gut«, rufe ich dem Umriss entgegen.

Er antwortet nicht, winkt lediglich unverbindlich, während sein Schatten sich dann Gott sei Dank entfernt. Als ich wieder allein bin, fühle ich mich sicherer, auch wenn ich noch immer einen Weg zurück nach oben finden muss. Ich komme mir dumm vor, in diese Zwangslage geraten zu sein, und laufe auf der Suche nach einem besseren Weg an der Klippenwand vor und zurück, kann jedoch keinen finden. Der Wind ist nun stärker geworden; mittlerweile zittere ich. Wenn ich hier unten übernachten muss, werde ich erfrieren.

»Hey!«, ertönt die Stimme erneut. Der Mann ist zurück. »Passen Sie auf, ich werfe ein Seil runter.«

Zweiunddreißig

Auch mit dem Seil ist das Klettern anstrengend. Die Fasern sind rau und fühlen sich an wie Holzsplitter, die sich in meine Handflächen bohren, während ich mich zentimeterweise die Klippenwand hinaufziehe und mir dabei Ellbogen und Knie anschlage. Die Muskeln in meinem Rücken ziehen sich zusammen, und meine Oberschenkel fangen an zu brennen. Warum sieht das in Actionfilmen immer so einfach aus?, frage ich mich, und wer ist dieser Typ überhaupt, irgendein wohlmeinender Nachbar oder Passant oder ein lupenreiner Bösewicht?

Als ich endlich oben ankomme, reicht er mir seine Hand und zieht mich über den zerklüfteten Rand der Felsen und auf den Pfad. Es ist der Summer-of-Love-Hippie aus dem Rotary Park. Die Straße hinter ihm ist leer, die Ladenfronten unbelebt und dunkel.

»Ich erinnere mich an Sie«, sagt er und lässt das Seil vor seine Füße fallen. »Ist nicht allzu sicher da unten, wissen Sie.«

Ich werfe einen Blick in beide Richtungen des Weges, auf dem wir stehen, dann mustere ich ihn erneut. Er ist ein großer Kerl, groß genug, um mich außer Gefecht zu setzen. »Mir geht's gut. Ich weiß, was ich tue. Trotzdem danke.«

»Letzten Monat hat eine Monsterwelle jemanden einfach ins Meer hinausgezogen. Bei Devil's Punch Bowl. Die kommen aus dem Nichts.« Er spricht seltsam und abgehackt.

»Ich werde daran denken.«

»Ich bin Clay LaForge. Mein Mädchen und ich saßen gerade im Park, als wir Sie vor einer Weile vorbeigehen sahen. Als Sie nicht wieder zurückkamen, hat sie mich nach Ihnen schauen geschickt.«

»Oh.« Ich kann kaum glauben, was er da sagt. Die meisten Menschen scheren sich einen Dreck um irgendjemanden, der nicht direkt etwas mit ihnen zu tun hat. »Das ist … lieb von ihr.«

»Wir müssen alle aufeinander achtgeben, das sagt sie immer. Was haben Sie überhaupt da unten gemacht?«

»Nichts. Nur nachgedacht, würde ich sagen. Ist dieser Typ ertrunken? Der bei Devil's Punch Bowl?«

»Mit Sicherheit«, erwidert er beinahe fröhlich. »Touristen. Denken, sie wissen Dinge, von denen sie in Wahrheit keine Ahnung haben.«

Nicht nur seine Sprechweise ist ungewöhnlich, sondern auch alles, was er sagt. Er ist wie eine Figur aus einem Märchenbuch, ein Zauberer, der sich in Metaphern ausdrückt, oder ein Eremit, der einem drei magische Bohnen hinhält – oder, wie in diesem Fall, ein Seil. Tatsächlich könnte er sogar weiter nützlich sein. Er ist kein Tourist, sondern ein Ortsansässiger. Er schläft im Park, oder zumindest nehme ich das an, nachdem ich beim letzten Mal das Zelt gesehen habe, wo er jeden beobachten kann, so wie er gerade mich beobachtet hat.

»Ist irgendjemand aus dem Büro des Sheriffs zu Ihnen gekommen und hat Sie und Ihre Bekannten nach diesem vermissten Mädchen befragt, nach Cameron Curtis?«, will ich wissen.

»Warum? Weil wir in diesem Ort das sind, was einem kriminellen Element am nächsten kommt?«

»Sie halten sich die meiste Zeit über draußen auf. Vom Sehen her kennen Sie jeden, der in diesem Ort lebt. Ich stelle mir vor, dass Sie Bescheid wüssten, wenn hier irgendetwas nicht stimmt. Oder irgendjemand.«

Er nickt. »Viele Jugendliche kommen auf dem Weg zum Strand durch den Park, manchmal rauchen sie. Hin und wieder bittet uns einer oder eine von ihnen, ein Bier oder eine Flasche Four Roses für sie zu kaufen. Aber nicht dieses Mädchen. Ich bin mir nicht sicher, ob ich sie hier je gesehen habe.«

»Halten Sie diesen Ort für sicher? Sie zelten im Freien, oder?«

Er zuckt mit den Achseln. »Manchmal fühlt es sich draußen sicherer an als drinnen. Hier weiß man genau, womit man es zu tun hat.«

Diese Aussage hätte auch von Hap stammen können. »Seit wann wohnen Sie hier?«

»Seit ein paar Jahren. Mein Mädchen wollte immer am Meer leben. Ich sagte: Klar, versuchen wir's. Vorher waren wir in Denver. Da scheint jeden verdammten Tag die Sonne, manchmal direkt durch den Schnee hindurch. Aber Lenore meinte, die Höhe mache sie verrückt.«

»Lenore? Ist das die Frau, die ich neulich gesehen habe?«

Er nickt. »Sie mag Menschen nicht so gern. Ich bin überrascht, dass sie mit Ihnen gesprochen hat.«

»Meine Familie hatte einmal einen Raben namens Lenore als Haustier.«

»Was denn, im Haus?« Er schüttelt mit gerunzelter Stirn den Kopf. »So ein Tier kann man nicht zähmen. Das bringt Pech.«

»Wir hatten sie gerettet. Einer ihrer Flügel war gebrochen.« Ich weiß nicht einmal, weshalb ich ihm diese Geschichte erzähle oder warum ich immer noch sehen kann, wie Lenore Eden durchs Haus hinterhertrippelt und um Rosinen und Blaubeeren bettelt. Sie konnte auch sprechen, allerdings nur einen einzigen Satz, den sie noch aus ihrem Leben, bevor sie zu uns kam, kannte: *Tu's nicht, tu's nicht.* »Sie hat mir panische Angst eingejagt«, berichte ich Clay weiter. »Ich dachte, sie könne meine Gedanken lesen.«

»Natürlich konnte sie das«, antwortet er ohne Zögern. »Alle Vögel haben telepathische Fähigkeiten.«

So seltsam Clay auch ist, komme ich nicht umhin, ihn zu mögen, diesen Typ Hippie-Außenseiter, der im Rotary Park unter einer Plane lebt, aber in Gedanken in den Bergen oder bei Waterloo ist, weder ganz in dieser Welt noch in irgendeiner anderen. »Wo ist Ihre Lenore jetzt?«

»Beim Zelt geblieben. Ich sollte ihr wohl besser Bescheid geben, dass es Ihnen gut geht. Sie macht sich immer gleich Sorgen.«

»In Wirklichkeit ist die Brandung gerade nicht das Gefährlichste, Clay. Wer auch immer dieses vermisste Mädchen entführt hat, könnte mitten unter uns herumlaufen.«

»Würde mich nicht überraschen. In einem Dorf wie diesem. Da kann direkt im Nachbarhaus alles Mögliche geschehen, ohne dass man es je mitbekäme.«

Zum zweiten Mal innerhalb von wenigen Minuten erinnert er mich an Hap. »Wen würden Sie sich denn genauer ansehen? Als Verdächtigen?«

Über sein Gesicht huscht ein Ausdruck, der in der Dunkelheit schwer zu entschlüsseln ist. Aber dann kann ich ihn einordnen: Ich nehme ihn ernst, und er fühlt sich geschmeichelt. »Jeden, würde ich sagen. Ich glaube nicht, dass es wie im Film ist. So à la *Freitag der 13*. Ich wette, von außen sieht er genauso aus wie wir. Das ganze wirklich furchterregende Zeug spielt sich im Inneren ab, wo es wahrscheinlich noch nie jemand gesehen hat.«

»Sie hätten Polizist werden sollen«, bemerke ich.

»Vielleicht bin ich ja ein verdeckter Ermittler«, erwidert er grinsend. Dann blickt er über die Schulter zurück, vorbei an dem Lichtkegel, den die Straßenlaterne über uns wirft, die dunkle Straße entlang. »Da kommt sie ja.«

»Lenore?«

»Nein, Ihre Hündin.«

Dreiunddreißig

Ich war sechzehn, als Eden krank wurde, zu Beginn meines sechsten Jahres bei ihnen. Ihre Symptome waren zunächst verwirrend, Übelkeit, Schwindel und Nachtschweiß. Ihr Arzt behauptete, es seien die Wechseljahre und werde wieder vorübergehen.

»Von wegen Wechseljahre!«, brach es eines Abends am Esstisch aus Hap heraus, als Eden bloß auf ihrem Teller herumstocherte. »Du hast zwanzig Kilo abgenommen!«

Er erhob nur selten seine Stimme. Eden war sichtlich aus der Fassung gebracht und Lenore ebenfalls. »Tu's nicht, tu's nicht!«, warnte sie von ihrem Stuhl aus.

Ich wusste, dass Raben so schlau wie Papageien sein können, aber Lenore war mehr als nur schlau. Sie schien mit Leichtigkeit unsere Launen zu lesen und Angst zu riechen. Ich blickte zwischen Hap und Eden hin und her und wünschte mir, ich könnte spüren, was gerade in Edens Körper vor sich ging, oder dass sie selbst es könnte. Dass sie nur einmal in ihren eigenen Träumen auftauchen könnte.

»Ich gehe noch ein weiteres Mal zu ihm«, versprach Eden Hap. »Ich bringe ihn dazu, mir irgendetwas zu sagen.«

»Ich komme mit«, erklärte er. »Wir werden ja sehen, ob dieser Arzt sich traut, denselben vagen Mist von sich zu geben, wenn ich mit im Raum bin.«

Aber das tat er.

◆◆◆

Es dauerte ein ganzes Jahr, ehe wir erfuhren, dass Eden ein Endometriumkarzinom hatte – Gebärmutterkrebs. An ihrem letzten guten Tag fuhren wir nach Point Cabrillo, um nach Walen Ausschau zu halten. Wir hatten Gartenstühle, heißen Kaffee und Decken dabei. An jenem Nachmittag wehte ein heftiger Wind.

»Wenn ich irgendeine Art von Wasser wäre«, sagte Eden, den Blick in weite Ferne gerichtet, »dann würde ich dieses Meer sein wollen.«

Das bist du doch bereits, wollte ich ihr sagen. Du bist alles, was ich sehen kann.

Jene gemeinsamen Stunden schienen niemals zu enden. Wir zählten sechs Buckelwale.

»Sechs ist die Zahl des Geistes«, erklärte Eden.

Wir sahen zu, wie der Wind über die Seetangwälder fuhr, die grün und golden flatterten. Dann versank die Sonne am Horizont, und der erste Abendstern erwachte flackernd. Schließlich ging der Mond auf wie eine matte Scherbe aus Meerglas, zerbrochen und vollkommen zugleich.

Drei Wochen später starb Eden im Schlaf unter einer pinkfarbenen Häkeldecke. Mittlerweile war sie so klein wie ein Kind und verwirrt vom Morphium. Als Hap zu mir kam, um mir mitzuteilen, dass sie von uns gegangen sei, verzerrte sich sein Gesicht. Ich hatte ihn noch nie weinen sehen, und er tat es auch in diesem Moment nicht. Eines Tages sollte mir selbst exakt dieser Zustand erschreckend vertraut werden. Damals konnte ich jedoch nur wie betäubt dastehen, während er zurück in ihr gemeinsames Schlafzimmer ging und sich dort einschloss, um mit ihr allein zu sein.

Mein eigener Abschied von ihr erschien mir unmöglich. Ich war noch nicht bereit, Eden zu verlieren. In einer Art Trancezustand lief ich in Richtung Wald. Meilenweit vom

Dorf entfernt wanderte ich geradewegs die Little Lake Road hinunter und erreichte den Mendocino National Forest, wo ich augenblicklich den Pfad verließ und eine steile Schlucht hinauf- und wieder hinabkletterte, mich durch nasse Farne und schwammiges Unterholz zwängte. Spuren von Feuerschäden waren zu sehen, die Herzen der Bäume waren verkohlt und ausgebrannt.

Als ich einen Hain aus alten Mammutbäumen betrat, waren meine Muskeln erschöpft und meine Kleider schweißgetränkt. Die Bäume ragten reglos bis zu hundert Meter hoch auf. Hap hatte mir einmal erklärt, dass Bäume, die so alt und groß waren wie diese, nur einen Atemzug pro Tag nahmen. Und dass ich, wenn ich sie oder auch nur einen einzigen Baum wirklich verstehen wollte, in dem Augenblick dabei sein musste, wenn sie atmeten.

»Wirklich?«

»Sicher. Meere atmen ebenfalls«, sagte er. »Berge. Alles.«

Ich ließ mich in der Mitte des Baumkreises fallen, auf die Streu aus Nadeln und Flechten. Es war nicht direkt ein Gebet, sondern etwas, das Eden immer wieder hervorgehoben hatte: Wenn es schwierig wurde und man sich instabil fühlte, sagte sie gern, könne man, wo auch immer man gerade sei, auf die Knie sinken, und die Welt würde einen auffangen.

Ich hatte zu viele Mütter gehabt und war dabei zu wenig bemuttert worden. Bei Eden war ich am ehesten an das Gefühl herangekommen, eine richtige Tochter zu sein. Und nun war sie fort. Ich hielt reglos inne und wartete darauf, das Vertrauen zu spüren, wartete auf irgendein Zeichen, wie ich ohne sie weiterleben sollte, aber es kam nichts. Nichts außer wellenartigen Schaudern, die durch meinen eigenen, sich abkühlenden Schweiß hervorgerufen wurden, und einer Traurigkeit, die sich in den Räumen zwischen den Bäumen niederzulassen schien, zwischen den Stämmen und Ästen, den Nadeln und Blättern. Sie drang in meinen Körper ein und rollte sich unter meinen Rippen eng zusammen, wie eine Faust aus einem silbernen Faden.

Irgendwann erhob ich mich auf meine schwachen Beine und machte mich auf den langen Heimweg. Als ich zu Hause ankam, war es längst dunkel, auf der Veranda brannte kein Licht, und alle Fenster waren schwarz. Ich betrat die Küche und schaltete das Licht ein, worauf Lenore zusammenzuckte. Irgendwie war sie auf Edens Stuhl am Tisch hinaufgeklettert, und als ich näher kam, plusterte sie sich auf, und ihre Federn bildeten einen wütenden Kragen um ihren Hals, als wollte sie den Platz beschützen.

»Hast du Hunger?«, fragte ich.

Zorniges Schweigen.

Ich suchte dennoch den Beutel mit Hundefutter und legte ihr ein paar Pellets auf den Stuhlrand, aber sobald meine Hand sich ihr näherte, flatterte sie mit ihrem gesunden Flügel und verfehlte mich nur knapp.

Ohne darüber nachzudenken, schlug ich sie. Ihr Körper war viel fester, als ich gedacht hätte, so stabil und unnachgiebig wie eine Holzschnitzerei.

Sie schlug sofort zurück und stach mit ihrem Schnabel in die Haut neben meinem Daumen, nun mit beiden Flügeln in der Luft, sogar dem gebrochenen.

»Hör auf!« Ich erhob erneut die Hand, in dem Wissen, eine Grenze überschritten zu haben. Niemand sollte jemals einem Tier wehtun. Eden wäre schockiert gewesen, uns so zu sehen, aber ich stellte fest, dass ich mich nicht bremsen konnte. Ich konnte nicht klein beigeben.

»Tu's nicht«, warnte mich Lenore, derselbe Satz wie immer, aber endlich ergab er Sinn. Sie sprach zu mir über genau diesen Moment, über uns beide. Der Blick aus ihren Augen war so kalt, dass sich mir das Herz zusammenschnürte.

Ich holte aus, griff nach ihrem dicken Körper und überraschte sie damit. Sie strampelte scheußlich gegen meine Brust, schlug um sich und kämpfte, versuchte sich zu befreien, während ich sie noch fester an mich drückte. Ich machte die Haustür auf und warf sie auf den Hof, ehe ich die Tür hinter mir zuknallte und abschloss. Dann eilte ich in mein Zimmer und knallte auch diese Tür zu, warf mich bäuchlings aufs Bett und war völlig aufgewühlt vor Hass, Schuldgefühlen und Scham und wer weiß was noch.

Oh, Liebling, hätte Eden gesagt. *Auf wen bist du eigentlich wütend?*

Auf dich. Aber das wäre auch nicht richtig gewesen. Nichts war richtig. Meine Augen brannten. Mein Herz stand vor Leere in Flammen.

Nach ungefähr einer halben Stunde – ich konnte im Grunde nicht sagen, wie lange – stand ich auf und ging langsam durchs Haus bis zur Vordertür. Ich öffnete sie und erwartete, Lenore auf der Fußmatte oder auf dem Weg zum Haus sitzen zu sehen, aber sie war verschwunden. Ich geriet in Panik und eilte hinaus, um sie zu suchen. Aber sie war weder unter der Hecke noch hinter dem Haus. Sie kauerte nicht neben der Garage oder zwischen den Mülltonnen.

Ich schnappte mir die kastenförmige Taschenlampe, so groß wie eine Thermoskanne, die Hap im Flurschrank für stürmische Nächte aufbewahrte, in denen der Strom ausfiel, und leuchtete damit in die tintenschwarze Nacht, während ich immer wieder Lenores Namen flüsterte, anstatt ihn zu rufen, wie ich es gern getan hätte.

Ich hatte Angst, Hap aufzuwecken, oder vielleicht auch Eden, wo immer sie nun war, oben bei den Sternen oder unten an der zerklüfteten Küste, geduldig suchend, ein unbehauster Lichtstrahl.

Irgendwann gab ich auf und kehrte zurück in die Küche, wo ich mich auf den Stuhl fallen ließ, auf dem der ganze Albtraum begonnen hatte, neben den zurückgelassenen Haufen Hundefutterpellets. Ich hatte etwas Schreckliches getan, und zwar mit Absicht, und ich konnte es nicht zurücknehmen, nur weil ich ein schlechtes Gewissen hatte. Ein schlechtes Gewissen würde sie nicht finden. Ein schlechtes Gewissen war womöglich das einsamste Gefühl überhaupt, begriff ich nun, da es einen allein auf sich selbst zurückwarf.

Vierunddreißig

Die Hündin trottet auf uns zu, und Clay LaForges Lächeln wird so breit, als hätte das Universum gerade einen Witz erzählt. Vielleicht hat es das ja auch. »Es heißt immer, Elefanten hätten ein großartiges Gedächtnis, aber ich würde jederzeit einen Hund gegen einen Elefanten antreten lassen.«

»Ich kann mich nicht um einen Hund kümmern.«

Er lächelt weiter sein geheimnisvolles Lächeln. »Sie wissen schon, dass wir die Hunde eigentlich nicht halten, oder? Sie entscheiden selbst, ob sie bleiben oder nicht. Das gilt natürlich auch für alle anderen Tiere.«

Ich habe noch immer Edens Lenore im Kopf, weshalb ich plötzlich ausrufe: »Ich habe Fehler gemacht.«

Er steht nur stumm da und nickt, als wollte er sagen: Natürlich haben Sie das. Dann schnipst er mit den Fingern, und die Aufmerksamkeit des Hundes richtet sich sogleich auf ihn. »Ich habe das Gefühl, hier können Sie nicht viel falsch machen. Sehen Sie die Zeichnungen in ihrem Gesicht und ihre rötliche Farbe? Da steckt ein Belgischer Malinois drin. Gibt kaum schlauere Rassen. Deshalb sind es gute Polizeihunde. Sie tun sich mit Menschen zusammen, um ein Team zu bilden.«

»Woher wissen Sie das alles?«

»Ich war mal Hundetrainer, in einem anderen Leben. Ihr Alter würde ich auf vier oder fünf schätzen. Vom Leben auf der Straße hat sie Muskelmasse verloren, ansonsten wirkt sie aber gesund. Sie sollten ihr nicht nur Trockenfutter zu fressen geben. Lachsöl ist gut für ihr Fell und ihre Augen.«

»Clay …« Ich suche nach einem weiteren Argument, aber er hat seine Aufmerksamkeit wieder auf die Hündin gerichtet. Er kniet sich neben sie und fährt mit einer ruhigen, sachkundigen Hand von ihrem Schädel bis zu ihrem Schwanz und wieder zurück, während die Hündin sich seiner Berührung unterwirft.

»Manche Rassen sind so geschaffen, dass sie noch vor uns selbst wissen, was wir brauchen. Sie ist gesund und munter. Und stark. Kann mir keine bessere Partnerin vorstellen.«

Ich brauche keine Partnerin, möchte etwas in mir beharren, aber ich weiß selbst, wie fadenscheinig diese Ausrede ist. »Ich kann nicht glauben, was hier gerade passiert«, erwidere ich stattdessen.

»Ja.« Clay kichert. »Das Leben ist schon komisch.«

Er begleitet uns bis zum Rotary Park, wo seine Freundin Lenore am Picknicktisch auf ihn wartet, im selben Outfit wie zuvor: Seahawks-Sweatshirt so lang wie ein Rock, das Haar ein dichtes blondes Gekritzel über der faltigen Stirn.

»Oh, gut«, sagt sie mit leiser Stimme. »Sie sind wohlauf.«

»Danke, dass Sie Clay nach mir schauen geschickt haben.«

»Ich dachte, Sie wären vielleicht in Schwierigkeiten geraten.«

»Nein. Mir geht es gut.« Ich blicke zwischen den beiden hin und her und bin unerklärlich dankbar für ihre Anwesenheit.

»Wie heißt ihre Hündin?«, fragt Clay mich.

»Gute Frage. Zu dumm, dass sie es mir nicht verraten kann.«

»Oh, das kann sie. Nur nicht auf Englisch.«

◆◆◆

Ich erreiche Mendosa's Market wenige Minuten vor Ladenschluss und gebe der Hündin die Anweisung, direkt vor der Tür sitzen zu bleiben, während ich mich drinnen rasch und vergeblich nach Lachsöl umsehe. Es gibt lediglich Sardinen und Anchovis in der Dose. Ich kaufe beides, dazu ein Lachsfilet, das sich geradezu grell pinkfarben vor dem weißen Papier abhebt, in das der Verkäufer es einwickelt, und Hundefutter – feuchtes wie trockenes.

Meine Einkäufe rollen das Band hinunter, als ich Caleb bemerke, den Arm voller Lebensmittel.

»Hey.« Sein Blick huscht über meine Artikel. »Du hast einen Hund?«

Aus irgendeinem Grund bin ich nervös, beinahe beschämt. »Sie ist mir zugelaufen. Ich muss verrückt geworden sein, oder?«

»Ich wollte immer einen haben, aber mein Dad war allergisch«, erwähnt er wie beiläufig, aber irgendwo schwingt da ein Ton der Betroffenheit mit.

Während wir hinaustreten, führen Caleb und die Hündin zur Begrüßung eine Art Tanz auf.

»Sie ist wirklich hübsch«, stellt er fest. »Und sieht auch schlau aus.«

»Hat man mir so gesagt.«

Wir gehen auf meinen Bronco zu, in den ich die Einkäufe verstaue, woraufhin die Hündin auf den Rücksitz springt, als würde sie ihren Platz bereits kennen. Ich habe Caleb noch immer den Rücken zugekehrt, als er sagt: »Ich bin gestern Will über den Weg gelaufen. Er hat mir erzählt, dass du ihm mit diesem vermissten Mädchen hilfst.«

Ich drehe mich um und blicke ihm ins Gesicht, mehr als nur ein bisschen überrascht. Will und ich hatten uns darauf verständigt, dass ich inkognito bleiben sollte. »Meine Funktion ist nicht offiziell.«

»Verstehe. Ich dachte bloß, du wärst nur auf der Durchreise.«

»Das dachte ich auch.« Ich schließe die Heckklappe mit einem dumpfen Schlag. »Geht es dir wirklich gut, Caleb? Du kannst es mir sagen.«

Sein Blick huscht in meine Richtung. »Ich spreche eigentlich nicht über jene Zeit, Anna.«

»Nein, natürlich. Das verstehe ich. Magst du mit mir etwas trinken gehen?«

»Nein, ich muss leider nach Hause.« Er hebt die Einkäufe in seinem Arm an wie eine Requisite, eine Ausrede. »Ein andermal?«

»Klar, ja. Wir sehen uns bald.«

◆◆◆

Auf der Fahrt aus der Stadt kurbele ich das Fenster herunter und drehe das Radio auf. Bob Segers »Against the Wind« erfüllt das Auto. Die Hündin streckt sich auf der Rückbank aus, als würde sie ihr gehören. Ich habe angenommen, wir beide würden eine lange Anpassungsphase benötigen, aber zumindest die Hündin wirkt bereits vollkommen entspannt.

Zurück in der Hütte sucht sie sich einen Platz vor dem Holzofen und wartet geduldig auf ihr Abendessen. Die Hälfte des Lachses koche ich für mich selbst, lasse ihn auf beiden Seiten ein paar Minuten brutzelnd in einer heißen Pfanne anbraten. Wir machen uns gemeinsam über den Fisch her, dann streckt sie sich vor meinen Füßen aus, während ich mich mit Camerons Exemplar von *Jane Eyre* niederlasse, auf der Suche nach Hinweisen in jenen Passagen, die sie unterstrichen und mit Eselsohren gekennzeichnet hat. *In mir selbst ist wenig übrig geblieben, ich brauche dich*; *Zum Glück hat die Seele in den Augen einen Dolmetscher*; *Er zwang mich, ihn zu lieben, ohne dass er mich auch nur ansah*; *Fühlen Sie sich mir verwandt, Jane, was meinen Sie?*

Das Buch scheint ein Rätsel zu sein, wie alles andere bei Cameron auch, aber kann ich es lösen? Steckt der Schlüssel zu ihrem Schmerz hier in den Seiten ihres zerlesenen Taschenbuchs, oder suche ich am falschen Ort, während ich nach jedem Strohhalm greife?

Meine Augen brennen; ich lege das Buch nieder und beobachte stattdessen die Hündin. Ihre dunkle Schnauze berührt leicht die Wand, während ihr Bauch sich rhythmisch hebt und senkt, als würde ihr vorheriges Leben, wie immer es auch ausgesehen haben mag, nun keinerlei Raum mehr in ihr einnehmen. Sie schläft so friedlich, dass sich das ganze Zimmer wärmer anfühlt.

Fünfunddreißig

»Wir kriegen das hier hin«, versichert Will mir am nächsten Morgen, ehe der Lügendetektortechniker aus Sacramento kommt, um Lydia und Drew Hague zu befragen. »Du sagtest doch, du wollest mit Gray und Steve Gonzales darüber sprechen, Unterstützung für das Suchzentrum zusammenzutrommeln, richtig?«

»Sie werden den ganzen Tag in der Schule sein. Ich kann dir hier helfen.«

»Wir haben genügend Leute. Ruh dich etwas aus, und dann hören wir uns später wieder.«

»Ausruhen?«, frage ich ungläubig. »Während wir zwei vermisste Mädchen haben, vielleicht sogar drei?«

»Nur ein paar Stunden. Ich melde mich nachher bei dir.« Dann macht er auf dem Absatz kehrt. Vielleicht ist er noch immer wütend, weil uns Ressourcen fehlen, oder vielleicht steckt auch mehr dahinter, wie etwa unsere Meinungsverschiedenheit bezüglich der Ergebnisse von Emilys Lügendetektortest. Was seine Gründe auch sein mögen, er scheint gerade eine klare Grenze zu ziehen, und ich stehe auf der anderen Seite.

Ich klettere verärgert zurück in meinen Bronco. »Willst du dich etwa ausruhen?«, frage ich die Hündin, die den Kopf von der Rückbank hochreckt.

Sie richtet ihre Ohren auf, während sie mir zuhört.

»Genau, ich auch nicht.«

◆◆◆

Wir fahren zu dem Abschnitt der Küstenstraße, der an das Grundstück der Familie Curtis grenzt. Seit meinem Gespräch mit Emily habe ich die Theorie nicht verworfen, Cameron könne die Alarmanlage selbst ausgeschaltet haben und aus dem Fenster geschlichen sein, um sich mit jemandem zu treffen. Jemand, der ihr etwas versprochen hatte, das für sie wertvoll war – Liebe vielleicht oder Freiheit von dem Druck und der Unruhe bei ihr zu Hause.

Der Straßenabschnitt liegt entlegen genug außerhalb des Orts, direkt hinter einer großen Wiese ein paar Meilen vor Caspar mit seiner Handvoll Einwohnerinnen und Einwohnern. Die Häuser, die ich erkennen kann, als ich am Grünstreifen parke, liegen gut verdeckt hinter Sichtschutzzäunen. Selbst wenn Camerons Entführer hier am Straßenrand mit dem Motor im Leerlauf auf sie gewartet hätte, wäre es unwahrscheinlich gewesen, dass ihn zu der Uhrzeit und in der Dunkelheit irgendjemand bemerkt hätte.

Dennoch steige ich mit der Hündin an meinen Fersen aus und sehe mich nach Hinweisen um – zertretenes Gras, Ölflecken, Reifenspuren, Fußabdrücke. Sorgfältig kämmen wir beide Seiten der Straße ab und verfolgen den Weg dann über die Wiese und durch die Bäume zurück. Er könnte sie an Ort und Stelle überwältigt und irgendwo in die Nähe geschleift haben. Er könnte ihren Leichnam in den Farn geworfen oder ihn in einem flachen Grab zurückgelassen haben. Die düsteren Möglichkeiten laufen in meinem Kopf ab, weil es mein Job ist. Ich suche nach einem Leichnam, wohlwissend, dass wir womöglich niemals einen finden werden. Und dann ist da noch jener irrationale Teil in mir, der nicht von der Hoffnung lassen kann, dass Cameron noch am Leben ist.

Als ich schließlich aufgebe, ist beinahe Mittag. Ich kehre zu meinem Wagen zurück und bleibe für einen langen Augenblick einfach hinter dem Steuer sitzen, während ich mich frage, wohin ich als Nächstes aufbrechen soll. Und dann fällt es mir ein: die Wahrsagerin.

◆◆◆

Tally Hollander ist nicht schwer aufzuspüren. Ich mache ihren Namen in einem Telefonbuch im Dorf ausfindig und fahre dann in weniger als zwanzig Minuten zu der Adresse in Comptche, wo ich die Einfahrt finde, die mit einem großen, selbst gemalten Schild gekennzeichnet ist. Auf diesem steht: ABUNDANCE FARM: WIR VERKAUFEN ALPAKAWOLLE UND MILCH. Die meisten Wahrsagerinnen und Medien, mit denen ich über die Jahre zusammengearbeitet habe, lebten bescheiden bis schäbig. Aber eine Alpaka-Züchterin? Wer hätte gedacht, dass man diese Tiere überhaupt melken kann?

Am oberen Ende der geschwungenen Einfahrt erwartet mich ein modernes Farmhaus mit einer breiten Veranda, die um das gesamte Gebäude führt, und einem Schrägdach aus Wellblech. Daneben steht ein glänzender Wohnwagen, über dessen Eingang sich eine rot-weiße Markise erstreckt. Dort ist eine Tafel aufgestellt, die die Namen ihrer Tiere sowie die Preise der verschiedenen Artikel nennt, Milch, Käse und Wolle, Honig, Marmelade und frische Blumen.

Ich steige aus meinem Bronco; die Hündin folgt mir, wobei sie die Tiere ignoriert, wie es zu der vertrauenswürdigen Helferin passt, die sie ganz offensichtlich ist. Auf der Veranda erscheint eine Frau in einem langen Leinenkleid mit einer Schürze darüber, deren Bänder zweimal um die Taille gewunden sind, und grauen Filzpantoffeln an den Füßen. Ihr karmesinrotes Haar ist zu einem avantgardistischen Bob geschnitten, mit einem asymmetrischen Pony.

»Kann ich Ihnen helfen?«, fragt sie.

»Ich bin Detective Anna Hart und arbeite für das Sheriff's Department von Mendocino. Haben Sie ein paar Minuten Zeit, sich mit mir zu unterhalten?«

»Selbstverständlich.« Sie stemmt die Hände in die Hüften. »Und Sie haben eine Freundin mitgebracht. Wieso kommen Sie beide nicht herein?«

◆◆◆

Tallys Küche ist vollgestellt und gemütlich düster, in der Form eines L, das der Veranda um das Haus herum folgt. Auf der hölzernen Küchentheke stehen aufgereihte Gläser mit Kräutern, eingezwängt zwischen eine Ansammlung von Büchern, die nicht zu einer einzelnen Leserin und schon gar nicht in eine Küche zu gehören scheinen: ein Band über den Klimawandel neben Agatha Christie und Gedichten von Alexander Puschkin.

Sie stellt den Wasserkocher an und bringt eine Keramikschüssel voller Mandarinen an ihren Küchentisch, an dem ich mit der Hündin zu meinen Füßen sitze. Sie ist fünfzig oder noch etwas älter und hübsch, mit feinen Linien um Mund und Augen, die mir zeigen, dass sie viel Zeit draußen, in der Sonne verbracht hat. Ihre äußere Erscheinung und ihre Haltung passen meinem Empfinden nach eher zu einer Malerin als zu einer Wahrsagerin, aber das liegt wahrscheinlich an Nordkalifornien. Hier ist jede eine Malerin oder Töpferin oder Goldschmiedin.

»Wie Sie sicher wissen, werden in der Gegend einige Mädchen vermisst«, fange ich an. »Ihr Name wurde kürzlich im Zusammenhang mit Shannan Russo erwähnt.«

»Das stimmt.« Tally Hollander setzt sich mir gegenüber und legt die Hände mit den Handflächen nach oben auf den Tisch.

Es ist eine ungewöhnliche Geste, aber vor allem fällt mir auf, dass meine Anwesenheit sie anscheinend weder nervös macht noch abschreckt. »Ich habe ihre Mutter angerufen. Ich hatte das Gefühl, ich müsse es tun.«

»Shannan ist seit Juni verschwunden, Tally. Wieso rufen Sie jetzt dort an?«

»Ich bin mit ihrem Namen im Kopf aufgewacht und hatte das starke Gefühl, dass sie ermordet worden ist.«

»Ist das üblich für Sie? Diese Art von Visionen?«

Sie blinzelt mich nachdenklich an. »Ich hatte schon immer die Gabe, falls Sie das meinen. Als ich jünger war, verstand ich die Botschaften nicht oder was ich wegen ihnen unternehmen sollte. Es ist nicht immer klar, wie ich helfen kann, aber in letzter Zeit sind die Gefühle und Bilder sehr stark gewesen. Und nicht nur, was Shannan angeht. Vor beinahe zwei Wochen habe ich Sheriff Flood kontaktiert und versucht, mit ihm über Cameron Curtis zu sprechen, aber er wollte nicht hören, was ich zu sagen hatte.«

Ich lehne mich vor, da ich mich an das Gespräch erinnere, das ich an meinem ersten Tag zurück in Mendocino im Café mitbekam, die beiden Männer, die sich über genau die Frage stritten, ob Tally nun eine Hochstaplerin sei oder nicht. Sie mussten die Geschichte von Will oder irgendjemandem aus seinem Büro gehört haben. Falls Tally eine Hochstaplerin sein sollte, kann ich ihre Beweggründe noch nicht ausmachen.

»Glauben Sie, dass Cameron noch am Leben ist, Tally?«

»Das tue ich, aber sie wird es nicht bleiben, wenn Sie ihn nicht aufhalten.« Sie blickt mich ruhig an. »Das Universum ist voller Geheimnisse. Ich behaupte nicht, alles zu verstehen, was durch mich hindurchfließt, aber ich gebe mein Bestes, mich auch nicht davor zu fürchten.«

»Was hat Karen gesagt, als Sie sie anriefen?«

»Sie weinte. Sie hat das Gefühl, es sei alles ihre Schuld, sie habe Shannan davongetrieben.«

»Ehrlich? Will Flood hatte den Eindruck, Karen habe Shannan schon vor langer Zeit aufgegeben.«

»Vielleicht ist das ein Schutzmechanismus gegen die Schuldgefühle. Als Shannan klein war, waren viele Männer im Haus, es gab viel Instabilität. Gewalt. Sie bereut vieles.«

»Das hat Karen gesagt?«

»Die Menschen erzählen mir alle möglichen Dinge, Anna. Es scheint ihnen ein Bedürfnis zu sein. Ich denke, es hilft ihnen, etwas von ihrer Last abzugeben.«

»Sie hat Ihnen also geglaubt.«

Tally blinzelt weder, noch zögert sie. »Ja. Vielleicht ist sie nun in der Lage, zu trauern und etwas mehr Frieden zu finden. Das hat jeder Mensch verdient, denken Sie nicht?«

Auf dem Boden zu meinen Füßen rührt sich die Hündin. Ich rücke mit dem Bein näher an ihren warmen, festen Körper, fühle mich aber immer noch unbehaglich, als würde Tally gerade über mein Leben sprechen statt über Karens. »Noch irgendetwas aus dem Traum?«

»Shannan trug eine kurze Kaninchenfelljacke mit Reißverschluss. Sehr weich, so weich, wie nur irgend möglich.«

»Hat die Jacke irgendeine Bedeutung? Trug sie sie, als sie starb? Gibt es in einer der Taschen einen Hinweis?«

»Möglicherweise. Ich bin lediglich ein Kanal, Anna. Sie sind die Kriminalpolizistin. Wenn irgendjemand Geheimnisse lösen kann, dann sind Sie es.« Ihr Tonfall verändert sich, wird schärfer. »Glauben Sie an die andere Seite? An ein Leben nach dem Tod?«

Mein Rücken verspannt sich. Worauf sie auch mit dieser Frage hinauswill, ich will ihr nicht folgen. »Was können Sie mir noch über Cameron Curtis sagen?«

»Ich habe von ihr geträumt, direkt nachdem sie verschwunden ist.« Es scheint sie nicht aus dem Konzept zu bringen, dass ich unvermittelt das Thema gewechselt habe. »Wie lange ist das jetzt her? Zehn oder zwölf Tage? Sie war allein und in irgendeiner Art von engem, kleinem Raum. Außerdem schwer verletzt, aber definitiv lebendig.«

»Lebendig« ist ein machtvolles Wort, selbst wenn die Quelle nicht unbedingt verlässlich ist. »Irgendwo hier in der Nähe? Haben Sie irgendetwas wiedererkannt?«

»Ich glaube nicht.« Tally betrachtet ihre Teetasse, deren moosgrüne Keramikwölbung sie zwischen den Fingern hält. Dann fügt sie hinzu: »Sie vertrauen mir nicht. Das ist in Ordnung, aber ein Teil von Ihnen tut es doch oder möchte es zumindest gern. In Ihrem Herzen hoffen Sie, ich könne Ihnen helfen, zu Cameron zu gelangen.«

Ihre plötzliche Vertrautheit ist mir unangenehm. »Haben Sie so etwas schon einmal beruflich gemacht? Mit der Polizei zusammengearbeitet?«

Sie nickt. »Als ich noch oben in Oregon lebte, außerhalb von Portland. Ich bin erst seit etwas mehr als einem Jahr hier. Ich vergaß, wie kleine Orte manchmal funktionieren, wie nervös die Leute bei Dingen werden können, die nicht vollkommen rational sind. Aber ich bin davon überzeugt, dass jede Form von Einsicht mit einer Verantwortung einhergeht. Ich denke, ich kann Ihnen helfen, sie zu finden, Anna.«

»Mir? Wieso wenden Sie sich nicht erneut an Will Flood? Vielleicht wird er jetzt auf Sie hören.«

»Sie wissen, dass er das nicht tun wird.« Tally hebt ihre Untertasse an und setzt sie dann wieder ab. »Wissen Sie, wir sind alle bloß Energie. Wir alle bewegen uns auf bestimmten Frequenzen. Wenn wir aus diesem Leben scheiden, bleibt unser Wesen bestehen und bewegt sich weiter.«

»Worauf wollen Sie hinaus?«

»Auch auf dieser Seite gibt es Dinge, die uns fundamental verändern, wie etwa Verlust und Trauma. Überlegen Sie nur einmal. Wir wissen, dass Trauma das Gehirn verändert. Weshalb sollte es nicht auch unsere Energie verändern? Natürlich tut es das. Es passiert. Sie sind jetzt die richtige Person, um zu helfen, Anna.«

»Wie kommen Sie darauf?«

»Es ist nicht ohne Grund Ihre Aufgabe im Leben. Das, was Sie verloren haben, hat Sie dazu gebracht, diesen Kindern und jungen Frauen zu helfen. Ich denke, das wissen Sie bereits, aber Sie können nicht sehen, was ich sehe.«

Meine Brust fühlt sich eng an, während ich ihr zuhöre. Ich will nicht noch mehr erfahren, und zugleich will ich genau das. »Was sehen Sie?«

»Die Geister der Kinder, denen Sie geholfen haben, die hängen an Ihnen wie Sterne. Sie sind überall um Sie herum, sogar in diesem Augenblick.«

Wie Sterne? Die Vorstellung erscheint mir geradezu lächerlich. Durchzogen von einem Gefühl von Verlust. Verzweiflung. »Was wollen Sie von mir?«

»Sie sind zu mir gekommen, nicht wahr?« Tally verstummt und blickt auf ihre rissigen Hände. Die Hände einer Arbeiterin. »Ich bin hier lediglich die Überbringerin, Anna. Ich weiß nicht, wer Cameron entführt hat, aber ich spüre, dass eine Menge Dunkelheit und Chaos von ihm ausgeht. Er will sie im Grunde nicht umbringen, aber er weiß nicht, ob er sich davon abhalten kann. Er versucht, gegen seine eigenen Dämonen anzukämpfen, aber sie sind stark. Ich glaube nicht, dass Shannan sein erstes Opfer war, Anna. Und Cameron wird auch nicht sein letztes sein, wenn er nicht aufgehalten wird.«

»Können wir ihn denn aufhalten?«

»Ich denke schon.«

An meinem Bein zuckt die Hündin, bewegt ihre Muskeln in einem Traum vom Rennen oder Jagen. Ihr Körper hebt und senkt sich, mit einer kleinen pfeifenden Pause dazwischen.

Tally blickt ebenfalls auf sie hinunter; ihr Gesichtsausdruck wird sanfter. »Sie klingt wie eine Grille, nicht wahr?«

Das tut sie, denke ich, ehe ich mich wieder konzentriere. »Uns läuft die Zeit davon, Tally. Mit jedem verstreichenden Tag nimmt die Wahrscheinlichkeit ab, dass wir Cameron noch lebendig finden.«

»Mehr über Shannan zu erfahren könnte Sie Cameron näherbringen.«

»Das sagt mein Bauchgefühl mir auch. Wir überwachen den Luftraum, auf der Suche nach ihrem Wagen. Doch wir sprechen hier von zweihundertsechzigtausend Hektar Wildnis. Das ist wie eine Nadel im Heuhaufen.«

»Aber manche Menschen finden diese Nadeln. Ich denke, dass sich alles irgendwie fügen wird. Immerhin hat es Sie hierhergezogen. Das Universum kennt keine Zufälle.«

»Wer sind Sie?«, frage ich erneut, ein fernes Rauschen in den Ohren.

»Ich habe es Ihnen doch schon gesagt, ich bin lediglich die Überbringerin.«

Sechsunddreißig

Was ist die Geschichte hierzu?«, fragt Will, als wir uns ein paar Stunden später vor dem Patterson's treffen. Er beäugt Cricket. Wie von Clay vorausgesagt, war es nicht auf Englisch, aber mit ein wenig Unterstützung durch Tally brachte sie es fertig, mir ihren Namen zu verraten: Cricket – Grille.

»Meine neue Partnerin.«

Will schenkt mir ein echtes Lächeln, wenn auch nur flüchtig. »Hast du dich heute ein wenig ausgeruht?«

»Ein bisschen«, lüge ich.

Wie sich herausstellt, ist Wanda eine Hundeliebhaberin und will nichts davon hören, Cricket draußen sitzen zu lassen, während wir essen, auch wenn der Koch eine ganze Reihe von Verwünschungen ausstößt. Sie winkt bloß ab und bringt uns das Mittagsgericht, Fisch-Sandwiches und Krautsalat mit einem Hauch Essig. Dann berichtet Will mir von seinem Morgen mit den Hagues.

»Sein Lügendetektortest hat nichts Verdächtiges erbracht und Lydias ebenso wenig. Ich habe Leon auch noch weitere Nachforschungen für uns anstellen lassen. Er hat mit ein paar der Mitarbeiterinnen und Mitarbeiter auf Provisions gesprochen und auch mit einigen Nachbarinnen und Nachbarn. Anscheinend hält Drews Alibi für jene Nacht einer Überprüfung stand. Er hat mit seiner Crew gearbeitet, es gab viele Zeuginnen und Zeugen. Außerdem war die Anschuldigung der Vergewaltigung keine ganz eindeutige Angelegenheit. Das Mädchen war siebzehn, nicht sechzehn und hatte obendrein eine Polizeiakte. Ein paar Monate zuvor hatte sie einen verdeckten Ermittler mit dem Angebot eines Dates umworben. Nach der Sache scheint Drew sein Leben in den Griff bekommen zu haben. Du hast es ja gesehen. Er ist der König des Napa Valleys. Ein Musterbürger.«

»Ich habe es gesehen.« Ich kann die Skepsis in meiner Stimme nicht unterdrücken. »Aber da war auch noch etwas anderes, als wir gestern bei ihnen waren. Ich hatte das Gefühl, dass er Frauen nicht mag. Dass er sich von ihnen bedroht fühlt.«

»Worauf basiert dieses Gefühl?«

»Nur ein Eindruck, den ich hatte.«

»Nun ja, Troy dagegen scheint Frauen etwas zu sehr zu mögen.«

»Du meinst seine Assistentin? Die Geliebte?«

»Ehemalige Assistentin«, korrigiert er. »Indiana Silverstein. Sie ist zwanzig und sagt kein Wort. Die Einzelheiten habe ich von einer anderen Frau erfahren, die einmal seine Assistentin bei Paramount war. Vor zwei Jahren hat sie nach nur sechs Monaten an Troys Schreibtisch um eine Versetzung gebeten.«

»Lass mich raten. Er hat sich an sie herangemacht.«

»Und große Versprechungen gemacht. So wie ich es verstehe, besteht der größte Teil von Assistentinnen aus hoffnungsvollen jungen Frauen, die entdeckt werden wollen.«

»Was für ein Schwein! Aber zumindest hat diese eine ihm nicht nachgegeben. Hatte sie irgendetwas über ihre Nachfolgerin zu sagen?«

»Nur, dass Indiana das Baby behält.«

»Können wir herausfinden, ob er versucht hat, sie unter Druck zu setzen oder gar zu erpressen?«

»Nicht ohne richterliche Anordnung, und wir haben keinen Grund, um eine zu ersuchen. Zumindest noch nicht. Vielleicht ist es ja nicht ausgeschlossen, dass er tatsächlich Gefühle hat?«

Ich schiebe den Krautsalat auf meinem Teller mit der Gabelspitze von mir. »Oh, ich bitte dich. Das glaube ich keine Sekunde lang.«

»Ich auch nicht«, gibt Will zu. »Er mag ein beschissener Frauenheld sein, aber heißt das automatisch, dass er Cameron etwas angetan haben könnte?«

»Es könnte nach wie vor Drew Hague gewesen sein, oder nicht?«, ergänze ich rasch. »Nur weil er ein Alibi für den 21. hat, heißt das nicht, dass er nicht derjenige war, der sie damals angegriffen hat. Vielleicht könntest du ihn noch einmal zum Verhör zitieren und den Rahmen der Fragen etwas ausweiten?«

»Okay. Aber selbst wenn Drew Cameron vor Jahren missbraucht haben sollte, spricht sein Alibi ihn für den Abend frei, an dem sie verschwunden ist. Was bedeutet, dass es jemand ganz anderes war. Womöglich ein Freund der Familie, ein Nachbar oder ein Lehrer. Vielleicht aus Los Angeles, aus der Zeit, bevor die Familie hier heraufzog.«

»Kann sein.« Uns fehlen Hinweise, und noch mehr fehlt uns Zeit. Dabei hatte ich gehofft, meine Ahnungen würden sich als richtig erweisen. »Ich muss nachdenken.«

»Nun, während du nachdenkst, kannst du dir auch gleich noch hierzu Gedanken machen: Gestern um zwei Minuten nach drei Uhr nachmittags klingelt in Sausalito bei Marc Klaas das Telefon. Er hebt ab, und ein kleines Mädchen sagt: ›Daddy, ich bin's.‹«

»Was?«

»Der Anruf dauert weniger als eine Minute. Sie sagt, sie sei in einem Hotel, wisse jedoch nicht, wo. Ein Mann habe sie mitgenommen, und sie habe Angst und Hunger. Dann macht es klick.«

»Und Klaas glaubt, dass es wirklich Polly war?«

»Er sagt, er würde darauf schwören, aber jetzt kommt's: In der Leitung war keine Fangschaltung installiert.«

»Heilige Scheiße«, entfährt es mir. »Wie konnte das denn passieren?«

»Das Mädchen lebt bei seiner Mutter. Dort gibt es eine Fangschaltung, in Eve Nichols Leitung. Anscheinend hat niemand so weit gedacht.«

»Wenn es Polly war, wieso sollte sie dann ihren Dad und nicht ihre Mom anrufen? Schließlich lebt sie die meiste Zeit über bei ihrer Mom.«

Will zuckt mit den Achseln. »Vielleicht musste es ein Ortsgespräch sein? Ist sie in San Francisco? Wir werden es erst einmal nicht erfahren. Außer, sie ruft erneut an.«

Meine Gedanken rasen zu Rod Fraser. Ein solcher Fehler ist nicht nur ein gefundenes Fressen für die Medien, sondern auch potenziell tödlich für seine Karriere. Ganz abgesehen von den persönlichen Konsequenzen. Die Selbstvorwürfe, die ohne Zweifel lauter und härter sein werden als alles, was irgendjemand anderes ihm entgegenschleudern könnte. »Armer Rod!«

»Kannst du dir vorstellen, etwas so Großes zu übersehen? Wenn die Presse davon Wind bekommt, wird diese Stadt vollkommen durchdrehen. Vielleicht können wir doch ganz froh sein, dass wir hier nicht diese Art von Zirkus haben.«

»Das Risiko geht man ein, wenn man es groß aufzieht.« Im Fernseher über der Bar läuft ein Fußballspiel in Argentinien, aber darunter fährt ein Nachrichtenticker mit den aktuellen Meldungen zu Pollys Fall über den Bildschirm. Ihr Name und Gesicht sind auf der ganzen Welt bekannt, dennoch hat abgesehen von diesem verpassten Anruf seit einer Woche niemand etwas von ihr gesehen oder gehört. »Gibt es irgendetwas Neues zu der Versammlung im Dorf?«

»Ich habe das Gemeindezentrum für Samstag reserviert und eine Anfrage gestellt, das Gebäude in Vollzeit als Rettungszentrum zu nutzen. Der *Mendocino Beacon* hat sich bereit erklärt, Camerons Vermisstenmeldung für den Versand zu drucken.«

»Samstag ist gut«, bestätige ich. »Dann kommen mehr Leute, vielleicht sogar ein paar Touristinnen und Touristen. Der Raum sollte voll wirken. Ich werde von hier aus direkt zu Gray aufbrechen und dann zu Emily. Wir müssen überall Bilder aufhängen, für die Kameras. Bilder bewegen Menschen. Camerons Gesicht in unterschiedlichem Alter zu sehen lässt sie realer werden.«

»Ich wünschte, wir hätten stärkere Worte, ehe wir den Druck in Auftrag geben. Wir können natürlich nicht ›Gekidnappt‹ schreiben.«

»Wie wäre es mit etwas wie: ›Von einem Verbrechen wird ausgegangen‹? Das könnte ein guter Mittelweg sein und uns ein wenig mehr Aufmerksamkeit einbringen. Heute ist der sechste. Es sind jetzt zwei Wochen vergangen, ohne dass wir einen einzigen konkreten Hinweis hätten.«

Er nickt ernst, als Wanda mit einem Teller für Cricket an unserem Tisch erscheint, darauf eine Hamburger-Frikadelle, die sie in einzelne Bissen zerteilt hat. »Schsch«, macht sie und lässt die Augen rasch in Richtung Küche rollen, ehe sie wieder davoneilt, um unsere Rechnung zu holen.

Auch wenn ich weiß, dass es wahrscheinlich zu einem Streit führen wird, frage ich: »Wieso hast du Caleb erzählt, dass ich an diesem Fall arbeite, Will? Ich dachte, wir wären uns einig, dass ich komplett inoffiziell dabei bin?«

»Es war Caleb, mit dem ich gesprochen habe, und nicht irgendein Journalist.«

»Na und?«

»Tut mir leid. Wir kamen einfach im Gespräch darauf. Ich dachte wohl, er würde sich dadurch besser fühlen.«

»Inwiefern besser?«

»Wegen Jenny. Weil wir beide daran arbeiten. Weil wir dafür sorgen, dass das alles nicht noch einmal geschieht.«

Was er sagt, ist auch mir bereits durch den Kopf gegangen. So ziemlich alle über fünfundzwanzig Jahren waren damals hier, als Jenny ermordet wurde. Aus diesem Grund muss es diesmal anders ausgehen – für uns alle.

Siebenunddreißig

Eine Stunde später fahre ich in meinem Bronco die holprige, enge Cahto Street hinunter, wo ich Gray auf dem Heimweg von der Schule antreffe, das rote Haar zu einer Pyramide gegelt oder einer Art Protestfahne.

»Ich hoffe, es war in Ordnung, was ich Ihnen letztens erzählt habe«, sagt er, sobald ich geparkt und ihn eingeholt habe.

»Es ist alles in Ordnung. Deine Hilfe bedeutet uns viel, Gray.« Wir sind mitten auf der Straße stehen geblieben, was jedoch nicht weiter schlimm ist. Es gibt keinen Verkehr, überhaupt kein Geräusch, nicht einmal Vogelgezwitscher. »Mädchen wie Cameron, die eine Menge Dinge durchgemacht haben, kann es oft schwerfallen, anderen Menschen nahezukommen. Aber ihr beiden habt bewiesen, dass das nicht immer der Fall sein muss. Was ihr habt, ist etwas Besonderes. Es stimmt mich auch optimistisch für sie, wenn wir sie zurück nach Hause bringen.«

Aus der Art, wie Gray mich ansieht, kann ich ablesen, dass er dankbar ist für meine Gewissheit. Dass ich nicht falls, sondern wenn gesagt habe.

»Hast du noch einmal darüber nachgedacht, wer Zugang zu Cameron gehabt haben könnte? Irgendjemand, den sie vielleicht erwähnt hat. Irgendjemand, den ihr zusammen gesehen habt, vielleicht auch nur ein einziges Mal, und der bei dir ein komisches Gefühl hinterlassen hat.«

»Ich habe es versucht, aber ich kann mich einfach an nichts

erinnern. Wir waren ständig zusammen, fast jeden Tag. Und wir haben uns auch alles erzählt. Ich denke, ich würde es wissen, wenn sie jemanden kennengelernt hätte.«

»Okay. Zerbrich dir noch ein bisschen weiter den Kopf. Und in der Zwischenzeit möchte ich dich um einen großen Gefallen bitten. Wir werden Samstagabend eine Versammlung im Gemeindezentrum abhalten, um über Cameron zu sprechen. Ich möchte eine Art Collage über ihr Leben erstellen, damit die Leute wissen, wer sie wirklich ist und was ihr wichtig ist. Niemand steht ihr näher als du, Gray. Wirst du uns helfen?«

»Ich kann es versuchen.«

Sein Gesichtsausdruck verrät sein Zögern.

»Großartig. Denk an alles, was Cameron zu Cameron macht. Was sie liebt. Was an ihr besonders ist. Erstelle Listen ihrer Lieblingsdinge und lass ein paar schöne Bilder von ihr kopieren, um sie mit den anderen zu teilen. Es muss nicht professionell sein, nur von Herzen kommen.«

Er runzelt die Stirn.

»Ich habe bloß Dinge aus ein paar wenigen Jahren. Wir haben erst am Ende der siebten Klasse angefangen, so viel Zeit miteinander zu verbringen.«

»Das ist schon in Ordnung. Zwei Jahre sind eine lange Zeit, wenn man jemandem wirklich nah ist.«

Wir laufen weiter, in Richtung seiner Haustür. Er nickt zu sich selbst, um zu verarbeiten, was ich von ihm verlange.

»Mit wem war sie vor dir am engsten befreundet?«

»Caitlyn Muncy, in der sechsten und siebten Klasse. Aber die ist eine ziemlich blöde Kuh.«

»Das kann schon sein, aber ich wette, sie wird uns trotzdem helfen. Bring sie dazu, dass sie mitmacht.«

»Wie mache ich das?« Er bleibt stehen und zieht an den

Gurten seines Rucksacks, als wäre er zu schwer für ihn geworden. »Und wenn ich es vermassele?«

»Das wirst du nicht«, versichere ich ihm sanft.

◆◆◆

Mein nächster Halt ist die Familie Curtis, die ich irgendwie mit ins Boot holen muss. Troy ist zufällig den Tag über verreist, zu einem dringenden Meeting bei Paramount, wie Emily mir erklärt, nachdem sie mich hereingelassen und mir einen Tee angeboten hat. Ich ärgere mich über ihn, bin jedoch nicht überrascht. Der viel dringendere Notfall in seinem eigenen Haus ist wahrscheinlich ohne eine Art von Hintertür nicht zu ertragen. Außerdem explodiert sein Leben bereits seit einer Weile. Durch sein eigenes Tun, sicher, aber es ergibt Sinn, dass er irgendwo anders sein möchte, während hier alles noch weiter auseinanderfällt.

»Haben Sie irgendwelche Neuigkeiten?«, fragt Emily von der anderen Seite der Kücheninsel.

»Ein weiteres Mädchen wurde vermisst gemeldet, unten in Gualala. Wir wissen noch nicht, ob das irgendetwas mit Cameron zu tun hat. Seit Juni hat niemand sie mehr gesehen.«

Emily scheint zu schwanken. »All das Warten und Nichtwissen. Ich weiß nicht, wie ich so weitermachen soll.«

»Versuchen Sie, einen Tag nach dem anderen anzugehen. Manchmal hilft es, sich ein Ventil zu suchen. Sie können mit Cameron sprechen oder ihr Nachrichten schreiben. Sorgen Sie dafür, dass sie Sie hört.«

Als sie aufblickt, sind Emilys Augen feucht. »Okay.«

»Wir waren in Napa, um mit Drew und Lydia zu reden.«

Ihr stockt der Atem. »Wirklich?«

»Wir haben sie beide einem Lügendetektortest unterzogen. Das ist das Standardverfahren bei der Befragung aller Familienmitglieder«, sage ich, ohne meine Karten aufzudecken. »Und ich habe außerdem mit Steve Gonzales gesprochen. Wir glauben nicht, dass er sich irgendeines Fehlverhaltens schuldig gemacht hat, aber er hat mir ein wenig darüber erzählt, was Cameron geschrieben hat. Anscheinend hat sie ihm Arbeiten von sich gezeigt, die ziemlich düster waren. Er fragt sich, ob sie autobiographisch gewesen sein könnten.«

»War sie hier wirklich so unglücklich?« Emilys Stimme klingt schwach und verletzt. »Ich hätte ihr mehr Aufmerksamkeit schenken sollen.«

»Wir halten eine Versammlung im Dorf ab, um Unterstützung zusammenzutrommeln«, teile ich ihr mit, um den Fokus wieder zurück auf Cameron zu verschieben. »Am Samstagabend. Eine öffentliche Erklärung könnte mehr Blicke auf das Problem richten und gleichzeitig viel mehr Menschen in die Suche einbeziehen. Wir müssen die Beteiligung erhöhen, Emily, und nicht nur auf lokaler Ebene.«

»Sie meinen, sich an die Medien wenden …« Ihre Stimme verliert sich. »Troy und ich haben schon darüber gesprochen, und wir halten es im Augenblick für einen Fehler. Sie können sich ja vorstellen, welche Art von Geschichten dann veröffentlicht würden. Reißerisch … Diese Leute sind Monster.«

»Ich habe die hässliche Seite von öffentlicher Aufmerksamkeit in meiner Arbeit auch schon erlebt. Ich will nicht behaupten, dass die Motive von Journalisten immer rechtschaffen sind, aber unsere Motive können es sein. Wir können die Botschaft kontrollieren.«

»Genau das können Sie eben nicht. Darum geht es ja.« Sie wirkt plötzlich kleiner, als würde sie schrumpfen. Ich möchte sie am liebsten schütteln. Ihr zeigen, dass es auf der Welt noch weitaus größere Monster gibt als Fernsehjournalisten. Eines von ihnen hat vermutlich ihre Tochter entführt.

Ich atme tief durch. »Im Augenblick ist Cameron nur ein Name auf einem Vermisstenplakat, das sich niemand wirklich anschaut. Aber wenn etwas die Menschen berührt, dann handeln sie auch. Sie melden sich, um zu helfen, tätigen Anrufe, bieten Zeit und Geld an.«

»Wir haben ja Geld angeboten. Das haben wir schon ganz am Anfang getan.«

»Das weiß ich, und glauben Sie mir, es wird im Laufe der Suche gut verwendet werden. Aber ich denke nach wie vor, Ihre Anwesenheit könnte diesen ganzen Ort aufrütteln. Ich kann verstehen, weshalb sie sich davor gescheut haben, zu einem wirklichen Teil dieses Ortes zu werden, Emily. Ihre Berühmtheit hat Sie vorsichtig werden lassen. Es muss sich seltsam anfühlen, sich den Menschen als Sie selbst zu zeigen und nicht als irgendeine Figur. Aber es ist wichtig.«

Noch bevor ich den Satz beende, wendet Emily den Blick ab. In dem riesigen Fenster hinter ihr zeigt sich der Nachmittag diesig, die Sonne nicht mehr als eine Ahnung hinter den niedrigen Wolken. »Was Sie auch denken mögen, ich liebe meine Tochter. Sie ist für mich das Wichtigste auf der Welt.«

»Ich glaube Ihnen«, sage ich. Ich sehe, welche Mühe es ihr bereitet, sich auch nur aufrecht zu halten. Sie hat so viel verloren. Einige Dinge würde sie nun anders machen. Sie wird sie anders machen, wenn sie Cameron nur sicher zurückbekommt. Wir alle verhandeln auf diese Weise, bieten irgendetwas, bieten alles an, um nur noch eine einzige Chance zu bekommen.

»Haben Sie Kinder, Detective?«

Eine einfache Frage – ich kann sie jedoch nicht beantworten.

Achtunddreißig

Frank Leary, mein Vorgesetzter bei Searchlight, ist ein erfahrener Veteran. Er sieht aus wie Karl Malden aus *Die Straßen von San Francisco*, mit einer Knollennase, enorm großen Augenbrauen und einem schiefen Lächeln, das Haps kein bisschen ähnelt, mich aber trotzdem oft an ihn erinnert. Er arbeitet seit dreißig Jahren in seinem Beruf, und es ist beinahe ein Wunder, wie geistig gesund er ist.

Er und seine Frau Carole leben in North Beach, in derselben Nachbarschaft, in der Joe DiMaggio einst aufwuchs. Sie besitzen ein altes viktorianisches Haus, mit einer ums Eck gehenden Veranda dahinter und einem Grill, der so groß ist wie ein Kleinwagen. An den Sonntagen grillt Frank für seine drei verheirateten Töchter und seine acht Enkelkinder plus Ehemänner und Nachbarn und alle anderen, die zufällig hungrig sind. Ich war eines Sonntags dort, nur wenige Wochen nachdem ich anfing, zu Corolla zu gehen.

»Wie läuft es in der Therapie?«, fragte Frank mich.

»Gut«, erwiderte ich und machte mir eine weitere Flasche Heineken auf. »Es ist nicht so richtig mein Ding. Wie kommt es, dass du nicht zur Therapie gehst, Frank?«

Er kicherte leise und wies dann mit seiner Grillzange auf den Garten, sein Königreich. Die gelben Rosen und die große Garage voller Motorwerkzeuge. Der abfallende Rasen, auf dem vier seiner Enkelinnen auf einer riesigen blauen Plane spielten, die eine selbst gemachte Wasserrutsche darstellte. Die Mädchen waren allesamt zwischen fünf und sieben Jahren; sie kreischten und purzelten in ihren leuchtenden Bikinis herum, während Carole sie mit einem Gartenschlauch abspritzte. »Das ist meine Therapie.«

Ich lächelte, in dem Wissen, dass er es vollkommen ernst meinte. Aber es war keine unkomplizierte Lösung. Ich sah zu, wie eins der Mädchen im Garten sich von den anderen löste, um aus irgendeinem Grund auf dem Rasen auf und ab zu rennen, der Inbegriff von Unschuld und von Verletzbarkeit. »Du machst dir sicher andauernd Sorgen um sie.«

Frank schloss den Deckel des Grills und betrachtete mich, die Hände in die Hüften seiner KÜSS-DEN-KOCH-Schürze gestemmt. »Manche Tage sind schwieriger als andere. Ich arbeite an einem Fall, der mich zu tief berührt, und dann möchte ich sie alle am liebsten in einen Bunker holen. Aber sie führen ihr eigenes Leben, und so soll es auch sein. Manchmal überkommt mich so ein drückendes Gefühl, wenn sie gehen. Als würde ein verdammter Elefant auf meiner Brust sitzen.«

»Und dann?«

»Dann geht das Gefühl vorbei, und ich putze meinen Grill und räume die Spielsachen weg. Ich gehe ins Bett und gebe meiner Frau einen Gutenachtkuss, und wenn der Montagmorgen kommt, gehe ich zur Arbeit. Wenn man jemanden liebt, besteht immer ein Risiko. Das lässt sich nicht vermeiden.«

Ich nickte und nahm einen Schluck Bier, das so kalt war, dass es beim Hinunterfließen im Rachen wehtat. In der letzten Zeit hatte Brendan mich unter Druck gesetzt, schwanger zu werden, und ich hatte Schwierigkeiten, mein Zögern zu rechtfertigen. Ich hatte ihm natürlich bereits zu einem frühen Zeitpunkt in unserer Beziehung erzählt, wie meine Mom gestorben war, und dass ich bei Pflegeeltern aufgewachsen war. Er wusste, dass ich eine schwierige Vergangenheit hatte, aber einige Dinge hatte ich vor ihm verborgen gehalten. Wie ich bei Amy und Jason versagt hatte. Wie ich sie verloren hatte. Ich wusste, dass es nicht rational war, aber in gewisser Weise fühlte es sich beinahe so an, als hätte ich bereits meine Chance auf Kinder gehabt und hätte es schrecklich vermasselt.

Ich sah noch immer von Zeit zu Zeit nach, wie es Amy und Jason ging, was ich Brendan ebenfalls nicht mitteilte. Als ich Polizistin wurde, war eine meiner ersten Handlungen, in der Datenbank nach ihren Namen zu suchen, um aus den verstreuten Adressen und Strafzetteln herauszulesen, ob sie es wirklich durch ihre Kindheit hindurchgeschafft hatten oder nicht. Ob es ihnen wahrhaftig gut ging.

Als ich das letzte Mal nachgesehen hatte, etwa ein Jahr zuvor, lebte Jason in Daly City mit einer Freundin zusammen, die eine lange Liste an Vorstrafen hatte. Hauptsächlich kleinere Sachen. Jason selbst hatte zwar kein Vorstrafenregister, das über Ladendiebstähle, Verkehrsdelikte und einmal Trunkenheit am Steuer hinausging, aber er war in einer Methadonklinik, ein Detail, das mir beim Lesen einen unerwarteten Schlag versetzte. Amy wohnte noch immer in Redding und hatte zweimal geheiratet. Ich hatte eine Kollegin mit Kontakten in der Gegend gebeten, diskret ein wenig weiter nachzuforschen, ohne ihr meine Beziehung zu Amy zu erklären, oder weshalb ich wissen musste, wie viele Kinder sie hatte und ob sie von verschiedenen Dads stammten, in welcher Nachbarschaft sie lebte und wie lange sie schon Managerin in dem McDonald's war, in dem sie arbeitete.

Wenn ich den Mut gehabt hätte, hätte ich natürlich auch selbst hinfahren und an ihre Tür klopfen können. Ich hatte mir dieses Wiedersehen bereits Tausende Male vorgestellt, war jedoch nie über die Stelle im Drehbuch hinausgekommen, in der Amy mir die Tür vor der Nase zuschlug, weil ich sie im Stich gelassen hatte. Im wahren Leben war ich den beiden am nächsten gekommen, als ich eines Tages in meinem Wagen saß und zusah, wie Jason mit ein paar anderen Typen Schindeln von einer baufälligen Garage herunterwarf. Danach trank er auf dem Vordersitz seines staubigen El Camino eine große Dose Bier, während ich an seinen verdammten Kuscheltier-Gepard dachte, und dass er ohne Freddy neben sich nie hatte einschlafen konnte.

◆◆◆

Aber nicht nur die Art und Weise, auf die ich Jason und Amy im Stich gelassen hatte, verunsicherte mich, wenn ich ans Mutterwerden dachte. Es war auch meine DNA. Meine eigene Mutter war mit dreißig Jahren gestorben. Mein Vater war neunzehnhundertneunundachtzig erschossen worden, während eines häuslichen Streits über eine Frau, der sich wie eine Folge der Fernsehsendung *A Current Affair* anhörte. Als wäre das noch nicht genug, hatte ich ein halbes Dutzend Pflegeeltern gehabt, die mich ernsthaft daran hatten zweifeln lassen, dass es Erwachsene gab, die ihr Leben im Griff hatten. Erst als ich nach Mendocino kam, lernte ich Menschen kennen, die tatsächlich erwachsen waren, die mehr taten, als nur gerade so über die Runden zu kommen. Hap und Eden führten eine stabile Ehe – auch das sah ich nun zum ersten Mal. Sie sagten, was sie meinten. Sie hatten Geduld mit meinen Launen und Ausbrüchen. Sie stellten Fragen und schienen sich dafür zu interessieren, was ich zu sagen hatte. Sie schenkten mir eine wahre Kindheit, nachdem ich schon lange die Hoffnung aufgegeben hatte, dass es so etwas überhaupt gab.

Brendan selbst hegte keinerlei Zweifel an seinem Wunsch, eine Familie zu gründen. Er war Teil einer sich weit erstreckenden irischen Sippschaft und hatte fünf Geschwister, die laut und fröhlich waren und sich ständig ins Leben der anderen einmischten. Wenn ich sie mit ihren Kindern sah, konnte ich sie mir fast vorstellen – jene chaotische, glückliche Version eines häuslichen Lebens, die wir womöglich haben könnten, wenn alles gut liefe.

»Du würdest nichts anders machen?«, fragte ich Frank, der nun seine Grillzange zum Einsatz brachte, um Paprika und Zwiebeln zu wenden.

»Vielleicht stattdessen Zahnarzt werden?« Er grinste. »Nee. Ich mag mein Leben.«

»Woher weiß man, dass man bereit ist?«

Sein Lachen war ein Schnauben, als hätte ich die lustigste Frage gestellt, die er jemals gehört hatte. »Niemand ist jemals bereit, Kleine. Du musst den Sprung einfach wagen.«

Neununddreißig

Mit Buntstift gemalte Bilder von Sonnen, unter denen sich naive Strichmännchen mit großen Köpfen ausstrecken. Ein Chamäleon auf einer Wolke neben den Worten: *Liebe Mom, ich habe dich vermisst!* Eine Buchstabierprüfung aus der zweiten Klasse, auf der »100 %« rot umkringelt ist, mit Sternchen bei zwei Wörtern, für die es Extrapunkte gab: »parallel« und »Integrität«. Ein Teeservice. All das in einer großen Plastikkiste auf dem Dachboden – die Fragmente einer Kindheit. Ein einzelner weißer Rollschuh mit leicht verbeulten Rädern. Darin steckt ein Paar Regenbogen-Hosenträger, wie Robin Williams sie in *Mork vom Ork* trug. Vier My Little Ponys in Pastelltönen mit einer Sammlung von winzigen pinkfarbenen Bürsten für ihre Mähnen und Schweife. Ich habe nie eine solche Kiste besessen, aber ich weiß, dass ich hier einen Schatz vor mir habe. Irgendwie ergeben all diese Dinge zusammen Cameron.

Es gibt auch Fotos. Auf einem sieht sie etwa fünf Jahre alt aus und steht mit einer glänzend pinkfarbenen Muschel in der Hand an einem Strand – Malibu? –, die Füße halb vom Sand verschluckt. Mehrere Aufnahmen zeigen eine vorpubertäre Cameron neben einem Mädchen etwa desselben Alters, allerdings hellhäutig im Gegensatz zu Camerons dunklerem Teint, mit einem blonden Pferdeschwanz neben Camerons schwarz glänzenden Haaren. Auf manchen Bildern tragen beide Mädchen dieselbe Frisur, als versuchten sie, einander dadurch näherzukommen. Mehr wie ein und dieselbe Person zu werden.

Ich erinnere mich noch daran, dass junge Freundschaften so sind. Man verschmilzt, und es fühlt sich wunderbar an. Als würde man nie wieder voneinander getrennt werden.

»Das ist Caitlyn«, sagt Emily vom Türrahmen aus, wo sie mit frischen Tassen Tee in der Hand steht, aus denen die Rauchranken aufsteigen wie Flammen. »Sie waren beste Freundinnen von der Zeit an, als wir hierherzogen, bis zum Ende der siebten Klasse.«

Ich blicke erneut auf das Foto, auf Caitlyns Lächeln und ihre glitzernde Metallzahnspange. Als Ohrringe trägt sie Herzen aus pinkfarbener Emaille. »Und dann haben sie sich zerstritten?«

»Ich nehme es an. Cameron wollte nicht darüber reden. Tatsächlich habe ich mir damals Sorgen um sie gemacht. Sie wirkte so traurig. Sie erzählte mir, dass sich beim Mittagessen niemand zu ihr setzt. Sie schien überhaupt keine Freundinnen und Freunde zu haben, bis Gray kam. Gott sei Dank.«

»Außenseiter finden einander.«

Emily wirkt überrascht. »Wie meinen Sie das, ›Außenseiter‹?«

»Das ist keine Kritik. Manche Menschen fühlen sich fehl am Platz, wenn sie jung sind, nicht etwa, weil mit ihnen irgendetwas nicht stimmt, sondern weil sie etwas Besonderes haben, das sie von den anderen unterscheidet. Irgendetwas, das sie selbst noch nicht herausgefunden haben.«

»Herausgefunden? Was wollen Sie damit sagen?«

Ich kann ihre Verwirrung spüren und beschließe, mich ein wenig vorsichtiger voranzutasten und meine Vermutungen über Gray nicht auszusprechen. »Nun ja, bei Cameron könnte es um ihre Identität gehen. Hinter ihr liegt noch ein anderes Leben, als wäre eine Seite in einem Buch umgeblättert worden. Vielleicht hatte sie angefangen, sich Fragen darüber zu stellen. Danach, wo ihr Platz sein könnte.«

»Ihr Platz ist hier«, erwidert Emily abwehrend. »Sie gehört zu uns.«

»Natürlich. Ich will nur sagen, wenn Kindern schlimme Dinge zustoßen, dann glauben sie häufig, sie selbst hätten irgendetwas getan, das der Auslöser dafür war. Dass es ihre Schuld sei.«

Emily trägt einen beigefarbenen Cashmere-Pullover und weiche Wildleder-Slipper, ihr rotbraunes Haar wird von einer Schildpattklammer zurückgehalten. Alles an ihr ist neutral und kultiviert, bis zur Perfektion geglättet. Aber ihr Blick hat sich verdüstert. »Wir haben versucht, ihr jeden Tag zu zeigen, wie sehr wir sie lieben.«

»Das glaube ich. Aber sie wurde von jemandem weggegeben, Emily. Es ist schwer, über so etwas hinwegzukommen, sogar bis ins Erwachsenenalter hinein.«

»Das kann sein«, entgegnet sie. »Aber meine Eltern blieben verheiratet, und ich kann Ihnen sagen, dass das auch kein Spaziergang ist. Und Troys Eltern waren nicht viel besser. Er stammt aus West Virginia. Er erzählt gern, er sei von Wölfen großgezogen worden, aber ich würde sofort mit ihm tauschen. Seine Eltern waren einfache Leute. Sie hatten nicht viel, aber dafür muss man sich nicht schämen.«

Das Wort hängt für einen Augenblick in der Luft. »Wofür muss man sich denn schämen, Emily?«

»Wie bitte?«

»Was hätten Sie an Ihrer eigenen Familie geändert?«

Ich bemerke, wie sie sich strafft und dann – Sekunden später – wieder zu entspannen scheint. »Alles.«

Es ist nicht schwer, den Schatten in ihrem Blick bis zurück nach Ohio zu folgen, zu den langen, alles umhüllenden Wintern und den kurzen, heißen Sommern, zu den Bällen in Taftkleidern im Country Club. Aber natürlich rate ich nur.

»Was würden Sie zuerst ändern?«

»Die Höflichkeit. Den Anstand. Gebügelte Stoffservietten zu jeder Mahlzeit. Mein Vater hatte diesen Spruch: ›Pass auf die Etikette auf‹, was bedeutet, dass die Serviette auf dem Schoß liegen soll. ›Pass auf die Etikette auf, Emily.‹« Als sie ihn nachäfft, vibriert ihre Stimme von all den unterdrückten Emotionen. Wut wahrscheinlich.

Mein nächster Gedanke ist ein großer Sprung, dennoch muss ich ihr die Frage stellen: »Hat Ihr Vater Sie jemals geschlagen?«

»Nein.« Sie scheint nicht überrascht zu sein, dass ich diese Tür geöffnet habe. Womöglich ist sie sogar erleichtert. An einem gewissen Punkt wollen die meisten Menschen ihre Geschichten loswerden. »Das nicht.«

»Erzählen Sie mir ein wenig von Ihrem Vater.«

»Da gibt es nicht viel zu erzählen. Er hat die ganze Zeit gearbeitet und an den Wochenenden im Club gelebt. Wenn er zu viel getrunken hatte, rief er mich zu sich an die Bar und gab vor seinen Kumpanen mit mir an. Nicht die beste Zeit.«

»Haben Sie ihn je gebeten, damit aufzuhören?«

»Ich wurde nicht dazu erzogen, meine eigenen Gefühle anzuerkennen oder gar auf eine solche Weise für mich selbst einzutreten. Das wäre ein Filmdialog, nicht das echte Leben.«

»Vielleicht sind Sie ja deswegen Schauspielerin geworden. Damit Sie den Raum haben, Dinge tatsächlich auszusprechen.«

Emily schüttelt den Kopf. In ihrem Blick flammt etwas auf. »Klingen alle Polizistinnen wie Psychologinnen?«

Hier hat sie mich erwischt. »Viele von ihnen, ja. Menschen sind interessant.«

»Warum reden wir über mich und nicht über Cameron?«

Das ist die richtige Frage. Aber die Antwort ist so kompliziert, dass ich einen Augenblick benötige, um abzuwägen, wie viel ich ihr sagen soll. »Familiensysteme sind aufschlussreich. Das ist eine Sache, die ich in meinem Beruf gelernt habe. Je mehr man sich mit Menschen unterhält, desto besser erkennt man, wie Generationen Muster wiederholen. Alles passt zusammen, selbst wenn es nicht so aussieht.«

»Und die Adoption? Wie lässt die sich mit dieser Theorie über Familien vereinbaren?«

»Ich sehe es so: Die leiblichen Eltern geben einem ihre Gene mit, die Landkarte des eigenen körperlichen Ichs. Aber wer auch immer einen großzieht, macht einen zu der Person, die man ist, im Guten wie im Schlechten. Familiendynamiken werden ausgelebt, sie sind nicht eingebaut, auch wenn die Wissenschaft womöglich eines Tages etwas anderes beweisen wird.«

»Die Spannungen mit Troy«, sagt Emily. »Ich wünschte, ich hätte sie von Cameron fernhalten können.«

»Das hätte vielleicht geholfen. Aber womöglich brauchte Cameron auch genau das Gegenteil … mehr über Dinge zu sprechen und nicht weniger. Wer kann das schon wirklich sagen? Wenn sie zurück nach Hause kommt, können Sie sie fragen.«

Emilys Gesicht verzieht sich, ihre Augen glänzen. »Wenn ich nur noch einen Tag mit ihr bekommen könnte …« Sie bringt ihren Satz nicht zu Ende.

3

Zeit und die Jungfrau

Vierzig

Will hält sein Versprechen, und bald haben wir die richterliche Erlaubnis, Camerons Adoptionsakte einzusehen. Er bietet an, Leon Jentz nach Sacramento zu Catholic Family Charities zu schicken, aber ich kann niemand anderes dort hingehen lassen. Ich will kein Fax und keine Kopie sehen. Was ich auch finden mag, diese Sache betrifft mich persönlich – und ich bin mit dieser Tatsache im Reinen. Vielleicht ist zu involviert sein genau das Richtige, um Cameron zu finden. Vielleicht stand in dem Augenblick, in dem ich mich entschied, nach Mendocino zurückzukehren, bereits fest, dass das hier geschehen würde.

Die Fahrt nach Sacramento dauert vier Stunden, lange genug, um dankbar dafür zu sein, dass Cricket eine vorbildliche Reisebegleitung ist. In der Nähe von Clearlake lege ich einen Stopp ein, damit sie pinkeln kann, dann fahren wir weiter auf die Interstate 5, vorbei an einem Schachbrett aus staubtrocken wirkenden Höfen und Feldern, der Mittelstreifen von dichtem weißem Oleander bewachsen. Als wir den Asphaltparkplatz erreicht haben, fühle ich mich nicht gut dabei, Cricket im Wagen zurückzulassen, aber sie ist keine offizielle Diensthündin – noch nicht. Also parke ich im Schatten und lasse das Fenster einen Spaltbreit offen, damit sie genügend frische Luft bekommt.

»Ich bin in einer halben Stunde zurück«, verspreche ich ihr, während sie lauschend die Ohren spitzt. Dann muss ich ungläubig lächeln. Innerhalb von nur achtundvierzig Stunden habe ich mich in eine Person verwandelt, die glaubt, dass Hunde die Uhr lesen könnten?

Von innen wirkt Catholic Family Charities wie ein Regierungsgebäude und beherbergt weniger Nonnen, als ich erwartet hatte. Hauptsächlich komme ich an trist gekleideten Büroangestellten und an Unmengen von Aktenschränken vorbei. Nachdem ich den Weg nach oben gefunden habe, spreche ich eine Sekretärin an, die mich zu einer weiteren schickt, bis ich schließlich im vollgestopften Büro der Anwältin des Hauses lande, einer Frau im Hosenanzug mit einem Helm aus tintenschwarzem Haar, die nur wenige Fragen stellt, ehe sie mir eine Kopie der Akte reicht und um meine Unterschrift bittet. Ihre ausdruckslose Miene sagt mir, dass sie überarbeitet und unterbezahlt ist. Cameron bedeutet ihr nichts, und wie sollte sie auch? Die Metallschränke hinter ihr stecken voller Fälle, jede Akte enthält eine komplexe Geschichte, ein Leben. Ich danke ihr und kehre zurück zu den trägen Aufzügen im Flur. Und da überkommt mich der Gedanke, dass ich Camerons Unterlagen nun ganz für mich allein habe. Es ist, als hätte ich gerade eine Bank ausgeraubt.

Ich drücke auf den Knopf für das Erdgeschoss und trete als Einzige in den Aufzug. Sobald die Tür sich schließt und mich von allem anderen abschirmt, öffne ich die Akte und entdecke darin Camerons Wohnort, als sie ein kleines Kind war: Ukiah. Als sie Cameron adoptierten, lebten Emily und Troy in Malibu. Neunzehnhundertneunundachtzig, vor vier Jahren, als ihre Tochter elf Jahre alt war, zogen sie dann nach Mendocino, in das Glashaus auf der Klippe. Und würde man eine Linie von jener Klippe über die Küstengebirgskette fast genau in Richtung Osten ziehen, läge Ukiah nur dreißig Meilen entfernt. Bei einer geschlossenen Adoption hätte keine der Familien etwas davon ahnen können. Dennoch hatte irgendeine

Macht sie zueinander gezogen. Dreißig Meilen zwischen Camerons früherem und ihrem späteren Leben? Das war Schicksal, hätte Eden womöglich gesagt.

Als ich in den Empfangsbereich hinaustrete, erblicke ich ein Münztelefon, vor dem ich stehen bleibe und nach Fünfundzwanzig-Cent-Stücken krame, um Will anzurufen. Dann halte ich jedoch inne. Ich habe die Namen und die Adresse von Camerons leiblichen Eltern direkt hier, in meinen Händen. Ich bin so nah daran, mehr über ihre frühe Kindheit zu erfahren. Und vielleicht liegt ein Schlüsselelement zur Lösung des Rätsels ihres Verschwindens ganz in der Nähe, bei ihrer ersten Familie.

Will würde bei der Befragung dabei sein wollen, aber ein Teil von mir möchte ihn nicht dort haben. Möchte nicht teilen oder darauf warten, dass er zu mir stößt. Ich möchte ihn nicht einmal um Erlaubnis fragen. Allein zu gehen ist eine unorthodoxe, kurzsichtige Entscheidung. Was ist, wenn ich etwas übersehe? Was ist, wenn ich es vollkommen in den Sand setze?

Ich stecke die Münzen zurück in meine Hosentasche und schlage die Akte erneut auf. Ganz vorne ist mit einer Klammer ein Foto befestigt, auf dem zwei herausgeputzte Kinder vor einem wirbelnden blauen Hintergrund zu sehen sind, die Art von Bild, die man in einem Porträtstudio in einem Einkaufszentrum machen ließe. Der Junge muss Camerons Bruder sein, auf dem Foto etwa zehn Jahre alt, mit gestärktem weißem Kragen, pechschwarzem Haar und leicht schiefen Vorderzähnen. Aber die dreijährige Cameron ist es, von der ich den Blick nicht abwenden kann. Braune Augen, groß wie Untertassen unter dunklen, dichten Brauen. Ihr Gesicht rund und tapfer, dass es mir beinahe den Atem verschlägt, sie zu betrachten. Ihr ungestüm hervorgeschobenes Kinn, als wollte sie nicht nur die Person hinter der Kamera, sondern auch den ganzen Tag und alle daran Beteiligten herausfordern. Ihr Haar mit einer Schmetterlingsspange aus weißem Plastik in einer Palme aus dem Gesicht gehalten. Ihr Kleid aus weißer Spitze und Baumwolle, ihr Lächeln breit und offen. Ihr strahlendes Licht, so rein und hell wie die gottverdammte Sonne. Kein Anzeichen für ein Opfer. Kein Fledermaussignal. Bloß ein kleines Mädchen, Lisa Marie Gilbert, geboren am zwanzigsten März neunzehnhundertachtundsiebzig, am ersten Tag des Frühlings.

Einundvierzig

Cricket und ich rasen in einer schnurgeraden Linie den Highway 101 hinauf und erreichen kurz nach vier Uhr Ukiah, wo bereits alle Läden geschlossen sind. Hap nannte Ukiah stets ein Provinznest, zu klein für Kultur und zu groß, um irgendwie charmant oder idyllisch zu sein. Ich habe ihn nie korrigiert und habe ihm auch nicht erzählt, woran ich mich aus meiner eigenen Zeit hier noch erinnerte, als ich zweimal für je weniger als ein Jahr bei einer Familie in der Stadt untergebracht war. Meine Erinnerung an diese Zeit franste damals auch schon aus. Es waren lediglich kleine Bildfetzen, eine Lehrerin in der ersten Klasse, die dunkle hautfarbene Nylonstrümpfe trug und am Schreibtisch Wasser trank, eine Mutter in einem durchsichtigen gelben Morgenmantel, die den ganzen Tag lang auf dem Sofa lag und Pfirsichschnaps aus einer Kaffeetasse nippte, ein Februarnachmittag, an dem ein paar Kinder im Bus mich verspotteten und mir zuriefen, mein Bruder stinke nach Pisse. Er war nicht mein richtiger Bruder, und eigentlich war ich diejenige, die stank, aber ich rutschte lediglich mit meinem Buch in der Hand im Sitz nach unten und verschwand.

◆◆◆

Ich fahre vorbei am Vinewood Park, einem Flecken trockenen Grases, umringt von flachen Ranchhäusern, von denen die meisten schon bessere Tage gesehen haben. Der Park wirkt vertrocknet und heruntergekommen, auf dem quadratförmigen Spielplatz steht eins jener Klettergerüste aus ausrangierten Autoreifen neben einer verrosteten Schaukel.

Cameron würde hier jedoch als Lisa gespielt haben, so wie wir in einem ausgepumpten Swimmingpool spielten und es wundervoll fanden. Sie hätte nichts von all der Schäbigkeit gesehen, weil man damit erst anfängt, wenn man von außen auf einen Ort blickt.

Auch mit der Adresse in meiner Hand habe ich keine Ahnung, ob überhaupt noch irgendwelche Mitglieder der Familie Gilbert hier leben, in der 3581 Willow Street. Die umliegenden Straßen tragen ähnliche Namen von Bäumen und Sträuchern – Mimosa, Acacia, Fig –, idyllische Begriffe, die einen starken Kontrast bilden zu den auf Veranden und Rasen verstreuten verlassenen Gartenmöbeln und den zwischen Carports aufgespannten, heruntersackenden Wäscheleinen. Ich parke auf einem staubigen Randstreifen, während ein kahl geschorener Junge in einem Hulk-T-Shirt in ein paar Hundert Meter Entfernung auf einem Dreirad in einem weiten Kreis über den Asphalt donnert. Er starrt mich an, als müsste ich mich verirrt haben.

Ich klettere aus meinem Bronco, stecke meine Schlüssel ein und nähere mich mit Cricket dem langen, schmalen einstöckigen Gebäude. Es hat eine rostfarbene Verkleidung mit silbrigen Aluminiumleisten, die die Lichtstrahlen reflektieren. Vom Dach hängt eine schiefe Fernsehantenne. Noch bevor ich bei den drei Sperrholzstufen angelangt bin, schwingt die Haustür auf, und ein kleiner, breitschultriger Mann stellt sich mir entgegen. Ich spüre, wie sich Crickets Energie augenblicklich verwandelt, und lege ihr eine Hand ans Halsband.

»Ja, bitte?«, fragt er, aber eigentlich bedeutet es: Hauen Sie ab. Sein rechtes Auge sitzt niedriger als sein linkes und ist rot umrandet, was ihm ein trauriges Aussehen verleiht. Der Rest von ihm erscheint wuchtig und brutal: dicker Bizeps, unrasiertes Doppelkinn, breiter Kiefer.

»Ich bin auf der Suche nach Ruben oder Jackie Gilbert. Ich benötige lediglich ein paar Informationen.«

»Die wohnen hier nicht mehr.« Ganz offensichtlich hat er erkannt, dass ich im Dienst bin, ob mit oder ohne Marke.

»Sind Sie mit den Gilberts verwandt?«

»Die Familie ist weggezogen. Ich weiß nicht, wohin.«

»Ich arbeite an einem Vermisstenfall in Mendocino, es geht um ein fünfzehnjähriges Mädchen namens Cameron Curtis.«

»Nie gehört.«

»Sie ist in ernsten Schwierigkeiten, Mr. Gilbert.« Der Name rutscht mir heraus, und ich lasse ihn so stehen, um zu sehen, was passiert.

Sein massiger Körper hebt sich, während er tief einatmet. Dann sagt er: »Machen Sie verdammt noch mal, dass Sie von hier wegkommen. Ich weiß nichts von einem vermissten Mädchen.«

Ungewollt zucke ich zurück. »Hören Sie, ich will Sie nicht belästigen, ich brauche lediglich ein paar fehlende Antworten.«

»Ich rede nicht mit Cops.«

»Ich bin kein Cop, ich bin Kriminalbeamtin, und im Übrigen sind Sie nicht in Schwierigkeiten. Hier geht es um Cameron. Haben Sie nicht die Nachrichten gesehen?«

Er hustet rau. »Nein.«

»Sie könnte einmal eine Verbindung zu diesem Haus gehabt haben, vor langer Zeit.«

Keine Antwort.

»Tatsächlich werden in der Gegend gerade mehrere Mädchen vermisst, aber ich bin nur wegen Cameron hier. Können wir nicht hineingehen und uns ein wenig unterhalten, bitte?«

Sein Kinn sackt herunter, und sein gutes Auge scheint hervorzutreten. »Ich habe es Ihnen doch gesagt. Ich habe keine Ahnung von einem vermissten Mädchen. Jetzt hauen Sie endlich von hier ab. Ich muss arbeiten.« Er baut sich vor mir auf und starrt mich so lange an, bis ich nicht anders kann, als zurückzuweichen.

Ich bleibe im Garten stehen, sehe zu, wie er in einen kastanienbraunen Ford Taurus steigt. Cameron hat hier gelebt. Irgendwo in der Nähe mögen sich fehlende Puzzleteile befinden, die ihre ganze Persönlichkeit offenbaren könnten. Und was nun? Ich kann versuchen, in der Nachbarschaft herumzuklingeln, und beten, dass es irgendjemanden gibt, der sich entweder noch an sie erinnert oder mir etwas über die Gilberts sagen kann, was mir in irgendeiner Form weiterhilft. Aber ich mache mir keine allzu großen Hoffnungen.

Der Taurus beschleunigt, während er von der Willow auf die Fig Street abbiegt. Dann ist plötzlich das Kind auf dem Big Wheel zurück, dreht eine weitere Runde, während es den Blick auf Cricket geheftet hält. Kinder scheinen von Hunden stets magisch angezogen zu werden.

Ich winke ihm kurz zu, aber seine Miene bleibt steinern. Sein Blick wandert über mich hinweg, und dann hellt er sich auf. Hinter mir hat sich lautlos eine Tür geöffnet.

»Hey, Kyle«, ruft eine Stimme.

»Hey, Hector«, antwortet der Junge. »Kann ich für eine Weile reinkommen? Meine Mom ist nicht zu Hause.«

Ich blicke zwischen den beiden hin und her.

»In einer Minute, okay? Ich muss mich zuerst mit dieser Dame hier unterhalten.«

Zweiundvierzig

Durch das Wohnzimmer bis in die kleine Küche erstreckt sich ein zotteliger Teppich, erbsengrün und abgewetzt. Ein Tisch, Stühle und ein durchgesessenes Sofa mit einem dunklen Fleck auf der Rückenlehne sind die einzigen Möbel. Cricket platziert sich an meiner Seite, während Hector mit in die Hüften gestemmten Händen dasteht und mich betrachtet, wie ich ihn betrachte.

Ich schätze ihn auf einundzwanzig oder zweiundzwanzig Jahre, mit muskulösen, tätowierten Unterarmen, die aus seinem verblichenen blauen Arbeitshemd herausschauen. Auch auf seinem Hals trägt er Tattoos, eine Kette aus ineinandergreifenden schraffierten Blasen, wie die Haut einer Python. Dunkle, umgeschlagene Jeans reichen von seiner Taille hinunter über schwarze Stahlkappenstiefel.

Er ist ein grob aussehender Typ, dennoch fühle ich mich nicht bedroht. Instinktiv glaube ich daran, dass er sich meine Fragen zumindest anhören wird. Sein Alter und seine Haarfarbe machen ihn zu einem möglichen Kandidaten für den Jungen auf dem Foto oder einen weiteren Bruder von Cameron.

»Hector, mein Name ist Anna Hart. Ich versuche, ein vermisstes Mädchen aus Mendocino zu finden.«

Über seine dunklen Augen zieht ein Schatten. »Was ist mit ihr geschehen?«

»Das wissen wir noch nicht sicher. Sie ist in der Nacht des 21. Septembers aus ihrem Haus verschwunden, und seither hat niemand etwas von ihr gehört. Ich befürchte, dass jemand sie entführt haben könnte.«

»Ich habe das von diesem Mädchen in Petaluma gehört. Sie ist doch nicht in so eine Sache geraten, oder?«

»Ich wünschte, ich wüsste es.«

»Sie haben gesagt, sie sei fünfzehn, hm? Ich habe eine Schwester, die jetzt in dem Alter wäre.«

Ich halte den Atem an, in der Hoffnung, er möge fortfahren.

»Ich war elf, als sie uns voneinander getrennt haben.«

»Das Mädchen, nach dem ich suche, wurde neunzehnhundertzweiundachtzig adoptiert. Wie lautete der Name Ihrer Schwester, Hector?«

»Lisa.«

»Können Sie mir von ihr erzählen?«

Er lässt sich auf das Sofa sinken, greift nach einer Schachtel Camels, die neben einem Aschenbecher aus blauem Glas auf dem Fußboden liegt, und zündet sich eine Zigarette an. »Meine Eltern wussten wahrscheinlich, dass der Sozialdienst kommen würde, um uns abzuholen, aber sie haben kein Wort gesagt. Haben Sie schon mal etwas dermaßen Krankes gehört?«

Ich nehme mir den Stuhl, der ihm gegenübersteht, und Cricket folgt meinem Zeichen und legt sich hin, während ich die Anspannung in Hectors Gesicht wahrnehme. »Was ist dann passiert?«

»Ich weiß nicht alles. Mein Dad war in eine Menge Ärger verwickelt, glaube ich. Drogengeschichten. Die Cops kamen ein paarmal vorbei, dann machte einer der Nachbarn einen anonymen Anruf wegen Vernachlässigung.« Das letzte Wort spuckt er beinahe aus.

»War der Mann, mit dem ich mich gerade unterhalten habe, Ihr Vater?«

»Der Scheißkerl? Das ist mein Onkel Carl. Mein Dad ist vor langer Zeit nach San Quentin gezogen. Lebt da immer noch, soweit ich weiß.«

»Weshalb wollte Carl nicht mit mir sprechen?«

Hector bläst eine Rauchwolke aus der Nase. Meine Frage ist absurd.

»Aber Sie sprechen mit mir«, bemerke ich.

»Ich habe nichts zu verbergen. Außerdem hatte ich einfach das Gefühl, Sie wären wegen was Wichtigem hier. Hatten Sie schon mal so ein Gefühl?«

Ja, möchte ich antworten. Zum Beispiel genau jetzt, in dieser ganzen Situation hier. »Ihre Mutter, wo ist die?«

Er zuckt mit den Achseln und runzelt die Stirn. »Die ist schon vor Langem mit irgendeinem anderen Verlierer aus der Stadt verschwunden. Würde mich überraschen, wenn sie noch am Leben wäre. Sie hat sich schon damals größte Mühe gegeben, sich umzubringen.«

»Warum wurdet ihr Kinder voneinander getrennt?«

»Das weiß ich eigentlich nicht. Eines Tages kam ich von der Schule nach Hause, und Lisa war nicht mehr da. Es waren Leute vom Sozialdienst im Haus.«

»Wurden Sie dann auch adoptiert?«

»Nein. Ich war wahrscheinlich zu alt. Ich wurde in eine Pflegefamilie gebracht, bin aber von dort weggelaufen.« Seine Zigarette ist erst zur Hälfte aufgeraucht, dennoch greift er erneut nach der Schachtel und drückt sie haltsuchend. Das Zellophan flüstert gegen seine Handfläche. »Ich bin fünf- oder sechsmal weggelaufen und kam irgendwann in ein Gruppenhaus, als mich niemand anderes mehr nehmen wollte. Mit achtzehn bin ich dann hierher zurückgekehrt, da waren meine Eltern aber schon fort. Carl kann mich nicht besonders leiden, aber er hasst jeden. Haben Sie ja gesehen.«

»Es tut mir so leid.« Ich weiß, dass meine Worte heute ebenso bedeutungslos klingen wie damals, als Fremde sie mir gegenüber in meiner Kindheit wieder und wieder aussprachen.

»Sie hätten mir sagen sollen, dass sie sich nicht um Lisa kümmern können«, fährt er über seine Eltern fort. »Dann hätte ich es selbst getan. Wir hätten uns etwas überlegen können. Zumindest wären wir dann zusammen gewesen.« Seine Pupillen blühen schwarz auf. »Als sie Lisa aus dem Krankenhaus nach Hause gebracht haben, war das der schönste Tag in meinem Leben. Davor war ich ganz allein mit diesen Verrückten. Aber danach? Da habe ich mich um Lisa gekümmert.« Er zögert einen Moment. »Wir haben wie Welpen geschlafen, auf einer Matratze auf dem Fußboden. Ich habe meine Arme so um sie gelegt.« Er hebt die Hände, um es mir zu zeigen. »Wir waren immer zusammen. Wenn irgendjemand dieses Mädchen auch nur angesehen hat, war ich da. Verstehen Sie?«

Ich verstehe. Die Emotionen in seiner Stimme tragen mich weit zurück zu jenem Weihnachten, als ich mit Jason und Amy allein war. »Sie haben Ihre Schwester beschützt.«

Er zieht heftig an seiner Camel. »Ich habe es versucht. Unsere Eltern waren wirklich verkorkst, aber das sind doch alle, oder?«

Nicht alle, möchte ich entgegnen, aber ich weiß auch, dass er keinen Grund hat, mir zu glauben. »Was für ein Kind war sie? War sie sehr ruhig?«

»Lisa?« Sein Lachen klingt hart und spontan. »Verdammt, das Mädchen hat nie aufgehört zu reden oder zu tanzen. Sie hat in der Badewanne gesungen und wenn sie die Straße runtergelaufen ist. Sie setzte sich unter den Briefkasten und fing an, mit nichts zu spielen. Mit Steinen, verstehen Sie? Und dabei sang sie.«

Mit einem Mal kann ich sie sehen, dieses Mädchen. Er hat sie heraufbeschworen, und es versetzt mir einen Stich. »Erinnern Sie sich daran, dass irgendetwas passiert ist, bevor sie beiden voneinander getrennt wurden?«, frage ich ihn. »Irgendetwas, das Lisas Verhalten verändert hat? Ist sie irgendwann einmal ganz ruhig geworden oder hat ohne Grund angefangen zu weinen?«

»Warum? Woran denken Sie?«

»Ich möchte Ihnen etwas zeigen.« Ich ziehe Camerons Vermisstenplakat aus meiner Tasche und falte es vor seinen Augen auseinander.

»Verdammt«, flüstert er und legt seine Zigarette ab. »Das muss sie sein.« Er zieht das Blatt Papier an sich und schüttelt mit Tränen in den Augen den Kopf. »Ich kann es nicht glauben. Sie ist so hübsch, so erwachsen. Sie müssen sie finden.«

»Ich tue alles, was ich kann. Was fällt Ihnen noch auf?«

Er betrachtet das Plakat lange und eingehend. »Das sind ihre Augen. Lisas Augen. Aber sie sieht hierauf so traurig aus. Oder nicht?«

»Das denke ich auch, und ich möchte herausfinden, weshalb. Das Leben ist hart, Hector. Das wissen wir beide, aber ich kann mir nicht vorstellen, wie dieses Mädchen hier unter einem Briefkasten sitzt und den Steinen etwas vorsingt.«

Ich kann spüren, wie er versucht, zu verarbeiten, was ich damit meine.

»Meine Lisa war eine Kämpferin«, erklärt er schließlich. »Verflucht, das Mädchen war vielleicht stur. Wenn man versuchte, ihr ein Spielzeug wegzunehmen oder sie von der Schaukel zu holen, bevor sie dazu bereit war, dann hatte man es mit einer Tigerin zu tun. Sie ballte ihre Fäuste dann so.« Er hält eine Hand hoch, und ich kann an seinem Gesicht ablesen, dass er sie in diesem Augenblick vor sich sieht.

»Was ist also geschehen? Das möchte ich wissen. Deshalb bin ich hergekommen, um zu sehen, ob ich es herausfinden kann. Haben Sie Bilder hier aus der Zeit, als Sie beide noch klein waren?«

Er schüttelt den Kopf. »Nichts in der Art, tut mir leid.« Er wirft erneut einen Blick auf das Plakat und fragt: »Kann ich das behalten?«

»Selbstverständlich. Ich werde Ihnen auch meine Nummer geben.« Ich drehe das Plakat um und schreibe die Telefonnummer von Wills Büro auf, daneben meinen Namen. »Wenn Ihnen irgendetwas einfällt, geben Sie mir Bescheid. Und wenn Sie möchten, dass ich Sie auf dem Laufenden halte, kann ich das gern tun.«

»Ja.« Er kramt in seiner Hosentasche nach einem zusammengeknüllten Kassenbon, auf den er seine Telefonnummer kritzelt, ehe er ihn mir reicht. »Lassen Sie es mich wissen, wenn ich irgendwie helfen kann, okay? Sie haben doch Leute, die nach ihr suchen, oder?«

»Das haben wir.«

»Gut.«

Er bringt mich an die Tür, während Cricket uns folgt. Der Türrahmen ist voller Einkerbungen, und auf Augenhöhe befindet sich ein schwarzer Fleck, so groß wie ein Handabdruck. Der Türgriff sieht nach Plastik aus. Dieses Haus fühlt sich so schmutzig und hoffnungslos an, dass ich den verrückten Drang verspüre, Hector mitzunehmen, ihn zusammen mit Cricket auf die Rückbank zu setzen und über alle Berge zu verschwinden. Aber er ist schon lange kein Kind mehr.

Dreiundvierzig

Als ich das Dorf endlich erreiche, ist es schon spät. Ich fahre am Büro des Sheriffs vorbei, in der Hoffnung, Will noch anzutreffen, und sehe ihn gerade in seinen Wagen steigen, um sich auf den Heimweg zu machen. Er kurbelt sein Fenster herunter, als ich neben ihm zum Halten komme. Noch bevor ich auch nur Hallo sagen kann, fragt er: »Wo um alles in der Welt hast du gesteckt? Ich suche seit Stunden nach dir.«

»Ich habe dir doch gesagt, dass ich nach Sacramento fahre.«

»Ich hatte erwartet, bis zwei von dir zu hören. Was ist los?«

»Sollen wir etwas trinken gehen?« Ich rudere zurück. »Ich kann es erklären.«

Sein Gesichtsausdruck wird nicht milder. »Komm mit rein. Es war ein langer Tag. Ich habe einige Neuigkeiten für dich.«

Mit Cricket im Schlepptau folge ich Will in ein leeres Konferenzzimmer. Er lässt sich auf den nächsten Stuhl fallen. »Also?«

»Ich schätze, ich war einfach aufgeregt.« Ich setze mich auf einen Stuhl ihm gegenüber und habe das Gefühl, ins Büro des Schuldirektors geschickt worden zu sein. »Als ich die Akte öffnete, sah ich, dass sich darin die Adresse von Camerons leiblicher Familie in Ukiah befand. Ist das nicht gespenstisch? Was für ein Zufall!«

»Also bist du nach Ukiah gefahren? Lebt die Familie immer noch dort?«

»Die Eltern sind mittlerweile nicht mehr da, aber ich habe einen Onkel angetroffen und Camerons Bruder Hector. Ich sage dir, Will, es bricht einem das Herz, wie diese beiden Kinder durch den Sozialdienst voneinander getrennt wurden. Hector hat überhaupt nie erfahren, wo sie seine Schwester hingebracht haben. Er wurde völlig überrumpelt und dann von Pflegefamilien herumgereicht. Man kann deutlich erkennen, wie ihn das fertiggemacht hat.«

Wills Miene bleibt ausdruckslos. »Hast du diesen Typen befragt oder eine Gruppentherapiesitzung geleitet?«

»Wieso bist du so feindselig?«

»Das weißt du nicht?« Er nimmt seinen Hut ab und lässt ihn zwischen uns fallen. »Du bist den ganzen Tag verschwunden, ohne Bescheid zu geben, triffst diesen Fall betreffende Entscheidungen, ohne vorherige Erlaubnis einzuholen, und jetzt kommst du zurück und hast nicht mehr anzubieten als das rührselige Drehbuch für einen Fernsehfilm.«

»Es tut mir leid. Ich hätte mich melden sollen. Ich hatte bloß so ein Gefühl, ich sollte lieber allein gehen.«

»Mein Department wird nicht mit Gefühlen betrieben, Anna. Und diese Ermittlung ebenso wenig. Ich hätte dabei sein sollen oder einer meiner Deputys. Woher sollen wir wissen, dass dieser Hector kein Verdächtiger ist?«

»Er ist es nicht. Das weiß ich.«

»Woher weißt du das? Hast du überprüft, ob er vorbestraft ist? Und was ist mit dem Onkel? Hast du ein Autokennzeichen für mich? Decknamen? Alibis für die Nacht des einundzwanzigsten Septembers?«

Die Antwort auf all diese Fragen ist nein, aber er begreift nicht, worum es eigentlich geht. »Du sitzt zu viel hinter deinem Schreibtisch, Will. Instinkt macht mindestens fünfzig Prozent unseres Berufs aus. Und, verdammt, vermutlich ist Hector tatsächlich vorbestraft, nach der Nummer, die das County in seiner Kindheit mit ihm abgezogen hat. Aber seine

Schwester ist ihm wichtig, und er hätte niemals irgendetwas getan, um sie zu verletzen, selbst wenn er Zugang zu Cameron gehabt hätte, was er nicht hatte.«

»Ich frage dich jetzt noch einmal, Anna: Wie kommst du zu diesen Schlussfolgerungen? Zuerst bist du dir sicher, Drew Hague sei der Kerl, der Cameron missbraucht hat, aber wir haben nichts gegen ihn in der Hand. Dann erzählst du mir, Steve Gonzales sei kein Verdächtiger, basierend allein auf irgendeinem Gefühl, das du hast. Gott sei Dank hast du in dem Fall Glück gehabt.«

»Wieso machst du mir so die Hölle heiß? Wenn du meinem Urteil nicht vertraust, was mache ich dann hier?«

»Einen Moment. Können wir mal kurz einen Gang runterschalten? Ich erledige nur meinen Job, Anna. Du bist eine großartige Unterstützung, und ich bin wirklich dankbar dafür, dass du hier bist. Aber ich habe ein Recht dazu, dir diese Fragen zu stellen. Okay?«

Ich blicke auf meine Hände hinunter. »Ich hätte dich von Sacramento aus anrufen sollen. Das gebe ich zu. Aber ich gehe jede Wette ein, dass Hector Gilbert seine Schwester Cameron Curtis nicht entführt hat.«

»Halten wir uns dennoch ans Protokoll und überprüfen sein Strafregister – nur um zu sehen, womit wir es zu tun haben. Und wir sollten ihn für einen Lügendetektortest hereinholen. Dasselbe gilt für den Onkel und auch für Steve Gonzales. Wir müssen gründlich vorgehen, um Cameron zu retten.«

»Du meinst wohl, um deinen Arsch zu retten«, platze ich heraus, ohne nachzudenken.

»Anna!«

»Tut mir leid. Es war ein anstrengender Tag.«

»Ja, hier auch … Und jetzt musst du dir mit mir etwas ansehen. Du hast eine Menge verpasst.«

Vierundvierzig

In einer Ecke des Konferenzzimmers stehen auf einem metallenen Wagen mit Rollen ein Fernseher und ein Videorekorder. Will tritt darauf zu, schaltet beides ein und drückt auf den Play-Knopf. Es läuft eine Aufnahme der heutigen Folge von *America's Most Wanted.* Eine hübsche blonde Journalistin interviewt Kate McLean und Gillian Pelham. Vielleicht ist sie noch nicht einmal Journalistin. Diese Sendung ist nicht gerade für fundierte Nachrichten bekannt.

Als das Interview beginnt, zoomt die Kamera auf die beiden Mädchen, die nebeneinander auf einer schmalen Couch sitzen. Sie wirken auf mich tapfer und beherrscht und noch sehr jung.

»Zuerst dachten wir, es wäre nur ein Scherz«, erzählt Kate McLean. Sie hat schulterlanges braunes Haar mit einem geraden Mittelscheitel, eine Stupsnase und weit auseinanderliegende braune Augen. »Polly machte manchmal solche Sachen. Sie war eine gute Schauspielerin.«

Ich komme nicht umhin, zu bemerken, dass sie die Vergangenheitsform benutzt. »Wir hatten bereits viel herumgealbert«, fügt Gillian Pelham hinzu und schiebt sich eine dunkelblonde Haarsträhne hinter das Ohr. »Wir unterhielten uns über Halloween, und wie wir einander Angst einjagen wollten. Wir bemalten Polly mit weißer Schminke, und sie umrandete sich die Augen wie ein Gespenst und färbte sich die Lippen schwarz.«

»Was ist dann geschehen?«, drängt die Interviewerin sie.

»Polly ging hinaus, um Schlafsäcke für uns zu besorgen«, fährt Gillian fort. »Und als sie zurückkam, war da so ein Typ mit einem Messer und einer Tasche, der hinter ihr in der Tür stand. Er war schon älter. Er sah nicht furchterregend aus, zumindest nicht am Anfang. Deshalb dachte ich, Polly würde vielleicht einen Scherz machen.«

»Es fühlte sich nicht real an«, fügt Kate rasch hinzu. »Das war mein erster Gedanke. Und er war ganz ruhig, als er mit uns sprach. Er sagte, er wolle Geld, und Polly zeigte ihm ihr Schmuckkästchen. Sie hatte fünfzig Dollar. In dem Augenblick hat er sich verändert. Sein Tonfall wurde härter, und er warnte uns, nicht zu schreien, sonst würde er uns die Kehle aufschlitzen.«

»Dann fing er an, Polly zu fesseln, und sie weinte«, berichtet Gillian. »Er holte sich vom Bett Kissenbezüge und stülpte sie uns über den Kopf. Danach fesselte er uns auch. Ich sagte, die Kabel seien zu fest, und er lockerte sie ein bisschen und entschuldigte sich.«

»Dann sagte er, wenn wir bis tausend zählten, käme Polly wieder zurück«, beendet Kate den Bericht.

»Aber das ist nicht geschehen?«, souffliert die Interviewerin sanft.

Kate nickt. »Wir hörten, wie die Fliegengittertür zuknallte, und dann mühten wir uns ab, uns aus den Kabeln zu befreien, mit denen er uns gefesselt hatte. Gillian tappte herum und versuchte, Pollys Mom aufzuwecken, die im Nachbarzimmer schlief.«

»Wir hatten beide richtig viel Angst«, erklärt Gillian.

»Natürlich hattet ihr Angst. Eure Freundin war gerade eben entführt worden. Ich finde euch sehr tapfer. Und mithilfe der Beschreibung, die ihr der Polizei geben konntet, sucht nun ganz Amerika nach Pollys Entführer. Millionen Menschen schauen sich diese Sendung an. Alle versuchen, Polly zu finden. Alle wollen, dass sie zurück nach Hause kommt.« Ihr Blick ist betont sanft. »Was könnt ihr Amerika darüber erzählen, wer Polly war? Was machte eure Freundin so besonders?«

»Sie ist wirklich lustig«, antwortet Kate und muss für den Bruchteil einer Sekunde beinahe lächeln. »Ihre Lieblingsfarbe ist Lila, und sie isst jeden Tag nach der Schule Zimttoasts.«

»Sie möchte Schauspielerin werden«, fügt Gillian hinzu. »Sie ist total verliebt in Mel Gibson. In ihrem Zimmer hängt ein Poster mit zwei schwarz-weißen Katzen und einem Dalmatiner, der sagt: Don't be a copy cat. So ist sie. Polly ist einmalig.«

Nach dem Interview rollt wie üblich die Telefonnummer für Hinweise über den Bildschirm, dann ist die Aufnahme beendet. Mein Blick schnellt zu Will.

»Aus genau diesem Grund brauchen wir die Versammlung am besten schon gestern«, erkläre ich. »Zimttoasts. So gut wie niemand hier im Ort weiß irgendetwas über Cameron. Man kann sich nicht um etwas sorgen, das man sich nicht vorstellen kann.«

»Okay, das stimmt. Aber jetzt pass auf: Kennst du die Schauspielerin Winona Ryder? Anscheinend fliegt sie morgen mit Harrison Fords Jet nach Petaluma. Ich habe mit Fraser gesprochen, und wie es aussieht, hat sie von ein paar A-Promis Spenden für eine persönliche Belohnung gesammelt, falls Polly gefunden wird. Dabei handelt es sich um zwei Millionen Dollar, Anna.«

»Was? Das ist doch verrückt! Selbst wenn sie diese Summe zusammenbekommen, wieso geben sie dieses Geld für Polly aus? Warum interessiert sich Ryder überhaupt dafür?«

»Sie hat einen Teil ihrer Kindheit in Petaluma verbracht. Sie und Polly hatten sogar dieselbe Schauspiellehrerin. Anscheinend hat sie die Nachrichten verfolgt und beschlossen, sie müsse etwas tun. Sie hat erst heute angerufen. Das nenne ich mal einen Medienrummel.«

»Also gehen wir noch mal zu Emily. Sie besitzt locker zwei Millionen Dollar.«

»Hier geht es nicht um Geld, Anna. Unser Problem ist, dass wir keine Hinweise haben. Das FBI hält Cameron für eine Ausreißerin. Dafür bekommt man keine Sendezeit bei *America's Most Wanted*. Ich bin mir nicht einmal sicher, ob wir jetzt überhaupt noch eine Chance haben, die Aufmerksamkeit der Lokalmedien auf uns zu ziehen, selbst mit Emilys Unterstützung. Alle werden nur noch über Ryders Besuch berichten.«

»Ich denke, wir müssen es trotzdem versuchen. Wir können das Interesse der Medien nicht kontrollieren, aber wir können uns verdammt noch mal zeigen, oder?«

»Vielleicht«, gesteht er zu. »Wie auch immer, es gibt da noch etwas.«

»Hat Polly erneut angerufen?«

»Nein. Fraser ist sich ziemlich sicher, dass dieser Anruf ein Streich war. Aber das Silicon Valley ist eingesprungen. Irgendein Computersystem-Ass hat ebenfalls die Nachrichten gesehen und hatte die brillante Idee, Pollys Vermisstenplakat in einen Computer einzuscannen. Ein paar Netzwerkfirmen haben die Ausrüstung gespendet. Sie faxen Tausende Plakate um die ganze Welt, und sie benutzen auch das Internet. Einer hat mir erzählt, zehn Millionen Menschen in einem halben Dutzend Ländern hätten das Plakat bereits gesehen.«

»Heilige Scheiße! Was für eine Zahl!«

»Ich weiß. Es ist eine schöne neue Welt, nicht wahr? Kannst du dir vorstellen, wo wir jetzt dastünden, wenn wir etwas in der Art schon vor zehn oder zwanzig Jahren gehabt hätten?« In seinem Blick blitzt seine Bedeutung auf. *Jenny*.

Ganz plötzlich taucht ihr Gesicht vor mir auf. Ihr Lachen. Ihr Gang. Ihre Stimme draußen auf der Landzunge, die in der Dunkelheit an- und abschwillt und dann verstummt. Seit ihrem Verschwinden waren vermisste Kinder und Teenager lediglich auf verschwommen kopierten Plakaten zu sehen, die an Telefonmasten geklebt oder in Postämtern aufgehängt wurden. Was wäre anders gewesen, hätte das Internet neunzehnhundertzweiundsiebzig bereits existiert? Wären dann in Windeseile per Fax klar übermittelte Bilder von Jenny produziert und überallhin verbreitet worden? Womöglich hätte es nichts geändert, womöglich aber auch alles.

»Können wir etwas in der Art auch für Cameron machen?«, frage ich. »Und für Shannan ebenfalls?«

»Ich habe bereits ein paar Anrufe getätigt.«

»Was hältst du davon, wenn ich zu Shannan Russos Mutter fahre und mich mit ihr unterhalte?«

»Um was herauszufinden?«

»Ob es irgendetwas gibt, das die beiden Mädchen miteinander verbindet.«

»Auf mich persönlich wirken sie so unterschiedlich wie Tag und Nacht. Wenn du keine Verbindung zu Polly gesehen hast, wieso willst du dann hier weiter nachforschen?«

»Versprichst du, mich nicht auszulachen?«

Er blickt mich verhalten an.

»Ich war bei Tally Hollander.«

»Der Wahrsagerin? Ach herrje, jetzt mache ich mir wirklich Sorgen um dich.«

»Hör mir kurz zu, Will. Ein paar der Dinge, die Tally über Shannan und über die Art meinte, wie sie aufgewachsen ist, brachten mich auf den Gedanken, dass die beiden Mädchen eine gewisse emotionale DNA gemeinsam haben könnten. Ich möchte es nur einmal überprüfen. Ich spreche hier nicht von einer Vision. Als Tally Karen anrief, öffnete diese sich und erzählte ihr alle möglichen Dinge: dass es in Shannans Kindheit viel Unruhe gab, dass Männer kamen und gingen und dass sie Gewalt ausgesetzt war. Ich weiß, dass sie dir gegenüber knallhart gewesen ist, aber wenn ich Karen dazu bringen kann, mit mir zu sprechen, könnten wir viel mehr darüber erfahren, wie Shannan in die Fänge eines Psychopathen gelangt sein mag.«

Er seufzt, und ich kann sehen, wie müde er ist. »Okay. Es ist zwar weit hergeholt, aber um ehrlich zu sein, zählt wahrscheinlich jeder Brotkrümel.«

»Ja, so ist es. Alles zählt.«

Fünfundvierzig

Früh am nächsten Morgen breche ich nach Gualala auf, um Karen Russo an ihrer Arbeitsstelle aufzusuchen, einem altmodisch wirkenden Friseursalon namens Rumor's All About Hair. Als ich eintrete, lehnt sie gegen den Empfangstresen, eine hübsche, wenn auch leicht abgehärtete Brünette in einem dunklen Arbeitskittel über Jeans und hohen Sandalen mit Keilabsätzen aus Kork. Ich schätze sie auf Mitte dreißig, was bedeutet, dass sie Shannan vermutlich mit achtzehn oder neunzehn Jahren bekam.

Ich stelle mich ihr vor, und sogleich verengt Karen die Augen. Sie hat schon genug Cops und Reporter gesehen. Vielleicht hätte ich Tally mitnehmen sollen, fällt mir nun zu spät ein.

»Ich arbeite hier, okay?«, wirft sie mir entgegen.

»Nur fünfzehn Minuten auf einen Kaffee?«

»Ich habe nicht viel zu sagen.«

»Kein Problem. Ich warte im Café gegenüber. Ich habe bloß ein paar Fragen.«

◆◆◆

Fünfundvierzig Minuten später taucht sie endlich auf. Ich habe mittlerweile drei Tassen Kaffee getrunken, wässrigen Diner-Kaffee zwar, dennoch sind meine Handflächen feucht.

»Ich habe um elf einen Termin«, erklärt sie. »Eine Stammkundin. Da kann ich nicht zu spät kommen.«

»Verstanden. Ich möchte mir nur ein besseres Bild von

Ihrer Tochter machen. Was können Sie mir über Shannans Gewohnheiten erzählen, vor dieser ganzen Sache, meine ich?«

»Sie langweilte sich und geriet häufig in Schwierigkeiten.«

»Als Ihre Tochter verschwand, war sie im letzten Jahr auf der Highschool, ist das richtig?«

»Sie hat sich nie für die Schule interessiert, und ich habe es aufgegeben, zu versuchen, sie dorthin zu bekommen. Ehrlich gesagt habe ich eine Menge Dinge aufgegeben. Ich weiß, das hört sich mies an. Aber Shannan wollte keine Mutter. Sie wollte nicht, dass sich irgendjemand um sie kümmert.«

»Es muss schwer für Sie gewesen sein, dass Shannan Sie abgewiesen hat.«

Karen Russo kneift die Augen zusammen, die Wimpern dick umhüllt mit tiefschwarzer Mascara. »Ich hatte reichlich Zeit, mich daran zu gewöhnen.«

»Erzählen Sie mir von dem letzten Tag, an dem Sie Ihre Tochter gesehen haben.« Ich blättere durch meine Notizen. »Am zweiten Juni. Ist sie an jenem Tag in die Schule gegangen?«

»Ich habe genauso wenig Ahnung wie Sie. Shannan war angezogen und aufgestanden, aber sie hätte überall hingehen können. Sie hatte eine Menge Freunde, die keine Freunde waren, wenn Sie wissen, was ich meine.«

»Männer? Wollen Sie sagen, dass Ihre Tochter sich prostituiert hat?«

»Vielleicht.« Sie zieht ein gemustertes Zigarettentäschchen aus ihrer Jacke, hält ihr Feuerzeug an die Spitze einer Marlboro Light, inhaliert und wedelt den Rauch dann mit einer geübten Geste davon. »Ich weiß nicht, wie sie ihr Geld verdient hat. Ich habe ihr jedenfalls nichts gegeben, so viel kann ich Ihnen sagen. Ich wusste, dass sie alles, was ich ihr geben würde, nur versaufen würde, oder was auch immer sie sich sonst noch reinzog oder spritzte. Ich habe aufgehört zu fragen.«

»Diese Freunde – hat Shannan je irgendeinen Namen erwähnt?«

»Soweit ich mich erinnere, nein. Aber mindestens einer von ihnen hatte Geld. Einmal hat sie eine nagelneue Nikon-Kamera mit nach Hause gebracht. Und irgendjemand hat ihr eine Jacke geschenkt.«

Meine Aufmerksamkeit ist geweckt. »Können Sie die Jacke beschreiben?«

»Sie war kurz und braun, irgendeine Art von Tierfell. Kann sein, dass sie nicht echt war, aber sie sah mit Sicherheit so aus und teuer ebenfalls. Ich kann Ihnen sagen, dass Shannan die nicht hier in der Gegend gekauft hat.«

»Hat Ihre Tochter diese Jacke an jenem letzten Tag getragen?«

»Kann sein. Ich kann mich nicht mehr daran erinnern.«

Es ist offensichtlich, dass ich bei Karen kaum weiterkomme. Was auch der Trick sein mag, um sie dazu zu bringen, offen zu sprechen, ich scheine ihn nicht zu beherrschen. »Die Wahrsagerin, die Sie angerufen hat – was dachten Sie über die?«

»Was sollte ich schon denken?« Karen verzieht das Gesicht, während sie erneut ausatmet und der Rauch sich wie ein giftiger Schleier ausbreitet. »Shannan hat immer genau das getan, was sie wollte. Wenn jemand sie umgebracht hat, dann hat sie es wahrscheinlich herausgefordert.«

Ihre harschen Worte lassen mich für einen Augenblick verstummen.

Ich bin hartherzigen Frauen wie Karen schon zuvor begegnet. Aber ich weiß auch, dass ein Mensch sich einen solchen Schutzpanzer auf ehrliche Weise erworben haben muss. Sie hatte gute Gründe, sich zu schützen, und hat diese auch noch immer.

»Ms. Russo, ich möchte Ihnen wirklich gern helfen, Shannan zu finden, aber ich werde ehrlich zu Ihnen sein. Hauptsächlich beschäftigt mich der Fall Cameron Curtis. Sie haben sicher schon von ihr gehört.«

»Klar, die Tochter dieses Filmstars. Ich habe diese Serie jahrelang geschaut. Hätte nie gedacht, dass ich mal was mit Heidi Barrows gemeinsam habe.« Sie schüttelt den Kopf.

»Wir haben bei Cameron nur sehr wenige Anhaltspunkte, aber in ihrer Kindheit gab es viele Brüche. Gewalt ebenfalls. Wir denken, das hat etwas damit zu tun, dass sie ausgewählt worden ist.« Ich sehe sie vielsagend an. »Deshalb bin ich hier und stelle Ihnen Fragen danach, wie Shannan früher gewesen ist. Es könnte sich um denselben Täter handeln. Ich suche nach einem roten Faden.«

Sie wirkt ungerührt, zumindest an der Oberfläche. Mit einem Blick auf ihre Armbanduhr erklärt sie: »Ich habe Ihnen alles gesagt, was ich weiß.«

»Wir haben noch ein paar Minuten. Wo ist Shannans Dad? War er zu irgendeinem Zeitpunkt involviert?«

»Dieses Arschloch?« Sie verzieht den Mund. »Der Kerl ist abgehauen, als Shannan noch in der Vorschule war. Hab seitdem keinen Cent von ihm gesehen.«

»Alleinerziehend zu sein ist schwer.«

Sie mustert mich, wie es scheint, um herauszufinden, ob ich ehrlich zu ihr bin oder irgendeinen Hintergedanken habe. »Ja, das ist es.«

»Waren sie beide immer allein?«

»Mal so, mal so. Ich hatte im Laufe der Jahre hin und wieder einen Freund. Wahrscheinlich keine gute Idee, wenn man ein Kind hat.«

»Meinen Sie, einen Freund zu haben generell oder diese Typen im Besonderen?«

Sie sieht mich funkelnd an. »Was wollen Sie damit sagen? Stellen Sie meine Partnerwahl infrage?«

»Ich habe keine Ahnung von Ihrem Leben.«

Karen blickt auf die Wand. Erntegold aus den siebziger Jahren, als alles golden oder grün war. »Na ja, ich kann Ihnen sagen, dass ich damals wahrscheinlich nicht die großartigsten Entscheidungen getroffen habe. Ich meine, wer trifft die schon, nicht wahr?«

Unglücklicherweise hat sie recht. Das gilt nicht für alle Menschen, aber für viele von uns. »Haben Sie ein Foto von Shannan?«

»Keine neueren.« Sie legt die Zigarette ab und kramt in ihrem Portemonnaie herum, aus dem sie einen dieser kleinen Fotohalter fischt, die manchmal gemeinsam mit Geldbörsen verkauft werden. Die Plastikhülle ist vergilbt und zerknickt, aber sie ist gefüllt – und zwar ausschließlich mit Schulfotos mit wolkig-blauen Hintergründen, Shannan als Fünf- oder Sechsjährige mit Zahnlücken.

Ich nehme ihr den Fotohalter ab.

Dieses Mädchen mochte Ärger gemacht haben, aber das war nicht immer so gewesen. Sie war nicht als ein Ärgernis auf die Welt gekommen, sondern süß, rein und einzigartig – wie jeder andere Mensch auch.

»Shannan ist wirklich hübsch«, bemerke ich. »Was wollte sie mal werden? Als sie klein war, meine ich. Hatte sie irgendwelche großen Träume?«

»Zählt Disneyprinzessin dazu?« Karen presst die Lippen aufeinander, wodurch sich die feinen Fältchen an ihrer Oberlippe vertiefen. »Shannan hatte wunderbar glänzendes Haar. Früher habe ich es ihr immer in einen Zopf den ganzen Rücken hinunter geflochten. Es dauert mindestens eine Stunde, aber sie ist ganz still sitzen geblieben.«

Ich blicke Karen in die Augen. »Ich wette, Ihre Tochter hat wunderschön ausgesehen.«

»Ja, das hat sie. Schönheit war nicht das Problem.«

Sechsundvierzig

Manchmal kamen Fetzen der Vergangenheit an die Oberfläche, Dinge, die ich sicher vergessen zu haben glaubte. Meine Mutter, die auf dem Sofa schlief, das Gesicht halb verborgen unter einer Häkeldecke. Ein Tag, der sich wie ein Traum anfühlte, als ich sechs oder sieben Jahre alt war und die Kids noch ganz klein waren und wir auf einem Flecken Gras reihum ein Kaninchen auf dem Schoß hielten, das irgendein anderes Kind als Haustier hatte. Als ich an der Reihe war, berührte ich die Ohren des Kaninchens, die sich warm anfühlten, und spürte sein rasendes Herz und die angespannten Muskeln, wie es wegrennen wollte und dennoch sitzen blieb. Ein paar Tage darauf hielten drei Polizeiautos vor unserem Wohnhaus, mit einem Haftbefehl für meinen Vater. Die Polizisten führten ihn in Handschellen ab, während meine Mutter sie anschrie, sie sollten ihn in Ruhe lassen. Sie warf einen Aschenbecher, der hart von der Wand abprallte. Schleuderte eine Lampe auf den Fußboden, so dass die Glühbirne zerplatzte. Ich beobachtete alles aus dem dunklen Flur heraus, alle Schlafzimmertüren geschlossen und die Kids versteckt in einem Wandschrank, in den ich sie mit der Anweisung, ganz leise zu sein, geschoben hatte. Danach wurde mein Dad für uns zu einem Fremden. Nur wenige Jahre später ging meine Mutter dann aus dem Haus, um sich fünfzig Dollar zu leihen und nie wieder zurückzukehren.

Aber es gab auch andere sanftere Erinnerungen, Erinnerungen an Hap, an Eden und Mendocino, daran, wie ich mit zehn Jahren feststellte, dass ich mich in die Gräser auf der Landzunge über dem Portuguese Beach hocken und selbst zu Gras werden konnte. Ich konnte die untergehende Sonne sein, die ihr Licht wie wilden Honig über alles strich, was sie berührte. Ich war der Pazifik mit seinem kalten blauen Auge, die Krähe in einer Zypresse, die flatternd Selbstgespräche über die Welt führte. Seit ich mich erinnern konnte, hatte ich Gründe gehabt zu verschwinden. Ich war eine Expertin darin, mich unsichtbar zu machen, aber das hier war etwas anderes. Ich war nun ein Teil von allem, mit der Landschaft verwoben. Und ich wurde dabei keinesfalls übersehen, sondern im Gegenteil umsorgt.

♦♦♦

Das Gemeindezentrum steht an der Ecke von School und Pine Street, neben den Sportplätzen, die nun gelb sind, wie alles andere zu dieser Jahreszeit. Dort treffe ich am Samstag um kurz nach zwölf Uhr mittags Gray und seine Mutter Di Anne, um an der Pinnwand zu arbeiten, die dabei helfen soll, Cameron all jenen näherzubringen, die sie noch nicht kennen. Wills Antrag, den Raum unbegrenzt zu nutzen, ist soeben vom Stadtrat bewilligt worden. Bis ein Banner fertig ist, hängt ein provisorisches Schild am Eingang, auf dem in roten Großbuchstaben steht: CAMERON CURTIS RETTUNGS-ZENTRUM.

»Rot ist Camerons Lieblingsfarbe«, erklärt Gray. Er und Di haben das Schild gemeinsam gebastelt und sind offenbar schon seit Stunden im Zentrum zugange. Die Pinnwand ist bereits über die Hälfte bedeckt mit Fotos, Postkarten und Zeichnungen. In eine Ecke hat Gray das Album-Cover von Madonnas *The Immaculate Collection* gepinnt, die Platte, die in den vergangenen zwei Jahren der Soundtrack ihrer Freundschaft gewesen ist. Er hat alle Lehrerinnen und Lehrer Camerons aufgesucht und mit ihnen gesprochen, einige von ihnen hatten

Kopien ihrer Aufsätze und Gedichte aufbewahrt. Eins aus der fünften Klasse hieß: »Ginkgoblätter«:

Flache Ballons. Fallschirme.
Jedes Blatt wie etwas, das in Flammen steht.
Ein fliehender Traum. Ich stehe
unter dem gelben Baum und denke
an gestern. Denkt gestern
an mich?

Beim Lesen dieser Zeilen schnürt sich mir die Kehle zusammen. Sie sind mehr als nur gut geschrieben; sie enthüllen eine Verletzlichkeit, die ich in ihrem Alter nicht einmal im Traum preisgegeben hätte. So mutig war ich damals nicht. Womöglich bin ich es noch immer nicht, zumindest nicht auf diese Weise.

»Sie ist etwas ganz Besonderes, oder?«, erklingt Grays Stimme hinter mir.

»Ja, das ist sie.«

Mit Grays und Di Annes Hilfe füge ich die Dinge hinzu, die ich mit Emilys Erlaubnis mitgebracht habe, die Buntstiftzeichnung des Chamäleons – *Liebe Mom, ich habe dich vermisst!* –, das Foto vom Malibu Beach, auf dem sie die glänzende pinkfarbene Muschel in der Hand hält, und noch ein paar weitere Bilder, darunter eins von Cameron und Caitlyn Muncy, die beide einen einzelnen Rollschuh tragen, das Haar hochgebunden zu straffen, weit oben sitzenden Pferdeschwänzen, die sich zu entgegengesetzten Seiten neigen, als würden sie einander ergänzen.

»Gott, sind die beiden süß«, bemerkt Di Anne, als sie das Bild aufhängt. »Ich erinnere mich gar nicht an Cam in diesem Alter.«

Cam.

»Ich habe mit Caitlyn Muncy gesprochen, wie Sie mich gebeten haben«, sagt Gray. »Sie war überhaupt keine blöde Kuh. Sie hat geweint.«

»Cameron muss auch ihr viel bedeuten«, erkläre ich ihm.

»Sie hat mir das hier gegeben.« Gray hält eine Videokassette hoch. »Können wir die irgendwie abspielen?«

Wir wühlen im Hinterzimmer herum und finden Diaprojektoren, ein altes Magnetbandgerät, einen Betamaxrekorder und dann – Bingo – einen Videorekorder.

Wir verbinden ihn mit einem alten Fernseher in der Küche und versammeln uns dann zu dritt davor. Neben uns auf der Fensterbank, unter den schiefen Jalousien liegen tote Motten. In einem Spülbecken häuft sich gesprungenes Geschirr aus bunter Keramik. Dann erwacht der Fernseher mit einem Summen zum Leben, und das alles wird schlagartig unwichtig. Das Zimmer um uns verschwindet.

Cameron und Caitlyn schmettern inbrünstig »Unter dem Meer« aus *Arielle, die Meerjungfrau* in ihre Mikrofone. Die Pferdeschwänze entfalten ihre volle Wucht, Camerons reicht ihr beinahe bis zum Hintern. Sie haben das Aussehen von vorpubertären Kindern, die noch nicht ganz in ihre Gesichtszüge hineingewachsen sind. Sie haben Pickel und tragen Zahnspangen. Sie strahlen.

»Das ist perfekt«, sage ich zu Gray.

»Ich weiß nicht, ob Cameron wollen würde, dass wir das einer ganzen Ansammlung von Leuten vorspielen.«

»Warum nicht?«

»Das ist schon lange her. Und … sie wirkt auf dem Video so unschuldig.«

»Unschuld ist ein Geschenk, Gray«, entgegne ich. »Sieh nur, wie wunderschön Cameron ist. Welchen Schmerz sie auch verspürt haben, auf welche Weise sie auch verletzt worden sein mag, hier zeigt sie nichts davon. Sie lässt es los, wenn auch nur für eine Minute. Kinder können unglaublich widerstandsfähig sein. Das erstaunt mich immer wieder.«

»So habe ich es noch nicht gesehen.«

Am Ende der Kassette angelangt, knistert das Gerät und surrt dann. Gray drückt auf Zurückspulen, und Di Anne legt den Arm um ihn, zieht ihn an sich heran, ehe wir die Aufnahme erneut betrachten. Durch die Jalousien dringt Sonnenschein ins Zimmer und wirft einen einzelnen Streifen Licht auf die Wand direkt über dem Fernseher. Dazu der Gesang: *Schau deine Welt doch genau an / Ja, hier wo du schwimmst und lebst / Voll Wunder siehst du das Blau dann / Sag selbst, was du noch erstrebst.*

Siebenundvierzig

Will und ich haben uns an diesem Abend um viertel nach sechs verabredet, um seine Rede noch einmal durchzugehen, aber bis dahin sind bereits die ersten Leute angekommen. An der hinteren Wand hat jemand einen langen Tisch aufgestellt, der bereits voll beladen ist mit Speisen und Getränken. Mitgebrachte Gerichte, ein Tontopf voller Frikadellen, Käse und Cracker und Berge von Brötchen, Plastikbesteck, Papierservietten, pinkfarbene Limonade und ein Turm aus Styroporbechern. Kurz bin ich überrascht, aber dann fällt mir wieder ein, wie es in kleineren Orten nun einmal ist, wo jede öffentliche Zusammenkunft Essen bedeutet. Außerdem bringt das Essen die Menschen auch stets zusammen.

Bald füllen sich die Sitzreihen. Wanda hat Flyer verteilt und ihren Job offensichtlich gut gemacht. Der kleine Ort ist endlich versammelt erschienen, jede einzelne Person ist hier, weil die Zeit nun gekommen ist, um sich zu zeigen und zur Verfügung zu stellen.

Kurz vor der vollen Stunde sehe ich Steve Gonzales, der mit einer zierlichen hübschen Frau erscheint, die seine Ehefrau sein muss. Er hat ihr eine Hand auf die Schulter gelegt, nickt mir zu und setzt sich dann zu einer Gruppe junger Leute, die offensichtlich auf die Highschool gehen. Ein paar Minuten später kommt Clay LaForge in Begleitung von Lenore an, beide ein wenig schüchtern, während sie sich in eine der hinteren Reihen schieben. Lydia Hague taucht auf und winkt uns unauffällig zu. Dann bemerke ich, wie eine große, bildschöne Frau mit einer dramatischen silbernen Strähne in ihrem welligen schwarzen Haar eintritt. Sie hat einen Jungen und ein Mädchen dabei, ein Kind auf jeder Seite. Ich beobachte Wills Reaktion. Das ist seine Familie, das sind Beth und seine Kinder.

»Geh zu ihnen«, fordere ich ihn auf.

»Mache ich nachher.«

Meine Vermutung über ihre Trennung mag richtig sein, wird mir bewusst, was mich für sie alle furchtbar traurig stimmt. Für Wills Tochter mit ihren gebleichten Jeans, die an den Knien aufgerissen sind, für seinen Sohn, der das gleiche dichte rotbraune Haar und die gleichen grauen Augen hat wie er. Und für seine Frau, die ich zwar nicht kenne, der ich mich aber dennoch verbunden fühle.

Bis es an der Zeit für Wills Rede ist, sind lediglich zwei Reporterinnen erschienen, und keine von ihnen hat ein Kamerateam dabei. Will hat richtig gelegen damit, dass jeder Nachrichtensender von hier bis San Francisco über Winona Ryders Besuch in Petaluma berichten würde statt über uns. Den ganzen Tag lang ging in Wills Büro das Gerücht herum, die Schauspielerin sei gemeinsam mit einem Suchtrupp hinaus in die Felder gegangen und habe stundenlang mit einem Megafon Pollys Namen ausgerufen.

Aber ich lasse kein Gefühl der Enttäuschung zu. Was auch immer dort unten für Polly geschehen mag, genau hier und jetzt findet etwas anderes statt. Das Dorf ist tatsächlich erschienen. Zweimal so viele Menschen, wie ich zu hoffen gewagt hatte. Tally ist hier, und neben ihr in einem elektrisch betriebenen Rollstuhl sitzt ein dunkelhäutiger Mann. Das Patterson's hat geschlossen, und alle Mitarbeiterinnen und Mitarbeiter sind gekommen, viele von ihnen noch in ihrer Uniform. Verkäuferinnen und Verkäufer aus dem Mendosa's Market, die ich dort ständig sehe, der Typ, der an der Tankstelle in

Little River mein Benzin zapft, die Frau, die bereits seit fünfundzwanzig Jahren die Postfiliale leitet. Und Cherilynn Leavitt, die im Sheriffbüro die Anrufe entgegennimmt, gemeinsam mit ihrem zotteligen Musikerfreund Stewart, der in ein paar der besseren Hotels auf Folkabenden spielt. Außerdem Gray und seine Mom sowie Caitlyn Muncy und ihr Vater Bill, der den *Beacon* herausgibt, und sogar Caleb, wie ich sehe, was mich berührt, da ich weiß, wie viel es ihn gekostet haben muss und welche Erinnerungen nun wieder ausgegraben werden mögen.

Als im Raum Stille herrscht, stellt Will sich vor Camerons Pinnwand und hält das neue Vermisstenplakat in die Luft, auf dem das Wort ENTFÜHRT rot aufflammt.

»Ich kenne die meisten von euch«, beginnt er in sein Mikrofon zu sprechen. »Und ich weiß, wozu ihr fähig seid. Wo sich euer Herz befindet. Am einundzwanzigsten September verschwand Cameron Curtis mitten in der Nacht aus ihrem Elternhaus. Wir haben Grund zu der Annahme, dass sie dazu gezwungen wurde. Wie ihr zweifellos gehört habt, wurden seitdem noch zwei weitere Mädchen als vermisst gemeldet, beide weniger als hundert Meilen von hier entfernt. Es lässt sich unmöglich sagen, ob Camerons Verschwinden irgendetwas mit ihnen zu tun hat, aber so viel kann ich euch versichern: Alle diese Mädchen brauchen uns jetzt. Jede und jeden in diesem Raum und im ganzen Land. Ich bitte euch, euch zur Hilfe bei der Suche einzutragen. Ihr geht alle arbeiten. Das ist mir klar. Ihr habt euer eigenes Leben, aber vielleicht könnt ihr an einem Nachmittag in der Woche mit einem organisierten Suchtrupp hinausgehen. Vielleicht könnt ihr von eurem Küchentisch aus Flyer verschicken. Könnt Anrufe entgegennehmen, von Tür zu Tür gehen, dafür sorgen, dass es sich herumspricht. Einige von euch kennen Cameron, viele aber nicht. Ihre Mom und ihr Dad leben zurückgezogen und sind unter sich geblieben. Aber selbst wenn ihr Cameron nun zum ersten Mal auf diesen Plakaten seht, bitte ich euch, gut hinzuschauen.« Er dreht sich zu der Pinnwand um. »Irgendjemand hat diesem Mädchen etwas angetan. Wir wissen nicht, wer, aber es ist nun unser Problem. Sie ist ein Kind, und sie hat etwas Besseres verdient. Sorgen wir dafür, dass sie es auch bekommt, okay? Bringen wir sie zurück nach Hause.«

In dem Applaus, der aufbrandet, steht Troy Curtis auf und tritt vor die versammelte Menge. Ich erkenne ihn kaum wieder. Er sieht zehn Jahre älter aus als bei unserem letzten Treffen und greift kreidebleich und steif nach dem Mikrofon. Zum ersten Mal bemerke ich bei ihm keinerlei Arroganz.

»Cameron ist ein ganz besonderer Mensch«, sagt er; es bereitet ihm offensichtlich Mühe, mit ruhiger Stimme zu sprechen. »Das war sie bereits, als sie mit vier Jahren zu uns kam. Es erscheint unmöglich, dass irgendjemand ihr jemals etwas antun wollen könnte. Jedes Verbrechen an einem Kind ist eine Schandtat. An jedem Kind. Cameron ist ein unschuldiges Mädchen. Bitte helfen Sie mir, sie zu finden.« Seine Stimme droht zu brechen. »Ich weiß, dass sie irgendwo am Leben sein muss. Ich kann es spüren.« Von Gefühlen überwältigt, reicht Troy das Mikrofon an Will und kehrt zu seinem Platz zurück. Ich suche die Gesichter in seiner Nähe nach Emily ab, aber sie ist nicht hier bei ihrem Mann. Sie ist anscheinend doch noch nicht bereit.

◆◆◆

Als der Raum sich zu leeren beginnt, ist es bereits spät. Ich stehe an der Eingangstür, um nach Cricket zu sehen, als Caleb an mir vorbeikommt. »Ich bin froh, dass du gekommen bist«, sage ich.

»Fast wäre ich es nicht. Wie es aussieht, hast du dich nun doch in diesen Fall verwickeln lassen, hm?«

»Er kam mir zu wichtig vor, um es nicht zu tun. Melde dich bald mal, okay?«

»Das würde ich gern«, gesteht er.

Als er sich entfernt, tritt Tally auf mich zu. »Mein Ehemann Sam«, stellt sie vor, ihr Gesichtsausdruck warm und offen.

Der Mann im Rollstuhl neben ihr ist jünger als sie, ein etwa fünfunddreißig- bis vierzigjähriger amerikanischer Ureinwohner, der sein langes schwarzes Haar in einem ordentlichen Pferdeschwanz trägt und mich aus freundlichen dunklen Augen anblickt. Als ich sie an jenem Tag in Comptche aufsuchte, ging ich davon aus, dass sie alleinstehend ist.

»Das ist die Kriminalpolizistin, von der ich dir erzählt habe«, erklärt sie Sam.

»Vielen Dank für Ihre Arbeit«, sagt er. »Ich kann mich beteiligen, indem ich Anrufe entgegennehme, aber ich dachte auch, ich könnte vielleicht mein Yogastudio für all jene zugänglich machen, die es gern betreten und dort einfach einen Moment zur Ruhe kommen und atmen möchten. Die Kids aus Camerons Schule. Und alle anderen auch.«

»Das ist sehr großzügig. Ich danke Ihnen.«

»Ich habe nach meinem Unfall damit angefangen, und es hat mein Leben verändert. Jetzt arbeite ich viel mit Veteranen, Menschen mit Rückenmarksverletzungen oder Personen, die Schwierigkeiten mit der Geist-Körper-Verbindung haben.«

»Ich weiß nicht, was das ist.«

Er kneift ein Auge zusammen, sein Blick wirkt leicht tadelnd. »Geist. Körper. Verbindung. Welcher Teil ist unverständlich?«

»Sam«, erklärt Tally lachend, »benimm dich.«

»Schon okay. Er ist lustig.«

»Das ist sein Trick«, erklärt sie. »Er kann sehr überzeugend sein.«

»Kommen Sie in eine meiner Stunden«, wirft Sam mir entgegen.

»Sehen Sie?« Tally lacht erneut.

Ich frage: »Ist es so offensichtlich, dass ich Hilfe brauche?«

»Ich denke, Sie würden die Leute mögen, mit denen ich zusammenarbeite«, antwortet Sam. »Sie haben teils erstaunliche Dinge durchgemacht und sind ziemlich widerstandsfähig. Sie hören einfach nicht auf.«

»Womit?«

»Es zu versuchen.«

Achtundvierzig

Ich bin bereits auf halbem Weg zu meinem Wagen, als Will mich aufhält und fragt, ob ich ihn auf einen Drink zu ihm nach Hause begleiten möchte. Ich war noch nie bei Will, weshalb ich verwirrt bin, als er aus dem Dorf hinaus und die Küstenstraße entlang nach Süden fährt und nicht anhält, ehe wir fünfzehn Minuten später Elk erreicht haben. Der Ort ist kaum mehr als ein Fleck auf einer Landkarte. Früher, als es noch Holzfäller gab, war es ein boomender Ort, aber mittlerweile leben hier nur noch wenige Menschen in einer Handvoll Häuser, die sich um den Elk General Store und Queenie's Diner scharen, wohin Hap und Eden manchmal am Wochenende mit mir zum Frühstücken gingen.

Will parkt neben dem Laden. Weiß getünchte Stufen führen hinauf zu einer schmalen Tür mit einer Wohnungsnummer.

»Ich wusste gar nicht, dass da oben irgendjemand wohnt«, bemerke ich auf der dunklen Straße, während ich Cricket aus dem Wagen lasse.

»Ich bin noch nicht lange hier«, erwidert er. »Ich sollte dich auch warnen, dass ich eine Weile nicht mehr sauber gemacht habe.«

Ich folge ihm mit der Hündin direkt hinter mir die Treppe hinauf. Die Situation fühlt sich ein wenig zu intim an oder vielleicht auch gerade intim genug, je nachdem, auf welcher Seite die Münze landet. Will öffnet die Tür und schaltet das Licht ein. Es ist eine einfache, spärlich eingerichtete Einzimmerwohnung.

»Wann bist du zu Hause ausgezogen?«, frage ich und blicke mich um. Es gibt ein Sofa, einen Sofatisch und einen kleinen Esstisch mit einem freien Stuhl, der andere ist beladen mit Akten.

»Vor ein paar Monaten. Beth fand, es sei besser für die Kinder.«

»Es tut mir so leid, Will.«

Er zuckt resigniert mit den Achseln.

Als ich ihm ins Gesicht blicke, wird mir bewusst, dass ich ihm seit meiner Ankunft keine besonders gute Freundin gewesen bin. Es geht ihm offensichtlich nicht gut, aber ich habe mir nie die Mühe gemacht, ihn zu fragen, was in seiner Ehe passiert ist. »Möchtest du mir davon erzählen?«

»Ehrlich gesagt weiß ich nicht, ob ich die Energie dazu habe ...« Für einen Moment zieht er die Stirn in Falten, dann geht er an den Kühlschrank, aus dem er eine schlanke Wodkaflasche zieht. Nach dem Abend, den wir hinter uns haben, ist es wahrscheinlich nicht die beste Idee, mit hartem Alkohol anzufangen. Außerdem ist mir auch bewusst, dass ich mich in letzter Zeit etwas zu stark auf Alkohol eingelassen habe, aus irgendeinem Grund bringe ich es jedoch nicht über mich, auch nur einen dieser beiden Einwände laut auszusprechen, als er mit unseren Drinks in der Hand auf mich zukommt.

»Was ist bei deinem Trip nach Gualala herausgekommen?«, fragt Will.

»Nicht viel. Karen war auch mir gegenüber ziemlich verschlossen, aber ich glaube immer noch, dass die beiden Mädchen mehr gemeinsam haben, als es den Anschein hat. Weißt du noch, was Karen zu dir und Denny darüber gesagt hat, dass Shannan begann, sich sexuell auszuleben, als sie in der sechsten Klasse war. Das ist doch ein offenkundiges Zeichen. Niemand gibt freiwillig auf dem Klo Blowjobs, Will. Das hat nichts mit

Verlangen zu tun. Das hat auch nichts mit Sex zu tun. Sie hat da irgendwelchen emotionalen Müll verarbeitet, ob ihr das selbst nun bewusst war oder nicht.«

»Du glaubst, Shannan wurde ebenfalls missbraucht?«

»Das könnte sein, aber es gibt auch noch viele andere Arten, auf die Shannan verlernt haben könnte, sich abzugrenzen. Zum Beispiel, wenn sie zusehen musste, wie ihre Mutter geschlagen wurde. Womöglich ist Karen von ihren eigenen Problemen so stark abgelenkt gewesen, dass sie keine richtige Beziehung zu Shannan aufbauen oder sich um ihre Bedürfnisse kümmern konnte. Und welche Rolle spielt Shannans Dad in dieser ganzen Geschichte? Er muss die Familie verlassen haben, und das ist ein weiterer Schlag für sie gewesen. Eine weitere Lücke, die sie füllen musste.«

Will lehnt sich vor und lässt sein Glas kreisen, bis die Eiswürfel darin klirren. »Okay, nehmen wir einmal an, du hast recht: Die beiden senden also diese Fledermaussignale aus, und beide sind dieselbe Art von zauberhaftem Mädchen, dem es nicht so richtig gut geht. Was dann? Was für Typen suchen sich solche Opfer? Nach wem halten wir hier Ausschau, Anna?«

»Das weiß ich im Moment noch nicht, aber ich kann an nichts anderes denken.« Ich rufe Cricket mit einem Fingerschnipsen zu mir und lege meine Hand auf ihren warmen Hinterkopf. Es überrascht mich, wie schnell ich mich daran gewöhnt habe, sie um mich zu haben, und wie viel sie mir bereits bedeutet.

»Hast du dich je gefragt, weshalb wir beide gerade jetzt hier sind?«, möchte Will wissen.

»Weil du Lust auf einen Drink hattest?«

Ich hatte mir ein Lächeln erhofft, aber er bleibt todernst. »Ich meine, hier in Mendocino. Während all das hier geschieht.«

»Schlechtes Karma?«, versuche ich es erneut.

»Sehr witzig.« Er räuspert sich und rückt dann auf dem Sofa näher an mich heran, bis unsere Knie nur wenige Zentimeter voneinander entfernt sind. »Allerdings fühlt es sich manchmal wirklich wie Karma an. Wie geht dieses Sprichwort, dass das Leben einem immer das gibt, womit man am wenigsten zurechtkommt?«

Ich bringe ein hohles Lachen zustande. »Wir sind nicht gerade die zwei größten Glückspilze.«

»Nein.« Er nimmt einen großen Schluck von seinem Drink und leert ihn damit mühelos. Diese Geste ist mir nur allzu vertraut. Je schneller man trinkt, desto schneller kann man versuchen, auszulöschen, was auch immer ausgelöscht werden muss. »Kann ich dir etwas zeigen?«

Ich halte mich an dem Glas in meiner Hand fest. »Klar.«

Neunundvierzig

Die Wohnung ist ein langer Raum unter Dachschrägen, dessen hinterer Teil mit einer Trockenbauwand abgeteilt ist, um Bad und Schlafzimmer zu schaffen. Zumindest rechne ich mit einem Schlafzimmer und frage mich besorgt, ob ich irgendein Signal übersehen habe und es sich hierbei um einen Anmachversuch handelt. Aber als Will die Tür geöffnet und nach dem Lichtschalter gegriffen hat, sehe ich lediglich Lagerkisten, die sich in der Mitte eines kahlen Zimmers stapeln.

»Wo schläfst du?« Ich kann mir die Frage nicht verkneifen.

»Auf dem Sofa. Das reicht mir. Ich schlafe sowieso nicht viel.«

Ich denke an Hap. An seine Angewohnheit, im Wohnzimmer einzunicken, eine Decke bis übers Kinn hochgezogen – während er sich ausruhte, nachdachte, die Probleme der Welt durchkaute. Ich lasse den Blick über die Aktenkartons schweifen und will ihn gerade fragen, wofür die alle sind, aber dann wird es mir schlagartig bewusst: Beths Entscheidung, sich zu trennen. Seine Schlaflosigkeit. Seine Fähigkeit, ein Glas Wodka hinunterzukippen, als wäre es Wasser. All das hat seinen Grund in einem einzigen Problem, in einer einzigen Obsession. »Hier geht es um Jenny.«

»Nicht nur um Jenny, aber ja.« Will klappt den Deckel der ersten Kiste auf und zieht ein grobkörniges Foto eines hübschen Teenagers hervor. Stupsnase, ebenmäßige Zähne in einem lächelnd geöffneten Mund, leicht nach unten abfallende, dennoch strahlende Augen, die noch immer offen sind für alles, was sie erwartet. Ich erkenne das Mädchen nicht, auch wenn ich das Gefühl habe, dass ich es sollte. »Yvonne Lisa Weber«, sagt Will. »Eines der Opfer des Anhalterinnenmörders von Santa Rosa.«

»Warte mal«, sage ich, da ich mich nun daran erinnere, wie er diesen Fall bei Rod Fraser in Petaluma zur Sprache brachte, auf der Suche nach einer Verbindung. »Was geht hier vor?«

»Bloß ein Projekt von mir. Viele dieser Mädchen verschwanden im selben Jahr, in dem auch Jenny ermordet wurde.«

»Du glaubst also, sie haben etwas miteinander zu tun.« Ich atme stoßweise aus. »Es wurde nie eine Verbindung gefunden. Das weiß ich noch aus unserer Kindheit.«

»Das stimmt, aber ich war schon immer der Meinung, die Behörden haben etwas übersehen. Dass mein Dad irgendeinem Hinweis nicht nachgegangen ist oder dass niemand genau genug hingeschaut hat.«

Seine Körpersprache verrät mir, wie stark er unter Strom steht. »Denkst du, diese ungeklärten Fälle haben irgendetwas mit Cameron zu tun?«

Sein Blick schnellt von der Kiste in mein Gesicht und wieder zurück. »Nicht unbedingt. Ich kann mich einfach nur nicht von der Vorstellung losmachen, ich könnte noch immer herausfinden, was Jenny damals zugestoßen ist. Irgendwo hier drinnen mag sich ein Hinweis darauf befinden.« Er greift nach einem weiteren Foto, auf dem Yvonne Webers beste Freundin Maureen Louise Sterling zu sehen ist. »Sie sind im Februar 1972 gemeinsam verschwunden, nachdem sie nach Einbruch der Dunkelheit aus einer Rollschuhbahn kamen. Sie waren dreizehn.«

Ich will die beiden Bilder am liebsten gar nicht in die Hand nehmen, als Will sie mir gemeinsam reicht. Das Papier, auf dem sie gedruckt sind, ist leicht wie eine Feder. Die Mädchen hätten Schwestern sein können, so ähnlich sehen sie sich. Braune Augen. Stupsnasen. Dunkles, glattes Haar mit Mittelscheitel, das über schmale Schultern fällt. Ihre Augen ziehen mich unwiderstehlich an. »Seit wann arbeitest du daran?«, frage ich Will schließlich.

Er zuckt mit den Achseln. »Seit Jennys Tod.«

Großer Gott! »Was hast du herausgefunden?«

»Dass es einen komplett fertigmacht, wenn man über zwanzig Jahre von irgendetwas besessen ist.«

»Oh, Will.« Mein Herz setzt einen Takt aus.

»Es hat meine Ehe zerstört.«

»Erzähl mir davon. Erzähl mir von Beth.«

Er wendet den Blick ab und streicht mit der Hand über eine Klarsichthülle, die mit alten Zeitungsausschnitten gefüllt ist.

»Sie ist eine Heilige.«

»Niemand ist eine Heilige.«

»Dann kommt sie für mich nah genug dran. Wir haben uns kurz nach dem College kennengelernt, oben bei Mount Shasta. Ich war mit ein paar Kumpels zum Zelten da. Sie und ein paar Freundinnen waren auf dem Zeltplatz daneben. Das ist im Grunde die ganze Geschichte.«

Ich muss lächeln. »Liebe und Marshmallows also?«

»Ja und ein paar Kästen Coors Light.« Er greift erneut in die Kiste und zieht daraus weitere Fotos, Notizbücher und mit zerbröselnden Gummibändern umwickelte Karteikarten hervor.

»Abgesehen von Jenny berühren mich diese Mädchen hier am stärksten. Über achtzehn Monate hinweg gab es sieben Opfer, Jenny inbegriffen. Aber diese beiden waren die jüngsten. Und die einzigen, die gemeinsam entführt wurden. Die eine hat zugesehen, wie die andere vor ihr starb. Kannst du dir das vorstellen? Sie waren beste Freundinnen.«

»Zwanzig Jahre sind eine lange Zeit für einen ungelösten Mord, von sieben ganz zu schweigen, Will. Begreift Beth wirklich nicht, weshalb du dieser Sache weiter nachgehen musst? Sie kennt deine Geschichte, oder? Wie nah du Jenny gestanden hast? Wie konnte sie dich einfach aufgeben?«

»Das hat sie nicht. Das hat sie nie. Ich habe mich selbst aufgegeben. Ich habe diese Kisten nun schon eine ganze Weile nicht mehr geöffnet. Vielleicht ein Jahr?« Er kratzt sich am Kopf und schnieft, versucht die Tränen auf jene Weise zurückzuhalten, wie Männer es tun, indem sie vorgeben, sie seien erkältet. Ich habe dieses Verhalten stets als ebenso liebenswert wie nervtötend empfunden, in Wills Fall ist es jedoch hauptsächlich liebenswert.

»Warum jetzt?«

»Ich weiß es nicht. Vielleicht wegen Cameron und der anderen Mädchen, alle in einem Umkreis von hundert Meilen. Vielleicht ist es auch das Internet. So ein Werkzeug hatten wir noch nie, nichts dergleichen. Da draußen sind Millionen und Abermillionen Menschen, alle mit ein paar Klicks zu erreichen, und mindestens einer von ihnen weiß irgendetwas.«

Er hat recht. Ein ganz neuer Tag beginnt. Eine Chance, sich noch einmal an diesen Fall heranzuwagen und an so viele andere, die im Sande verlaufen sind.

»Es kann kein Zufall sein«, fährt er fort. »Wir waren damals beide hier, und wir sind heute beide hier. Wirkt das nicht wie ein Zeichen? Dass wir das Ganze neu in Angriff nehmen und lösen sollen.«

Mir wird vom Zuhören beinahe schwindlig. Ein großer Teil von mir würde alles darum geben, Jennys Mörder endlich hinter Gitter zu bringen, aber er meint auch all die anderen, ein in jeder Hinsicht enormes Unterfangen.

Will wartet nicht auf meine Antwort. »Letztens in Petaluma hat Barresi etwas erwähnt, als du gerade Kaffee holen warst. Das FBI ist dabei, eine nationale Datenbank anzulegen, um Kriminallabore im ganzen Land miteinander zu verbinden. Du weißt ja, wie langsam jetzt noch alles läuft. Aber sobald diese neue Datenbank gestartet ist, könnte eine Samenprobe aus einem Vergewaltigungs-Kit in Seattle einem verurteilten Täter in Philadelphia oder Washington zugeordnet werden. Stell dir nur mal all die ungelösten Fälle vor, denen neues Leben eingehaucht werden könnte, Anna.«

»Das ist auf jeden Fall aufregend. Aber wie hilft uns das hier und jetzt weiter? Warum hast du mich heute hierhergebracht?«

Will atmet tief ein und lässt dann die Luft wieder entweichen. »Ich habe dich hierhergebracht, weil ich hoffte, du würdest es ebenfalls erkennen. Dass wir auch Jennys Fall lösen müssen. All diese Fälle.«

Es hat ihn augenscheinlich viel Überwindung gekostet, mir die Akten zu zeigen. »Vielleicht irgendwann einmal«, erwidere ich schließlich, aus Sorge, ihm mehr zu versprechen. »Wenn all das hier vorbei ist.«

Irgendwie hat er begonnen, sich mir zu nähern. Ich kann seinen Rasierschaum riechen, unter dem Wodka, den wir getrunken haben.

»Will«, sage ich. Aber er beugt sich bereits vor, um mich zu küssen. Ein Kuss, der eine Ewigkeit gebraucht hat. Seine Lippen sind warm.

Ich würde lügen, wenn ich behauptete, es nicht zu wollen. Nicht nur den Sex, sondern auch die Ablenkung von allem, einfach meine Augen zu schließen und mich in seine Arme sinken zu lassen. Aber wenn es vorbei wäre, würde ich dann nicht wieder genau dort stehen, wo ich angefangen habe, nur noch beladen mit Schuldgefühlen und Gewissensbissen? Ich habe Brendan bereits genug wehgetan. Selbst wenn er es nie herausfände, ich habe schon zu viele Versprechen gebrochen, um noch Untreue hinzuzufügen.

Wills Lippen pressen sich fester auf meine, seine Zunge öffnet meinen Mund.

»Bitte nicht.« Ich stolpere zurück.

Will ist verletzt, verwirrt. Jahrzehnte der Enttäuschung sammeln sich in seinem Blick wie ein Sturm. Er ist bereits aus seiner Ehe hinausgeworfen worden. Und dann all der Druck aus dem Ort, ein unmöglicher Job für jeden. Es ist nicht der Sex, wonach er sucht, es ist eine Rettungsleine. Ein Floß, um ihn in dem gottverlassenen Nichts über Wasser zu halten oder auch nur ein einziges Stück Treibholz, solange wir beide uns nur gemeinsam daran festklammern können.

Am anderen Ende des Zimmers klingelt das Telefon. Ich zucke zusammen.

»Lass es klingeln«, sagt er.

»Nein. Geh ran.«

»Anna.«

◆◆◆

Das Klingeln scheint eine Ewigkeit anzudauern. Cricket bellt im Wohnzimmer einmal hoch und scharf auf, und endlich geht Will, um abzuheben. Beinahe zitternd finde ich die Tür zum Badezimmer, schließe mich darin ein und blicke fest in den Spiegel. Ich denke an Brendan, denke an die Frau, die ich vor nicht allzu langer Zeit gewesen bin. Ich habe schreckliche Fehler begangen, ja. Und vielleicht hat meine Arbeit mich zu sehr eingenommen, und ich bin nicht in der Lage gewesen, wirklich für ihn und unsere Familie da zu sein. Aber das bedeutet nicht, dass ich ihn nicht liebe. Ein Teil von mir hat die Hoffnung noch nicht aufgegeben, ich könnte noch immer sein Vertrauen zurückgewinnen und nach Hause zurückkehren. Allerdings werde ich keine Chance mehr haben, wenn ich mich jetzt Will zuwende, so tröstlich seine Arme sich in diesem Augenblick auch anfühlen mögen.

Ich höre Cricket an der Tür nach mir suchen, bleibe aber noch einen Moment länger, spritze mir das Gesicht mit kaltem Wasser ab und benutze dann Wills Handtuch. Selbst das fühlt sich zu intim an. Es ist ganz eindeutig, was das Richtige ist. Ich habe meinen inneren Kompass noch nicht verloren.

Mit Cricket im Schlepptau laufe ich durch den kleinen Flur und versuche, mir die richtigen Worte zurechtzulegen, um Will mitzuteilen, dass ich ihn schon immer gernhatte und aus genau diesem Grund nun gehen muss. Dass ich ihm nicht geben kann, was mir nicht zusteht, ihm anzubieten. Dass wir nicht kaputt auf diesem Floß bleiben dürfen. Nicht für Jenny. Für nichts und niemanden. Wir müssen loslassen und um unser Leben schwimmen, allein, denn nur so können wir ein Ufer erreichen.

Seine Verbindung wurde gerade getrennt, er hält den Hörer noch immer in der Hand. »Sie haben ein Auto gefunden, das Shannan Russos sein könnte. Der Hubschrauber aus Sonoma County hat ihn heute Abend entdeckt. Dennys Team fährt bei Morgengrauen hin, um es zu überprüfen.«

»Wir müssen dabei sein.«

»Das denke ich auch. Wir brechen um sechs auf. Zieh dich warm an, okay? Es könnte ein langer Tag werden.«

»Will …«, beginne ich, da ich den Drang verspüre, zu klären, was zwischen uns vorgefallen ist.

Er unterbricht mich. »Schlaf ein bisschen. Es geht früh los.«

Fünfzig

In einem entlegenen Abschnitt von Montgomery Woods, eine Stunde südwestlich von uns, liegt Shannans Firebird versteckt in einer Baumgruppe hinter einer wenig befahrenen, unbefestigten Zufahrtsstraße. Wie es aussieht, wurde Benzin über die Motorhaube und das Wageninnere gekippt oder irgendeine andere Chemikalie, die den Brand ausreichend beschleunigte, um die Sitze zu verbrennen und die Lackierung, die Reifen, die Fußmatten und das Lenkrad schmelzen zu lassen. An irgendeinem Punkt sind dann die Fensterscheiben explodiert.

Bei unserer Ankunft sind Denny Rasmussen und sein Team bereits zur Stelle, gemeinsam mit einem Rechtsmediziner und einem forensischen Team, das mit der Arbeit an dem ausgebrannten Auto bereits angefangen hat. Ich bin enttäuscht, als ich das Ausmaß des Schadens sehe. Wir benötigen Fingerabdrücke oder Haare oder Fasern, irgendetwas, das uns essenzielle Informationen übermitteln kann, aber der Wagen ist völlig zerstört. Schwer vorstellbar, wie irgendwelche Beweise das Feuer überstanden haben sollen.

»Alles in Ordnung?«, fragt Will.

Aus seinem Tonfall kann ich nicht heraushören, ob er »in Ordnung« in Bezug auf den Tatort oder etwas Persönlicheres meint. Das forensische Team ist zum Kofferraum vorgedrungen, der allem Anschein nach geschützter gewesen ist als der Rest des Wagens. Wir treten zu ihnen, als sie anfangen, ihn aufzustemmen. Dann senkt sich Schweigen über uns. Shannan liegt wie ein Fötus zusammengerollt da, ihre Augen sind geöffnet und gallertartig in ihrem Schädel versunken. Ihr Mund steht weit offen, ein Halbkreis aus Zähnen ragt aus einem tropfenden Loch.

Ich straffe mich und versuche mich zu konzentrieren, aber es ist nicht leicht. Jemand hat ihr die Arme hinter den Körper verdreht, ihre Hände sind mit einem dünnen elektrischen Draht verbunden, wahrscheinlich einem Verlängerungskabel.

»Heilige Mutter Gottes«, murmelt Denny. Er ist muskulös und blond und hat die Beine eines Radfahrers, starke Waden, über denen sich der Stoff seiner Kakihose spannt. Körperliches Durchhaltevermögen wird ihm hier allerdings nicht weiterhelfen. Sein Gesicht ist kalkweiß, meines vermutlich ebenfalls. So oft ich auch schon die Überreste eines Mordopfers gesehen haben mag, es fühlt sich jedes Mal schrecklich an. Der menschliche Verstand ist nicht dafür geschaffen, so etwas zu begreifen.

Und doch müssen wir alles mit erforschendem Blick betrachten. Müssen uns eingestehen, dass Shannan, so schrecklich es auch ist, eine solche Leiche zu finden, nun zumindest nicht länger verschwunden ist.

Der Rechtsmediziner namens Robert Lisicky untersucht das Opfer mehrere Minuten lang stumm, ehe er seine Nickelbrille mit einer behandschuhten Hand auf dem Nasenrücken nach oben schiebt. »Dem Haar nach zu schließen ist sie weißer Abstammung. Basierend auf dem Zustand der Leiche würde ich sagen, dass sie seit ein paar Monaten hier liegt. Aber lassen Sie uns nun alles versiegeln. Wir müssen den Wagen in einen geschlossenen Raum bringen, um keine Beweise zu verlieren. Können Sie einen Tieflader organisieren?«

»Selbstverständlich«, erwidert Denny und löst sich von uns, um den Anruf zu tätigen. Einer seiner Deputys tritt einen

Schritt zurück, als wollte er ihm folgen, dann rennt er in die Bäume, wo er würgt und sich übergibt.

Ich werfe einen Blick auf Will, frage mich, wie er mit der Situation zurechtkommt. Er ist ein erfahrener Polizist, dennoch wird das hier neu für ihn sein.

Ich sehe, wie er neben mir ein wenig ins Wanken gerät, sich dann jedoch wieder fängt, als Lisicky zwei kleine Gläser aus seiner Tasche holt und sorgfältig Proben aus der Fülle an Insekten auf der Leiche nimmt. Ein Entomologe wird uns hoffentlich dabei helfen können, zu bestimmen, seit wann die Leiche hier liegt. Fürs Erste wird nun der Kofferraum nach Fingerabdrücken untersucht und dann mit Polizeiabsperrband versiegelt, danach wird der Wagen aus jedem Blickwinkel fotografiert.

Seltsam erscheint, dass sich das Feuer nicht über einen großen verbrannten Kreis um den Wagen hinaus ausgebreitet hat. Das ergibt keinen Sinn. Der Sommer ist hier oben die trockene Jahreszeit. Die Flammen hätten mehrere Hektar Land verschlingen sollen, den halben gottverdammten Park, aber das haben sie nicht.

Auch Will ist es aufgefallen. Er weist auf die kahle, geschwärzte Vegetation unter dem Wrack und dann hinauf auf die Baumgrenze. »Wenn dieser Typ ein Amateur ist, dann hat er Glück gehabt.«

»Vielleicht wusste er auch genau, was er tat«, mischt Denny sich ein. »Es könnte ein Ranger gewesen sein, oder nicht?«

»Shannan hatte keinen Grund, in diesen Wäldern unterwegs zu sein«, erklärte ich. »Sie war nicht zelten, sie wurde mit ihrem Auto entführt und dann hierhergebracht. Ihrem Mörder sind diese Straßen vertraut. Er wusste, dass der Wagen nicht sofort gefunden werden würde.«

»Wir lassen eine Liste der Parkangestellten durch die Datenbank laufen, um zu sehen, ob es irgendjemanden gibt, der zu dieser Sache hier passt«, sagt Denny. »Normalerweise macht die Forstverwaltung eine gründliche Hintergrundprüfung, ehe sie jemanden einstellt, aber ich weiß nicht. Irgendwie hat der Täter es fertiggebracht, das Feuer am Ausbreiten zu hindern, nachdem er es gelegt hatte. Das ist nicht leicht, wenn nicht gerade das Wetter umgeschlagen ist.«

»Ich kann mich nicht daran erinnern, dass es im Juni hier oben geregnet hätte«, erwidert Will. »Aber das lassen wir uns gleich vom Nationalen Archiv für Wetterdaten bestätigen.«

»Hat er sie hier umgebracht, oder brauchte er nur einen Ort, um das Auto und die Leiche loszuwerden?«, frage ich, auch wenn mir bewusst ist, dass ich keine Antwort bekommen werde. Wir werden erst mehr wissen, wenn die Obduktions- und Tatortberichte zurückkommen – und vielleicht nicht einmal dann.

»Wir sollten die gesamte Umgebung durchsuchen«, sagt Denny. »Hier in diesen Wäldern gibt es Forsthütten und Unterkünfte für Wanderer. Wenn der Täter Shannan in ihrem Wagen hierhergefahren hat, wie ist er dann wieder von hier fortgekommen, sofern nicht ein Fahrzeug an dieser Stelle auf ihn gewartet hat? Oder lebt er irgendwo im Naturschutzgebiet?«

»Er könnte einen Komplizen gehabt haben«, schlägt Will vor. »Das ist eine der Theorien bei dem Klaas-Mädchen. Dass es noch einen Fahrer gab, jemanden, der im Auto blieb, während der andere hineinging, um Polly zu holen.«

»Das ist möglich«, muss ich zugeben, während jedoch eine lautere Stimme in meinem Inneren zu mir sagt: Nein. Es handelt sich um nur einen einzigen Typen, der stark genug ist, um eine Leiche in den Kofferraum zu hieven, und geschickt genug, um in einem Wald, den er gut kennt, ein Feuer zu kontrollieren. Vielleicht ist es ein Ranger, wie Denny vermutet.

Sollte es jedenfalls derselbe Typ sein, der Cameron Ende September entführt hat, dann hätte er vier Monate gewartet, ehe er wieder auf die Jagd ging. Ich komme nicht umhin, mich zu fragen, ob auch Cameron in diesen Wäldern sein könnte, irgendwo in der Nähe versteckt.

Ich werfe erneut einen Blick auf das Auto, denke an die Fotos in Karens Geldbeutel, an ihre Geschichte über Shannans Zopf. Nichts in dem Kofferraum ähnelt dem Mädchen, das einst eine Disneyprinzessin werden wollte. Aber das hier ist Shannan, das weiß ich. Und sie wurde gefoltert, ehe sie getötet wurde.

Einundfünfzig

Das letzte Mal bin ich als Teenager in Montgomery Woods gewesen. Es war ein warmer Tag im Spätfrühling, an dem Hap ausnahmsweise einmal frei hatte. Er fuhr uns über die Straße nach Comptche und Ukiah aus Mendocino hinaus, eine Hand am Steuer, die andere aus dem Fenster gestreckt. Ein paar Meilen vor dem staatlichen Naturschutzgebiet, auf der kleinen schmalen Orr Springs Road, lenkte er seinen Suburban auf die Böschung und schaltete den Motor aus. Dann zog er einen Rucksack aus der Heckklappe, nahm einen Schluck aus seiner Trinkflasche und führte uns direkt in den Wald hinein, wo es meilenweit keinen Pfad gab.

Der Untergrund war schwierig, genau so, wie wir beide es mochten. Ich kämpfte mich hinter ihm her, während Zweige sich durch meine Jeans bohrten und Spinnweben sich in meinem Haar verfingen. Doch nach einer Weile gelang es mir, mit ihm Schritt zu halten. Wenn ich mit zehn Jahren noch Haps vorsichtiger Schatten gewesen war, so war ich mit fünfzehn bereits geschickt und ausdauernd.

Der Berglorbeer befand sich am Ende seiner Blütezeit, und die pinkfarbenen sternförmigen Büschel lösten sich in hauchdünnen Schichten von ihm und bedeckten den Fußboden wie verstreutes Konfetti. Durch einen dichten Hain dieser Sträucher stiegen wir hinab in ein kleines Tal, in dem die Vegetation sich in die Farne und Rankengewächse einer Flussaue verwandelte und einen sumpfigen Geruch verströmte. Am grünen Rand der Aue unterwegs in südlicher Richtung liefen wir noch etwa eine halbe Meile weiter, bis wir eine Gruppe von Erlen erreichten und dann in einen breiten, stillen Mammutbaumhain traten. In seinem Zentrum stand ein hoch aufragender Riese, der mir Nackenschmerzen verursachte, als ich aufblickte, um zu sehen, bis wohin er reichte.

»Manche werden dir erzählen, dies sei der höchste Baum der Welt«, sagte Hap. Er trug seine Wochenenduniform, ein blaues Flanellhemd und Jeans, dazu einen braunen Stetson aus Filz. Sein beeindruckender, silbern gefärbter Schnurrbart bewegte sich zusammen mit seinem Mund. »Oben in Humboldt steht ein weiterer, der noch größer sein könnte.«

»Wie groß ist er?«, wollte ich wissen.

Hap blickte an dem Stamm hinauf, der leicht pelzig war, mit Fasern wie Haarbüschel. Halb zu sich selbst sagte er: »Ist es so wichtig, das zu wissen? Wenn etwas es so weit geschafft hat, durch alles hindurch, was das Universum ihm in den Weg gelegt hat, dann sollten wir vielleicht einfach nur Danke sagen.«

Wie gewöhnlich war an seinen Worten etwas dran. Mein Blick glitt den Baumstamm hinauf bis zu dem entfernten Fetzen Himmel, ein Mandala aus blassem Blau und tiefem Grün und Rostbraun.

»Weißt du, wo du bist?«, fragte er mich leise.

»Montgomery Woods?«

»Was hörst du?« Da wusste ich, dass wir mit einer seiner Überlebensprüfungen begonnen hatten.

Ich strengte mich an und verharrte reglos. »Die Bäume klingen, als würden sie flüstern.«

»Können sie dir sagen, wie du zum Auto zurückfindest? Hast du beim Gehen aufgepasst?«

»Ich denke schon.«

»Nehmen wir an, du hast dich verlaufen, und ich bin nicht da.«

»Aber du bist da.«

Er lächelte. »Bin ich nicht. Was machst du?«

»Wieder nach dem Pfad suchen«, schlug ich vor. »Nach Wasser suchen.«

»Was also?«

»Den Pfad suchen.«

Er sagte weder Ja noch Nein. In fremden Häusern aufgewachsen, war ich geübt darin, Gesichtsausdrücke zu deuten und Gefühle zu erraten, aber bei Hap funktionierte es nie. Er war zu tiefgründig und zu still, zu sehr nach innen gekehrt. Wie ging noch dieses Lied über Menschen, die Felsen und Inseln sind? Hap war weder das eine noch das andere. Er war seine eigene Wildnis.

»Wie viel Uhr ist es?«, fragte er mich.

Ich blickte hinauf durch das Dach aus Baumkronen, um den Winkel der Sonne zu bestimmen. Ich schätzte, dass wir den Wagen gegen drei Uhr verlassen hatten und etwa eine Stunde gelaufen waren. »Viertel nach vier. Wir haben noch reichlich Zeit, bevor es dunkel wird.«

Ein seltenes Lächeln. »Kann sein, dass wir die haben.«

Ich schloss die Augen und richtete meine verbliebenen Sinne nach außen, rührte mich nicht, ehe ich begann, Dinge zu hören, die einen Augenblick vorher noch nicht da gewesen waren – das Zittern eines Blattes, das in ein Spinnennetz geweht wird, Wasser, das sich unter der Erde in einem drängenden und seufzenden Tröpfeln voranbewegt. Und da war noch mehr. Hinter all dem, hinter dem, was ich tatsächlich hören konnte, vernahm ich das Geräusch eines Motors, von Maschinen. Die Zivilisation. »Ich glaube, ich kenne den Weg.«

Von da an ließ er mich vorangehen, hinaus aus dem Hain und durch das rote Erlenholz, Hinweisen folgend, die mir subtil, beinahe unsichtbar zeigten, wohin ich gehen sollte. Einige

Räume zwischen den Bäumen unterschieden sich von anderen, stießen meine Erinnerung an, machten mich auf Orientierungshilfen in Form der weißen Striche aus Pilzen, der Flechten und des Mooses aufmerksam. Da waren der brackige Geruch der Aue, die sich feucht anfühlende Luft, als wir uns dem Farnwald näherten, die Berglorbeerblüten in einem durchscheinenden pinkfarbenen Teppich. Ein paarmal kam ich vom Weg ab, aber Hap sagte kein Wort. Er würde mir dieses Mal überhaupt nicht helfen, und zwar nicht aus Sturheit, sondern aus Liebe. Er wollte mir zeigen, dass ich es schaffen konnte. Dass ich mir genauso sehr vertrauen konnte, wie er mir zu vertrauen gelernt hatte.

Als wir endlich den Wagen erreicht hatten, sah ich zu, wie Hap seinen Rucksack wieder darin verstaute. Die gleichmäßigen Bewegungen seiner Hände und seine stille Konzentration. Er war der größte, aufrechteste Baum, dem ich je begegnen würde. Als er sich wieder zu mir umdrehte, sagte ich: »Danke.«

Zweiundfünfzig

Am nächsten Tag ruft uns der Rechtsmediziner mit dem Obduktionsbericht an. Todesart: Strangulierung. Ein gebrochenes Zungenbein und Verletzungen im Weichgewebe des Halses weisen zweifelsfrei darauf hin. Die Abdrücke an den Handgelenken legen eine lange andauernde Fesselung nahe.

»Die Curtis drehen durch, wenn sie das hören«, bemerkt Will, nachdem er mich auf den neuesten Stand gebracht hat. »Sie werden sich fragen, ob Cameron die Nächste ist.«

Wir sitzen in seinem Büro, beide unruhig von dem andauernden Stress und zu viel Koffein. Die letzten vierundzwanzig Stunden sind dermaßen anstrengend und verstörend gewesen, dass ich mich kaum noch an den Kuss in seiner Wohnung erinnern kann. Es ist, als wäre er nie geschehen, und das ist eine Erleichterung. Wir haben schon genug, worum wir uns kümmern müssen.

»Beim Strangulieren geht es fast immer um einen Machtbeweis«, sage ich zu Will. »Es wird extrem viel Kraft benötigt, um Menschen auf diese Weise umzubringen. Man kann ihre Augen sehen und ihren Atem riechen, und man weiß, dass man den Zug zu jedem Zeitpunkt noch anhalten und sie verschonen kann. Oder eben nicht.«

»Grundgütiger«, entfährt es ihm schwer. »Ich hätte nie gedacht, dass so etwas in meiner Dienstzeit geschehen könnte. Meinen Dad hat es beinahe gebrochen. Ich glaube nicht, dass er danach je wieder derselbe war. Vielleicht bin ich nicht stark genug oder gut genug.«

Ich weiß, was ihm gerade durch den Kopf schwirrt. Der Kofferraum. Die Leiche. Mich lässt es ebenso wenig los. »Versuch, nicht daran zu denken«, erwidere ich sanft. »Du schaffst das. Wir machen es zusammen.«

»Ja«, sagt Will, ganz offensichtlich nicht überzeugt. »Was hältst du von Dennys Ranger-Theorie?«

Haps Beruf ist für mich immer heilig gewesen, aber ich muss zugeben, dass die Vorstellung plausibel klingt. Ein Ranger wäre aus der Gegend und mit ihr vertraut. »Könnte auch ein Feuerwehrmann sein«, füge ich hinzu. »Oder ein Soldat, oder jemand von der Nationalgarde? All diese Typen lernen, mit Feuer umzugehen, und sie sind körperlich fit.«

»Stimmt«, lenkt er ein. »Übrigens, ist dir aufgefallen, dass Drew Hague bei der Versammlung nicht aufgetaucht ist? Er scheint sich ja draußen in der Natur auch recht wohlzufühlen.«

Es ist mir aufgefallen. Wenn Emily sich, bei allem, was sie gerade durchmacht, nicht zum Erscheinen aufraffen konnte, ist das eine Sache. Aber für Drew gibt es keine Entschuldigung. »Ich denke, er geht irgendetwas aus dem Weg. Wie ist der zweite Lügendetektortest gelaufen?«

»Der Techniker musste in letzter Minute absagen. Wir haben einen neuen Termin am Mittwoch.«

»Das ist erst in zwei Tagen.«

»Das brauchst du mir nicht sagen, Anna. Aber was soll ich denn tun? Ich musste schon immer Techniker aus anderen Countys hierherbestellen, und der Fall Polly Klaas nimmt nach wie vor viele Ressourcen in Anspruch. Alle, die zu irgendwas fähig sind, arbeiten nun daran. Ihre Telefonleitung für Hinweise läuft immer noch heiß.«

»Wir müssen Rod Fraser sofort anrufen und ihm alles berichten, was wir wissen. Dieser Typ könnte derselbe sein, der

Polly entführt hat, nicht wahr? Wir können es verdammt noch mal einfach nicht sagen.«

Er starrt lange auf die Mitte seines chaotischen Schreibtischs, ganz offensichtlich überfordert. Dann erwidert er: »Lass uns kurz zu dieser Ranger-Theorie zurückkehren. Falls wir nach einem solchen suchen, wie wäre er dann hier oben in den Wäldern mit Shannan in Kontakt getreten, insbesondere, wenn sie auf dem Weg nach Seattle war?«

»Könnte er ihr irgendwo beim Ausgehen begegnet sein, in einer Bar etwa? Vielleicht waren sie sogar eine Weile zusammen?« Ich schütte zwei weitere Päckchen Süßstoff in meinen Kaffee, in der Hoffnung, dass der Rausch mir beim Denken hilft. »Vielleicht geschah es sogar unbeabsichtigt. Sagen wir, er und Shannan lernten sich eines Abends kennen und fuhren an einen ruhigen Ort, um in ihrem Auto Sex zu haben. Aber dann ist irgendetwas umgeschlagen. Er wurde gewalttätig und hat sie erwürgt, und hinterher saß er dann mit einer Leiche da. Er würde an irgendeinen Ort fahren, der ihm vertraut ist, nicht wahr? Er würde das Auto verbrennen und seine Spuren verwischen und dann versuchen, die ganze Sache zu vergessen.«

»Juni bis September, das sind vier Monate«, fügt Will hinzu. »Also ist er vielleicht eine Weile erfolgreich oder glaubt, er hätte es überwunden. Aber dann taucht Cameron Curtis auf. Warum sie und niemand anderes? Was haben sie und Shannan gemeinsam?«

»Sie sehen sich ein wenig ähnlich«, versuche ich es. »Beide Mädchen haben langes dunkles Haar mit Mittelscheitel und braune Augen. Beide sind auch mehr als nur hübsch. Sie sind umwerfend. Man würde sich auf der Straße nach ihnen umsehen.«

»Aber Cameron ist er definitiv nicht in einer Bar begegnet.

Bis dahin muss sich irgendetwas verlagert haben. Er hat sie aktiv aufgespürt.«

»Das muss er getan haben. Sie ist gar nicht so viel draußen unterwegs, geht bloß zur Schule und wieder nach Hause und manchmal noch zu Gray Benson.« Meine Schläfen haben begonnen, dumpf zu pochen. »Es ist eine verrückte Idee, aber was ist, wenn Cameron stattdessen ihn aufgespürt hat? Erinnerst du dich an dieses Gedicht in Camerons Spind: *Ich will mich entfalten. Nirgends will ich gebogen bleiben, denn dort bin ich gelogen, wo ich gebogen bin?*«

»Verdammt, du hast es auswendig gelernt.«

»Hör mir einfach eine Minute zu. Cameron ist keine gewöhnliche Fünfzehnjährige. Sie stand unerhört unter Druck. Das Schweigen und die Lügen zwischen ihren Eltern. Und alles droht, nur noch schlimmer zu werden. Ein Baby ist auf dem Weg, ihre Eltern lassen sich womöglich scheiden – oder, schlimmer noch, sie lassen sich nicht scheiden und machen einfach so weiter. Cameron muss verzweifelt nach einem Ausweg gesucht haben.«

»Was ist mit der Sache im Gesundheitszentrum?« Will klingt, als käme er noch nicht ganz mit. »Wie passt das hinein?«

»Vielleicht ging es bei dem Termin um Unabhängigkeit, oder zumindest fing es damit an. Vielleicht versuchte Cameron nur, sich ein eigenes Leben zu gestalten. Emily als Mutter zu haben kann nicht einfach gewesen sein. Es ist noch nicht allzu lange her, dass sie aufgehört hat, TV-Rollen anzunehmen. Und selbst danach erkennen die Leute sie noch wieder. Sie wurde sogar einmal zu einer der fünfzig schönsten lebenden Personen auf der Welt gewählt, nicht wahr?«

»Darüber habe ich auch schon nachgedacht. Ich meine, wir finden diese Zeitschriften albern, aber Cameron wahrscheinlich nicht. Die meisten Mädchen könnten sich niemals wie etwas Besonderes fühlen, wenn sie sich mit Emily vergleichen müssten.«

»Sollte Cameron irgendwie ausbrechen und die Aufmerksamkeit auf sich ziehen wollen, wie würde sie das dann anstellen? Wie sieht diese Art von Entfaltung aus, und auf welche Weise würde es sie auf einen Weg bringen, auf dem sie der Art von Typen begegnet ist, nach dem wir Ausschau halten, einem Ranger oder Soldaten? Der ihr etwas anzubieten hat, einen Fluchtweg aus diesem Glaskasten?«

»Ich kann es mir nicht vorstellen«, sagt Will.

»Ich auch nicht.« Ich spüre, wie der Sauerstoff im Raum abnimmt. Wie wir uns beide im Kreis drehen. Nach einer Weile füge ich hinzu: »Irgendwie müssen sie einander so vertraut geworden sein, dass Cameron einwilligte, sich mitten in der Nacht mit ihm zu treffen. Wie ist es dazu gekommen? Was musste dieser Typ tun, um sie nicht abzuschrecken, sondern sie näher an sich heranzuziehen? Das ist die entscheidende Frage.«

»Emily hat behauptet, sie hätte nie einen Freund gehabt, weißt du noch?«

»Genau. Shannan mag jemand gewesen sein, den der Täter abgeschleppt hat, aber langsam frage ich mich, ob er sich zu Cameron aus einem anderen Grund hingezogen fühlt. Ob sie für ihn eine Art von Ideal darstellt.«

»Wie meinst du das?«

»Das taucht beim Profiling häufig auf«, erkläre ich und suche nach einer Sprache, die ihm zu verstehen hilft, in welche Richtung meine Gedanken gehen. »Typen, die Außenseiter sind und keine Beziehung zu anderen Menschen aufbauen können, fixieren sich manchmal auf jemand Unschuldiges als eine Möglichkeit, um sich selbst zu erlösen. Oder zumindest ist das die Geschichte, die sie glauben wollen.«

»Moment. Dann ist er also kein Psychopath?«

Ich bin offensichtlich nicht erfolgreich gewesen. »Vielleicht ist er einer«, versuche ich es noch einmal. »Aber selbst die verdrehtesten Seelen suchen nach Liebe und Verbindung. Vielleicht haben wir Camerons Leiche deshalb noch nicht gefunden, weil er glaubt, sie könne dafür sorgen, dass sich all das Schlechte in ihm wieder richtig anfühlt. Die Verletzungen heilen, die die Welt ihm zugefügt hat.«

»Ich weiß nicht«, entgegnet Will skeptisch. »Das ist eine ziemlich abenteuerliche Hypothese, Anna. Wieso gehst du davon aus, dass dieser Typ verletzt worden ist?«

Ich starre ihn an, plötzlich frustriert. Dieser Tag ist zu lang gewesen und viel zu hart. Diese Woche, dieser Monat, dieses Jahr. »Weil man auf diese Weise einen Täter erschafft.«

Dreiundfünfzig

In einem Jahr überreichte Frank Leary uns allen bei Searchlight ein Exemplar des Buches *Sexual Homicide: Patterns and Motives* und schärfte uns ein, wir sollten es behandeln wie die Bibel. Verfasst wurde es von zwei FBI-Kriminalisten und einer Spezialistin für Psychiatriepflege, die Dutzende von Interviews mit verurteilten Mördern und Folterern, Psychopathen, Soziopathen, Pädophilen und sexuellen Sadisten organisiert und durchgeführt hatten, um die kriminelle Psyche auf eine systematische Weise zu verstehen.

Es war ohne Zweifel ein provokantes Buch. Die Agenten hatten Höchstsicherheitsgefängnisse im ganzen Land besucht, um sich an einem Verhörtisch Charles Manson, David Berkowitz, Edmund Kemper und dreiunddreißig anderen gegenüberzusetzen, in der Hoffnung, etwas von ihnen zu lernen. Nicht die Fakten über ihre Fälle oder Verurteilungen und auch nicht, ob sie jemals wieder rehabilitiert werden konnten, sondern, was sie in den Augenblicken vor, während und nach den von ihnen begangenen Morden gedacht hatten. Wie und warum sie bestimmte Opfer auswählten, was ihre Trigger waren, wo ihre Gewaltphantasien begannen und was für sie die aufregendsten Momente des Verbrechens waren – im Grunde, wie diese brutalen Mörder dachten und was sie bei allen Aspekten ihrer Tat empfanden.

Niemand hatte je zuvor versucht, so tief in die kriminelle Psyche hineinzublicken, ganz zu schweigen davon, Daten zusammenzutragen und zu katalogisieren, mit denen Polizeibeamtinnen und -beamte ein genaueres Profil von Verdächtigen erstellen konnten. Und auch wenn ich verstört war über die Fixierung auf perverse Psychen und darüber, wie die Autorinnen und Autoren sich manchmal bei grauenhaften Details aufhielten, machte beim Lesen in mir etwas Klick und warf eine größere Frage auf: nach der Verbindung zwischen Opfern und Tätern.

Ich weiß noch, wie ich eines Abends bei einem Drink in einer düsteren Bar in der Nähe unseres Büros versuchte, mit Frank darüber zu sprechen. »Beim Lesen eines Buches wie diesem fühlt sich die Gewalt irgendwann an wie ein Film. Die Verbrechen erscheinen wie makabre Plots, nicht wie das echte Leben, und all die Details sind so reißerisch und spezifisch. Dabei ist alles echt. Und die Opfer, die nur als Namen mit Miniaturbildern auftauchen, nur als Angriffsziele, sie bleiben uns gänzlich unbekannt. Wir bekommen nie ein vollständiges Bild, wie sie überhaupt in die Geschichte hineingeraten sind, wie bestimmte Erfahrungen sie verletzlich gemacht haben, und zwar nicht nur auf eine allgemeine Weise, sondern für den speziellen Täter, der sie ausgewählt hat. Das wäre ein faszinierendes Buch, oder? Das sind die Dinge, die ich erfahren möchte.«

Frank sah mich lange an. »Nun, vielleicht musst du es eines Tages selbst schreiben.«

»Klar. Als würde es dazu jemals kommen.«

»Wieso nicht? Das sind gute Fragen, die jedoch niemand stellt. Zumindest noch nicht. Das ist ganz offensichtlich dein Weg, Anna. Ich habe gesehen, wie du dich in deine Fälle vertiefst, wie viel dir die Opfer bedeuten, wie sehr du versuchst, ihre Seite der Geschichte zu begreifen. Ich schätze, das liegt dir einfach im Blut. Warum es also nicht bestärken und sehen, was dann geschieht?«

Frank wusste an jenem Tag allerdings nicht – weil ich nie ehrlich zu ihm gewesen war –, dass ich mich in meine Fälle nicht nur vertiefte, sondern ausschließlich für sie lebte. Während mein Ausmaß an Engagement mich vielleicht zu einer guten Kriminalpolizistin mit einer hohen Aufklärungsquote machte, ruinierte es auch mein Privatleben. Jene Fragen, die Corolla mir nach meinem Schlaf und meinen Trinkgewohnheiten gestellt hatte: An jenem Tag hatte ich nicht die Wahrheit gesagt. Ich hatte ständig Albträume und wachte oftmals mitten in der Nacht mit dem Gefühl auf, mein ganzer Körper würde in höchster Alarmbereitschaft surren. Sobald ich nach der Arbeit durch meine Haustür trat, musste ich mir einen bis drei großzügige Drinks einschenken, nur um von der inneren Anspannung des Tages herunterzukommen. Andauernd dachte ich an irgendeinen Fall, versuchte, ein Verhör erfolgreich abzuschließen oder einen komplizierten Anhaltspunkt herauszubekommen, befragte im Kopf Zeuginnen und Zeugen, sogar, wenn ich unter der Dusche stand. Wenn Brendan sich beschwerte oder wütend wurde, ging ich in die Defensive. In Wahrheit hatte ich keine Kontrolle über meine Obsession und auch keine Kraft, um mit ihm zu streiten. Ich hätte es nie laut ausgesprochen, aber er war einfach nicht das Wichtigste für mich.

◆◆◆

Und dann wurde alles noch schlimmer. Ich war gerade erst nach zehn Wochen Mutterschutz zurückgekehrt, als Frank meinem Partner und mir einen besonders harten Fall übergab – es ging um einen Säugling. Gemeldet hatte ihn der Vater, der davon ausging, dass Drogendealer den Jungen gekidnappt hätten. Die Familie lebte in einer rauen Umgebung. Der Junge war erst sechs Monate alt, und er litt unter

Krampfanfällen, wie die Eltern berichteten, irgendwie ausgelöst durch eine schwierige Geburt. Er musste noch immer Medikamente bekommen, ohne die er sterben könnte. Die Uhr tickte während unserer Suche nach ihm, und dieser Stress machte mir zu schaffen. Ich hatte wiederholt Träume, in denen Kinder hinter einer Ziegelsteinmauer schrien. Ganze Familien unter Wasser, und keine Möglichkeit, an sie heranzukommen. Tagsüber war ich gereizt und abgelenkt, was Frank irgendwann bemerkte.

»Ich denke, du musst dir noch länger freinehmen, Anna. Ich habe dich zu früh zurückgeholt.«

»Nein, nein. Ich schaffe das schon«, beeilte ich mich, ihm zu versichern. »Das sind bloß die Hormone.«

»Geh zumindest wieder zu dieser Therapeutin«, schlug er vor.

»Das ist nicht nötig.«

»Um Hilfe zu bitten macht dich nicht schwach, Anna.«

»Das weiß ich.«

»Manchmal bin ich mir da nicht so sicher«, erwiderte er, eindeutig nicht überzeugt. »Geht's dem Baby gut?«

»Dem Baby geht es prima.« Ich zwang mich, fröhlich zu klingen. »Uns allen geht es prima.«

»Sorgen wir dafür, dass es auch so bleibt.«

Tage später fanden mein Partner und ich Jamie Riveras Leichnam im Keller seines Elternhauses. Wir entdeckten ihn beinahe zufällig, unter fünfzig Pfund Wildfleisch. Der Tiefkühler war eine dieser alten Whirlpool-Truhen, die sich öffneten wie ein Sarg. Sein Kompressor hatte gekeucht, als wir den Raum durchsuchten, und einen chemischen Geruch abgegeben. Wir hatten schon einmal hineingeschaut, aber mein Instinkt sagte mir, ich solle ein weiteres Mal nachsehen. Der Junge lag ganz unten am Boden, unter seltsamen gefrorenen Ziegelsteinen, die einmal lebendige Wesen gewesen waren. Wir warfen sie auf den Fußboden – und dann sahen wir den Jungen. Eine Eisschicht über dem Gesicht. Seine kleinen blauen Hände.

4

Der gebogene Hain

Vierundfünfzig

Nachdem Shannan Russos sterbliche Überreste identifiziert wurden, versammeln sich die Übertragungswagen vor *Rumor's All About Hair* in Gualala und auf der Lansing Street in Mendocino, wo unser Fall nun endlich Fahrt aufnimmt. Ich schaue mir die wiederholten Aufnahmen von Karen Russo nicht an, da ich den Anblick ihres Gesichts nicht ertragen kann. Stattdessen konzentriere ich mich auf den neuen Schwung und die neue Richtung, die Shannans Fund uns gegeben hat. Ihren Leichnam zu finden hat dazu beigetragen, ein Profil ihres Mörders zu erstellen und zu verfeinern, das uns auch bei unserer Suche nach Cameron behilflich sein könnte. Zwar scheinen die Folter und der Tod durch Erwürgen, die Shannan erlitt, sowie das kontrollierte Abfackeln ihres Wagens auf den ersten Blick nicht mit den Einzelheiten von Pollys Entführung übereinzustimmen, dennoch wird auch Rod Fraser über jede bedeutende Entdeckung in Kenntnis gesetzt und über das Profil, das wir nun Stück für Stück ausarbeiten.

Für den Moment halten wir Ausschau nach einem Angestellten eines nationalen oder staatlichen Parks, nach einem Feuerwehrmann oder nach einem Soldaten, vermutlich alleinstehend und irgendwo zwischen siebenundzwanzig und fünfundvierzig Jahren. Die Medien bauschen Psychopathen wie Charles Manson oder David Berkowitz gern auf, aber im wahren Leben sind Menschen, die Serienmorde begehen, typischerweise von mittlerer Intelligenz und weisen nur selten einen offensichtlichen Grad an psychischer Erkrankung auf.

Die Entdeckung von Shannans Leichnam in unserem County hat unserer Suche nach Cameron Auftrieb verliehen. Uns haben stets Beweise und feste Anhaltspunkte gefehlt. Nun, da es immer wahrscheinlicher wird, dass die beiden Fälle in einem Zusammenhang stehen, bekommen wir endlich mehr Einsatzkräfte und Ausrüstung. Das Naturschutzgebiet wird Meile für Meile abgesucht, dazu auch das Mündungsgebiet und die Küste, mit einem besonderen Schwerpunkt auf jeder Hütte, jedem Schuppen und jedem anderen Bauwerk in oder in der Nähe von Montgomery Woods. Die meisten Serienmörder haben einen bestimmten Radius und einen klaren Ausgangspunkt, von dem aus sie auf die Jagd gehen, ein eingegrenztes Gebiet, das ihnen eng vertraut ist. Daher ist Cameron wahrscheinlich nicht weiter als ungefähr dreißig Meilen entfernt von ihrem eigenen Zuhause.

Unser Lagezentrum ist nun vierundzwanzig Stunden am Tag besetzt. Lokale Unternehmen spenden Briefmarken, Telefone und Faxgeräte. Alle helfen, so viel sie können, verschicken Briefe, füllen Umschläge, bekleben die ganze Umgebung mit Flyern und nehmen Anrufe entgegen.

Das Patterson's lädt alle Freiwilligen zu gebratenem Fisch ein. Ein Team von Beraterinnen und Beratern wird in die Mendocino High sowie die Grund- und Realschulen geschickt, um Trost und Unterstützung anzubieten. Einige der älteren Kids aus der Gemeinde übernehmen die von Gray Benson organisierten Nachmittagsschichten, bei denen sie von Haustür zu Haustür gehen. Clay LaForge und Lenore verbringen jeden Tag Stunden damit, Umschläge an Hotels und Restaurants zu verschicken, an Tankstellen, Waschsalons, überallhin, wo irgendjemand Cameron seit ihrem Verschwinden gesehen haben könnte. In jedem Umschlag – Lenores Idee – steckt eine handgeschriebene Notiz, die die Empfängerin oder den Empfänger bittet, Camerons Plakat an einer prominenten Stelle aufzuhängen und es nicht entfernen oder zukleben zu lassen. Es ist eine kleine Geste, persönlich und direkt.

Wanda erklärt sich bereit, die Nachtschicht im Zentrum zu übernehmen. »Ich bin sowieso eine Nachteule«, kommentiert sie, als ich sie dort antreffe, ganz allein beim Befüllen der Umschläge an einem langen Konferenztisch. Beim Anblick von Cricket lebt sie auf, und die beiden begrüßen sich wie alte Freundinnen. Dann schwingt plötzlich die Tür auf, und Hector tritt ein, blinzelnd im grellen Neonlicht.

Er trägt eine Jeansjacke, die an den Schultern hervorzuragen scheint, und dieselben Stiefel, die mir in Ukiah schon aufgefallen sind, aber sein Gesichtsausdruck verrät Unsicherheit. »Ich habe von diesem ermordeten Mädchen gelesen«, erklärt er. »Das darf Cameron nicht passieren. Was kann ich tun?«

Cricket trottet hinüber, um ihn zu beschnüffeln, und Wanda stellt sich vor, anscheinend in dem Wissen, dass hier eine Geschichte dahintersteckt, die sie ein andermal erfahren kann.

»Du kannst mit der Post helfen oder auf dem Feld«, sage ich. »Täglich gehen vier bis fünf verschiedene Gruppen raus. Komm morgen früh wieder. Wir werden hier sein.«

Er nickt und sieht sich im Raum um, tritt dann an die Pinnwand. Ich sehe, wie sein Blick über die Bilder wandert, über die Gedichte und Zeichnungen, jedes von ihnen ein neuer Teil von ihr, den er nie hat kennenlernen dürfen.

Gerührt trete ich neben ihn. Er starrt auf ein Foto, das ich nicht kenne. Gray muss es kürzlich mitgebracht haben. Cameron ist darauf kaum wiederzuerkennen. Ihr Haar ist zu einem glatten Pferdeschwanz zusammengebunden. Ihr Make-up sieht professionell aufgetragen aus, mit einem geschwungenen Lidstrich, der sie nicht unbedingt älter, aber selbstbewusster aussehen lässt. Ihre Pose und ihr Gesichtsausdruck wirken außerdem wie imitiert – ich weiß nicht, wie ich sie mir sonst erklären soll –, als würde Cameron irgendwie für die Kamera schauspielern, so tun, als wäre sie jemand anderes, eine Person, die nicht nur wunderschön, sondern auch berühmt ist. Ihre schwarze Bluse hat weite Ärmel und legt ihren Bauch frei. Ihre glänzende schwarze Hose über den flachen schwarzen Stiefeln sieht aus, als wäre sie ihr auf den Körper gemalt worden.

Hector starrt noch immer auf das Bild: »Wo wurde das aufgenommen?«

Ich trete näher heran. Cameron lehnt gegen einen Baumstamm mit tiefer Struktur. Plötzlich verspüre ich ein Grauen, wie eine wahr gewordene Vorahnung. Das Foto ist im Krummholzhain aufgenommen worden.

Fünfundfünfzig

Am nächsten Morgen vor sieben Uhr kehre ich in die Cahto Street zurück, mein Kopf ist ein Bienenstock aus Fragen. Ist der Krummholzhain lediglich ein willkürlich ausgewählter Ort, an dem Cameron und Gray zufällig einmal herumhingen, oder ist er mit dem Territorium unseres Mörders verbunden? Habe ich an jenem Tag, an dem ich bei meiner Wanderung im Hain war, irgendeinen Hinweis übersehen?

Di Anne öffnet mir die Tür in Bademantel und Pantoffeln. Ohne Make-up sieht sie zerknittert, aber auch irgendwie zart aus. Sie bietet mir einen Kaffee an und führt mich in die Küche, wo Gray gerade sein Mittagessen für die Schule einpackt, alles so gewöhnlich und unkompliziert, dass ich meine Fragen am liebsten gar nicht stellen würde.

Ich halte das Foto von Cameron hoch. »Hast du das aufgenommen, Gray?«

»Ja. Die Bilder haben wir an einem Tag im Sommer gemacht, als wir Langeweile hatten. Nur so aus Spaß.«

Wirklich? Cameron sieht für mich nicht so aus, als würde sie bloß Zeit totschlagen. Sie verfolgte irgendein Ziel, auch wenn ich es noch nicht erkennen kann. »Das ist ein gutes Bild. Sie sieht sich darauf gar nicht ähnlich.«

Grays Miene hellt sich auf. »Ich habe sie geschminkt. Ich hatte zum Geburtstag eine neue Kamera geschenkt bekommen. Sie hat auch ein paar Fotos von mir gemacht.«

»Wieso hast du diese Stelle ausgesucht? Warst davor du schon einmal dort gewesen?«

Er schüttelt den Kopf. »Das war Camerons Idee. Ich fand es zuerst gruselig, aber das Licht war supercool.«

»Das Shooting war auch ihre Idee?«

»Ich glaube schon. Ich weiß nicht mehr, wie wir darauf kamen.«

»Ich erkenne dieses Outfit von Cameron nicht wieder, du etwa?«

»Sie hat es mitgebracht. Sie war vorher in einem Secondhandladen gewesen.«

»Diese Kleidungsstücke sehen aber nicht aus wie aus dem Secondhandladen. Und selbst wenn Cameron sie daher hätte, wenn sie sie extra mitgebracht hat, hatte sie höchstwahrscheinlich ein klares Ziel vor Augen.«

»Das verstehe ich nicht. Wieso?«

»Das ist eine gute Frage. Hatte sie je zuvor mit dir über den Hain gesprochen? Weißt du noch, was sie sagte, als sie ihn vorschlug?«

»Nein.« Er runzelt die Stirn. Ich kann erkennen, dass meine Fragen ihm Angst einjagen.

»Schon in Ordnung«, sage ich, um ihn zu beruhigen. »Hat Cameron eigentlich je davon gesprochen, dass sie gern modeln wollte?«

»Dafür war sie nicht groß genug. Das wusste sie.«

»Ich meine nicht ihre praktische Seite, Gray.« Während ich krampfhaft nach den richtigen Worten suche, setzt Di Anne sich zu uns und zieht ihren Bademantel zusammen.

»He, Anna möchte wissen, ob Cameron je von solch einem Leben für sich geträumt hat. Du weißt schon, wie Kids in eurem Alter das eben tun: Sie wollen die Welt bereisen, berühmt sein, interessante Menschen treffen. Irgendetwas Wundervolles tun.«

Gray blinzelt. »Klar, manchmal haben wir beide davon geredet. Ihre Mom sprach immer so schlecht von Hollywood und wie belastend es wäre, schön und prominent zu sein, aber manchmal redeten Cameron und ich darüber, wie cool es wäre, entdeckt zu werden wie Emily damals. Genügend Geld zu haben, um zu reisen, wohin wir auch wollen. Aber wünschen sich das nicht alle?«

»Ich habe noch nie jemanden in deinem Alter getroffen, der nicht irgendeine Art von Phantasievorstellung hat«, versichere ich ihm. »Ganz gleich, wie unmöglich und wie weit weg es sich anfühlt. Je härter die echte Welt, desto wichtiger wird dieser Traum. Weißt du, was ich meine?«

»Die Sachen, mit denen Cameron zu kämpfen hatte? Dass ihre Eltern sie andauernd anlogen, und die Bruchstücke, an die sie sich wieder erinnern konnte?«

Ich nicke, um ihn zu ermutigen. »Das würde Sinn ergeben, nicht wahr?«

Di Anne wird plötzlich unruhig auf ihrem Stuhl. Von ihrem Gesicht kann ich ablesen, dass Gray ihr weder von Camerons Situation zu Hause noch von ihrem Missbrauch erzählt hat.

»Träume können uns eine Menge erzählen«, fahre ich fort. »Sie sind eine Art Landkarte des Innenlebens. Manchmal kann der Gedanke daran, wer wir eines Tages sein mögen, der einzige Weg sein, um die Wirklichkeit dessen zu ertragen, wer wir tatsächlich sind.«

Di Annes Blick ist sanft. »Wie wenn man in einem kleinen Ort, in dem niemand wie man selbst aussieht oder denkt, nicht richtig dazugehört, Gray.«

Ich kann sie nur bewundern. Sie ist eine alleinerziehende Mutter. Gray hat seinen Vater nie erwähnt, aber Di Anne scheint alleine gut zurechtzukommen, zumindest in einer Hinsicht: Sie versucht, ihrem Sohn da zu begegnen, wo er sich gerade befindet, und sie akzeptiert und liebt ihn, während er seinen Weg noch sucht.

»Kann schon sein«, erwidert Gray leise.

»Träumen ist mutig«, sage ich. »Manchmal ist es alles, was wir haben.«

◆◆◆

Kurze Zeit darauf bin ich draußen bei Jug Handle, in der Hoffnung, im Krummholzhain zumindest einen winzigen Teil der Antworten zu finden, die ich brauche. Auf dem Weg dorthin eilt Cricket voraus, als würde sie die Strecke seit Langem kennen, und schlüpft bereits ganz bei der Sache mit der Nase am Boden durch die Lücke in den Bäumen. Durch das Baumkronendach dringt die Morgensonne in speerförmigen Strahlen. Das Licht fällt auf Dutzende Spinnweben und verwandelt sie in Diamanten. Manche von ihnen sind so groß wie Ahornblätter. Andere sind winzig und von perlenförmigem Tau überzogen, wie die Hängematten oder Schaukeln von Feen. Es ist die Art von Ort, die uns an nahezu alles glauben lassen kann: Dass unter dem Dach von Pilzen ganze Zivilisationen leben können, dass die üblichen Gesetze nie ganz bis hierher vorgedrungen sind oder dass sie auch nur wichtig wären.

Während Cricket die Umgebung erkundet, mache ich mich selbst langsam wieder mit allem vertraut. Es ist viel zu viel Zeit vergangen, als dass noch irgendwelche physischen Hinweise wahrscheinlich wären, aber ich suche nach etwas Tieferem und Subtilerem – etwas, das weniger zu sehen als zu spüren wäre. Mein Blick schnellt von Ast zu Ast. Hat Cameron an jenem Tag hier gestanden? Und als sie in die Kamera blickte, hinter deren Linse sich ihr bester Freund befand, was wollte sie da? Wer ist ihr über den Weg gelaufen? Und wie ist er überhaupt an sie herangekommen?

Ich kann mir kaum vorstellen, dass der Köder aus dem Nichts kam, dass jemand Cameron auf der Straße angehalten hat, vielleicht nach der Schule, und sie gefragt hat, ob sie je darüber nachgedacht hätte, Model zu werden. Selbst wenn sie nicht gut Grenzen ziehen könnte und verzweifelt gewesen wäre, hätte sie nicht zumindest Gray erzählt, was sie vorhatte? Und im Übrigen, selbst wenn dies die Methode gewesen sein sollte, mit der der Täter sie zu sich lockte, um ihr dann große Versprechungen zu machen, könnte die Art von Typ, nach der wir seit Kurzem suchen – ein Ranger mit Kenntnis über das Naturschutzgebiet –, Cameron auch dazu ermutigt haben, zu glauben, dies wäre tatsächlich ihre Chance, erfolgreich oder gar berühmt zu werden?

Sprich mit mir, Cameron, denke ich. *Bitte*. Aber nur Cricket regt sich, ihr Fell vom Sonnenlicht gesprenkelt.

Sechsundfünfzig

Als Eden im September neunzehnhundertfünfundsiebzig starb, beerdigten wir sie im Evergreen Cemetery im Familiengrab der Straters, neben Haps Mutter und Vater, Großmutter und Großvater, Tanten und Onkeln, deren Daten auf den Steinen bis in die fünfziger Jahre des 19. Jahrhunderts zurückreichten.

Hap hielt weder ihre Grabrede, noch sprach er auf ihrer Trauerfeier mehr als ein paar Worte. Er wollte nicht, dass sich Menschen im Haus versammelten und tröstende Worte von sich gaben. Er wollte einfach nur in den Wäldern sein.

Hinterher gingen nur wir beide in den Farnwald des Van-Damme-State-Parks und liefen, ohne viel zu reden. Was gab es schon zu sagen? Wir wanderten eine Stunde und hielten erst an, als wir eine schattige Stelle am Fluss gefunden hatten.

»Habe ich dir je die Geschichte über den Jungen erzählt, den ich einmal gefunden habe, nachdem er versehentlich auf seinen Bruder geschossen hatte?«, fragte er mich nach einer Weile.

Ich schüttelte den Kopf. Das hatte er nicht, aber ich hätte so oder so Nein gesagt. Ich hätte alles dafür getan, dass er weitersprach.

Die Jungen seien sechzehn gewesen, erzählte er mir, Jake und Sam Douglas. Zuerst habe er lediglich gehört, dass sie nach einer Tageswanderung vermisst gemeldet seien. Ihre Mutter habe sie hier im Park abgesetzt und sei dann in Panik geraten, als sie nach drei Stunden nicht wieder auf dem Parkplatz erschienen seien.

Haps Team war noch am selben Tag vor Einbruch der Dunkelheit ausgezogen, kam jedoch mit leeren Händen zurück. Am nächsten Morgen setzte er mehr Personal für die Suche ein und ging erneut in den Park. Dieser umfasste eine Fläche von über siebenhundert Hektar, innerhalb derer zehn Meilen eines instand gehaltenen Wanderwegs am Little River entlangführten. Die Mutter der Jungen hatte darauf beharrt, die beiden hätten keinerlei Grund gehabt, querfeldein zu gehen, aber sie tauchten an keinem Punkt des Weges auf. Nicht im Elfenwald, wo der Boden schwammig vom frischen Regen war. Nicht in den Hainen aus verkümmerten Zypressen, Rhododendron und Zwergkiefern.

Erst spät am Nachmittag des zweiten Tages entdeckte einer von Haps Rangern ein hellblaues Hemd in dem Hohlraum eines Mammutbaumstamms, einer kleinen Höhle, in der sich das Wurzelsystem geöffnet hatte wie eine Geheimtür. In diesem beengten Raum kauerte Sam Douglas stumm und vollkommen desorientiert. Neben ihm blutete sein Bruder Jake aus einer Schusswunde in den Oberschenkel, die ihm beinahe das Bein ausgerissen hätte. Anscheinend hatten die beiden Jungs mit der illegalen Pistole ihres Großvaters schießen geübt. Die Pistole war in Sams Hand losgegangen. Voller Scham hatte er seinen Bruder in die Baumhöhle geschleift und sich dort den ganzen Tag und die ganze Nacht lang versteckt, nicht imstande, sich seiner Tat zu stellen.

»Ist er gestorben?«, fragte ich Hap am Fluss, davon ausgehend, dass die Antwort Ja lauten würde. In seinen Geschichten starb immer irgendjemand.

»Tatsächlich war es wirklich kaum zu glauben. Jake hatte das Bewusstsein verloren und wäre wahrscheinlich verblutet, wenn Sam Hilfe holen gegangen wäre. Das Gewicht seines Körpers schuf eine Art Druckverband.«

»Moment mal«, sagte ich. »Er wusste nicht, dass sein Bruder noch am Leben war?«

»Das ist meiner Meinung nach der interessanteste Teil der Geschichte. Er dachte, er befände sich jenseits von Vergebung, aber das war bloß etwas, das er sich erzählte. Eine schreckliche Erzählung, aber daran zu glauben, hatte seinem Bruder das Leben gerettet.« Er sah mich an, um sicherzugehen, dass ich ihm folgen konnte. »Weißt du, wir begreifen nicht immer, worin wir leben oder wie dies eine Rolle spielen wird. Wir können so viel rätseln, wie wir wollen, und uns auch vorbereiten, aber wir werden nie wissen, wie es ausgehen wird.«

Es fiel mir schwer, zu verstehen, was er meinte. Sprach er noch immer von den beiden Jungen, oder versuchte er, mir noch mehr zu sagen, über uns und über diesen Moment, über Eden und darüber, wie um alles in der Welt wir ohne sie weitermachen sollten? Ich wünschte mir genügend Zeit, um ihn zu fragen und seine Antworten zu hören, wünschte mir Jahre, Jahrzehnte – eine Ewigkeit. Aber er hatte sich nun genügend ausgeruht und war wieder bereit, weiterzuwandern. Die Lektion war beendet.

Uns blieb noch ein weiteres gemeinsames Jahr, in dem wir beide allein zusammenlebten, dann zog ich fort, um an der San Francisco State aufs College zu gehen. Hap fuhr mich selbst hinunter, der Kofferraum seines Suburban vollgestopft mit Kisten und Bettwäsche. Ich hätte aufgeregt sein sollen, in dieses neue Abenteuer zu starten, aber ich hatte bereits Heimweh. Und dabei war ich noch nicht einmal aus dem Wagen gestiegen.

»Wir sehen uns an Thanksgiving«, sagte ich später, als wir alles ausgepackt hatten und es für ihn Zeit wurde, zu gehen. Ich scheiterte an dem Versuch, meine Stimme gleichmäßig zu halten, stark zu sein.

»Pass auf dich auf, mein Liebling«, sagte er und machte die Autotür zu. Seine Hand blieb noch einen Augenblick im geöffneten Fensterrahmen liegen. »Sei brav.«

Zwei Monate später, in den frühen Morgenstunden des 12. November 1976, fand einer von Haps jüngeren Rangern sieben Meilen vom Anfang des Wanderwegs in den Russian Gulch Park entfernt Haps Rucksack, aber keine Spur von ihm selbst. Seit dem vorangegangenen Nachmittag, als er allein auf eine Wanderung aufgebrochen war, hatte ihn niemand mehr gesehen. Eine ausgedehnte Suche blieb ergebnislos, auch noch, als Hundestaffeln eingesetzt wurden. Er war einfach wie vom Erdboden verschluckt.

Als Ellis Flood anrief, erreichte er mich in meinem Wohnheim. Ich saß auf einem harten Stuhl im Zimmer der Hausmeisterin und blickte auf ein laminiertes Plakat über Teenager und Stress. Ich konnte Ellis Floods Worte kaum aufnehmen. Was hätte Hap dazu bringen sollen, den Wanderweg ohne Proviant oder auch nur Wasser zu verlassen? Er war ein absoluter Outdoorprofi, vertraut mit all den Herausforderungen und Gefahren jeglicher Wildnis. Es ergab für mich keinen Sinn, dass ihm etwas Schreckliches zugestoßen sein könnte. Nicht mit seinen Fähigkeiten und seiner Erfahrung.

»Wir werden natürlich weitersuchen«, versicherte mir Ellis. »Aber, Anna, es ist möglich, dass die Trauer ihn in die Irre geführt hat. Wir wissen beide, dass er seit Edens Tod nie wieder derselbe gewesen ist.«

Er hatte recht, aber das wollte ich nicht zugeben. Stattdessen begann ich zu weinen, während der Sheriff sanft weiterredete. Hap könnte einen schwerwiegenden Fehler begangen und sich verlaufen oder sich eine Unterkühlung zugezogen haben. Er könnte einen falschen Schritt getan und in eine Schlucht gefallen sein. Er könnte die Orientierung verloren haben oder ertrunken oder von einem Bären angegriffen worden sein. Solche Dinge passierten andauernd, selbst Menschen, die wussten, was sie taten.

Die nächsten Wochen, in denen ich auf irgendeine Neuigkeit wartete, waren die reinste Hölle. Ich konnte mich weder auf meine Seminare noch auf meine Hausaufgaben konzentrieren. Alle paar Tage hakte ich bei Sheriff Flood nach. Schließlich, kurz vor den Weihnachtsferien, als über einen Monat keine einzige Spur aufgetaucht war, sagte er: »Wir werden weiter Ausschau halten, Anna. Aber ein Teil von mir fragt sich langsam, ob Hap an jenem Tag womöglich vom Weg abkommen wollte. Er könnte versucht haben, sich selbst das Leben zu nehmen.«

Ich stand an einem Münztelefon im Flur meines Wohnheims. Während Ellis weitersprach, zwängte ich mich in eine Ecke und schüttelte mich vor Tränen, ohne mich darum zu scheren, wer mich dort sah oder hörte. Wenn Hap tatsächlich hätte sterben wollen, dann hätte er es selbstverständlich auf genau diese Weise getan – allein in den Wäldern, zu seinen eigenen Bedingungen. Kein Drama. Kein Abschied. So sehr ich auch glauben wollte, er würde mich niemals verlassen, ganz gleich, wie unglücklich er auch sein mochte, war ich nun achtzehn und nicht länger sein Pflegekind. Er hatte sein Versprechen an mich erfüllt.

In der Ecke des Flurs, wo ich in Tränen aufgelöst stand, hallten Ellis' Worte weiter durch das Telefon. »Werden Sie eine Beerdigung abhalten?«, brachte ich hervor und fühlte mich dabei seltsam hohl.

»In Fällen wie diesem dauert es viele Jahre, bis jemand vom Staat für tot erklärt wird. Aber es wird über eine Gedenkfeier nachgedacht. Ich gebe dir Bescheid, damit du dafür nach Hause kommen kannst.«

Nach Hause. Irgendwie hatte das Wort in einem einzigen Augenblick vollkommen seine Bedeutung verändert. Ohne Hap und Eden war Mendocino bloß ein Ort – irgendein Ort. »Natürlich«, sagte ich, dann dankte ich ihm und legte auf. Ich kehrte nie wieder zurück.

Siebenundfünfzig

Ich verlasse den Hain und breche direkt auf in Richtung Navarro Beach südlich der Stadt, um mich dort mit einem Suchtrupp zu treffen. Der kleine Parkplatz des Strandes befindet sich am Ende einer von Bäumen überwachsenen Straße, die mich an einem alten Gasthaus vorbeiführt, das dort seit dem 19. Jahrhundert steht. Damals war die Küste übersät von sogenannten »Hundelöchern«, winzigen Häfen, in denen die Holzarbeiter Bretter über wacklige Rutschen in die wartenden Transportschoner schickten. Später sammelten sich dort Walfänger, Rumverkäufer und Frauen mit schlechtem Ruf. Fünfundsiebzig Jahre lang war diese Gegend gewachsen und aufgeblüht, hatte Saloons und kleine Lebensmittelläden und Häuser, die eher Lagern ähnelten, entstehen lassen. Nun sind nur noch dieses verlassene Gasthaus, ein breiter Strand voller Treibholz und zwanzig bis dreißig Sucherinnen und Sucher übrig, die sich in diesem Moment auf dem Parkplatz bereit machen.

Ich steige aus und leine Cricket an, als mir in meiner Nähe ein paar Frauen auffallen, die gerade die Reißverschlüsse ihrer Windbreaker über ihren Trainingsklamotten zuziehen. Eine von ihnen ist Emily, und ich bin stolz auf sie. Es ist ein großer Schritt für sie. Sekunden später entdecke ich Hector, der beim Warten mit den Stiefeln stampft, als wären seine Füße jetzt schon kalt. Wahrscheinlicher ist jedoch, dass er Angst verspürt bei der Vorstellung, er könnte seine Schwester zu spät finden.

Es ist seltsam, ihn und Emily weniger als sechs Meter voneinander entfernt zu sehen. In Camerons fünfzehn Lebensjahren haben die beiden sie auf eine seltsame Weise miteinander geteilt, haben vollkommen unterschiedliche Versionen desselben Mädchens gekannt, Versionen, die sich niemals berührt haben.

Den Suchtrupp leitet Caitlyns Vater Bill Muncy. Als er die versammelte Menge in kleinere Einheiten aufteilt, begrüße ich Hector und stelle mich dann neben Emily, um in ihrer Gruppe zu landen. Ich habe sie zum letzten Mal vor der Entdeckung von Shannans Leichnam gesehen und möchte wissen, wie es ihr geht.

Sie scheint erleichtert darüber zu sein, an diesem Morgen etwas tun zu können. Mir geht es genauso, als die Menschen vom Parkplatz ausschwärmen. Unserer Gruppe wurde der nördlichste Teil des Strandes zugeteilt, auf dem das meiste Treibholz verstreut ist. Die Flut trägt es herbei und lässt es in sonnengebleichten Haufen hier liegen, wo seit Jahrzehnten Teenager, Künstlerinnen und Freigeister die Stücke durchwühlen, um daraus Hütten und seltsame, kunstvolle Skulpturen zu errichten.

Ich fand diese Bauwerke immer wunderschön, aber heute ist der Wind kalt und die Sonne versteckt, und wir sind nicht als Touristinnen hier.

»Sie haben dieses Mädchen gefunden«, sagt Emily beim Losgehen. Ihre Stimme ist brüchig und klingt fragil. »Was bedeutet das für meine Tochter?«

»Das können wir leider noch nicht sagen. Aber in gewisser Weise könnten es gute Neuigkeiten sein, Emily. Jetzt hilft uns das FBI. Wir haben viel mehr Arbeitskräfte und auch mehr Mittel. Ich bin wirklich hoffnungsvoll, dass wir bald etwas herausbekommen werden. Wir werden Cameron finden.«

Als sie nicht antwortet, folge ich ihrem Blick zu einem langen Haufen Treibholz, in dem es Hohlräume und schattige Bereiche gibt, die heute noch irgendjemand vorsichtig und äußerst sorgfältig untersuchen wird. Ich kann erraten, was Emily denkt: dass Cameron zu finden nicht notwendigerweise bedeutet, dass sie lebendig nach Hause gebracht wird.

Behutsam wende ich unsere Schritte in Richtung Norden, wo der Strand weit offen liegt, begrenzt lediglich von einer steinigen schwarzen Felswand und einem kleinen Meeresarm, der bereits ausgebaggert worden ist. Nicht, dass Emily davon wissen müsste. Ich behalte es für mich, während wir Seite an Seite weiterlaufen, den Wind im Rücken, der in kleinen Stößen weht. Der Sand strömt glitzernd an uns vorbei. Meine Hände sind kalt, und ich vergrabe sie tief in meinen Taschen.

»Wussten Sie, dass Cameron modeln wollte?«, frage ich sie, da ich beschlossen habe, mich ein wenig zu öffnen und ihr meine Gedanken mitzuteilen.

»Was? Nein. Cameron hat sich ja noch nicht einmal geschminkt. Sie hatte gar nichts Mädchenhaftes an sich.«

»Vielleicht nicht nach außen hin.« Ich ziehe das Foto hervor und reiche es ihr.

Sie hält mitten im Gehen inne. »Das sieht überhaupt nicht aus wie Cameron. Wann hat sie das aufnehmen lassen?«

»Gegen Ende des Sommers, kurz vor Schulbeginn. Ich denke, sie hat an einer Modelmappe gearbeitet. Sie hat ihr Interesse daran nie erwähnt?«

»Ich hätte Nein dazu gesagt.«

»Weshalb?«

»Weil ihr nur das Herz gebrochen worden wäre.«

Das Herz gebrochen zu bekommen ist das Privileg des Menschseins, sagte Eden immer. Damals wusste ich noch nicht, was sie damit meinte. Mein Herz war schon viele Male gebrochen worden, und ich sollte mich noch dafür bedanken? Nun, all die Jahre später, beginne ich immerhin langsam zu begreifen, dass sie eigentlich über die gesamte Reise sprach: dass es unmöglich ist, am Leben zu sein und dabei nicht manchmal verletzt zu werden, zumindest nicht, wenn man es richtig macht.

»Sie ist so wahnsinnig hübsch«, sage ich zu Emily. »Vielleicht hätte sie eine Chance gehabt.«

»Die Welt ist voller hübscher Mädchen.«

»Selbst wenn sie enttäuscht worden wäre, wäre es doch ihre Entscheidung gewesen, oder nicht? Es hätte zum Finden ihres eigenen Weges dazugehört.«

Sie antwortet nicht.

Wir sind nun hundert Meter vom Rand des Meeresarms entfernt. In der flachen Wasserfläche erregt etwas meine Aufmerksamkeit, ein Felsbrocken, denke ich, aber in Wirklichkeit ist es ein Seehund. Wir beobachten ihn, während er sich aus dem trüben Wasser wuchtet, seine Vorderflossen, sein glatter brauner Kopf im Profil, die Augen in Richtung Brandung. Dorthin muss er sich auf den Weg machen – zurück ins Meer.

Emily fragt: »Wieso bringen Sie das jetzt zur Sprache? Was hat das mit dem Fall zu tun?«

»Ich versuche lediglich, Camerons Träume zu verstehen.«

»Warum?«

Aus irgendeinem Grund kann ich nicht aufhören, dem Seehund mit den Blicken zu folgen. Wie das Tier sich über den lockeren Sand kämpft, seinen Körper nach vorn wirft. Es ist nicht dafür geschaffen, sich auf diese Weise zu bewegen, es ist überhaupt nicht für das Land geschaffen, sondern für das Wasser.

»Manchmal können unsere Träume das sein, was am meisten über uns verrät. Wer wir sind, wenn niemand zusieht, wer wir glauben, in Wahrheit sein zu sollen.«

Emily wirft erneut einen raschen Blick auf das Foto und starrt mich dann an. »Wollen Sie damit sagen, diese Cameron hier sei realer als das Mädchen, das ich jeden Tag gesehen habe?«

»Ich rede nicht von Äußerlichkeiten, Emily, sondern von Wünschen, von Mehr-sein-Wollen.«

Sie schüttelt den Kopf, und ich kann erkennen, dass sie mir überhaupt nicht folgen kann.

»Emily, ich möchte Sie nicht verletzen oder schockieren, aber ich habe Grund zu der Annahme, dass Ihre Tochter als Kind sexuell missbraucht worden sein könnte. Wissen Sie irgendetwas darüber?«

Sie erstarrt so schnell, als hätte ich sie geschlagen. »Wie kommen Sie darauf, so etwas auch nur zu sagen?«

»Wir haben Beweismittel von einem Gesundheitszentrum erhalten, das Cameron vor etwa einem Monat besucht hat. Ich kann Ihnen im Augenblick noch nicht mehr mitteilen, aber die Untersuchung brachte innere Vernarbungen zutage.«

»Was?« Das Wort zerreißt die Luft zwischen uns. Der Sand zu unseren Füßen fühlt sich trügerisch an, voller Messer.

»Können Sie sich an eine Zeit in Camerons Kindheit erinnern, als ihre Persönlichkeit sich zu verändern schien? Als sie nachts anfing, ins Bett zu pinkeln? Oder darum bat, mit angeschaltetem Licht schlafen zu dürfen?«

»Ich kann mich an nichts dergleichen erinnern.«

»Lydia meinte, Cameron habe früher irgendwie unbeschwerter gewirkt.«

»Ich weiß es nicht«, wiederholt Emily. »Kann sein. Es gab eine Zeit, in der sie auf einmal häufig Bauchschmerzen bekam. Ich dachte, das wäre nur die Aufregung vor Klassenarbeiten. Sie ist ein sensibler Mensch.«

»Wie alt war Cameron damals?«

»Acht oder neun.«

»Waren ihre Symptome morgens schlimmer? Oder wenn sie versuchte, ihre Hausaufgaben zu machen?«

Ich kann sehen, wie Emily in Gedanken rasch in der Zeit zurückreist und nach bestimmten Erinnerungen sucht. »Eigentlich schien sie mit der Schule nie ein Problem zu haben. Ihre Noten sind gut geblieben. Die Hausaufgaben sind ihr immer leichtgefallen, außer in einem Jahr. Das muss in der vierten Klasse gewesen sein. Da ist sie für ein gesamtes Halbjahr bei mir zu Hause geblieben.«

»Ein gesamtes Halbjahr? Wieso?«

»Sie hatte Pfeiffersches Drüsenfieber. Wir fanden es tatsächlich ein bisschen lustig. Dass sie die Kusskrankheit bekam, wo sie doch noch so jung war.«

»So wurde es früher tatsächlich genannt«, erwidere ich vorsichtig, da wir nun endlich weiterkommen. Es kostet mich Mühe, langsam zu sprechen. »Aber eigentlich ist Pfeiffersches Drüsenfieber ein Zeichen für ein unterdrücktes Immunsystem. Das kann bei Stress passieren. Wissen Sie noch, was zu jener Zeit bei Ihnen zu Hause los war? Gab es irgendeinen neuen Erwachsenen in Camerons Leben? Jemand, der ein besonderes Interesse an ihr gezeigt hat?«

Emily blinzelt mich an. »Was wollen Sie in Wirklichkeit wissen?«

»Emily, Sie müssen nachdenken. Wer könnte Cameron verletzt haben, als sie zu jung war, um sich zu schützen?«

Emily ist so still und so verängstigt, dass ich sie kaum ansehen kann. Sie beginnt, zuerst leise und dann in unregelmäßigen Schluchzern zu weinen.

»Denken Sie nach, Emily. Cameron hatte in der vierten Klasse Pfeiffersches Drüsenfieber. Davor schlimme Bauchschmerzen. Was ist im Alter von acht und neun Jahren neu für Cameron gewesen?«

»Sie müssen mich für eine schreckliche Mutter halten.«

»Das tue ich nicht«, sage ich, und meine es auch – vielleicht zum ersten Mal. Wie ich Emily verurteilt habe, kommt mir nun grausam vor. »Sie haben Ihr Bestes getan.«

Sie steht schaudernd da. »Ich habe es versucht.«

»Erinnern Sie sich«, dränge ich sie, so behutsam ich kann.

»Damals wohnten wir noch in Malibu.«

»Irgendwelche neuen Babysitter oder Nachbarn? Familienfreunde?«

»Nein.«

»Sie haben Cameron nie mit irgendjemandem allein gelassen?«

»Nein«, sagt sie erneut. »Warten Sie.« Das Blut schießt ihr in die Wangen. »Als Cameron in der dritten Klasse war, kam meine Familie zum ersten Mal über Weihnachten ins Strandhaus. Davor waren wir immer mit Cameron nach Ohio gefahren, aber in jenem Jahr meinte Troy, es sei Schwachsinn, uns durch den Schnee zu quälen, wenn es nicht sein müsse.«

Ich kann erkennen, wie beschwerlich dieses Territorium für Emily ist, ein Land der Erinnerung, das sich vor ihren Augen brutal verändert. »Was dann? Was war anders?«

»In Bowling Green hatten wir immer in einem Zimmer übernachtet. Cameron schlief in einem Ausziehbett bei uns. Sie hatte Angst im Dunkeln.«

»Aber in Malibu hatte sie ihr eigenes Zimmer.«

»Ja.« Ihre Stimme zittert. »O mein Gott.«

Ich sage nichts, lasse ihr Zeit, um die Puzzlesteine selbst zusammenzufügen.

Ihr Mund ist eine schmale Linie. Dann sagt sie: »In jenem Jahr kamen alle für eine ganze Woche. Lydia und Ashton hatten die Magen-Darm-Grippe und blieben die meiste Zeit im Bett. Ich weiß noch, dass ich so wütend auf sie war, weil sie uns ihren Viren aussetzten.« Sie zögert. »Mein Dad hatte sich noch nie so lange freigenommen. Er spielte noch nicht einmal Golf.«

Für einen langen Augenblick stehe ich einfach nur neben ihr, während alles sich versammelt und herbeirauscht. Am Strand stürzen die Wellen sich ans Ufer, wo der Seehund endlich die Flutlinie erreicht hat.

Emily beginnt, heftiger zu zittern. Sie schreit auf, bedeckt das Gesicht mit den Händen und krümmt sich.

Ich lege ihr sanft eine Hand auf den Rücken, um sie wissen zu lassen, dass sie nicht allein ist. Aber in Wahrheit kann ich ihr nicht helfen.

Als sie sich wieder aufrichtet, ist ihr Gesicht feucht und wund. Ihre Wangen sind mit Mascara beschmiert. »Was für ein Monster würde einem kleinen Mädchen wehtun? Mein eigener Vater?« Sie schüttelt sich angewidert. »Oder sogar mein Bruder. Das ist so scheußlich.«

»Wie viele Jahre kam Ihre Familie über Weihnachten nach Malibu?«

»Drei. Danach konnte meine Mom aufgrund ihrer Demenz nicht mehr reisen. Und dann sind wir hierher umgezogen, und Drew fing an, alle einzuladen.«

»Drew war also bei all diesen Feiertagen auch dabei?«

»Das war er. Ich hasse es, so etwas zu denken.«

»Es tut mir so leid, Emily.« Wir stehen kaum einen halben Meter voneinander entfernt, spüren denselben bitteren Wind im Rücken. »Wie alt war Cameron, als die Dinge sich zu verändern begannen?«

»Das war, als wir in den Norden zogen. Wir dachten, es wären die Berge, die frische Luft. Sie wirkte wieder mehr wie sie selbst. Dann fand sie Caitlyn, und für eine Weile schien alles großartig zu sein.«

»Dieses Timing passt auch in den größeren Zusammenhang, Emily. Möglicherweise hätte der Missbrauch damals ohnehin aufgehört. Sie wurde älter. Die Gefahr wurde größer, dass sie etwas sagte.«

»Mein Gott! Das ist so ekelhaft. Was sollen wir denn jetzt tun?«

»Weiter nach Ihrer Tochter suchen. Natürlich müssen wir die beiden als Verdächtige ausschließen. Und irgendwann, wenn all das hier vorbei ist, werden wir ermitteln und versuchen, den Täter von damals zu überführen.«

Sie blickt mir in die Augen; eine neue Woge der Furcht rollt durch sie. »Meine Mom ist mittlerweile so zerbrechlich. Die Nachricht über Cameron ist hart genug gewesen. Das hier würde sie umbringen.«

»Haben Sie in letzter Zeit mit Ihrem Vater gesprochen?«

»Vor ein paar Tagen. Ich habe sie auf dem Laufenden gehalten, wann immer ich konnte. Sie glauben doch nicht, dass er derjenige ist, der sie jetzt hat?«

»Ist das denn möglich? Sind er und Cameron in Kontakt geblieben? Wäre sie zu ihm gegangen?«

»Nein, das glaube ich nicht. Er lässt meine Mutter kaum noch alleine. Sie kann nicht mehr reisen. Deshalb sind sie nicht hergekommen.«

»Ich lasse das vom Sheriff's Department überprüfen, nur um sicherzugehen, dass wir nichts übersehen.«

Emily fragt: »Warum hat Cameron mir nie erzählt, was geschehen ist?«

Ich wünschte, ich hätte eine einfache Antwort für sie, aber die gibt es nicht. »Es kann sein, dass sie sich nicht mehr daran erinnert hat«, bringe ich hervor. »Das passiert häufig. Ihr Unterbewusstsein hat es wahrscheinlich verdrängt, um ihr dabei zu helfen, es zu ertragen. Und selbst wenn sie sich daran erinnern konnte, mochte sie sich zu sehr geschämt haben, um es Ihnen zu sagen. In den meisten Fällen geben Missbrauchsopfer sich selbst die Schuld für das, was ihnen passiert. Das ist eins der Dinge, die am schwersten zu verstehen sind. Und am traurigsten.«

»Ich habe sie nicht beschützt.« Emilys Stimme klingt leise. »Ich habe sie im Stich gelassen.«

Ich lege ihr die Hand auf den Arm. »Sie haben es einfach nicht gesehen. Vielleicht konnten Sie es nicht. Es gibt immer noch eine Chance, zu helfen. Sie können hier und jetzt anfangen.«

Sie sackt gegen mich. Hinter ihrem Rücken, weit entfernt am Strand, ruft eine Suchgruppe einer anderen über den Wind hinweg etwas zu. Hector ist ganz vorne dabei und schreitet zielstrebig voran. »Okay«, sagt sie und schnappt nach Luft.

»Okay«, erwidere ich, und wir stehen da, gemeinsam und ganz allein.

Achtundfünfzig

Nach diesem Tag fällt es mir schwer, mich vor Emilys Haustür von ihr zu verabschieden, aber Troy ist zu Hause, und ich weiß, dass die beiden Zeit benötigen, um sich allein zu unterhalten.

»Rufen Sie mich jederzeit an«, sage ich.

»Danke, Anna. Nichts von all dem fühlt sich gerade gut an.« Ihre Stimme zittert. »Aber ich weiß, dass Sie helfen wollen. Dass Cameron Ihnen wichtig ist.«

»Das ist sie.«

◆◆◆

Ich bin auf dem Rückweg ins Dorf, als Wills Streifenwagen in die andere Richtung an mir vorbeifährt. Ich sehe ihn in meinem Rückspiegel, wie er den Wagen an den Straßenrand lenkt, suche mir selbst eine Stelle zum Parken und laufe los, um ihn auf halber Strecke zu treffen.

»Ich habe überall nach dir gesucht, Anna. Eine der Patrouillen oben in Montgomery Woods hat ein paar Gegenstände von Shannan gefunden, einen ihrer Schuhe, ein Armband, ihr Portemonnaie mit ein paar Hundert Dollar. Es war also kein Diebstahl, aber das wussten wir ja bereits.«

»Irgendwelche Fingerabdrücke?«

»Leider nein. Es war auch eine Kamera dabei. Keine verwendbaren Abdrücke, aber wir haben den eingelegten Film entwickelt; die Uhrzeit- und Datumstempel könnten uns einen Anhaltspunkt liefern.«

»Wo sind die Fotos jetzt? Kann ich sie sehen?«

»Klar. Ich lasse Abzüge für dich machen. Ich bin gerade auf dem Weg, um mich mit Drew Hague und dem Lügendetektortechniker zu treffen, falls du mir folgen möchtest.«

»Das kann ich tun, aber ich sollte dir sagen, dass ich heute Morgen ein langes Gespräch mit Emily geführt habe. Wie es scheint, könnte auch ihr Vater derjenige sein, der Cameron missbraucht hat.«

»Du hast ihr also von deinem Verdacht erzählt?«

»Das habe ich.«

»Wie geht es ihr jetzt?«

»Sie ist ziemlich aufgewühlt. Achte darauf, dass der Techniker Drew insbesondere nach den Feiertagen fragt. Weihnachten in Malibu. Der Name des Vaters lautet Andrew Hague, Bowling Green, Ohio. Er reist derzeit nicht, weil seine Frau zu krank ist, aber wir müssen ihn trotzdem ausschließen.«

»Verstanden. Lass uns später noch mal besprechen. Und wenn du kannst, solltest du dich ein bisschen ausruhen. Du siehst furchtbar aus.«

»Mir ist egal, wie ich aussehe, Will. Ich brauche nur diese Fotos.«

◆◆◆

Sobald ich die Bilder von Shannans Kamera in der Hand halte, breite ich sie auf dem Fußboden meiner Hütte aus. Hauptsächlich handelt es sich um alberne, spontane Schnappschüsse – Shannans nackte Füße mit einem Löwenzahn zwischen den Zehen. Ein Sechserpack Bier auf einem Flecken Gras. Eine verschwommene Naturaufnahme, die beinahe überall aufgenommen worden sein könnte. Ein Ausschnitt von Shannans nacktem Bein, vielleicht versehentlich geschossen.

Während Cricket um mich herum auf und ab geht, wächst meine Frustration. Idiotischerweise bin ich davon ausgegangen, mir würde sofort irgendetwas ins Auge springen, aber jedes Foto wirkt harmlos, selbst jenes von ihr, auf dem sie allem Anschein nach die geheimnisvolle Kaninchenfelljacke trägt, das Haar offen und zerzaust, die Augen zu Schlitzen verengt. Der Datumstempel stammt vom Mai dieses Jahres, beinahe einen Monat vor ihrem Verschwinden. Es lässt sich jedoch unmöglich sagen, wer dieses Bild aufgenommen hat, ob es derselbe Typ war, der ihr die Kamera und die Jacke geschenkt hatte. Vielleicht hat sie beides auch gestohlen.

Da Will den ganzen Tag beschäftigt ist, beschließe ich, nach Comptche zu fahren, um mich mit Tally zu unterhalten. Wahrscheinlich wird es Zeitverschwendung sein. Sie hat natürlich keine Kristallkugel und weiß womöglich genauso wenig mit den Bildern anzufangen wie ich.

Cricket und ich kommen nach zwei Uhr bei Tally an und finden sie in ihrem Garten, wo sie die Weinreben zurückbindet, um sie winterfest zu machen.

»Ich weiß eigentlich gar nicht, wieso ich hier bin«, schicke ich ehrlich voran, als sie auf mich zukommt und ihre dicken Arbeitshandschuhe auszieht. »Wissen Sie, wieso ich hier bin?«

Sie kneift lächelnd die Augen zusammen. »Dann habe ich Sie beim letzten Mal anscheinend nicht verschreckt.«

Auf ihrer Veranda stehen zwei breite Korbstühle, auf die wir uns nebeneinandersetzen, während sie die Fotos durchschaut.

»Springt Ihnen irgendetwas ins Auge?«, frage ich nach einer Weile. »Ist das die Jacke aus Ihrem Traum?«

»Ich glaube schon.« Sie beugt sich vor. »Dieses arme Mädchen! Es tut mir weh, wenn ich daran denke, was sie durchgemacht hat.«

»Mir geht es genauso. Aber wenn wir herausfinden können, wer ihr das angetan hat, könnte uns das zu Cameron führen. Mein Instinkt sagt mir, dass zwischen den beiden Mädchen eine Verbindung besteht.«

Tally nickt und erwidert: »Meiner sagt mir das auch, oder vielleicht ist es nur eine Hoffnung.« Sie blättert erneut durch die Bilder, diesmal langsamer. »Jetzt, wo ich die Jacke sehe, frage ich mich, ob sie nicht einfach bloß ein ganz persönlicher Gegenstand für Shannan war, etwas, das sie liebte.«

»Das ist schon in Ordnung. Ich denke weiter nach. Vielleicht macht ja irgendetwas Klick.«

◆◆◆

Bevor ich aufbreche, fragt sie mich, ob ich ihr hinaus in den Stall folgen möchte.

Cricket trottet vor uns her, durch den Garten und dann über die abgezäunte Weide, hohes Gras, das durchzogen ist von Astern und tiefblauen Glockenblumen, den letzten Blumen des Jahres. Der Stall ist alt. Als Tally das große Tor aufstößt, scheucht sie Tauben auf. Durch Risse in der verwitterten Außenverkleidung fällt schräges Sonnenlicht.

»Was für ein unglaublicher Raum.«

»Nicht wahr? Meine Großeltern haben diesen Stall aus Idaho hierherbringen lassen, Brett für Brett«, erklärt sie und führt uns dann auf eine Reihe hölzerner Boxen zu. In der ersten steht eine Alpakamutter mit dem Gesicht in einer Ecke, ein Geschirr um den Kopf und Zügel um den geneigten braunen Hals. Cricket späht neugierig durch die Metallstäbe und setzt sich dann, um zu beobachten, was wir tun werden.

»Sie hat den Dreh mit dem Stillen noch nicht raus«, sagt Tally. »Das passiert manchmal. Ich werde ihr ein bisschen behilflich sein.«

Ich folge ihr hinein und sehe zu, wie sie sich unter das Tier kniet, ihm den Schenkel streichelt und leise auf es einredet. Ganz langsam scheint sich das Tier zu entspannen. »Sie können gut mit ihr umgehen.«

»Sie mag Menschen nicht besonders. Bei ihr muss ich mit Geduld vorgehen.«

Ich sehe zu, wie die Milch in einen Eimer rinnt, dünne Ströme, die nur wenig trüber sind als Wasser. Nach fünf Minuten hat Tally lediglich eine kleine Menge Flüssigkeit gesammelt, weniger als eine halbe Tasse.

»Wird das genug sein für das Baby?«, frage ich.

»Ich hoffe es.«

Das Neugeborene in einer benachbarten Box ist immer noch feucht. Tally hat es auf eine große Heizmatte gelegt und zieht nun etwas von der Milch in eine Spritze auf, ehe sie sich auf den Boden sinken lässt. »Hier, Anna. Können Sie seinen Kopf für mich anheben?«

»Ich habe Angst, etwas falsch zu machen. Das Baby ist so klein.«

»Es ist stärker, als es aussieht.«

Ich knie mich in das Heu und greife nach dem Hals des Babys, um ihn zu stützen. Sein Fell ist wie ein warmer, feuchter Teppich. Sein Puls pocht gegen meine Handflächen. »Wird es überleben?«, frage ich, die Antwort fürchtend.

»Es hatte einen schwierigen Morgen, aber ich denke schon. Hier.« Sie reicht mir die Spritze. »Legen Sie sie ihm ganz hinten auf die Zunge.«

Saugend blickt mich das winzige Tier an. Ein alter Schmerz überflutet mich.

»Gar nicht so anders, als ein Baby mit der Flasche zu füttern«, bemerkt Tally. Es entsteht eine lange, ruhige Pause, ehe sie hinzufügt: »Ich habe heute über Vergebung nachgedacht.

Wissen Sie, viele Menschen verbinden sie mit Schuld. Schämen sich für Dinge, die sie überhaupt nie kontrollieren konnten. Ich denke nicht, dass wir uns zu Tode schuften müssen in dem Versuch, Vergebung zu erlangen. Sie ist bereits da, überall um uns herum. Wir müssen sie nur hereinlassen.«

Meine Arme sind unter dem Kopf des Babys steif geworden. Ich verlagere sie ein wenig, während ich mich frage, worauf Tally hinauswill. »So einfach ist das nicht.«

»Ich glaube daran, je größer und unmöglicher irgendetwas ist, desto mehr muss es durch uns hindurchfließen, damit wir weiterleben können.«

Ich blicke auf das kleine Tier hinunter. Seine Augen sind geschlossen und die Spritze ist leer bis auf ein kleines bisschen Schaum. »Warum haben Sie mich heute hierhergebracht?«

»Ich dachte, Ihnen fehlte womöglich das Gefühl, etwas zu halten, das ist alles.«

Neunundfünfzig

An diesem Abend sitzen Will und ich in meiner Hütte vor dem Feuer, zwischen uns eine Flasche Jack Daniel's und Shannans Bilder. Seit jener Nacht in seiner Wohnung sind wir nicht mehr auf diese Weise allein gewesen, und auch wenn sich jener Augenblick mir überhaupt nicht mehr bedrohlich erscheint, komme ich nicht umhin, mich zu fragen, wie er wohl dazu steht. Vielleicht sieht er den Kuss als einen Moment der Schwäche oder als eine schlechte Entscheidung an, vielleicht fühlt er sich auch noch immer zu mir hingezogen, versucht jedoch, seine Gefühle zu unterdrücken.

»Was übersehen wir?«, frage ich ihn mit Blick auf die Fotos.

»Verdammt, wenn ich das nur wüsste. Was auch immer in jenem Auto mit ihr geschehen ist, hier findet sich kein Hinweis darauf. Ich sehe auf keinem dieser Fotos einen Verdächtigen.«

»Ich auch nicht.« Erschöpft greife ich nach dem Foto von Cameron und bemühe mich zu erfassen, auf welche Weise sie mit Shannan verbunden ist. »Was ist bei Drew Hagues Lügendetektortest herausgekommen?«

»Seine Ergebnisse waren ziemlich chaotisch. Ich denke, seine Fassade bröckelt langsam.«

»Habt ihr ihn nach Shannan gefragt?«

»Das haben wir. Wie es scheint, ist da nichts zu finden. Aber Cameron ist ein wunder Punkt.«

»Hat Drews Alibi immer noch Bestand?«

»Leider ja. Jegliche Schuld, die wir erkennen können, stammt mit größerer Wahrscheinlichkeit aus der Vergangenheit, nur von wann?«

»Bei den meisten Sexualstraftätern vergehen Jahre oder gar Jahrzehnte, in denen ihr Verhalten nicht gemeldet wird, ehe sie von den Behörden identifiziert werden. Das heißt, falls sie überhaupt jemals identifiziert werden. Ich weiß bloß nicht, wie wir ein umfassendes Geständnis von ihm bekommen können, solange wir nicht Cameron als Zeugin haben oder jemand anderes aussagt.«

»Was ist mit Lydia?«

»Ich würde zu diesem Zeitpunkt nicht darauf hoffen, dass sie ihn verraten würde, wenn sie es denn überhaupt weiß. Wir müssen einfach mit dem weitermachen, was wir haben.«

»Morgen bekommen wir noch zusätzliche Einsatzkräfte und einige Geländefahrzeuge, um die Gegend um Montgomery Woods noch einmal abzukämmen.«

»Das wird helfen, aber es ist schon Mitte Oktober, Will.«

Das Licht des Feuers hat Schatten um seinen Mund und seine Augen gezeichnet. »Wir können sie immer noch rechtzeitig finden, oder? Das ist nicht ausgeschlossen.«

»Nicht ausgeschlossen, nein.«

◆◆◆

Als Will aufbricht, ist es beinahe Mitternacht. Cricket streckt sich ächzend auf ihrem Platz vor dem Feuer und steht dann auf. Lass uns ins Bett gehen, sagt sie eindeutig, aber wie soll ich auch nur an Schlaf denken, während alles sich so nebulös und grauenvoll anfühlt? Auch wenn das Feuer nahezu abgebrannt ist, starre ich auf die beiden Fotos, Cameron im Krummholzhain und Shannan in der Kaninchenfelljacke. Ich versuche, einen Schritt zurückzutreten und die beiden objektiv zu betrachten, einer von Haps alten Tricks, um den toten Winkel zu vermeiden, jene Stelle, an der zu große Nähe das Wichtigste verbirgt.

Ich weiß, dass Cameron an jenem Tag im Hain für Gray modelte, aber ich weiß noch nicht sicher, weshalb. Was Shannan anbelangt, habe ich von ihr noch keine anderen Bilder gesehen, abgesehen von jenen, die Karen mir in Gualala zeigte, auf denen sie noch klein war. Auf diesem hier sind ihre braunen Augen herausfordernd zu Schlitzen verengt, der Mund ist reglos, die Lippen sind geschlossen. Kein Lächeln. Keine Einladung oder Offenheit. Wenn Cameron versuchte, zum ersten Mal gesehen zu werden, so war Shannan schon viel zu oft gesehen worden, war wegen ihres Aussehens benutzt worden und hatte es selbst lange Zeit benutzt, viel zu lange, um noch zu glauben, dass es ihr irgendetwas Gutes bringen könnte. Es hat fast etwas Ironisches, diese beiden Mädchen so nebeneinander zu betrachten. Schwarz und weiß, wie Will von Beginn an meinte, zwei Seiten einer geworfenen Münze, die einfach nicht landen will.

◆◆◆

Irgendwann gebe ich auf, das Feuer ist mittlerweile heruntergebrannt. Die Hündin rollt sich neben mir zusammen. Ich verstehe noch immer nicht, weshalb sie zu mir gekommen ist, aber ich bin in jedem Fall dankbar für ihre Anwesenheit. Besonders jetzt, wo die Nacht anbricht und sich schwer auf mich legt.

Ein Traum zieht mich hinab. Ich befinde mich in einem Rundhaus, das teilweise unterirdisch liegt, ein Gebäude, wie es die Pomo einst für Rituale und Zeremonien errichteten. Um mich herum findet eine Art Reinigungsritus statt, die Ältesten in Umhängen und Gewändern aus Hirschleder über der nackten Brust stimmen mit vollem Körpereinsatz einen Sprechgesang an. Ich rieche verbrannten Salbei. Grauer Rauch klettert die Erdwände hinauf.

»Wo tut es weh?«, höre ich eine vertraute Stimme fragen.

Überall, antwortet mein Geist.

Es ist Hap. Ich kann ihn durch den Rauch nicht sehen, aber ich erkenne die Wärme seiner Haut und seinen Geruch, der Duft von Bäumen, die weise werden.

Ich kann das nicht, teile ich ihm durch meinen Geist mit und meine: den Fall lösen, die Hinweise enträtseln, Cameron finden. Aber auch alles andere. Mein ganzes Leben, das schwer gezeichnet ist durch Verluste. Jason und Amy. Meine Mutter auf jenem scheußlichen Parkplatz, tot am Weihnachtsfeiertag. Jennys Ermordung und Edens Krebs. Haps Verschwinden. Der Unfall meiner Tochter.

»Es ist schon okay«, sagt Hap. »Das ist alles lange her.«

Nein. Ich fühle mich neben ihm klein und machtlos, als wäre ich wieder zehn Jahre alt. Zwölf. Acht. Sechzehn. Alle Alter, die ich bereits durchlebt habe. Durch den Rauch um uns dringt ein Geräusch wie ein klingelndes Telefon, aber es ist zu weit entfernt, und ich kann es nicht erreichen. *Wohin bist du gegangen, Hap? Ich wünschte, ich hätte mich von dir verabschieden können.*

»Das Leben ist Veränderung, Anna. Wir können einander nicht behalten.«

Ich habe dich enttäuscht. Ich bin nicht, wer du glaubst. Ich muss dir erzählen, was geschehen ist. Was ich getan habe.

»Ganz ruhig, mein Liebling. Das ist jetzt nicht mehr wichtig.«

Aber das ist es. *Hilf mir, Hap. Ich kann so nicht leben*, bitte ich, während der Traum sich weiterdreht.

Die Ältesten sind von uns abgewandt und trommeln über heißen Steinen. Das Rundhaus scheint zu atmen.

Hap sagt: »Es tut mir so leid. Ich weiß, dass es schmerzt, aber wir müssen nie irgendetwas allein tun. Ich bin niemals von deiner Seite gewichen. Komm und schau, was ich dir mitgebracht habe.«

Ich blicke nach oben, und das Dach ist verschwunden. Der Himmel ist überwältigend und grenzenlos, überall flackern Funken auf.

»Wir können sie nicht immer sehen«, sagt Hap und meint damit die Sterne. »Aber sie sind stets bei uns. Gib nicht auf.«

Hilf mir, weiterzumachen, Hap. Ich muss Cameron finden.

»Du hast sie bereits gefunden, Anna. Siehst du? Sie ist die ganze Zeit hier gewesen.«

Sechzig

Beim Aufwachen sind meine Augen klebrig und feucht. Ich habe im Schlaf geweint.

Wie betäubt ziehe ich mich an und verzichte auf eine Dusche, während Cricket auf und ab geht. Ich habe keinen Kaffee und auch kein Essen mehr im Haus. Also schlüpfe ich in meine Stiefel und fahre in die Stadt. Flüchtig blitzen Bilder des Rundhaus-Traums auf. Hap, der mir versichert, dass ich nicht allein sei.

Ich lasse Cricket im Auto und betrete das GoodLife, wo ich mich bombardiert fühle von der hellen Beleuchtung, den lauten Gesprächen und dem Geruch von Milch, die sich in süßen Schaum verwandelt. Ich bestelle Kaffee und einen Burrito und gehe dann aus Gewohnheit hinüber zum Schwarzen Brett. Camerons Vermisstenbild hängt noch immer dort, neben dem neuen, über dem in Großbuchstaben die Worte stehen: VON EINEM VERBRECHEN WIRD AUSGEGANGEN. Der Rest ist belanglos, inklusive eines Aushangs für Sam Fox' kostenlose Yogaklasse, aber plötzlich stutze ich. Mit einem Mal beginnt ein hoher Glockenton in meinem inneren Ohr zu schrillen, ein Warnlaut, denn genau so könnte Camerons Entführer an sie herangekommen sein.

Mein Blick schweift über das Brett, während ein Gefühl der Angst in mir aufsteigt. Und dann sehe ich den Aushang, nach dem ich suche, in der rechten unteren Ecke, einfach und auf gelbem Kopierpapier gedruckt:

KÜNSTLERMODELL GESUCHT
Keine Erfahrung nötig
Werde ausbilden, wenn andere Voraussetzungen erfüllt sind

Der Aushang war schon vor drei Wochen hier, als ich die Anzeige für die Hütte fand, aber damals habe ich ihn nicht wahrgenommen. Die Telefonnummer darunter hat eine örtliche Vorwahl und wird auf einem Saum aus Abreißzetteln wiederholt, ohne Namen. Alle Zettel bis auf zwei sind verschwunden. KÜNSTLERMODELL GESUCHT ... WERDE AUSBILDEN. Zwölf Worte, drei Zeilen, ganz ohne übertriebene Anpreisungen – und genau deshalb ist der Aushang so wirkungsvoll.

Ich ziehe Shannans Foto aus meiner Jackentasche und verspüre Übelkeit. Ich betrachte nicht länger die Jacke. Die Jacke ist egal, was zählt, ist allein dieses Mädchen. Ihr Zynismus, ihr des Lebens überdrüssiger Blick. Ihr Fledermaussignal, das über ihre Wunden hinweg aufleuchtet.

Alles, was Shannan durchlebt hat, findet sich hier in ihren Augen wieder – der Tag, an dem ihr Vater die Stadt verließ und ihre Mutter aufhörte, sich zu bemühen, all die Streits, die sie nachts in ihrem Schlafzimmer hörte, das Geräusch einer Faust gegen die Wand, gegen das Gesicht ihrer Mutter. Wie sie versuchte, auf der Schultoilette alles zum Schweigen zu bringen, die Knie auf den Kacheln, die Hand irgendeines Jungen im Nacken. All die Male, die sie weggelaufen ist, ohne etwas zu finden. Zurückgekommen ist, ohne etwas zu finden. Wieder verschwunden ist.

Ich ziehe die Reißzwecke aus der Korktafel und spüre den Piks der Nadel, als sie meinen weichen Daumenballen trifft. Die Nummer unten auf dem Aushang in meiner Hand ist seine Nummer. Ein dünnes Blatt Papier, das in meinen Fingern zittert.

Darauf bedacht, nur den unteren Teil des Aushangs zu berühren, um keine Fingerabdrücke zu zerstören, bitte ich eine der Kassiererinnen um einen großen verschließbaren Plastikbeutel, in dem ich den Zettel sicher verstaue, ehe ich zum Münztelefon hinübergehe und im Büro des Sheriffs anrufe. Cherilynn Leavitt hebt ab.

Über ihre fröhliche Stimme hinweg ist unablässiges Telefonklingeln zu vernehmen. »Hey, Cherilynn«, bringe ich hervor. »Hier ist Anna Hart. Ist Will in der Nähe?«

»Er ist draußen unterwegs. Soll ich ihn für Sie über Funk rufen?«

»Nein, schon in Ordnung.« Ich atme tief ein. »Hören Sie, können Sie auf die Schnelle eine Suche im Telefonbuch für mich durchführen? Ich bleibe dran.«

»Selbstverständlich«, erwidert sie.

Während ich warte, geraten meine Gedanken vor Aufregung in Unordnung. Schließlich erscheint Leon Jentz in der Leitung.

»Hey, Anna. Ich habe die Information, die Sie wollten. Was ist los?«

»Lässt sich noch schwer sagen. Ich verfolge lediglich eine Spur. Was haben Sie herausgefunden?«

»Diese Nummer ist auf das Mendocino Art Center angemeldet.«

Er ist direkt hier, nur wenige Blocks entfernt. »Haben Sie einen Namen für mich?«

»Kein Name. Die einzelnen Künstlerateliers haben Telefone, und das hier ist eins davon.«

»Wissen wir, um welches Atelier es sich genau handelt?«

»Nummer vier. Was glauben Sie, dort aufzuspüren?«

»Eventuell einen neuen Zeugen.« Die Lüge geht mir mühelos über die Lippen. »Ich gebe Bescheid, wenn ich irgendetwas herausfinde. Können Sie in der Zwischenzeit Will die Nachricht übermitteln, dass er sich so bald wie möglich am Kunstzentrum mit mir treffen soll?«

»Alles klar.«

Einundsechzig

Minuten später parke ich, lasse Cricket auf der Rückbank des Wagens zurück und nähere mich den Nebengebäuden, die seit den späten Fünfzigern hier stehen. Im größten dieser Gebäude gibt es zwölf nummerierte Apartments, die den Kursleiterinnen und Kursleitern sowie den Artists in Residence als Wohnraum und Arbeitsplatz zugleich dienen, sechs oben und sechs unten, mit einer bogenförmigen Treppe dazwischen.

Nummer vier ist leer und still. Durch eine Scheibe Buntglas in dem staubigen Fenster links des Eingangs werden verschwommene Farben auf den Gang aus Beton geworfen, rote, blaue und gelbe Kreise.

Ich klopfe, bekomme jedoch keine Antwort, dann prüfe ich den Griff, um zu sehen, ob die Tür abgeschlossen ist, und das ist sie. Ich versuche, durch die Fenster hineinzuspähen, aber sie sind überzogen von Staub und Spinnweben.

Die Werkstattgalerie, in die Touristen kommen, um handbemalte Aschenbecher zu kaufen, hat noch nicht geöffnet. Weit und breit ist niemand zu sehen, außer einem Gärtner, der gerade eine Herzblattlilie mit einem spitzen Spaten zerteilt – ein älterer Herr, den ich nicht kenne. Er trägt einen Overall und eine Baseballkappe, unter der Büschel seines silbernen Haars hervorspähen.

Ich gehe auf ihn zu und weise hinter mich. »Wissen Sie, wem dieses Atelier gehört? Nummer vier.«

»Steht seit einer Weile leer, aber Ende des Monats kommt eine neue Praktikantin aus Portland.« Er legt seine erdverschmierten Handschuhe auf den Knien ab. »Nach wem suchen Sie?«

»Nach dem Künstler, der vorher darin war.«

Seine Brille ist beschlagen, aber sein Blick ist scharf. Er hat breite Schultern. »Sein Mietvertrag ist ausgelaufen, aber die Unterlagen befinden sich alle im Büro. Weshalb? Was müssen Sie wissen?«

Ich kann erkennen, dass ich ihn misstrauisch gemacht habe. Tatsächlich sehe ich wahrscheinlich mehr als verdächtig aus, mit meiner wilden Frisur und meinen zerknitterten Kleidern. Aber so sehr mir auch bewusst ist, dass ich langsam machen und ihm versichern muss, dass ich keine Bedrohung darstelle, kann ich an nichts anderes denken, als dass ich durch diese Tür gelangen muss. Der Mann, der Shannan umgebracht und dann Cameron entführt hat, könnte sich direkt dahinter befinden. Seine Fingerabdrücke könnten auf dem Telefon sein, oder sein Name könnte auf einer Rechnung, einer Visitenkarte oder einem Kunstwerk stehen.

»Wer ist Ihr Vorgesetzter?«, frage ich den Mann. »Ich muss in dieses Atelier hineingelangen. Wer hat den Schlüssel?«

»Ich bin selbst der Vorgesetzte. Stan Wilkes. Was ist hier überhaupt los?«

Es kostet mich mehrere lange Minuten, alles zu erklären und Stan davon zu überzeugen, mich einen Blick hineinwerfen zu lassen. Endlich nickt er und klopft sich die Knie ab. Dann greift er in seine Gesäßtasche und zieht einen Hauptschlüssel hervor, der an einem Stück rotem Faden baumelt.

Wir gehen gemeinsam hinüber, und er öffnet die Tür.

»Gehen Sie nur vor«, sagt er.

Ich betrete den Raum, als mir der Gedanke kommt, dass Stan selbst, trotz seines Alters, derjenige sein könnte, nach dem ich suche. Er ist ein großer Mann, der immer noch in der

Lage wäre, jemanden zu verletzen. Ich halte die Luft an und wirbele zu ihm herum.

Er stolpert vor Schrecken zurück. Er ist nichts weiter als ein alter Mann, und ich habe ihm Angst eingejagt.

◆◆◆

Nachdem Stan gegangen ist, schließe ich die Tür hinter mir, um ungestört zu sein. Das Zimmer ist ein kühles Rechteck, vielleicht sechs mal siebeneinhalb Meter. Risse und dunkle Flecken verunstalten den Betonfußboden. Farbflecken. Entlang einer Wand steht eine hölzerne Werkbank, abgenutzt vom langjährigen Gebrauch. Der Lichtschalter funktioniert nicht, aber in der Decke gibt es drei Oberlichter aus Plexiglas. Sie lassen das Licht in milchigen Kegeln hereinströmen. Ich entdecke die geschwärzte Öffnung eines Brennofens sowie eine Staffelei, deren eine Stütze herunterbaumelt wie ein gebrochenes Bein.

Ich kann den Wunsch nicht unterdrücken, dieser Raum würde mit mir sprechen, mir seine Geschichte erzählen. Ist Cameron hier gewesen, um Modell zu stehen?

Mein Blick fixiert das Telefon im Raum, als ich hinter mir ein Flattern höre. Als ich mich umdrehe, ist da niemand, aber das Geräusch hört nicht auf, wie ein kleiner, weicher Hammer, der gegen die Wand oder die Rohre klopft, in einem Wandschrank im hinteren Teil des Raumes.

Cameron, denke ich und laufe hinüber zu der Tür. Dahinter befindet sich jedoch überhaupt kein Wandschrank, sondern ein düsterer Lagerraum. Seine Wände sind grau und porös und riechen feucht. In einer Ecke, über einem kleinen verrosteten Waschbecken lässt sich ein winziger Vogel von den Dachsparren fallen und erschreckt mich, als er brutal gegen die Wand kracht. Seine grau-weißen Flügel sind ein hektischer verschwommener Fleck. Er ist durch ein zerbrochenes Oberlicht hereingekommen und findet nun den Weg hinaus nicht mehr.

Mein Puls schnellt hoch, als er zuerst gegen den Beton und dann gegen die Dachsparren schlägt. Schließlich hält er auf einem der mit Spinnennetzen überzogenen Balken inne. Da fällt mir auf, dass in der Nähe mehrere Leinwände gestapelt sind. Nahezu augenblicklich vergesse ich den Vogel und suche mir einen Stuhl, wobei ich sorgfältig darauf achtgebe, nichts anzufassen, worauf sich irgendwelche Fingerabdrücke befinden könnten. Es kostet mich einige Mühe, die Leinwände herunterzuhieven. Als ich es geschafft habe, bin ich verblüfft, denn sie tragen in der unteren rechten Ecke Jack Fords verräterisch herabschießende Signatur. Die Bilder müssen Hunderttausende an Dollar wert sein.

Mein erster Gedanke ist, dass Jack irgendeine Verbindung zu diesem Atelier gehabt haben muss, das es hier bereits seit über dreißig Jahren gibt. Er könnte hier gemalt oder diesen Raum einfach als Lager benutzt haben. Dann wird mir bewusst, dass Dutzende von Künstlerinnen und Künstlern diesen Raum in den letzten paar Jahrzehnten genutzt haben dürften und dass jede und jeder Einzelne von ihnen Jacks Werke gesammelt und die Gemälde versehentlich hier zurückgelassen haben könnte. Die dicke Schicht Staub auf den Bildern und die Tatsache, dass sie hier zurückgelassen wurden, lassen mich davon ausgehen, dass sie wohl kaum etwas mit der Gegenwart zu tun haben, mit Cameron oder ihrem Entführer. Trotzdem müssen wir sofort ein Team herbeirufen, um alles sowohl nach Fingerabdrücken als auch nach Faser- und Haarproben abzusuchen.

Plötzlich höre ich aus dem Atelier Will meinen Namen rufen. Er ist rot angelaufen, als hätte er sich beeilt, hierherzukommen, und es fühlt sich überraschend gut an, ihn zu sehen.

Nachdem ich Will den Aushang gezeigt habe, brauche ich eine Weile, um ihm meine Theorie darzulegen, wie das Schwarze Brett benutzt worden sein könnte, um Cameron und womöglich auch Shannan zu ködern. Dann führe ich ihn in den Lagerraum, wo ich die Gemälde gegen die Wand gelehnt habe stehenlassen.

»Sind die Bilder von Jack?«, fragt Will ungläubig.

»Verrückt, oder? Es könnte ein absoluter Zufall sein, dass sie hier sind.«

»Oder sie gehören Caleb, und er ist irgendwie in die Sache verwickelt«, fügt Will rasch hinzu.

»Caleb? Wie kommst du denn darauf?«

»Weil Jacks gesamtes Werk ihm gehört.«

»Aber wenn er von der Existenz dieser Gemälde wüsste, wenn er selbst eine Verbindung zu diesem Atelier hätte, hätte er sie dann nicht verkauft, wie er auch alles andere verkauft hat?«

»Vielleicht. Es könnte aber auch sein, dass sein kompliziertes Verhältnis zu seinem Dad ihn dazu gebracht hätte, diese Bilder zu behalten.«

Ich zucke mit den Achseln, um diese Möglichkeit anzuerkennen, während Will über sein Funkgerät Leon anruft und ihm erklärt, dass er das Team zusammentrommeln solle.

Dann wendet er sich wieder mir zu. »Wissen wir, wer zuletzt hier war?«

»Alle Unterlagen sind im Büro der Galerie. Sie hat noch nicht geöffnet, aber der Name des Verwalters lautet Stan Wilkes. Er hat mich hereingelassen. Ich könnte mit meiner Theorie vollkommen danebenliegen, aber das glaube ich nicht.«

»Nehmen wir mal an, du hast recht, dann könnte der Täter auf diese Weise auch noch andere Mädchen erreicht haben. Vielleicht hat er sich bereits ein neues Opfer ausgeguckt.«

»Ja, diese Aushänge könnten mittlerweile über die gesamte Küste hinauf und hinunter verteilt sein.«

Will nickt und beugt sich dann hinunter, um einen genaueren Blick auf das vorderste Gemälde zu werfen, das noch immer gemeinsam mit den anderen gegen die Wand des Lagerraums gelehnt steht. Das Licht ist schlecht, und die Oberfläche der Leinwand ist mit Staub bedeckt, trotzdem ist das Bild darauf zu erkennen. Es ist abstrakt und sieht beinahe primitiv aus, die verwendeten Farben beschränken sich auf Schwarz, Weiß und Blau. Die Formen haben dramatische Kanten und erinnern mich an etwas, das ich nicht genau benennen kann, ehe Will mich darauf hinweist.

»Ich glaube, das soll die Schnitzerei auf der Masonic Hall darstellen.«

»Oh, du hast recht«, sage ich und frage mich, weshalb mir das nicht sofort aufgefallen ist. »Das ist *Zeit und die Jungfrau*. Was ist mit den anderen?«

Will zieht sich den Ärmelaufschlag über die Hand, um Fingerabdrücke zu vermeiden, und lässt die Leinwände nacheinander vorsichtig nach vorn kippen. Insgesamt handelt es sich um vier, und sie alle stellen Versionen ein und desselben Bilds dar, mit demselben Farbschema. Eine kühne weiße V-Form, die an Flügel denken lässt. Ein schwarzer Strich, der der Sense des Todes entspricht. Das Gesicht der Jungfrau ist rund und fleckig, ihr Haar eine Ansammlung wässrig weißer Schnörkel. Der Hintergrund ist auf allen Bildern rau und dick bemalt mit einem dunklen Blau, das mit einem Spachtel aufgetragen worden zu sein scheint.

»Unheimlich«, kommentiert Will.

Die Besessenheit ist tatsächlich unheimlich, das muss ich zugeben, auch wenn Malerinnen und Maler nicht selten immer wieder zu Motiven zurückkehren. Monet und seine Seerosen oder Degas und seine Tänzerinnen. Der Unterschied hierbei ist, dass das Motiv, das Jack so offensichtlich in den Bann gezogen hat, auch mich schon mein ganzes Leben lang fasziniert hat. »Ich gebe es nur ungern zu, aber sie sind irgendwie auch schön«, sage ich laut zu Will.

»Du gibst es nur ungern zu, weil Jack ein Arschloch war, nicht wahr?« Sein Gesichtsausdruck verrät mir, dass er mir in diesem Punkt zustimmt. »Wir sollten diese Bilder hier auf jeden Fall überprüfen. Vielleicht kann Caleb uns dabei helfen. Ich schicke einen meiner Deputys, damit er ihn hierherbringt.«

»Ich kann zu ihm gehen. Ich brauche nicht mehr als fünf Minuten. Bring Stan Wilkes in der Zwischenzeit dazu, dich in sein Büro zu lassen.«

»Okay, aber sei vorsichtig, in Ordnung?«

»Ich bin immer vorsichtig.«

Er blickt mich von der Seite an, als wollte er sagen: *Wir wissen beide, dass das nicht stimmt.*

Zweiundsechzig

Das Kunstzentrum lieg nur wenige Blocks von Calebs Haus entfernt, also gehe ich zu Fuß dorthin, während meine Gedanken rasch zu dem Aushang und zu den Fotos zurückkehren, die ich nun seit Tagen anstarre. Ich bin noch immer weit davon entfernt, zu verstehen, wie sich alle Punkte miteinander verbinden lassen, aber das Atelier zu finden ist eine Art Durchbruch gewesen. Selbst wenn die Künstlerinnen und Künstler im Zentrum häufig wechseln, sollte Stan Wilkes in der Lage sein, uns eine Liste mit Namen zu geben, die wir durch unsere Datenbank jagen können. Außerdem sollte es für die Techniker des Kriminallabors eigentlich ein Leichtes sein, Fingerabdrücke von dem Aushang zu nehmen, falls das Papier nicht zu oft angefasst wurde. Und dann haben wir noch die Gemälde, die wir mit Calebs Hilfe hoffentlich zuordnen können.

Ich trete durch das Gartentor und bemerke, dass in der Garage das Licht eingeschaltet ist. Im Inneren sehe ich Calebs großen Umriss vor dem quadratischen Fenster. Als ich zur Garagentür gehe und anklopfe, steht er vor einer herabhängenden Staffelei mit einer großen Leinwand darauf. Nach allem, was ich erkennen kann, ist das Bild abstrakt, voller dunkler, wogender Kurven. Irgendwie habe ich bis zu diesem Augenblick übersehen, dass Caleb ebenfalls Künstler ist.

»Anna«, sagt er, als er mir die Tür öffnet. »Was gibt's?«

»Tut mir leid, dass ich hier einfach so hereinplatze.« Ich trete ein und erkenne, dass er ziemlich genau da weitermacht, wo sein Vater aufgehört hat. Großformatige Bilder. Kühne, beinahe wilde Pinselstriche. »Wir haben drüben im Kunstzentrum ein paar signierte Gemälde deines Vaters gefunden. Vielleicht kannst du mitkommen und sie für uns zuordnen oder uns sogar sagen, wem sie gehören.«

»Oh, wow.« Er reibt sich die Hände an einem Lappen ab, den er dann in einen Plastikeimer neben sich auf dem Betonfußboden fallen lässt. Der Raum hinter ihm ist perfekt aufgeräumt. Pinsel und Farbtuben sind auf seiner Werkbank ordentlich sortiert. Zu Jacks Zeiten sah der Raum stets aus, als gehörte er einem Messie. »Was habt ihr denn dort gemacht?«

»Bloß eine Spur in dem Fall Cameron Curtis verfolgt. Mit den Gemälden hatten wir dabei überhaupt nicht gerechnet.« Ich bewege mich ein wenig näher an seine Staffelei heran und bemerke, wie er sich scheinbar unauffällig vor das Bild schiebt.

»Wieso habt ihr ausgerechnet da gesucht?«

Ich blicke erneut auf die Leinwand und erkenne nun etwas Weibliches in den sichtbaren Formen, den Kurven und Dimensionen. »Oh, nur ein zufälliger Hinweis, den wir bekommen haben.«

»Interessant. Seid ihr sicher, dass die Bilder von meinem Dad sind?«

»Definitiv. Auf allen ist *Zeit und die Jungfrau* abgebildet. Kannst du dich daran erinnern, etwas in der Art gesehen zu haben, als Jack noch am Leben war?«

Er runzelt die Stirn und schüttelt den Kopf. »Ich glaube nicht. Lass mich hier schnell abschließen, dann komme ich zu euch hinüber.«

»Schon okay. Ich kann gern warten.«

»Oh, natürlich.« Er mustert mich. »Ich muss nur kurz meine Geldbörse holen, dann bin ich bei dir. Bleib da.«

Als wir hinaus auf die Auffahrt treten, schließt er die Garage ab und geht dann auf das Haus zu, während ich stehen bleibe. Regen tropft mir ins Gesicht. Als ich an diesem Morgen aus der Hütte trat, war das Wetter noch kühl und klar, aber nun ist der Himmel dunkel geworden. Ich werfe rasch einen Blick in Richtung Haus, um zu sehen, ob Caleb kommt, dann trete ich vor die verschlossene Garagentür und schaue durch das Fenster. Ich möchte das Bild noch einmal betrachten, aber diesmal fällt mir etwas anderes ins Auge. Ein Foto, das über Calebs Werkbank hängt. Schwarz-weiß und irgendwie altmodisch, als wäre es aus einem Geschichtsbuch ausgeschnitten worden.

Ich lehne mich näher an das Glas heran und bin kurz davor, etwas zu erkennen, da höre ich einen Automotor starten und sehe Caleb in einem weißen Toyota-Pick-up hinter der Garage hervorrasen. Adrenalin schießt in mir auf, während ich aus dem Weg springe. Fast sah es so aus, als ob er mich überfahren wollte. Doch er tritt hart auf sie Bremse, starrt mich hasserfüllt an und ruft aus dem offenen Fenster: »Wenn du mir folgst, töte ich sie.«

Dann gibt er Gas.

◆◆◆

Für eine Sekunde, in der ich alles begreife, was mir zuvor entgangen ist, bin ich wie gelähmt. Calebs Profil passt perfekt auf die Art von Mann, die brutal ausrastet und zu einem Mörder wird, einem Monster: eine Kindheit, die gebrochen wurde durch Vernachlässigung und Chaos, sein Vater ein Tyrann und Alkoholiker. Die Art und Weise, wie er Jenny verloren hat, die Person, die er auf der Welt am meisten liebte. Dann blieb der Fall ungelöst, ihr Mörder wurde nie gefunden. Dieses Detail allein hätte ausgereicht, um Wut in ihm freizusetzen und ihn auf eine fundamentale Weise zu verändern.

Aus irgendeinem Grund bin ich nicht in der Lage gewesen, Calebs Verletztheit zu erkennen – nicht einmal, als wir an jenem Tag Seite an Seite auf der Klippe saßen. Vielleicht bin ich dabei steckengeblieben, seine Geschichte mit meiner eigenen zu verwechseln. Oder vielleicht habe ich einfach Haps und auch mein eigenes oberstes Gebot vergessen, die Augen jederzeit offen zu halten. Wie dem auch sei, ich darf Caleb nicht verlieren, habe jedoch keine Möglichkeit, ihm zu folgen. Und jede Sekunde zählt.

Direkt hinter der Garagentür steht ein schwarzes Telefon. Ich trete fest gegen die Tür, direkt über dem Griff, und sie springt klappernd auf. Als ich in Wills Büro anrufe, zuckt meine Hand. Cherilynn hebt ab.

»Wir haben einen Verdächtigen«, erkläre ich ihr. »Er fährt in Richtung Osten aus dem Dorf, womöglich auf dem Weg zum Highway. Sein Wagen ist ein weißer Toyota-Pick-up. Das Kennzeichen beginnt mit H46. Den Rest konnte ich nicht erkennen. Ich bin in Caleb Fords Haus in der Kelly Street.«

»Ich schicke jemanden zu Ihnen«, sagt sie, ehe sie auflegt. »Bleiben Sie, wo Sie sind.«

Als ich den Hörer auflege, ist mir beinahe schwindelig, und ich bete, dass es noch nicht zu spät ist, um Caleb zu stoppen, ehe er Cameron erreicht.

Von der Main Street aus höre ich Sirenen aufheulen. Ich will aus der Tür eilen, um der Einheit entgegenzulaufen, da fällt mein Blick erneut auf das Schwarz-Weiß-Foto über der Werkbank. Und diesmal weiß ich, weshalb es mir so vertraut vorkommt.

Auf dem Bild ist eine Pomo-Frau in einem traditionellen Gewand zu sehen, die ein Baby in einem geflochtenen Korb trägt, ein Haufen gesammelter Eicheln neben sich. Ihr Haus besteht aus Baumrinde, Schilfgras und Brettern aus Rotholz.

Genau wie die Hütte, die ich an jenem Tag im Wald gesehen habe.

Ich renne hinaus auf die Auffahrt. Der Regen fällt mittlerweile dichter, und der Himmel ist nahezu schwarz, während ich den Streifenwagen beobachte, der auf mich zugerast kommt, in der verzweifelten Hoffnung, Will in ihm zu sehen, oder auch in dem zweiten Wagen direkt dahinter. Die beiden kommen mit quietschenden Bremsen zum Halten, Türen werden aufgeschlagen. Wills Gesicht ist das einzige, nach dem ich Ausschau halte, während die Regentropfen seitlich gegen mein Gesicht prasseln.

»Er ist zurück in die Wälder gefahren«, schreie ich, auch wenn ich weiß, dass das für ihn noch keinen Sinn ergeben wird. »Zurück, um Cameron zu töten.«

Dreiundsechzig

»Kannst du uns dorthin bringen?«, fragt Will, sobald ich alles erzählt habe, noch immer außer Atem. »Weißt du den Weg noch?«

Ich muss nicht nur Will überzeugen, sondern auch all die Polizistinnen und Polizisten, die zu uns geschickt wurden, Dutzende angespannte Gesichter, die alle auf mich gerichtet sind. Die Fahndung mit einer Beschreibung von Calebs Truck ist weit verbreitet worden, allerdings hatte er bis jetzt wahrscheinlich schon genügend Zeit, um ihn irgendwo zu verstecken und sich zu Fuß auf den Weg zu jener Pomo-Hütte zu machen. Ich habe sie nur ein einziges Mal gesehen, auf jener langen Wanderung von meiner eigenen Hütte aus. Sie befand sich meilenweit entfernt von meinem Ausgangspunkt. Kann ich sie wiederfinden?

»Ja«, zwinge ich mich zu sagen.

◆◆◆

Will ruft über Funk Hilfe von der Forststation herbei und macht sich daran, jede verfügbare Einsatzkraft zusammenzurufen, während ich die Landkarte studiere. Nordöstlich meiner Hütte gibt es tief in der grünen Schneise des Naturschutzgebiets eine Gegend, die die richtige sein könnte. Aber habe ich an jenem Tag eine Nebenstraße überquert? Ist der Fluss so weit vom höchsten Bergkamm entfernt?

»Hast du die Koordinaten?«, fragt Will hinter mir.

»Hier.« Ich deute auf die Gegend, die ich gefunden habe,

und bete zu Gott, dass ich mich nicht irre. »Die Landstraße wird uns bis auf ein paar Meilen heranführen, aber den Rest müssen wir zu Fuß gehen und uns in Teams mit Walkie-Talkies aufteilen. Jedes Team braucht eine Kopie dieser Skizze, die ich von der Pomo-Hütte angefertigt habe, gemeinsam mit den Koordinaten und dem Nummernschild des weißen Toyota-Pick-ups der auf Calebs Namen angemeldet ist.«

»Verstanden«, sagt er. Dann verengen sich seine Augen. »Alles in Ordnung?«

»Natürlich. Ich bin bereit.«

◆◆◆

Innerhalb von einer halben Stunde bewegt sich der Konvoi aus dem Dorf, Dutzende von Fahrzeugen, die entlang der Little Lake Road in Richtung Jackson State Forest rasen, während der Regen auf die Windschutzscheibe prasselt.

Will und ich sitzen nebeneinander im Wagen, ohne zu sprechen. Der Himmel ist so dunkel, dass es ebenso gut Nacht sein könnte, als wir die Nebenstraße erreichen. Dort versammeln wir uns mit dem Rest des Teams, alle von uns in schwarzen Ponchos, die durchnässt sind, noch bevor wir unsere Walkie-Talkies eingeschaltet haben, um zu Fuß loszuziehen. Ich übernehme die Führung und versuche, überhaupt nicht nachzudenken, in der Hoffnung, mein Körper möge genau wissen, wohin Caleb unterwegs ist. Allerdings steht nun so viel auf dem Spiel, dass es mir schwerfällt, die Panik abzuwehren.

Wir laufen eine Meile, zwei Meilen, fünfundzwanzig Suchende in einer Reihe, alle durchnässt bis auf die Haut. Auch nachdem wir unsere Taschenlampen hervorgezogen haben, können wir kaum etwas erkennen. Jedes Mal, wenn ich eine Gabelung des Pfades erreiche, sehe ich mich verzweifelt nach Orientierungspunkten um, nach irgendeinem Zeichen, dass ich auf dem richtigen Weg bin, aber im Regen sieht alles anders aus. Ich kann nicht sicher sagen, ob ich überhaupt schon einmal hier gewesen bin.

Die Temperatur ist gefallen, und der Himmel ist völlig schwarz, obwohl es kaum später als zwei Uhr nachmittags sein kann. Und dann geschieht es. Ich blicke auf und weiß, dass ich den richtigen Bergkamm gefunden habe. Ich klettere hinauf, und von dort sehe ich die Pomo-Hütte, tief unter mir, unter Kiefern und Hemlocktannen, die vom Regen tief gebeugt sind.

Will hat mir eine Pistole mitgegeben, eine gewöhnliche Neunmillimeter mit geriffeltem Griff. Ich fasse durch meine Jacke hindurch an meine Glock, um sicherzugehen, dass sie noch immer an ihrem Platz ist. »Ich denke, er weiß, dass wir kommen«, sage ich zu Will, als er neben mir auftaucht.

»Wie kommst du darauf?«

»Seine Art, mir zu sagen, ich solle ihm nicht folgen, als wüsste er, dass ich den Ort herausfinden könnte.«

»Du warst an jenem Tag allein, als du die Hütte sahst. Du bist wahrscheinlich die einzige Person auf der ganzen Welt, die alle Einzelteile miteinander verbinden konnte, sogar mit dem Foto in seiner Garage.«

»Stimmt«, erwidere ich, ohne mich besser zu fühlen, was unsere Chancen angeht.

◆◆◆

Als Will das Signal gibt, bewegen wir uns den Abhang hinunter, eine kleine Armee, die versucht, Überraschung und Heimlichkeit auf ihrer Seite zu bewahren, und daran höchstwahrscheinlich scheitert.

Als wir bei der Hütte ankommen, sehen wir, dass sie zerstört ist oder so gut wie, als wäre ein Wirbelsturm hindurchgefahren. Die Stützpfeiler und Rindenstücke liegen wie Feuerholz verstreut, und die Tür aus Tierhaut ist aus ihrer Verankerung gerissen worden. Keine Spur von Caleb.

»Cameron!«, rufe ich, aber sie ist nicht hier. Im Inneren entdecke ich lediglich die Spuren ihres Kampfes, Blutflecken auf einem zerknitterten Bettlaken. Ein umgeworfener Eimer riecht nach Urin. Ein Bett aus Sperrholz sieht aus wie ein Altar und ist wahrscheinlich genau das gewesen, wenn er sie darauf in diesen Wochen, in denen sie seine Gefangene gewesen ist, vergewaltigt und gefoltert hat.

Will gibt dem Team ein Zeichen, auszuschwärmen. Dann erteilt er über Funk die Anweisung, die Zugänge zum Park zu versperren. Als er sich wieder zu mir umdreht, sieht er ernst aus. »Er hat sie irgendwo hingebracht. Was denkst du? Wohin würde er wohl gehen?«

»Ich bin mir nicht sicher«, antworte ich und versuche, mich über meine Angst hinweg zu konzentrieren.

Vierundsechzig

Der Jackson State Forest erstreckt sich über zwanzigtausend Hektar Naturschutzgebiet und ist in dem Sturm so schwarz wie ein unerforschter Planet. In den Dutzenden von Geschichten, die Hap mir im Laufe der Jahre erzählt hat, beschrieb er jede Form von Herausforderung, die einem in diesen Wäldern begegnen konnte, Raubtiere und schlimme Stürze, Unterkühlung, verirrte Wanderer. Falls Cameron sich irgendwie befreien konnte – ein kühner, unwahrscheinlicher Gedanke –, könnte sie nun auch ohne Caleb in fürchterlicher Gefahr sein.

Die verbliebenen Teams teilen sich auf und schwärmen von unserem Standort aus, leuchten mit ihren Taschenlampen in das Farnkraut, das Totholz und die ausgehöhlten Mammutbäume. Der Regen schwillt ab zu kalten Schauern, der Himmel bleibt jedoch dunkel; alles verwandelt sich in Schatten, während das Gehen immer tückischer wird. Irgendwann stehe ich bis zur Taille im Farn. Ich taumele voran, höre Will direkt hinter mir und warte, bis er aufgeschlossen hat.

»Ich werde in dieses Tal hinunterklettern«, erkläre ich und deute auf den Abhang zu unserer Linken. »Falls Cameron versuchen sollte, sich vor Caleb zu verstecken, würde sie sich vom Kamm fernhalten.«

»Guter Gedanke. Ich gehe vor.«

»Wir decken mehr Gelände ab, wenn wir uns aufteilen.« Ich weise auf den Abhang auf der anderen Seite. »Wenn du da langgehst, führt dich das Tal etwa eine halbe Meile von Osten nach Westen. Ich begebe mich in dieselbe Richtung und treffe mich vor dem nächsten Anstieg wieder mit dir. Wenn nötig, benutzen wir unser Funkgerät.«

»Okay, aber, sei vorsichtig!«

Ich verspreche es ihm, ehe ich mich langsam seitlich nach unten bewege. Innerhalb von wenigen Minuten ist Will außer Sichtweite, und ich versinke erneut tief im Farn. Dann, ehe ich begreife, was geschieht, wird der Boden mit einem Mal vollkommen rutschig, und ich stürze den Hang hinunter, rolle mich zusammen, um mich zu schützen, während die nassen schwarzen Zweige von allen Seiten auf mich einprasseln.

Als ich endlich am Talboden ankomme, bin ich atemlos. Ich bin zweihundert Meter tief gefallen. »Will!«, rufe ich und lausche dann angestrengt auf seine Antwort.

Nichts.

Meine Hände sind aufgeschürft, und meine rechte Hüfte pocht. Ich berühre meinen brennenden Hinterkopf mit den Fingerspitzen und spüre mein eigenes Blut.

Langsam und stockend beginne ich, mich vorwärtszubewegen, über den Talboden, der so wasserdurchtränkt ist wie ein Sumpfgebiet. Minuten später fängt meine Taschenlampe an zu flackern, als wäre ihre Batterie nahezu aufgebraucht. Ich schüttele sie mahnend, dann stolpere ich über eine Wurzel und falle erneut hin. Auf Händen und Knien sehe ich zu meiner Linken etwas davonschießen, ein schwarzer Flügel aus Bewegung, als hätte ich eine Eule oder etwas Größeres aufgeschreckt.

Ich erstarre. Mein Herz schlägt dröhnend. In linker Richtung habe ich eine Bewegung wahrgenommen. Ich taste nach der heruntergefallenen Taschenlampe und rappele mich wieder auf.

Über mir ist das Baumkronendach eng gewebt. Es scheint, als wäre ich durch die Erde in einen Hohlraum gefallen. Als könnte Will, selbst wenn ich ihn nun herbeiriefe, mich hier nicht mehr erreichen. Das hier ist auch keine von Haps Prüfungen, kein Überlebensspiel. Ich denke an all das, was Hap mir über die Wildnis beizubringen versucht hat, wie sie Respekt von einem verlangt, ganz gleich, über wie viel Wissen man verfügt. Sein eigenes Verschwinden ist der Beleg dafür. Er wusste mehr als alle anderen, hatte mehr Geduld, Ehrfurcht und Respekt. Und dennoch hat die Natur ihn sich genommen, aber mich darf sie nicht an sich reißen. Nicht, wenn mir noch eine Hoffnung darauf bleiben soll, Cameron zu finden.

Ich schiebe mich weiter durch das dichte Gestrüpp. Dann öffnet sich eine Lichtung, ein Hain aus alten Mammutbäumen. Ich kann sie riechen, kann sie beinahe atmen hören.

Im nächsten Moment bewegt sich erneut etwas. Ich höre ein leises, erstickt klingendes Keuchen. Und dann leuchtet meine Taschenlampe über eine Gestalt. Abgemagert bis auf die Knochen und mit Schlamm bemalt, mehr Tier als Mädchen.

Cameron kauert in einem Gewirr aus Zweigen, sie versucht, sich zu verbergen. Ihre Augen sind riesig und starren mich direkt an, ihr Gesichtsausdruck ist gequält und erbittert. »Cameron!«

Ich kann kaum atmen, während sie in ihrem zerlumpten Flanellhemd einen Schritt auf mich zugeht, die Beine blass und beängstigend dünn. Ihre Füße sind nackt. »Wer sind Sie?«, krächzt sie, ehe sie stolpert und hinfällt, entweder zu schwach oder zu erschrocken, um sich auf den Beinen zu halten.

Ich eile zu ihr und sinke auf die Knie. Sie zittert.

»Es ist alles okay, Cameron. Ich bin Polizistin, und ich bin hier, um dir zu helfen. Ich suche schon seit Langem nach dir.«

»Wo ist er?« Ihre Stimme bricht vor Grauen.

»Wir suchen noch nach ihm, aber du bist jetzt in Sicherheit, das verspreche ich dir. Niemand kann dir mehr wehtun. Das werde ich nicht zulassen.«

»Ich will zu meiner Mom«, schluchzt sie. »Ich will nach Hause.«

Bevor ich etwas erwidern kann, höre ich ein Geräusch hinter uns auf der Lichtung, ein Körper in Bewegung. Ich drehe mich um, bereit, bis auf den Tod zu kämpfen, wenn es sein muss. Aber es ist nicht Caleb. Es ist Hector.

Ich kann mir nicht einmal vorstellen, wie er hierher gelangt sein mag. Vielleicht ist er den Polizeiautos aus der Stadt gefolgt, nicht gewillt, die Suche den Behörden zu überlassen. Die Taschenlampe in seiner Hand zittert. Er sagt kein Wort, lässt lediglich die noch leuchtende Taschenlampe fallen und rennt zu uns, um Cameron in seine Arme zu schließen.

Ich schalte mein Walkie-Talkie mit dem Daumen an. »Wir haben sie. Sie ist am Leben, Ende.«

Ein Knistern flammt auf, dann kommt Wills Stimme: »Anna? Oh, Gott sei Dank. Was ist mit Caleb?«

»Keine Spur von ihm.«

»Weißt du, wo du bist?«

»Ich denke schon. Ich habe hier auch Hilfe.« Ich werfe einen raschen Blick auf Hector. »Wir machen uns auf den Weg zu einer Straße, dann melde ich mich von dort aus. Ruf einen Krankenwagen, okay? Und keine Presse.«

»Alles verstanden.«

In der Stille, die folgt, erkläre ich Cameron, sie solle sich nicht fürchten. Dann führe ich uns aus der Lichtung hinaus, eine Taschenlampe in jeder Hand, das Tal um uns dicht und tiefschwarz.

Vor uns kann ich in der Ferne den Big River hören. Ich weise uns den Weg in diese Richtung und leuchte durch das

Unterholz, während Hector hinter mir mühevoll atmet. Cameron höre ich nach einer Weile überhaupt nicht mehr. Vielleicht ist sie ohnmächtig geworden, oder vielleicht vertraut sie einfach darauf, dass sie in Hectors Armen sicher ist. Für sie ist er nur einer ihrer Retter, ein Mann, der stark genug ist, um sie zu tragen. Dass sie nicht weiß, dass er ihr Bruder ist, macht die Sache irgendwie gleich doppelt so schön.

Fünfundsechzig

Wir bringen Cameron eilig ins Krankenhaus von Fort Bragg, wo Emily und Troy bereits in ihrem Wagen warten. Ich habe Will um das Heraushalten der Presse gebeten, aber irgendwie haben die Fernsehsender trotzdem von der Rettung Wind bekommen. Der Parkplatz hinter der Haltebucht für die Krankenwagen ist überfüllt mit Transportern, mobilen Scheinwerfern und Kamerastativen. Emily muss durch sie hindurchlaufen, um zur Notaufnahme zu gelangen, wo Cameron behandelt wird.

»Ich weiß, dass Sie Ihre Tochter sofort sehen möchten«, erkläre ich den beiden, nachdem ich sie zur Besprechung der Lage in ein Zimmer geführt habe, in dem wir ungestört sind. »Und Sie werden sie auch sehen. Jetzt aber müssen wir erst einmal die Ärztinnen und Ärzte ihre Arbeit tun lassen. Und dann benötigen wir noch eine Aussage von Cameron. Sie ist in Sicherheit und am Leben. Das ist die Hauptsache.«

»Dieses Monster, das sie entführt hat, ist immer noch irgendwo da draußen«, schleudert Troy mir entgegen, als hätte er mir überhaupt nicht zugehört. »Sie haben ihn davonkommen lassen.«

»Hören Sie, unser Sheriff arbeitet daran und das FBI ebenfalls. Eine Fahndung ist bereits breit gestreut worden, nach Norden und Süden, über Staatsgrenzen hinweg, wenn nötig bis zum Mond. Wir werden ihn finden.«

Troys Gesicht ist rot angelaufen. Ich kann erkennen, dass er irgendjemandem die Schuld geben muss, aber ich habe nun genug. »Wenn Sie sich nicht zusammenreißen können, müssen Sie draußen bleiben. Das ist mein Ernst. Ihre Tochter ist durch die Hölle gegangen. Begreifen Sie das?«

Aus seinen Augen blitzt pure Verachtung. »Wie können Sie es wagen.«

»Troy.« Emilys Stimme ist unerwartet fest.

Er tritt widerwillig einen Schritt zurück und gibt auf.

◆◆◆

Als es an der Zeit ist, mit meiner ersten Befragung Camerons zu beginnen, lasse ich ihre Eltern bei einer von Wills Deputys zurück. Im Gang treffe ich Hector an, der sich mit einer Krankenschwester streitet, um eine Information über seine Schwester zu bekommen.

»Schon in Ordnung«, sage ich zu der Schwester, um ihr zu vermitteln, dass ich ihn nun übernehmen werde.

»Wo ist Cameron?«, verlangt er zu erfahren, sobald die Krankenschwester gegangen ist.

»Setz dich erst mal einen Augenblick.«

Hectors Blick schnellt an mir vorbei, sucht den Korridor in beide Richtungen ab. Er hat seine Schwester hierhergebracht, hat sie getragen, aber nun ist er wieder ein Fremder. Niemand außer mir weiß, wer er ist.

»Wie bist du in die Wälder gekommen, Hector? Ich war ziemlich überrascht, dich dort zu sehen.«

»Es hat mich in den letzten Tagen verrückt gemacht, dass ich nicht wusste, wie ich helfen soll. Ich saß gerade in meinem Auto vor dem Büro des Sheriffs, als ich all die Streifenwagen aufleuchten und aus dem Ort rasen sah. Also bin ich euch gefolgt. Das war wahrscheinlich nicht okay, aber es ist ja gut gegangen, oder? Ich habe sie rechtzeitig erreicht.«

»Ja, das hast du«, erwidere ich. »Deine Schwester hat eine

Menge durchgemacht, aber es hätte noch so viel schlimmer kommen können. Ihre Rippen sind stark geprellt, und in ihrer Schulter sind Bänder gerissen, aber ich bin mir sicher, dass sie alles überstehen wird. Sie ist eine Kämpferin, nicht wahr?«

Er nickt. »Hat er … ihr wehgetan?«

Ich wünschte, es gäbe irgendeine Möglichkeit, ihm die Wahrheit zu ersparen, aber dafür ist es zu spät. Ich kann nichts weiter tun, als langsam zu nicken.

»Was kann ich für sie tun?«, fragt er beklommen.

»Für den Augenblick müssen wir alles den Ärztinnen und Ärzten überlassen. Du musst Geduld haben. Der Heilungsprozess wird sehr schwierig sein, aber wenn du deine Schwester wirklich liebst, dann wirst du ihr Zeit lassen.«

»Dieser Typ, der sie entführt hat, läuft immer noch frei herum.«

»Ja, aber wir werden ihn kriegen.«

»Sie können nicht von mir erwarten, dass ich hier einfach nur herumsitze.« Er ballt seine Fäuste so fest, dass sie an den Knöcheln weiß werden. »Nicht, solange er hier auftauchen oder jemand anderem wehtun könnte.«

»Hier kommt er nicht an Cameron heran. Wir haben bewaffnete Polizisten vor ihrem Zimmer platziert. Niemand wird sie auch nur einen Moment ungeschützt lassen. Das verspreche ich dir.«

Hector sitzt einfach nur da. Ich erkenne, was ihn nun antreibt, dass er platzen wird, wenn er nicht irgendetwas tun kann.

»Hör zu«, sage ich, »könntest du mir einen Gefallen tun? Meine Hündin ist noch in Mendocino im Büro des Sheriffs. Kannst du hinfahren und sichergehen, dass sie Futter und Wasser bekommt, und sie dann zu mir herbringen?«

»Oh.« Er richtet sich ein wenig auf. »Ja, das kann ich auf jeden Fall tun.«

◆◆◆

Ich öffne die Tür zu Camerons Zimmer, in dem die Jalousien und die Vorhänge um das Bett herum geschlossen sind. Darin sitzt Cameron gegen mehrere Kissen gelehnt, die Knie unter den Laken angezogen, als versuchte sie, sich kleiner zu machen, während eine Krankenschwester die Schnittwunden an ihren Händen und Handgelenken abtupft. Pflaster markieren die Stellen an ihrem rechten Wangenknochen und in der Mitte ihres Kinns, an denen sie genäht wurde.

Cameron sieht mich an. »Ihr Name ist Anna«, sagt sie schwach.

»Das stimmt.« Ich trete näher. »Anna Hart.«

Sie schließt die Augen und öffnet sie wieder. »Sie haben mir das Leben gerettet.«

Die Krankenschwester blickt zwischen uns hin und her. »Ich verlasse nur kurz das Zimmer. Ich bin bald wieder zurück.«

Als sie fort ist, nehme ich mir den Stuhl, auf dem sie zuvor gesessen hat. »Du hast dich selbst gerettet«, erwidere ich.

Cameron blickt mich unsicher an. »Danke«, sagt sie mit leiser Stimme.

»Du hast so viel durchgemacht, aber ich werde dir nun ein paar Fragen stellen müssen. Weißt du, wer dich entführt hat? Würdest du ein Bild von ihm wiedererkennen?«

Sie wendet den Blick ab.

»Kannst du mir erzählen, was geschehen ist, Cameron?«

Sie schüttelt den Kopf, ihre Augen auf die Wand gerichtet.

»Hast du irgendeine Ahnung, wohin er fliehen könnte?«

Schweigen.

»Ich weiß, dass das schwer für dich ist. Doch es ist sehr wichtig, wenn wir ihn aufhalten wollen.«

Wieder bleibt sie stumm.

Ich atme tief durch. »Schon in Ordnung. Wir können uns später unterhalten. Ist dir kalt? Soll ich dir eine weitere Decke holen?«

Irgendwie muss ich einen Weg finden, zu ihr durchzudringen, aber jetzt ist noch nicht der richtige Zeitpunkt dafür.

»Ich möchte nur, dass du weißt, nichts von dem, was du mir erzählen könntest, ließe mich schlechter von dir denken. Du bist sehr tapfer, Cameron.«

Sie dreht sich halb zu mir um. »Ich hatte keine andere Wahl.«

»Doch, die hattest du. Du hättest aufgeben können.«

◆◆◆

Als ich aus Camerons Zimmer trete, wartet Will im Flur auf mich.

»Hat sie irgendetwas gesagt?«, fragt er.

»Sie ist noch nicht bereit.«

»Das verstehe ich, aber Caleb könnte mittlerweile überallhin geflohen sein. Über die Grenze nach Kanada oder bereits dem nächsten Opfer auf der Spur.«

»Glaubst du, das wüsste ich nicht?« Ich werfe einen Blick auf Camerons Tür, dann senke ich meine Stimme und führe ihn auf die Schwesternstation zu. »Denke daran, was sie durchgemacht hat. Das Trauma, das sie durchlitten hat. Über vieles, was ihr widerfahren ist, wird sie niemals sprechen können.«

Er seufzt, dann nickt er.

»Sie muss wissen, dass sie für uns Priorität hat. Das hat sie verdient.«

Er reibt sich die Augen mit den Fingerspitzen und sieht erschöpft aus. Hinter ihm in der Schwesternstation steht ein Whiteboard mit Camerons Namen darauf, darunter mit rotem Marker hingekritzelte Anmerkungen des Pflegepersonals zu Infusionen, Vitalzeichen und verabreichten Medikamenten. Ganz oben steht das heutige Datum: vierzehnter Oktober.

Ich starre ungläubig auf die Zahlen. Zwischen meiner Abreise aus San Francisco und dem heutigen Tag haben sich unendliche Veränderungen ergeben. Doch sind nur drei Wochen vergangen.

Sechsundsechzig

Die Jagd nach Caleb dauert die ganze Nacht und bis in den nächsten Tag hinein an. Hunde werden herbeigezogen und weitere Suchtrupps. Jedes einzelne County in Nordkalifornien erklärt sich bereit, bei der Suche zu helfen – und endlich fühlt es sich an, als hätten wir eine ganze Armee. Rod Fraser schickt uns erneut seinen Hubschrauber, um die Küste abzusuchen. Er hat Gillian Pelham und Kate McLean Calebs Bild gezeigt, aber keine von ihnen glaubt, dass er der Mann war, der Polly entführt hat. Dennoch überschlagen sich die Medien mit Spekulationen. Noch mehr Nachrichtenteams überfluten das Dorf und versuchen, an Cameron und ihre Eltern heranzukommen.

Als der Fahndungsaufruf nach Caleb übers Internet verbreitet wird, erreicht er innerhalb weniger Stunden noch Tausende und Abertausende mehr. Am nächsten Morgen, dem fünfzehnten Oktober, taucht Calebs Toyota-Pick-up in der Nähe von Galloway an einer wenig befahrenen Landstraße auf, gesichtet von einer Frau, die das Nummernschild aus den Nachrichten wiedererkennt.

Wir schicken Dutzende Polizistinnen und Polizisten dorthin und kämmen das Gebiet nach Orten ab, an denen Caleb sich verstecken könnte. Aber selbst mit diesem wichtigen Fund können wir unmöglich sagen, wann er den Truck dort zurückgelassen hat.

Während die Suche weitergeht, machen Will und ich uns mit einem kleinen Team an die Arbeit, jeden Zentimeter der

Pomo-Hütte und des Lagerraums im Kunstzentrum abzusuchen, in dem womöglich weitere Opfer gefangen gehalten oder gar getötet wurden. Wir bekommen obendrein einen Durchsuchungsbefehl für Calebs Haus.

Dort einzutreten fühlt sich seltsam und beunruhigend an, als würde die Zeit sich in Spiralen rückwärts drehen. Als könnte ich den langen holzgetäfelten Flur hinunterlaufen und Jenny in ihrem Zimmer vorfinden, wo sie Gitarre spielt oder auf ihrer Stereoanlage Simon and Garfunkel hört.

Vom Flur aus führt die erste Tür links in Calebs Zimmer. Ich war zuletzt als Teenager hier, habe auf dem braunen Zotteltteppich gelegen und Cracker mit Erdnussbutter gegessen, während Caleb von berühmten Schiffswracks oder anderen obskuren Fakten berichtete. Das Zimmer ist unverändert, es fühlt sich beinahe an, als wäre die Zeit hier stehengeblieben, als hätte Caleb eigentlich niemals aufgehört, in diesem Haus aufzuwachsen. Die jungenhafte Bettwäsche ist marineblau und kastanienbraun kariert. Zwei Wände sind mit vollgestopften Bücherregalen zugestellt. Über seinem Schreibtisch und entlang einer gesamten Wand hängen Dutzende Fotografien von Mädchen, allesamt Jugendliche mit langem dunklem Haar, braun oder schwarz, allesamt schön, allesamt Opfer oder Objekte seiner Obsession. Beute.

Shannan findet sich hier in drei Porträts nebeneinander wieder, auf denen sie schmerzlich drogenabhängig aussieht, der Blick betäubt und gequält. Und dann entdecke ich Cameron, sowohl in Farbe als auch in Schwarz-Weiß. Daneben hängen auch Bleistiftskizzen ihres Gesichts und ihrer Schultern, jede Nuance penibel festgehalten mit Strichen und Schattierungen.

Ich suche das Zimmer weiter mit Blicken ab und werde dabei immer nervöser. Es ist, als stünde ich nicht in einem Schlafzimmer, sondern in einem Labor. Dies ist das Innere von Calebs Kopf. Wie er denkt. Was er will. Was ihn angetrieben hat in diesen letzten Monaten, wenn nicht gar Jahren. Ich muss davon ausgehen, dass es wahrscheinlich noch weitere Opfer gibt, an jenen Orten, an denen er zuvor gelebt hat, selbst am Persischen Golf. Dass er das hier schon seit langer Zeit macht. Dass er niemals damit aufhören wird, wenn wir ihn nicht aufhalten.

◆◆◆

Als Cameron den OP-Saal verlassen hat und wieder in ihrem geschützten Zimmer liegt, beginnen Will und ich, sie zu vernehmen, langsam und vorsichtig. Eine der größten Schwierigkeiten, ihr Vertrauen zu gewinnen, liegt darin, dass wir ein Teil des Problems sind und sie an Dinge denken lassen, die sie verzweifelt vergessen möchte. Wir haben die Verpflichtung, Caleb zu finden und zu stoppen, andernfalls könnte sie nie wieder in Sicherheit sein.

Das Trauma ihres Martyriums hat ihre Erinnerung und ihre Fähigkeit, sich zu konzentrieren, beeinflusst. Ein Augenblick erscheint in der Erzählung ganz klar, während der nächste bereits zersplittert. Sie wiederholt bestimmte Einzelheiten, verändert jedoch andere. Manchmal kann sie überhaupt nicht reden, sondern nur weinen. In anderen Momenten wirkt sie beinahe emotionslos und sieht uns an, als wären wir ihr vollkommen fremd. Am schwersten ist es, die Chronik der letzten Monate zusammenzufügen, aber Stück für Stück erfahren wir, wie es Caleb überhaupt erst gelungen ist, an Cameron heranzukommen. Anfang August las sie am Schwarzen Brett seinen Aushang, auf dem er nach einem Künstlermodell suchte. An jenem Tag war sie in Begleitung von Gray unterwegs, die beiden wollten nach einem Tag am Strand in dem Café nur eine Kleinigkeit essen. Als sie aber die Nummer abriss und in ihre Tasche steckte, tat sie es heimlich. Sie rief Caleb auch heimlich an, von ihrem Zimmer aus, an einem Nachmittag, an dem ihre Mutter unterwegs war, und verabredete sich zu einem ersten Treffen vor dem Besucherzentrum von Mendocino auf der Main Street.

Der Ort war eine kluge Wahl, weil es dort zwar von Touristinnen und Touristen wimmelte, aber nicht von Menschen aus dem Dorf. So würden die beiden mit großer Wahrscheinlichkeit von niemandem entdeckt werden, der sie kannte, und wenn doch, dann unterhielten sie sich lediglich draußen an einem der Picknicktische im Schatten.

»Du fühltest dich sicher, allein dorthin zu gehen?«, frage ich.

»Ja.« Sie nickt. »Das war wohl ziemlich dumm.«

»Überhaupt nicht. Er hätte vollkommen seriös sein können.«

Sie blickt auf. »Er sah ganz normal aus.«

»Worüber habt ihr euch an jenem Tag unterhalten?«, fragt Will. »Weißt du das noch?«

»Er wollte meine Modelmappe sehen, aber ich hatte keine. Ich habe mich geschämt, weil ich nicht vorher daran gedacht hatte.«

»Hast du danach Gray gebeten, jene Bilder von dir im Hain aufzunehmen, Cameron? Du wolltest ihm etwas bringen, das professionell aussah.«

Cameron nickt wieder. »Als wir uns das nächste Mal trafen, habe ich ihm die Bilder gezeigt. Er meinte, sie wären hübsch, aber nicht ganz das Richtige für ihn. Er wolle Zeichnungen anfertigen und suche jemanden, der wirklich natürlich aussehe. Ich schätze, ich hatte zu viel Make-up aufgetragen.«

»Was ist dann passiert?«, drängt Will sie sanft.

»Er sagte, er werde darüber nachdenken und sich wieder bei mir melden, aber wenn es klappe, dann hätte er viele Kontakte in der Kunstwelt. Ich bin wohl auf das Ganze hereingefallen.« Ihr Blick gleitet zur Seite, als Scham sie überkommt.

»Er hat dich in sein Netz gezogen, hat dich eingefangen, als du nicht wachsam warst. Du hast nichts falsch gemacht«, sage ich sanft.

»Ich hätte meiner Mom oder Gray davon erzählen sollen. Irgendjemandem.«

»Du wolltest einfach etwas für dich alleine haben. Das ist verständlich, wenn man bedenkt, wie stressig es bei dir zu Hause war.«

»Kann sein.« Sie klingt nicht überzeugt.

»Oftmals erzählen wir niemandem etwas von den Dingen, die uns wirklich wichtig sind, Cameron, was du getan hast, war ganz natürlich.«

Während sie schweigt, wende ich meinen Blick nicht von ihr ab. Ich versuche, ohne Worte zu ihr zu sprechen. *Du hast für dich gekämpft. Deshalb bist du hier, am Leben.*

◆◆◆

In den kommenden Stunden und Tagen erfahren wir noch mehr. Wie Cameron Anfang September begann, zwei- bis dreimal in der Woche nach der Schule Caleb in seinem Garagenatelier aufzusuchen, um dort für ihn Modell zu stehen. Er bat sie nicht, nackt für ihn zu posieren oder irgendetwas zu tun, was ihre Alarmglocken hätte schrillen lassen. Jedes Mal verhielt er sich beinahe passiv, was ironischerweise seine Macht über sie noch vergrößerte. Mit anderen Worten, all seine Fallen hatten funktioniert.

Vielleicht war es zwischen ihnen deswegen so schnell eskaliert, weil sich bereits andere Dinge ereignet hatten, Dinge, die niemand hätte vorausahnen können. Cameron hatte das Gesundheitszentrum aufgesucht und war mit jenem vergrabenen Trauma konfrontiert worden. Außerdem hatte sie eines Samstags den Telefonhörer abgenommen und Troys Assistentin am anderen Ende der Leitung gehabt, die anrief, um eine Bombe über ihrer Familie abzuwerfen. Es ist schwer zu sagen, was ohne jene Faktoren geschehen wäre, aber bald schlich sie sich hinaus, um Caleb zu treffen, entweder weil sie ihm mehr und mehr vertraute und glaubte, sie könne diesen Traum vom Modeldasein verwirklichen, wenn sie nur hart genug für ihn arbeitete, oder weil ihre Verzweiflung bis zu einem Punkt gewachsen war, an dem sie überhaupt nicht mehr nachdachte. In jedem Fall hatte Cameron ganz offensichtlich keine Ahnung, wo sie tatsächlich hineingeraten war, bis es zu spät war. Bis zu jener Nacht, in der sie hinausging, um sich mit ihm zu treffen, und nicht mehr zurückkehrte.

»Warum in jener Nacht?«, frage ich.

»Er sagte, er hätte Besuch von einem Kunstfreund aus Los Angeles, den ich kennenlernen sollte. Er sei nur für ein paar Stunden in der Stadt.«

»Also hast du abgewartet, bis deine Mom im Bett war, und dann die Alarmanlage ausgeschaltet. Hattest du das davor schon einmal getan?«

»Ein paar Mal. Ich dachte, es würde alles gut gehen. Ich glaubte ihm. Aber als ich zu seinem Truck kam, in dem er auf mich wartete, war irgendetwas anders.«

»Wirkte er aufgeregt? Nicht wie er selbst?«

»Er war nervös und redete mit sich selbst. Also, er flüsterte. Das war wirklich seltsam.«

»Hast du ihn gebeten, dich wieder nach Hause zu bringen?«

»Ich wusste nicht, was ich tun sollte. Dann kamen wir an die Ampel, an der es in den Ort geht, aber er fuhr in die andere Richtung. Er fuhr überhaupt nicht ins Atelier. Es gab keinen Freund.«

»Und was ist dann passiert?«, frage ich sie so behutsam wie möglich.

»Ich habe versucht, aus dem Wagen herauszukommen. Ich wollte hinausspringen. Ich hatte wirklich Angst. Er ist auf die Bremse getreten und hat angefangen, mich anzuschreien. Er hat mich gewürgt und gegen das Fenster geschlagen. Ich glaube, ich bin ohnmächtig geworden.«

»Und da hat er dich in die Hütte gebracht?«

»Nein, zuerst hat er mich woanders hingebracht. Ein kleines dunkles Zimmer, in dem es nach Schimmel roch. Meine Hände waren gefesselt. Ich dachte, er würde mich sofort umbringen.« Sie dreht sich zum Fenster. »Er sagte, er würde mich lieben.«

Es folgt ein langes, tiefes Schweigen. Wir bringen ihr Wasser. Ich bitte die Krankenschwestern um eine weitere Decke für Cameron und spüre, dass meine eigenen Hände eiskalt geworden sind.

»Wie lange warst du dort?«, erkundige ich mich, da ich mich frage, weshalb ich sie an jenem Tag, als ich in der Nähe der Pomo-Hütte gewandert bin, nicht gehört habe, und weshalb sie mich nicht gehört hat.

»Vielleicht eine Woche. Er hat mir immer wieder irgendwelche Tabletten gegeben, damit ich die meiste Zeit schlief.«

Will und mein Blick treffen sich. Die Forensikerinnen und Forensiker haben im Lagerraum des Kunstzentrums Blutspuren gefunden, aber keine der Proben ist ausreichend, um sie zuzuordnen. Sie haben auch noch mehr bislang nicht identifizierte Beweisstücke gefunden – Fingernagelreste, verschiedene Fasern. Einige der Haarproben scheinen mit Camerons übereinzustimmen, andere wiederum nicht.

»Hast du irgendwelche Hinweise darauf gesehen, dass er vor

dir irgendjemand anderes in dem Zimmer oder in der Hütte gefangen hielt?«, fragt Will Cameron.

»Ich weiß nicht. Ich glaube nicht.«

»Hast du je ein anderes Model bei ihm gesehen?«, fährt er fort. »Wir haben eine Menge Fotos von anderen Mädchen gefunden. Eine von ihnen ist Shannan Russo, eine Siebzehnjährige, die Anfang des Sommers ermordet wurde, aber die meisten konnten wir noch nicht identifizieren. Wie es scheint, hat er das schon seit langer Zeit gemacht.«

Ich kann an Camerons Gesichtsausdruck ablesen, dass sie begreift, was wir ihr sagen. Dass sie Glück hat, noch am Leben zu sein.

»Wie bist du am Ende entkommen?«, will ich wissen.

Sie blinzelt. »Ich war lange in der Hütte gewesen, die meiste Zeit allein. Er kam alle paar Tage, um mir etwas zu essen zu geben und …« Sie umklammert ihre Decke und sagt: »Ich hatte ihn eine ganze Weile nicht mehr gesehen. Ich dachte schon, er werde mich verhungern lassen, aber dann kam er wieder, und das war noch schlimmer.«

»Was war diesmal anders?«, frage ich.

»Er schien sich über irgendetwas aufzuregen. Er raste herum und griff nach irgendwelchem Zeug, redete mit sich selbst, total durchgedreht. Er hatte ein Messer in der Hand, und da dachte ich endgültig, nun sei alles vorbei.« Ihre Stimme schwankt und gerät ins Stocken.

»Und was ist dann passiert?«

»Er hat meine Hände befreit, und … Ich weiß nicht … Ich hatte diesen Gedanken, dass ich keine andere Wahl habe, als zu kämpfen. Dass es meine letzte Chance ist.«

»Hast du je zuvor gegen ihn angekämpft?«

»Nicht so richtig. Er ist so viel größer als ich. Das Messer war direkt vor mir, aber ich glaubte nicht, dass ich es mir schnappen könnte. Stattdessen fing ich einfach an, mit Gegenständen zu werfen, mit allem, was ich zu fassen bekam. Er hat das Gleichgewicht verloren und ist gegen eine Wand gefallen. Ich habe es zur Tür geschafft und sie aufgetreten, und dann habe ich etwas gehört. Er hat es auch gehört. Irgendjemand kam auf uns zu.«

»Und da bist du weggerannt?«

»Ja.«

»Hast du irgendeine Idee, wo er hingegangen sein könnte?«, fragt Will. »Hat er dir gegenüber je irgendwelche anderen Orte erwähnt, oder dass er fortziehen will?«

»Ich glaube nicht. Es gefällt ihm hier, er mag das Meer. Ich glaube nicht, dass er sehr weit fortgehen wird.«

»Das Meer?«, hake ich nach. »Was daran?«

»Alles. Er erzählte mir vom Perlenfischen im Iran.« Sie hebt den Blick, um meinem zu begegnen. Ihre Augen wirken auf einmal völlig klar, traurig, aber klar. »Er hörte sich nicht immer verrückt an.«

Nein, das tat er nicht, denke ich.

Siebenundsechzig

An Halloween bin ich nicht einmal ansatzweise in Feierlaune, dennoch stehe ich vor dem Patterson's und sehe zu, wie die Kinder aus der Nachbarschaft die Lansing Street hinauf und hinunter Süßes oder Saures verlangen und dabei in den Geschäften verschwinden, die allesamt noch lange nach Ladenschluss hell erleuchtet sind. Im Rotary Park steht eine Hüpfburg, und vor dem Mendosa's ist ein Tisch aufgestellt, an dem die Kids sich alberne Gesichtstattoos aufmalen lassen können. Aber während ich die Gespenster, Hexen und Superhelden an mir vorbeiströmen sehe, die Eltern in respektvollem Abstand dahinter, kann ich an nichts anderes denken, als dass sie alle – die ganze Stadt – eigentlich hinter fest verriegelten Türen zu Hause sein sollten.

Wanda kommt hinter ihrem Posten an der Bar hervor nach draußen, um sich eine Weile mit mir zu unterhalten. Sie ist als Pippi Langstrumpf verkleidet, mit Drahtbügeln, die leuchtende Zöpfe aus Wolle über ihren Schultern schweben lassen. In den Armen trägt sie eine große Schüssel, gefüllt mit Mini-Schokoriegeln: Three Musketeers, Crunch und Special Dark. »Wie geht es Cameron?«, fragt sie mich, während sie sich hinunterbeugt, um Cricket zu streicheln.

»Mit jedem Tag besser. Sie ist letzte Woche nach Hause gekommen.«

»Das ist ja wunderbar.« Sie hört nur mit halbem Ohr zu, während sie Cricket über den Kopf streicht und die beiden den Moment sichtlich genießen.

In diesem Augenblick sehe ich Will und seine Kinder auf die Ukiah Street einbiegen, von Beth jedoch keine Spur. Während ich ihnen nachschaue, bleiben zwei Mädchen vor uns stehen und begrüßen Cricket. Wanda lässt eine ganze Handvoll Schokoriegel in jeden ihrer orangefarbenen Plastikkürbiseimer fallen. Die Mädchen grinsen, als hätten sie in der Lotterie gewonnen, beide sind verkleidet als Rotkäppchen.

Als sie weitergelaufen sind, sage ich zu Wanda: »Wenn es nach mir ginge, würde ich Cameron im Krankenhaus behalten, bis wir Caleb gefunden haben. Das wäre sicherer, leichter zu überwachen als ihr Zuhause.«

Wanda richtet sich auf. »Geht es dir gut, Anna? Möchtest du hereinkommen und etwas essen? Die Suppe heute Abend ist lecker.«

»Danke. Mir geht es gut. Ich wünschte nur, diese Kids würden von der Straße verschwinden. Verstehst du?«

Sie folgt meinem Blick. So viel zur Schau gestellte Unschuld. So viel zerbrechliches menschliches Leben. »Ich verstehe, was du meinst, aber ich finde es auch irgendwie mutig, heute Abend für Süßes oder Saures draußen zu sein. Ich meine nicht nur von den Kindern, sondern auch von den Eltern. Als würden sie sagen: Das kannst du uns nicht auch noch nehmen.«

Cricket lehnt sich gegen mein Bein, als würde sie Wandas Argument zustimmen, aber ich tue dies nicht.

»Wenn Caleb es wollte, könnte er es doch, Wanda. Er könnte sich das alles nehmen.«

◆◆◆

Nach einer Weile beschließe ich, dass ich zu Hause am besten aufgehoben bin, und fahre mit Cricket auf dem Rücksitz aus dem Dorf hinaus. Der Wald scheint sich hinter meinen Scheinwerfern zu verzerren, einzelne Bäume springen hervor wie gekrümmte schwarze Schatten. Meine Gedanken kreisen darum, wie viele Opfer Caleb im Laufe der Jahre wohl gehabt haben mag. Zumindest auf den Dutzenden Fotografien in seinem Zimmer sehen all die Mädchen sich auffallend ähnlich. Das gleiche lange, dunkle Haar und die leicht rundliche Gesichtsform. Sie legen auch eine mehr als nur flüchtige physische Verbindung zu Jenny nahe, als hätte Caleb nach Variationen seiner eigenen Schwester gesucht.

Es ist ein verstörender Gedanke, aber ich kann ihn nicht abschütteln, während ich in meine Auffahrt einbiege und den Motor ausstelle. Hier in den Wäldern ist die Nacht kühl und vollkommen still. Kein Eulenschrei, keine Kojoten, kein Mond, um mir den Weg zu leuchten. Cricket trottet vor mir her in Richtung Veranda, wobei sie einmal kurz stehen bleibt, um ihr Territorium zu markieren. Ich schließe die Tür auf, in Gedanken noch immer bei Jenny und ihrer Verbindung zu alldem. Bei wiederholten Gewaltstraftätern ist die Frage, wen sie sich als Opfer aussuchen, ein wichtiger Schlüssel, um zu verstehen, warum. Bei Caleb muss vieles mit dem brutalen Mord an seiner Schwester zu tun haben, aber auch mit dem Verschwinden seiner Mutter und der Alkoholsucht seines Vaters. Er begann, Mädchen zu jagen – nicht erwachsene Frauen. Mädchen, die der Schwester ähneln, die er verloren hatte. Sie in seine Gewalt zu bringen bedeutet, dass er endlich eine gewisse Kontrolle über die Geschichte hat, über sein eigenes Leben.

Tief in Gedanken versunken, greife ich nach dem Lichtschalter. Das Licht geht flackernd an und vertreibt die Schatten. Im nächsten Augenblick stockt mir der Atem. Caleb ist hier in der Hütte und sitzt mitten auf meinem Sofa.

◆◆◆

Er ist ganz in Schwarz gekleidet. Sein Gesicht scheint über seinem dunklen Kragen zu schweben. »Versuch nicht, wegzurennen«, sagt er mit unheimlicher Ruhe. Er greift nach Crickets Nacken. Sie steht ebenso ruhig neben ihm. Sie sind sich schließlich schon einmal begegnet.

Das Unbehagen, das ich auf dem Weg nach Hause verspürte, hat sich augenblicklich in Angst verwandelt. Sie überwältigt mich mit solcher Wucht, dass ich mich einen Moment frage, ob ich überhaupt sprechen oder mich bewegen kann. Auf dem Sofatisch vor Caleb liegt ein Jagdmesser mit Wellenschliff, achtzehn bis zwanzig Zentimeter lang.

Caleb ist bestimmt doppelt so kräftig wie ich. Um mich zu wehren, würde ich meine Pistole brauchen, die ich unter der Matratze in meinem Schlafzimmer versteckt habe, das sich hinter Caleb befindet.

Als könnte er meine Gedanken lesen, steht er auf, ergreift das Messer und stellt sich vor die Tür zum Schlafzimmer. Seine Miene ist kühl und ausdruckslos.

Mein Magen zieht sich vor Angst zusammen. Ich werfe einen Blick auf Cricket. Sie ist schlau und verfügt über Intuition. Der Blick, den sie auf mich richtet, verrät mir ihr Gespür dafür, dass irgendetwas nicht stimmt.

»Wieso mache ich uns nicht ein Feuer?«, schlage ich vor, um Zeit zu schinden. »Es ist kalt hier drinnen.«

»Klar«, erwidert er steif und zeigt mit dem Messer auf den Holzofen. »Mach nur keine dummen Sachen.«

Seine Warnung lässt mich davon ausgehen, dass er meine Körpersprache richtig gedeutet hat.

Ich will davonrennen, schreien, ihn angreifen und das Risiko eingehen. Stattdessen knie ich mich vor die Holzkiste und hole die Streichholzschachtel, schmale Stücke Anzündholz und etwas Zeitungspapier daraus hervor. »Was willst du?«, frage ich. Meine Stimme klingt hohl. »Wieso bist du hierhergekommen?«

»Ich sollte dich wohl dasselbe fragen, Anna.«

Ich werfe einen Blick auf das Messer, das er locker in der rechten Hand hält, so dass es beinahe seinen Oberschenkel streift. »Wie meinst du das?«

»Du bist diejenige, die mich verfolgt hat. Ich habe dich in Ruhe gelassen. Ich habe dir Respekt erwiesen.« Das Wort klingt seltsam; es bedeutet etwas. Es ist ein Schlüssel. Mein Kopf arbeitet noch immer zu langsam und unzuverlässig, aber ich habe schon mit Dutzenden Mördern und Psychopathen geredet. Habe komplizierte Persönlichkeitsprofile erstellt. Außerdem habe ich in Calebs Zimmer gestanden, in seinem Labor. Ich muss mein Wissen nur irgendwie nutzen, um alles zusammenzufügen.

»Ich respektiere dich, Caleb«, sage ich. »Wir sind so lange befreundet gewesen.«

»Das stimmt. Das sind wir.« Er lehnt sich gegen den Türpfosten. »Bloß bist du nicht mehr dieselbe, Anna. Früher hast du mich verstanden. Zumindest habe ich das geglaubt.«

Ich bemühe mich, ruhig und gleichmäßig zu atmen. »Ich möchte es ja, Caleb. Hilf mir, zu verstehen, weshalb Cameron so besonders ist. Das ist sie, oder?«

Mit einem Mal läuft Calebs Gesicht rot an.

»Du machst das nun schon seit langer Zeit«, fahre ich fort. »Aber Cameron ist anders für dich. Du hast sie drei Wochen lang festgehalten, aber du hast sie nicht umgebracht. Ich glaube, du hast dich nicht einmal gut dabei gefühlt, ihr überhaupt wehzutun.«

Mit einem kurzen Blick zu ihm stelle ich fest, dass seine Augen sich zu Schlitzen verengt haben, als hätte ich einen Nerv getroffen, aber er sagt nichts. Ich zünde das Streichholz in meiner Hand an, ein Hauch Schwefel weht mir in die Nase. Ich darf in seinen Augen kein Opfer sein. Kein Reh im Scheinwerferlicht. Ich bin seine Freundin. Er muss daran glauben, dass ich ihn akzeptiere.

»Ich versuche nur, mich in deine Lage zu versetzen, Caleb. Dachtest du, du könntest Cameron behalten, weil sie dich am meisten an Jenny erinnert hat?«

»Sprich nicht von ihr«, blafft er mich an und wippt auf den Fußballen ein wenig nach vorn. Er trägt große schwarze Sneaker, in denen er trotz seiner Größe erstaunlich leicht wirkt. Er muss nahezu neunzig Kilo wiegen, bewegt sich jedoch wie ein kleinerer Mann. Vielleicht hat er das beim Militär gelernt.

»Jenny fehlt mir, Caleb. Dir doch sicher auch.«

»Du kanntest sie nicht.«

Vor mir ist das Feuer entbrannt und züngelt über das Anzündholz hinweg auf die Kiefernholzscheite. Der Geruch von Flammen, die auf Holz treffen, ist einer der vertrautesten und beruhigendsten Düfte, die ich kenne, tief verflochten mit meinen Erinnerungen an Hap. Aber in diesem Augenblick kann ich an nichts anderes denken als an die Frage, wie lange Caleb mich noch am Leben lassen wird. Ob dies nun die letzten Minuten meines Lebens sind.

◆◆◆

Ich setze mich zurück auf die Fersen, um Caleb ins Gesicht zu blicken. »Ich wollte Jenny besser kennenlernen. Ich fand immer, dass deine Schwester etwas furchtbar Trauriges an sich hatte. Heute wünschte ich, sie hätte mehr mit mir gesprochen. Ich wollte ihr helfen.«

Ich kann aus Calebs Gesicht nicht ablesen, ob meine Worte ihn verärgern oder interessieren, aber er rückt von der

Schlafzimmertür ab, setzt sich auf die Armlehne des Sofas und blickt mich aus etwa drei Meter Entfernung an. Das Messer ruht auf seinem Knie. »Wir hatten als Kinder eine Geheimsprache.«

»Ich habe davon gehört, dass Zwillinge so etwas oft haben. Ich beneide dich darum, dass du jemanden hattest, den du so sehr lieben konntest.«

»Es war etwas ganz Besonderes. Du würdest es nicht verstehen.«

»Ich bin mir sicher, dass es etwas Besonderes war. Aber dann hat jemand sie entführt. Hat ihr wehgetan.«

Er lehnt sich nun vor, während seine Pupillen über mich schnellen. Er sieht wütend aus, als hätte ich einen Schalter umgelegt. »Wie gesagt, du würdest es nicht verstehen.«

Cricket scheint eine Veränderung im Raum wahrzunehmen. Bislang hat sie neben dem Sofatisch gelegen, nicht weit von Caleb entfernt, aber nun blickt sie mich mit aufgerichtetem Kopf an. Ich halte ihrem Blick stand und versuche, sie mit reiner Willenskraft zu mir zu locken.

»Bist du noch immer wütend auf deine Mutter, Caleb? Ist das der Grund für das alles? Dass du Frauen bestrafen musst?«

»Was weißt du schon davon?«

»Meine Mutter hat mich auch verlassen.« Ich bin überrascht, diese Worte aus meinem Mund zu vernehmen. »Sie hat sich umgebracht.«

»Das wusste ich nicht.«

»Ich rede nie darüber. Du weißt ja, wie es ist«, sage ich. »Manchmal wünschte ich, sie wäre immer noch hier, um ihr zu zeigen, wie viel von meinem Leben sie kaputtgemacht hat. Wünschst du dir das auch manchmal?«

Er kneift die Augen erneut zusammen, gibt jedoch keine Antwort.

»Wie kommt es, dass deine Mutter nach Jennys Ermordung nicht zurückgekehrt ist?« Ich reize ihn. Hoffe, dass ich nicht falsch liege. »War es ihr denn völlig egal?«

»Es war ihr nicht egal. Sie konnte einfach nicht zurückkommen. Sie war kein starker Mensch.«

Es ist plötzlich, als würde ich in einen Spiegel blicken. Dialoge aus einem Drehbuch hören, das ich vor langer Zeit geschrieben habe. Ich habe das ganz und gar seltsame Gefühl, all dies sei schon einmal geschehen. Als wäre der Weg längst bereitet. Als gäbe es nur eine einzige Möglichkeit, wohin ich meinen Fuß als Nächstes setzen kann. »Nicht jeder Mensch kann stark sein«, erwidere ich. »Das verstehe ich. Ich vermute, du musstest viel für Jenny tun, weil deine Mutter nicht dazu in der Lage war.«

»Das hat mir nichts ausgemacht«, antwortet er rasch. »Ich war gut darin. Unser Dad war immer so nutzlos. Ein Idiot.«

Er spricht das Wort in einem wütenden Tonfall aus. *Nutzlos. Idiot.* Wieder habe ich das Gefühl, in einen Spiegel zu blicken – einen düsteren Spiegel. »Du warst genauso alt wie sie, aber du bist immer der Stärkere gewesen«, sage ich. »Sie konnte manchmal traurig werden, aber du hast sie immer aufgeheitert. Du hast für sie gekocht. Du hast sie abends zugedeckt. Wahrscheinlich hast du ihr auch Geschichten vorgelesen.«

Plötzlich runzelt er die Stirn und erhebt sich. »Hör auf, in meinen Kopf schauen zu wollen.«

»Ich möchte dich nur verstehen. Ich habe das Gefühl, dich im Stich gelassen zu haben, Caleb. Wahrscheinlich haben das eine Menge Menschen.«

Er verlagert das Gewicht vor und zurück, als wollte er sein Gleichgewicht testen. »Ja«, murmelt er, beinahe zu sich selbst. »Sie hätte nicht versuchen sollen, mich zu verlassen.«

Der Satz trifft mich wie ein Schlag. Er redet nicht mehr von seiner Mutter. Jenny ist diejenige, die ihn im Stich gelassen hat. Wie konnte ich das zuvor übersehen haben?

»Nicht jeder Mensch ist stark, Caleb«, wiederhole ich und bewege mich in meiner Hocke leicht nach vorn. Ich habe die ganze Zeit vor dem Ofen gekniet. Meine Füße kribbeln, als wieder Blut in sie strömt. Ich wage einen Blick auf die Schlafzimmertür, dann auf Cricket auf dem Fußboden neben dem Sofa, wo sie wachsam ruht, und schließlich wieder zurück auf Caleb. »Sie konnte es nicht mehr ertragen, genau wie deine Mutter.«

»Ich wäre mit ihr gegangen.« Es ist beinahe ein Stöhnen. »Aber sie wollte mich nicht mitnehmen. Wollte nicht hören.«

»Du musstest sie aufhalten«, sage ich. »So ist es passiert.« Ihm gegenüber verhalte ich mich kalkuliert, versuche, keine falsche Silbe zu äußern. »Ihr habt euch gestritten. Ihr habt gekämpft. Du wusstest nicht, wie stark du warst.«

Sein Blick ist auf irgendeinen Punkt vor ihm gerichtet, als wollte er all das hier löschen und sich stattdessen darauf konzentrieren, auf das größere Drama, die Geschichte seines Lebens. Sie mussten sich an ihrem letzten Tag zu Hause gestritten haben. Jenny packte eine Tasche, versuchte, abzuhauen, aber er hielt sie auf, und was dann? Dann brach er ihr versehentlich den Hals?

Aber nein, Jenny war an jenem Tag zur Arbeit gegangen. Ihre Kolleginnen und Kollegen hatten gesehen, wie sie per Anhalter zurück ins Dorf fuhr. Was bedeutet, dass er Jacks Truck genommen und auf sie gewartet hatte, da er wusste, dass sie ansonsten über alle Berge sein würde. Er hatte neben ihr gehalten, als sie mit ausgestrecktem Daumen am Straßenrand stand. Sie war eingestiegen, da sie glaubte, sie könne noch ein paar Minuten länger versuchen, ihm zu erklären, weshalb sie gehen musste. Und da hat er es getan. Er erwürgte sie und fuhr sie dann an den Fluss.

»Ich halte dich nicht für ein Monster, Caleb«, sage ich. »Du kannst mir vertrauen. Lass mich dir helfen, einen Weg aus dieser Sache herauszufinden.«

»Nein.« Seine Muskeln spannen sich an. Dann stürzt er mit dem Messer in der Hand auf den Ofen zu, auf mich. Cricket schnellt auf die Beine und stellt sich vor ihn.

Caleb verliert das Gleichgewicht. Stolpert und fällt über die Hündin, kommt mir dabei zwar nah, aber Cricket hegt keinen Zweifel daran, dass ich in Gefahr bin. Das Knurren in ihrer Kehle ist tief und angsteinflößend, als ich auf die Schlafzimmertür zu renne.

Meine Schulter knallt gegen den Türpfosten. Cricket bellt, wie ich sie noch nie habe bellen hören, und jault dann laut auf, als wäre sie getreten worden.

Hinter mir sind dröhnende Schritte zu vernehmen, doch ich erreiche das Bett, schiebe meine Hand unter die Matratze und spüre die kühle Mündung und den gerippten Griff, wie eine Botschaft in Brailleschrift, die mich auffordert, mich umzudrehen. Mich sofort umzudrehen.

Aber Caleb hat sich auf mich gestürzt, ehe ich die Hand heben und abdrücken kann. Gemeinsam fallen wir schwer auf den Boden. Ich schlage unter ihm um mich, versuche, irgendwie freizukommen, aber die Schwerkraft ist auf seiner Seite. Er drückt mich mit Leichtigkeit herunter, sein Unterarm gegen meinen Hals gepresst. Die Pistole und meine rechte Hand sind zwischen uns gegen meine Hüfte gequetscht.

Dunkle Flecken strömen durch mein Blickfeld, während ich um Luft ringe. Darum ringe, bei Bewusstsein zu bleiben.

Das Messer in seiner rechten Hand durchschneidet die Luft über meinem Kopf. Sein Kopf schwebt über mir, während ich mit meiner linken Hand den Fußboden abtaste, auf der Suche nach irgendeiner Waffe.

Ich strecke die Hand über meinen Kopf aus, den Blick weiter auf das Messer gerichtet. Meine Fingerspitzen streifen den eisernen Bettpfosten. Ich verdrehe mich mit aller Kraft.

Calebs Augen treten wütend hervor, während ich gegen ihn ankämpfe. Das Messer streift wenige Zentimeter an meinem Gesicht vorbei. Mit letzter Kraft werfe ich mich gegen ihn. Sein Kopf gegen das Eisen des Bettpfostens. Er schreit auf, ein Knurren vor Schmerz und Zorn, während ich es schaffe, mich von ihm zu befreien.

Es geht nicht nur darum, mein eigenes Leben zu retten, sondern auch Cameron, damit sie nie wieder Angst vor Caleb haben muss.

Ich wirbele zu Caleb herum, während er sich taumelnd aufrichtet. Sein Gesicht ist verzerrt.

»Anna!«, ruft er.

Er wird nie damit aufhören, niemals.

Mein rechter Arm ist halb taub, aber ich habe noch immer die Waffe in der Hand. Ich halte den Lauf ruhig und drücke ab. Ohne ihn zu verfehlen. Drei Schüsse, aber ich höre nur den ersten. Die anderen pochen dumpf in meinem Innenohr, nicht lauter als mein Herzschlag. Calebs Augen sind geöffnet, aber trübe. Aus seiner Brust strömt Blut.

Ich wanke in das andere Zimmer. Cricket liegt reglos in der Mitte des Raumes, vor ihrer Schnauze hat sich eine Lache aus Blut gebildet. Einen qualvollen Moment lang bin ich davon überzeugt, er habe sie umgebracht, und ich kann meine Hand kaum ruhig genug halten, um den Puls an ihrem Hals zu überprüfen, aber er ist noch da. Sie ist noch am Leben.

Ich beuge mich über Crickets Körper und hebe sie hoch. Sie scheint kaum bei Bewusstsein zu sein, als ich sie an die

Brust gedrückt aus der Hütte zu meinem Wagen trage – wie ein Kind, denke ich wieder und wieder – und dabei die Tür hinter mir weit geöffnet lasse, damit man ihn dort auffinden und seine Leiche untersuchen und ihn fortbringen kann. Die Hütte ist nun ein Tatort. Ich will sie nie wiedersehen.

Achtundsechzig

Am vierten November wache ich im oberen Schlafzimmer von Tallys Bauernhaus auf, die Strickdecke aus der Wolle ihrer eigenen Alpakas auf meiner Brust und Cricket wie ein warmer Stein zu meinen Füßen. Ihr Hals ist noch immer an der Stelle verbunden, in die Caleb sein Messer gestoßen hat. Cricket musste ein paar Tage in der Tierklinik von Mendocino bleiben, ehe ich sie mit zu Tally bringen konnte. Es war der erste Ort, der mir nach Calebs Tod eingefallen war, da Will keinen Platz für mich hatte.

Während ich mich von den Decken befreie, regt sich Cricket und schenkt mir einen missmutigen Blick, ehe sie gähnt und wieder einschläft. Ich ziehe ein paar warme Kleidungsstücke aus meiner Reisetasche in der Ecke über und mache mich auf den Weg nach unten, wo ich Kaffee und French Toast rieche.

Sam hat offenbar gekocht. Tally sitzt am Küchentisch und liest die Zeitung, als ich neben sie trete. Sie lässt die Seiten rasch sinken. »Wie hast du geschlafen, Anna?«

»Leider nicht so gut.«

»Hat Cricket dich wach gehalten?«

»Nein, sie ist eine perfekte Patientin. Ich hatte bloß seltsame Träume, wie so oft, aber kein Grund zur Sorge.«

Sam rollt hinter mich und stellt einen himmlisch duftenden Teller auf den Tisch. Ahornsirup und geschmolzene Butter. Selbst gebackenes Brot.

»Ihr wisst schon, dass ich nie wieder gehen werde, wenn ihr mich weiter so füttert«, bemerke ich dankbar.

»Kein Problem«, antwortet er zwinkernd. »Ich sehe euch beide später. Mache mich jetzt auf den Weg ins Studio.«

Als er fort ist, wende ich mich Tally zu. »Also, was steht in der Zeitung, das ich nicht sehen sollte?«

»Oh«, seufzt sie. »Hör schon auf.« Sie trägt einen dunkelgrünen Frotteebademantel. »Es ist bloß ein Artikel über Polly Klaas. Ich dachte, du könntest dich vielleicht noch ein wenig länger ausruhen, ehe du dich wieder aufregst.«

»Wieso sollte ich mich aufregen?«

»Anscheinend versucht die Stadt einen Antrag durchzubringen, um eine Expertin für vermisste Kinder einzustellen, aber die Polizei von Petaluma ist fest entschlossen, das abzulehnen.«

»Das ergibt doch keinen Sinn.«

»Sie behaupten, sie würden damit den Fortbestand ihrer Suche gefährden.« Einlenkend schiebt sie die Zeitung in meine Richtung. »Dass sie kurz davor seien, den Fall zu lösen.«

Ich überfliege die Seite und sehe ein Zitat von Sergeant Barresi, der behauptet, sie verfügten über ausreichend Ressourcen und Arbeitskräfte, neben einem von Marc Klaas darüber, wie frustriert er sei, dass sich in Pollys Fall seit über einem Monat nichts getan habe.

»Vielleicht ist es an der Zeit, dass ich nach Petaluma fahre«, sage ich nach einer Weile. »Ich bin mir nicht ganz sicher, wie ich helfen kann, aber ich habe nun reichlich freie Zeit. Cameron ist zu Hause. Es geht ihr gut.«

Tally sagt nichts darauf, ihre blauen Augen blicken mich still an. Ich sehe, wie sich ihre Hände um die Kaffeetasse vor ihr schließen, und wünschte plötzlich, ich wäre im Bett geblieben.

»Was?«, zwinge ich mich zu fragen. »Was ist los? Du hattest eine weitere Vision, oder?«

»Ich weiß nicht recht, wie ich dir das sagen soll, Anna, aber

Polly ist fort. Man wird ihre Leiche noch lange vergeblich suchen, aber schließlich wird man sie doch finden und ihren Mörder ebenfalls. Sie wird endlich Frieden finden. Es wird noch eine Weile dauern, aber sie wird dorthin gelangen.«

Ich verspüre eine Woge von Traurigkeit. Eine Müdigkeit, die mir tief in den Knochen steckt. »Ihre arme Familie. Zumindest werden sie einen Leichnam haben, den sie beerdigen können. Vielleicht wird ihnen das Trost spenden.«

»Ich hoffe es«, erwidert Tally sanft. »Pollys Fall wird in Zukunft noch sehr bedeutsam sein. Sie wird die Methoden ändern, mit denen wir nach Vermissten suchen.«

»Du meinst das Internet«, sage ich.

»Unter anderem. Es wird sich alles mit der Zeit ergeben. Sie wird nicht verschwinden. Noch in Jahrzehnten werden wir ihren Namen sagen.«

Ich nicke und wünsche mir nichts sehnlicher, als dass Tally recht hat.

»Auf dich wartet immer noch Arbeit, Anna«, fährt sie fort. »Du könntest zwar tatsächlich für immer hier bei uns bleiben. Ich habe dich sehr gern um mich. Aber ich glaube, du solltest nun nach Hause gehen. Deine Familie braucht dich.«

Ich wende den Blick ab. »Ich kann nicht.«

»Vielleicht glaubst du es nicht, aber du bist bereit dafür. Dein Sohn sollte dich bei sich haben. Er braucht seine Mutter.«

Da bricht alles in mir zusammen. Ich beginne, stumm zu weinen.

»Wie alt ist er?«

»Beinahe sieben Monate«, flüstere ich. Ich habe mir den Gedanken nicht erlaubt, wie es sich anfühlen würde, diese Geschichte zu erzählen, weder Tally noch irgendjemand anderem. Ich habe mich davor versteckt. Vor dem Schmerz und der Reue. »Er war nicht da an dem Tag, an dem Sarah starb.«

»Was ist passiert?« Tallys Stimme ist sanft und mitfühlend. Ich weiß, dass ich einen Weg finden muss, ihr zu antworten. Die Wahrheit zu sagen, so unmöglich sich das auch anfühlt.

»Brendan hatte an dem Tag frei. Er hat Matthew mit zu seiner Schwester genommen, während Sarah schlief. Ich –« Meine Stimme bricht, aber ich zwinge mich, weiterzureden. »Ich hatte seit Wochen an einem großen Fall gearbeitet und wollte die Zeit nutzen, um ein paar Spuren nachzugehen. Als Sarah aufwachte, wurde mir bewusst, dass wir nichts für das Abendessen im Haus hatten, also packte ich sie ins Auto und schnallte sie an, aber dann klingelte drinnen das Telefon. Ich hatte den ganzen Tag auf einen Anruf gewartet, es ging um den Fall. Das Opfer war ein Säugling.« An dieser Stelle halte ich inne, als würde dieses Detail allein schon alles erklären.

»Sie war im Auto«, drängt Tally mich sanft. »Und du bist ins Haus gegangen, um ans Telefon zu gehen.«

»Ich hätte sie nicht dort zurücklassen dürfen«, erkläre ich abgehackt. »Aber es war nur für eine Sekunde. Ich konnte sie durchs Fenster in ihrem Autositz sehen.«

»Der Anruf hat dich jedoch aus dem Konzept gebracht«, rät sie. Vielleicht muss sie aber auch gar nicht raten. Vielleicht weiß sie all dies bereits irgendwie.

»Am Telefon war mein Partner. Die Stiefmutter des Babys, das wir ermordet gefunden hatten, hatte gestanden. Ich hatte sie zweimal selbst verhört. Ich konnte es nicht glauben. Ich erstarrte einfach, während meine Gedanken um meinen Fehler kreisten.«

»Und du hast Sarah aus den Augen gelassen.«

»Nur für eine Minute. Höchstens.« Das letzte Wort ist ein ersticktes Krächzen. Ich atme tief durch, um weitermachen zu können. »Ich hatte die Autotür offen gelassen, um sie besser sehen zu können. Sie hat sich irgendwie aus ihrem Autositz befreit. Ich wusste nicht einmal, dass sie dazu in der Lage war. Sie war erst zweieinhalb.«

»Es tut mir so leid, Anna. So etwas überleben zu müssen.«

Habe ich es denn überlebt? Manchmal habe ich mich das gefragt. Ist das Leben, mich jeden Tag mit meiner Schuld auseinandersetzen zu müssen? Ohne meine Familie zu sein? Ohne meinen Sohn?

Ich öffne die Augen. »Das Auto war schräg in unserer Auffahrt geparkt. Ich habe nur einen Moment nicht hingesehen, und dann hörte ich draußen ein schreckliches Geräusch. Unsere Nachbarin Joyce war aus ihrer eigenen Auffahrt rückwärts auf die Straße gefahren, und da war Sarah.« Nun, nachdem ich alles gesagt habe, fühle ich mich beinahe wie betäubt. Leer. Es gibt nichts mehr zu verstecken. Keine Geheimnisse mehr zu bewahren.

»Oh, Anna.« Tallys Blick ist gütig. »Es war ein Unfall. Ein schrecklicher Unfall.«

»Für Joyce, vielleicht. Sie hatte keine Ahnung, dass Sarah dort war, aber ich war für sie verantwortlich. Ich bin ihre Mutter. Sie war augenblicklich tot.«

»Das hätte jedem passieren können.«

»Das stimmt nicht. Ich war zu abgelenkt. Meine Arbeit hatte mein ganzes Leben eingenommen. Deshalb hat Brendan mich auch weggeschickt. Er wusste, dass mit Matthew dasselbe passieren könnte. Er sagte, er könne mir nicht mehr vertrauen.«

»Trauer ist eine gewaltige Macht«, erwidert Tally. »Viele der Familien, mit denen ich im Laufe der Jahre gearbeitet habe, sind nach dem Tod eines Kindes in eine ähnliche Situation geraten. Vielleicht hatte Brendan mittlerweile genügend Zeit, um seine Gefühle zu verarbeiten. Vielleicht ist er nun bereit zum Reden.«

»Selbst wenn er mir vergeben könnte, bin ich mir nicht sicher, ob ich heute irgendetwas anders machen könnte. Ich habe mich nicht geändert.«

»Wie meinst du das? Warum nicht?«

»Ich bin nie in der Lage gewesen, mich von meinen Fällen abzugrenzen. Von den Kindern, denen ich zu helfen versuche. Meine Fälle verlangen einfach alles von mir. So ist es zu dem Unfall gekommen.« Ich stütze mich mit den Ellbogen auf den Tisch. »Sarah fehlt mir so sehr.«

Tally rückt schweigend ihren Stuhl näher an meinen heran. Sie schlingt ihre Arme um mich, stark und zärtlich.

Ich verharre in ihrer Umarmung, bis ich mich langsam stärker fühle. Dann setze ich mich auf, trockne meine Tränen und beginne, ihr von Jamie Rivera zu erzählen. Es war Ende Juli, als wir seinen winzigen Körper in jener Kühltruhe fanden. Ich konnte nicht aufhören, an ihn zu denken, wie sein unschuldiges Leben einfach geraubt worden war, ohne jeden Grund. Mehr als alles andere wollte ich seinen Mörder finden. Diese Person bezahlen lassen. Währenddessen verlangte meine eigene Familie mir so viel ab, und ich konnte es ihr nicht geben. Meine Arbeit ist eine Krankheit, eine Sucht.

Vielleicht hätte ich Frank gegenüber ehrlicher sein oder um Hilfe bitten sollen oder wieder zur Therapie gehen. Vielleicht wäre ich dann wach gewesen und hätte hingesehen. Als Sarah aus dem Auto kletterte, wäre ich hinausgerannt und hätte sie aufgehalten. Ich hätte sie hochgenommen in meine Arme und sie in Sicherheit gebracht.

»Nichts kann deine Tochter zurückbringen«, sagt Tally schließlich, als ich geendet habe. Unser Kaffee ist kalt geworden. »Ich kann nur ahnen, wie viel Schmerz du in dir getragen hast, aber sie gibt dir nicht die Schuld. Ihre Seele ist so unbeschwert, wie sie nur sein kann, Anna. Sie ist wie die Sonne.«

Es ist ein wunderschönes Bild, und ich möchte so sehr daran glauben. So ist Sarah im Leben gewesen. Wie die Sonne. »Wo ist sie jetzt?«

»Sie ist überall, wie das Licht. Sie wacht über ihren Bruder und ihren Vater und auch über dich. Sie liebt deinen Hund. Sie sagt, sie wollte immer einen haben, der genauso ist wie Cricket, und nun hat sie einen.«

»Sie hat Frieden gefunden? Sie verspürt keinen Schmerz?«

»Nur, wenn sie weiß, dass du leidest. Sie möchte, dass du dir selbst vergibst, Anna. Du musst einen Weg finden, mit all dem zurechtzukommen. Du hast noch so viel mehr zu tun. Auf diese Weise kannst du Sarah ehren. Du kannst deine Lebensaufgabe erfüllen.«

Plötzlich denke ich an Cameron. »Ich kann Cameron nicht einfach alleinlassen«, versuche ich, Tally zu erklären.

»Cameron weiß, dass du an sie denkst. Außerdem hat sie eine Menge Menschen um sich, die sie lieben und dafür sorgen werden, dass sie in Sicherheit ist.« Sie blickt mir mit einer Klarheit in die Augen, die mich erschrecken lässt. »Reden wir hier nicht eigentlich über etwas anderes, Anna? Oder jemand anderes? Was hast du bislang noch nicht loslassen können?«

Ich schüttele den Kopf und wünschte, sie würde den Blick abwenden oder das Thema fallenlassen. Wir sitzen nun schon ewig hier. Ich weiß aber sofort, was sie meint. Jason und Amy. Seit jenem Weihnachten, als ich acht Jahre alt war, ist jede Geschichte dieselbe Geschichte gewesen. Cameron ist meinem Herzen näher gekommen als die meisten, aber sie zu befreien hat den Druck in meiner Brust nicht aufgelöst. Caleb umzubringen ebenso wenig. »Ich glaube nicht, dass es mir je besser gehen kann, Tally. Ich bin schon seit Langem so.«

»Jeder Mensch kann sich ändern. Das tun wir immer wieder, jedes Mal, wenn wir auch nur eine einzige Sache anders machen. Verkauf dich nicht unter Wert. Du hast so vielen Menschen geholfen, Anna. Hilf dir selbst. Hilf Matthew. Schau, was dann passiert.«

»Und wenn Brendan mir nach wie vor die Schuld gibt? Ich habe ihm so wehgetan.«

Wieder ist ihr Blick sanft und weise. »Vielleicht tut er das. Vielleicht hat er dir aber auch längst vergeben.«

◆◆◆

Ein paar Stunden später bringt Tally mich zu meinem Wagen. Ich helfe Cricket auf den Rücksitz und werfe dann meine Tasche auf den Fußboden. Ich weiß nun, was ich als Nächstes tun muss. Ob ich die Kraft dafür bekommen werde oder nicht, ich muss es versuchen. Tally hat recht. Ich muss zurückkehren und mich allem stellen. Ich muss die Mutter sein, die ich bin. Und auch die Schwester, die ich bin. Ich muss einen Weg zurück zu Jason und Amy finden. Vielleicht werden sie mir die Tür vor der Nase zuschlagen. Oder vielleicht haben auch sie mir schon vor langer Zeit vergeben. Es gibt nur einen Weg, das herauszufinden.

Als ich hinter dem Lenkrad meines Bronco sitze, sage ich durch das offene Fenster: »All die Male, die wir uns unterhalten haben, hast du niemals Hap erwähnt. Warum nicht? Ich kann einfach nicht glauben, dass er all das nicht von der anderen Seite aus beobachten würde. Mich beobachten und mir helfen, das Richtige zu tun. Wieso sollte er mich allein lassen?«

»Spürst du ihn?«

»Ja.«

»Wie kannst du dann allein sein?«

»Ich habe seinen Leichnam nie gesehen. Ich denke, dass ich ihn deshalb nicht loslassen kann.«

»Anna, ich werde dich jetzt etwas fragen, das sich seltsam anhören mag, aber denk mal kurz darüber nach. Wo ist Hap?«

Wo? Sie ist doch die Hellseherin. Dann begreife ich. Er ist in meinem Inneren. Ich höre ihn die ganze Zeit. All seine Lektionen. Seine Stimme. »Hier.«

Sie zieht ihren Bademantel um sich zusammen und blickt mich mit einer Direktheit an, die mir den Atem raubt. »Die Menschen, die wir lieben, verlassen uns nie, Anna.«

Neunundsechzig

Ich verbringe noch einen weiteren Tag in Mendocino. Ich laufe im kalten Wind hinaus auf die Landzunge, um auf das stürmische Meer zu blicken, während das Licht von Point Cabrillo auf mich zu schwenkt und dann wieder fort. Ich gehe in die Covelo Street und stelle mich vor Hap und Edens Haus und frage mich, ob es jemals groß genug sein könnte um alle zu umfassen, mich ebenfalls. Unsere Sterne hören nicht auf, zu blinken.

Ich gehe mit einem Bündel Farn in einer kleinen Keramikvase auf den Evergreen Cemetery. Ich gehe in den Rotary Park, wo ich Lenore und Clay beim Packen antreffe, um nach Denver zurückzukehren, offensichtlich erfreut, mich zu sehen. Ich gebe ihnen meine Telefonnummer in San Francisco und fahre dann zur Familie Curtis, um mich von Emily und Cameron zu verabschieden, in der Hoffnung, die beiden werden mir erlauben, sie bald wieder zu besuchen.

Cameron ist mit Gray in ihrem Zimmer, sie sitzen auf dem Bett und hören Musik. Ihr rechter Arm ist in einer Schlinge vor ihre Brust gebunden, ihr Gesicht trägt noch immer die Spuren ihrer grauenvollen Tortur. Aber ich kann auch ein Licht in ihr erkennen, das neu entfacht wurde.

Ich lasse sie dort allein und suche Emily in der Küche auf. Sie sortiert gerade ihren Gewürzschrank, überall stehen Fläschchen verstreut herum. Irgendwie ist es eine Erleichterung, sie umgeben von Unordnung zu sehen.

»Will hat mir erzählt, Cameron erinnere sich langsam besser an ihren frühen Missbrauch«, sage ich leise. »Wissen Sie es schon? Konnte sie mit Ihnen darüber reden?«

Emily nickt. »Es kommen nur Bruchstücke. Der Therapeut ist phantastisch. Er hilft ihr sehr. Ich bin mir allerdings ziemlich sicher, dass es mein Dad war.«

»Es tut mir so leid, Emily.«

Sie seufzt. »Ja, mir auch. Aber ich werde sie unterstützen. Was es auch kosten mag und wie hässlich es auch werden mag, die Wahrheit muss ans Tageslicht kommen, Anna.«

Sie hat recht. Ich denke an den Polizisten, der bald an die Tür ihres Vaters klopfen wird. »Ich bin stolz auf Sie«, sage ich.

Ihre Augen füllen sich mit Tränen. »Immerhin ist Caleb tot. Ich weiß nicht, ob Cameron sich je hätte erholen können, wenn er immer noch frei herumliefe.«

»Wahrscheinlich nicht.« Ich muss ihr zustimmen, auch wenn mich die Erinnerung an unseren Kampf in der Hütte nicht eine Sekunde losgelassen hat. »Wie geht es Troy?«

»Troy ist … Er will unsere Probleme angehen und hat versprochen, zu uns zu stehen.«

»Nun, Sie werden wissen, was Sie tun müssen«, erkläre ich ihr. »Womöglich brauchen Sie eine Weile, um zu spüren, was für Sie und Cameron das Richtige ist. Aber Sie bekommen es hin, Emily, ganz sicher.«

◆◆◆

Dann bleibt mir noch, Will aufzusuchen. Ich sage ihm nur ungern, dass ich fortgehe, aber es ist noch das Einfachste von den Dingen, die ich ihm sagen muss. Der Rest ist zu viel, um es in Worte zu fassen, und doch schaffe ich es irgendwie. Ich erzähle ihm von Sarah, davon, wie Brendan mich aufforderte, zu gehen. Von den Schuldgefühlen, den Vorwürfen und der

Trauer, die ich mit mir herumgeschleppt habe. Von Matthew. Welche Angst ich davor hatte, ihm eine Mutter zu sein. Auch nur seinen Namen auszusprechen, fühlt sich an, als fiele ein Stein von meinem Herzen.

»Ich hätte dir von Beginn an mehr vertrauen sollen«, sage ich schließlich. »Aber ich wusste nicht, wie.«

»Ich nehme es dir nicht übel. Ich kann mir gar nicht vorstellen, was du durchgemacht hast. Es tut mir so leid. Ich wünschte, ich hätte dir helfen können.«

»Du hattest selbst viel zu viel zu verarbeiten. Die Trennung. Deine Familie. Die Gefahr, deine Kinder zu verlieren.«

»Es ist nicht nur Jennys Fall gewesen, was zwischen mich und Beth geraten ist«, erklärt er. »Meine Trinkerei ist seit Jahren außer Kontrolle. Ich will trocken werden, aber ich weiß nicht, wie.«

»Vielleicht können wir uns aufeinander stützen. Jeder Mensch kann sich ändern, Will«, sage ich und denke an Tallys Satz. »Selbst wenn es nur zentimeterweise ist.«

Er blickt eine Weile schweigend auf seinen Schreibtisch hinunter, auf die Akten und Post-it-Zettel. Dann antwortet er: »Ich weiß, dass es verrückt ist, aber ich denke immer noch, wir werden zusammenarbeiten, um jene Morde von neunzehnhundertzweiundsiebzig aufzudecken, selbst wenn Jenny nichts mit ihnen zu tun hatte. Wir sollten diejenigen sein, die sich darum kümmern.«

Diese Feststellung entlockt mir ein Lächeln. »Da sind sie ja wieder, seine berühmten Gefühle.«

»Sehr witzig.«

»Ich möchte tatsächlich in ein paar Wochen wieder herkommen, um nach Cameron zu sehen.«

»Natürlich. Was immer du brauchst. Und lass mich wissen, wie es dir geht, okay?«

»Ich liebe dich, Will. Das weißt du, oder?«

»Ich dich auch. Komm bald wieder.«

Siebzig

Den Ort zu verlassen ist schwerer, als ich mir vorgestellt hatte, auch wenn ich weiß, dass ich zurückkommen werde – um Will zu sehen, um Wanda, Gray und Emily zu sehen. Um Cameron zu sehen. Ich laufe die Lansing Street entlang, ohne es über mich zu bringen, in meinen Bronco zu steigen. Vor Kälte erstarrt, da ich für den eisigen Wind zu dünn angezogen bin, blicke ich hinauf zu *Zeit und die Jungfrau*, deren Weiß einen scharfen Kontrast bildet zum blauen Himmel, der vollkommen wolkenlos ist. Ein einzelner Rabe hockt direkt auf der Sanduhr, blickt nicht zu mir, sondern in die andere Richtung, sein spitzer Kopf im Profil, ein Pfeil, der auf das Meer gerichtet ist.

Jahrzehntelang habe ich mich zu der Schnitzerei hingezogen gefühlt, ohne den Grund dafür nennen zu können. Aber in diesem Augenblick kann ich nichts anderes in ihr erkennen als die weinende Jungfrau mit dem gesenkten Kopf, und wie sehr sie Jenny ähnelt. Jenny am Strand, die »Goodnight, California« singt, während ihr das lange Haar vor die Augen weht. Ich sehe auch Shannan in der Jungfrau, in ihrer Kaninchenfelljacke. Ich sehe Cameron im Hain und dann Cameron, wie sie heute ist. Ich sehe Amy mit ihrem weißblonden Haar, wie sie schluchzte an jenem Tag, an dem sie in unserer Wohnung aus meinen Armen gerissen wurde. Schließlich sehe ich das Mädchen, das ich selbst an meinem ersten Tag in Mendocino war, zurückhaltend und verletzt, während ich einen einfachen Sonnenuntergang beobachtete. Den grünen Glücksblitz, wie

Eden ihn nannte. Aber eigentlich war es der erste Augenblick, in dem ich erkannte, was Liebe noch immer ausrichten konnte, um mich zu retten, wenn ich den Mut hatte, sie hereinzulassen.

◆◆◆

So stehe ich lange Zeit auf der Lansing Street und denke über Schönheit und Schrecken nach. Das Böse. Gnade. Leiden. Freude. Wie sie alle an jedem Tag da sind, überall. Uns lehren, einen Schritt nach dem anderen zu machen, hinein in unsere Leben.

Vor langer Zeit erklärte Corolla mir, am wichtigsten sei nicht das, was uns zustoße, sondern wie wir lernen können, es zu tragen. Ich verstehe nun langsam den Unterschied, und dass wir alles, was da ist und was wir sind, vielleicht nur gemeinsam überleben können.

Ich kehre der Schnitzerei den Rücken und mache mich auf den Weg zu meinem Bronco, und in diesem Augenblick flattert etwas hinter mir. Der Rabe hat abgehoben. Fliegt weiter. Ich lächele, dann rufe ich nach Cricket. Sie steht auf der Rückbank auf und spitzt die Ohren, begierig darauf, loszufahren. Ob ich bereit bin oder nicht, es ist Zeit, nach Hause zu gehen.

Anmerkung der Autorin

Vor zehn Jahren, als mir eine Eingebung in Form einer realen Frau aus der Geschichte kam, Ernest Hemingways erster Ehefrau Hadley, schien diese Idee aus dem Nichts entstanden zu sein. Ich hatte nie in Erwägung gezogen, einen historischen Roman zu schreiben, ganz zu schweigen von einem, bei dem es um eine Person geht, die tatsächlich gelebt hat. Doch sobald ich mich in die Recherche und den Schreibprozess gestürzt hatte, wurde mir mit voller Wucht bewusst, dass ich damit nicht nur eine Geschichte erzählte, sondern Hadleys Leben und ihren Geist ehrte und ihr eine Stimme verlieh.

Etwas auf gespenstische Weise Ähnliches geschah auch während des Schreibens an *Nacht ohne Sterne* – die Idee dafür kam genauso unerwartet und auf ebenso mysteriöse Weise, verbunden mit einem inneren *Ja* wie ein Stromschlag, auf das ich zu hören gelernt habe. Ich stellte mir eine Expertin für vermisste Personen vor, die davon besessen ist, ein verschwundenes Mädchen zu finden, während sie zugleich darum kämpft, Frieden mit ihrer Vergangenheit zu schließen. Beinahe augenblicklich war mir klar, dass die Geschichte in Mendocino spielen musste – einem kleinen Küstenort in Nordkalifornien, in dem ich in meinen Zwanzigern ein paar Jahre verbracht habe –, und dass der Zeitrahmen der Erzählung vor der DNA-Analyse, vor dem Mobiltelefon und vor der Explosion des Internets liegen musste, und bevor *CSI* Laien glauben ließ, sie könnten einen Mord mit ihrem Laptop lösen.

Die Wahl des Jahres 1993 geschah instinktiv – willkürlich –, aber als ich mich in den Recherchen vergrub, stellte ich mit Erschrecken fest, dass sich auf demselben geographischen Gebiet und in demselben Zeitrahmen, den ich erkundete, Unmengen von realen Entführungen von jungen Mädchen abgespielt hatten, insbesondere die Entführung der zwölfjährigen Polly Klaas. Polly wurde am ersten Oktober 1993 mit vorgehaltenem Messer aus ihrem Schlafzimmer in ihrem Haus in Petaluma entführt, während zwei Freundinnen dabei zusahen. Es war eine Horrorgeschichte, die die tiefsten Ängste aller Eltern triggerte und die größte Verbrecherjagd in der Geschichte Kaliforniens in Gang setzte. Die ganze Stadt Petaluma kam zusammen, um die Suche nach Polly zu unterstützen. Tausende Freiwillige halfen, beinahe achtzigtausend Hektar abzusuchen, und hielten das Rettungszentrum vierundzwanzig Stunden am Tag am Laufen, bis zum vierten Dezember, neun Wochen nach Pollys Entführung, als ihre sterblichen Überreste bei einer verlassenen Fabrik am Highway 101 in der Nähe von Cloverdale, Kalifornien gefunden wurden.

Das FBI wurde von dem Verdächtigen Richard Allen Davis zu der Leiche geführt, einem neununddreißigjährigen Mann mit einem umfangreichen Vorstrafenregister, darunter zwei vorherige Entführungen, der unzählige Male gegen seine Bewährungsauflagen verstoßen hatte und der Polizei in den Wochen nach Pollys Entführung gleich zweimal entgangen war. Die erste Begegnung fand nur eine Stunde nach der Entführung statt, als zwei Streifenpolizisten ihm halfen, seinen verbeulten Ford Pinto aus einem schlammigen Graben zu befreien, obwohl er offensichtlich betrunken und desorientiert war, mit Dreck auf seiner Kleidung und Zweigen im Haar. Sie könnte damals durchaus noch am Leben und ganz in der Nähe gewesen sein.

Ich gebe zu, dass ich in den Wochen und Monaten, in denen ich Pollys und andere Fälle studierte, nicht gut schlief. Das abgrundtiefe Leid der Opfer und ihrer Familien kroch in meine Träume – und auf die Seiten. Mit der Zeit fühlte es sich unerlässlich an, dass ich ihre Geschichten so schonungslos und sachlich wie möglich erzähle, um ihre Leben zu ehren und ihrem Tod und Verschwinden Würde zu verleihen. Ihre Namen zu sagen, ist für mich zu einem heiligen Akt geworden. Zu einer Art von Gebet.

Nur einen Monat nach der Entführung seiner Tochter gründete Marc Klaas die Polly Klaas Foundation, eine gemeinnützige Graswurzelorganisation, die seither mit Tausenden Familien, Polizistinnen und Polizisten und Freiwilligen zusammengearbeitet hat, um bei der Suche nach vermissten Kindern zu helfen. Als ein Teil von Pollys Erbe hat die Stiftung auch dazu beigetragen, das Rechtssystem in Kalifornien zu verändern, das nun lebenslange Freiheitsstrafen für wiederholte Gewaltverbrecher vorschreibt und Gesetze für Amber-Alarmsysteme in allen fünfzig Staaten einführte.

Pollys Eltern haben beide mehrfach darüber gesprochen, wie die Suche der Gemeinde nach ihrer Tochter das Allerbeste der Menschheit zum Vorschein brachte, ein beständiges Licht inmitten von unerträglicher Dunkelheit. Mir wurde bewusst, dass ich darüber schreiben wollte, wie ein Ort zusammenkommen kann, wenn das Schlimmste geschieht, wie wir einander brauchen, um jemals wirklich heilen zu können.

Einen Roman zu schreiben ist eine solch interessante Mischung aus Anstrengung und Hingabe, Kontrolle und Verletzlichkeit. Erst spät im Stadium des Entwerfens wurde mir vollkommen klar, warum ich so sehr davon angezogen wurde, diese Geschichte zu erzählen und keine andere. Meine sorgenschwere Ermittlerin Anna Hart ist besessen von Trauma und Heilung, von häuslicher Gewalt und der komplexen verborgenen Verbindung zwischen Opfern und Tätern, weil ich selbst von diesen Dingen besessen bin, und das schon seit langer Zeit. Ich habe ihr auch andere Aspekte von mir gegeben – eine Version meiner Kindheit, die ich bei Pflegeeltern verbracht habe, und meine beständige Liebe für die Natur als tiefgreifende Medizin. Was Anna über die verborgenen Narben sexuellen Missbrauchs weiß und denkt, weiß ich als Überlebende sexuellen Missbrauchs.

Es ist eine Tür, die wir nicht öffnen wollen, ein Gespräch, das wir nicht führen wollen, und doch bleiben die Fakten bestehen: Alle dreiundsiebzig Sekunden wird in den Vereinigten Staaten jemand Opfer von sexualisierter Gewalt. Alle neun Minuten ist eins dieser Opfer ein Kind. Zweiundachtzig Prozent der Opfer unter achtzehn Jahren sind weiblich. Die Auswirkungen sexualisierter Gewalt können lang andauernd und tiefgreifend sein, können zu posttraumatischen Belastungsstörungen, Suizidgedanken, Suchtmittelabhängigkeit und einem klebrigen Strudel aus Scham und Machtlosigkeit führen.

Manchmal blicke ich mich beim Gehen auf der Straße um und frage mich, welche der Mädchen und Frauen, die gerade in entgegengesetzter Richtung unterwegs sind – heute, im Jahr zweitausendzwanzig, mit Maske und Distanz wahrend –, wohl meine Geschichte teilen. Ja, ich glaube daran, dass unser Leid uns miteinander verbindet, und dass es auch die Quelle unserer Macht sowie unseres Mitgefühls sein kann. Anna Harts Schmerz hat sie auf ihren Pfad geführt, zu ihrem Schicksal, und meiner hat mich genau hierhergeführt. Zu diesen Figuren, real und imaginär, in den Farnwald, der vor Nebel tropft, auf die Klippen über dem tosenden Pazifik, in die Hütte in den tiefen dunklen Wäldern und direkt in den Kern dieses Buches, das das persönlichste ist, das ich je geschrieben habe.

Cricket existiert, ebenso der Krummholzhain mit seinen gequälten und verdrehten Zypressen. Ich habe an der Bar des Patterson's gesessen und an meinem Whiskey genippt, genau wie Anna und Will, und ich habe Kaffee im The Good Life getrunken. Das gibt es auch, auf der Lansing Street gegenüber der Masonic Hall, auf der sich die Schnitzerei von *Zeit und die Jungfrau* auf ihrem Sockel scharf und weiß über dem Dorf abzeichnet, wie schon seit über hundert Jahren. Dort könntet ihr mich antreffen, und wir könnten gemeinsam auf das Steilufer zugehen und uns unterhalten, während der Wind unsere Stimmen immer weiter voranträgt.

Danksagung

In den drei Jahren, in denen ich an diesem Buch geschrieben habe, habe ich mich auf viel zu viele Bücher, Lektor:innen, Kolleg:innen und Freund:innen gestützt, um mich bei ihnen allen ausreichend zu bedanken, aber den folgenden gebührt ein ganz spezieller Dank:

Meine geniale Agentin Julie Barer glaubte an dieses Buch seit dem ersten Gedankenblitz während eines langen, weingetränkten Mittagessens im Soho House in Downtown Manhattan, wenn ich mich richtig erinnere, und ermutigte mich, es zu schreiben. Aufgrund ihrer Intelligenz, ihrer unfehlbaren Intuition und ihres riesigen, mutigen Herzens danke ich dem Universum heute und bis in alle Zeit für sie.

Ewig dankbar bin auch meiner Lektorin Susanna Porter für ihre Exzellenz auf dem Papier und ihre umfassende Investition in mich und in die Welten, die ich zu errichten versuche; und außerdem Kara Welsh und Kim Hovey dafür, dass sie meine Arbeit mit unglaublicher Integrität, Umsicht und Sorgfalt veröffentlichen.

Meine liebste Freundin und Komplizin seit zweiundzwanzig Jahren Lori Keene hat Dutzende Entwürfe gelesen und ist auch mit mir durch das echte Dorf von Mendocino gezogen, als wir viele der Wanderungen nachliefen, die Anna und Hap im Buch unternehmen, während sie zuhörte, wie ich meinen Weg zu diesen Figuren und ihren Geschichten fand. Aus diesem und noch so vielen anderen Gründen habe ich den Roman ihr gewidmet.

Die Polizistin im Ruhestand Marianne Flynn Statz schien ganz zufällig in mein Leben zu treten, aber wir wissen ja, dass das Universum keine Zufälle kennt! Sie hat mein Manuskript sorgfältig gelesen, all meine Fragen mit Geduld, Weisheit und einem boshaft dunklen Sinn für Humor beantwortet und mir eine reichhaltigere und genauere Schablone gegeben, um heikle Verbrechen zu verstehen. Dieses Buch und Anna sind tiefgründiger und wahrhaftiger geworden durch sie. Danke, Marianne!

Chis Pavone, Kristin Hannah und Christina Baker Kline haben mich alle während des Entstehungsprozesses wahnsinnig unterstützt, haben mich auf Dinge hingewiesen, die ich nicht unbedingt hören wollte, aber dringend hören musste. Dieses Buch ist weitaus besser geworden dank ihres weisen und zugänglichen Feedbacks. Zum Mindesten schulde ich euch dreien noch mehr von dem ausgefallenen Käse!

Mein wunderbares Team bei Ballantine Books und Penguin Random House macht seinen Job ganz großartig und hat mir in diesen letzten zehn Jahren das bestmögliche Zuhause gegeben: Jennifer Hershey, Jennifer Garza, Allyson Lord, Quinne Rogers, Taylor Noel, Susan Corcoran, Kathryn Santora, Hayley Shear und die unvergleichliche Gina Centrello. Emily Hartley hat tausend E-Mails stets fröhlich und effizient beantwortet. Die Grafikerin Elena Giavaldi erschuf das absolut atemberaubende Cover. Außerdem muss ich dem Senior Vice President und stellvertretenden Chefjustiziar Matthew Martin für seine unglaublich einfühlsame und zugängliche Lektüre dieses Buches danken.

Nicole Cunningham und das ausgezeichnete Team von The Book Group stehen auf jede erdenkliche Weise hinter mir und sind die schlausten und entzückendsten Frauen der Welt. Insbesondere Elisabeth Weed gab mir zu einem entscheidenden Zeitpunkt Feedback zu dem Manuskript, wofür ich ihr wahnsinnig dankbar bin. Dankbarkeit schulde ich auch Jenny Meyer und Heidi Gall, die mir bei jedem Aspekt der Auslandsrechte und des Auslandsvertriebs behilflich sind; meinem unendlich charmanten UK-Agenten Caspar Dennis von Abner Stein; und meiner unglaublich klugen und wundervollen Filmagentin Michelle Weiner von CAA. Danke an Kristin Cochrane, Amy Black, Lynn Henry, Valerie Gow, Sharon Klein und ihre liebenswerten Kolleg:innen bei Penguin Random House Canada, sowie an Jenny Parrott von Point Blank/Oneworld im Vereinigten Königreich, die so enthusiastisch auf das Potential in mir und in dieser Geschichte reagiert hat.

Mich in ein neues Genre zu stürzen, wäre wahrscheinlich ein noch weitaus überwältigenderes Unterfangen gewesen, hätte ich nicht die folgenden Bücher und Quellen als Wegweiser gehabt: *Der Körper als Speicher unserer Erfahrungen* von Bessel van der Kolk; *Trauma-Heilung: Das Erwachen des Tigers* von Peter A. Levine; *The Unsayable* von Annie G. Rogers; *Ich ging in die Dunkelheit* von Michelle McNamara; *The Fact of a Body* von Alexandria Marzano-Lesnevich; *No Visible Bruises* von Rachel Louise Snyder; *In the Name of the Children* von Jeffrey L. Rinek und Marilee Strong; *The Killer Across the Table* von John Douglas und Mark Olshaker; *Criminal Minds* von Jeff Mariotte; *Unsolved Child Murders* von Emily G. Thompson; die Polly Klaas Foundation (pollyklaas.org); die Archive des *Petaluma Argus-Courier*; »Polly's Face« von Noelle Oxenhandler, *The New Yorker*, 22. November 1993; *Who Killed Polly?* von Frank Spiering; *Polly Klaas* von Barry Bortnick; die Archive der *Los Angeles Times*; *Images of America: Early Mendocino Coast* von Katy M. Tahja; und *History of Mendocino and Lake Counties, California* von Aurelius O. Carpenter; *Das Licht zwischen uns* von Laura Lynne Jackson; *Gathering Moss* von Robin Wall Kimmerer; und *Der Gesang der Bäume* von David George Haskell. Außerdem muss ich auch den folgenden Autor:innen sehr danken, deren Werke mir zu verstehen geholfen haben, was ich in meinem eigenen Buch erreichen wollte: Tana French, Kate Atkinson, Louise Penny, Rene Denfeld, Peter Rock und Gabriel Tallent. Ich danke euch für eure exzellente Mentor:innenschaft, so unbeabsichtigt sie auch gewesen sein mag!

Brian Groh, Patti Callahan Henry, Beth Howard, Sarah McCoy und Eleanor Brown sind Freund:innen, auf deren Solidarität und Unterstützung ich zählen kann, wenn ich sie am dringendsten benötige. Ihr seid unglaubliche Menschen und phänomenale Geschichtenerzähler:innen. Ich danke euch! Kat Berko, meine großartige Assistentin, ist für mich ein Geschenk des Himmels gewesen; ich werde sie nie wieder gehen lassen. Weitere Freund:innen und Familienmitglieder sind fortdauernd unentbehrlich auf mehr Arten, als ich aufzählen kann: Sharon Day, Pam und Doug O'Hara, Beth Hellerstein und Dan Jaffee, Boo Geisse, Brad Bedortha und der gesamte D'Alessio-Clan; Terry Dubow, Toni Thayer, Sarah Willis, Karen Sandstrom und die Eastside Writers; Heather Greene; die Kauai-Mädels, insbesondere Cynthia Baker, Meg Wolitzer, Priya Parmar, Amanda Eyre Ward und Michelle Tessler; außerdem David Kline und Jon Zeitler, die zwar keine Mädels sind, mich aber so herzlich empfangen und dafür gesorgt haben, dass sich Kauai in jedem Augenblick wie zu Hause anfühlte.

Danke an Karen Curtis und Cricket (die echte Cricket!) für ihre Liebe und Inspiration, und an die ausgedehnte Cleveland-Crew, die mir geholfen hat, beim Schreiben dieses Buches geistig gesund, satt, angezogen, frisiert und auf Kurs zu bleiben: Quincy D'Alessio, Sam D'Alessio, Alena Sorensen, Karen Rosenberg, Nan Cohen, Aaron Kamut, Kath Lepole, Brian Schrieffer, Leigh Sanford, Penny Conover, Krista Gorzelanczyk, Lindsey Campana, Erika Scotese, Karen Miner, Olga Chwa, Dave Vincent und Ron Block.

Ich bin Rita Hinken und Letti Ann Christoffersen dankbar, meinen beiden Müttern; meinen Nichten und Neffen, Margaret Bailey, Jacob Bailey, und Sam und Mitchell Reller, die meine Arbeit und mich stets ermutigen; und meinen Schwestern Teresa Reed und Penny Pennington, die mein Kompass sind.

Schließlich möchte ich meinen Kindern danken, die der entscheidendste Bestandteil meines Heimteams und der Stoff meines Lebens sind: Connor und Jamilya, Beckett und Finn. Und natürlich auch Piper! Ich liebe und schätze euch mehr, als Worte zum Ausdruck bringen können.

LESEPROBE

2

Edda verzichtete darauf, einen Abstecher zur KPI zu machen und sich aus dem Fuhrpark der Kripo einen Dienstwagen zu holen, deshalb brauchte sie nur eine Dreiviertelstunde bis Rerik. Sie kannte das Städtchen, weil sie jeden Flecken ihres Reviers kannte. Rerik war sozusagen der nordwestlichste Außenposten. Es war ein ehemaliges Fischer- und Bauerndorf, das sich schon vor der Wende dem Tourismus verschrieben hatte. Etwa zweitausend Menschen lebten hier, die Zahl der Feriengäste pro Jahr betrug jedoch ein Vielfaches. Im Sommer herrschte lebhafter Trubel am Haffplatz und am Strand, doch jetzt im Herbst standen viele Ferienhäuser und Apartments leer.

Edda parkte ihren Honda Jazz in einem Wohngebiet oben auf der Steilküste und nahm den Pfad durch den Küstenwald, der direkt zur Schustertreppe führte. Hilrieke hatte gesagt, dass die Tote am Fuß des Steilufers auf halber Strecke zwischen den Strandzugängen Schustertreppe und Liebesschlucht gefunden worden war. Als Edda die unterste Treppenstufe erreichte, entdeckte sie den Fundort ohne Mühe, denn er war weiträumig mit rot-weißem Polizeiband abgesperrt, das mit der Steilküste ein Rechteck einschloss.

Edda blieb einen Moment auf dem trockenen lockeren Sand stehen und sah sich um, um sich einen Eindruck von der Umgebung zu verschaffen. Der Strand war hier vielleicht zwanzig Meter breit und verlief als beigefarbenes Band ziemlich genau von Südwesten nach Nordosten. Die Höhe des Kliffs schätzte Edda auf mindestens zwölf, vielleicht sogar fünfzehn Meter. Die Steilküste war überwiegend dicht bewachsen mit irgendwelchen Gräsern und Sträuchern wie Sanddorn, Weißdorn und Hagebutte, aus denen vereinzelte dürre Bäumchen mit kahlen Ästen ragten. Doch es gab auch Stellen, an denen die graubraune Mergel-Lehm-Schicht, die das Fundament des Kliffs bildete, zu sehen war. Besonders die Stelle, die im Zentrum der Absperrung lag, war fast völlig kahl, als sei dort vor einiger Zeit ein Teil des Gesteins abgerutscht und habe den Bewuchs mitgerissen.

Genau unterhalb dieser Stelle waren einige mobile Sichtschutzwände aufgestellt worden, die den Blick auf den Fuß des Kliffs verhinderten. Davor standen drei Männer in den weißen Einweganzügen der Kriminaltechnik auf dem Sand. Der kleinste war unter ein Meter siebzig groß und gestikulierte wild mit seinen kleinen, wie Edda wusste, stets penibel manikürten Händen. Der größte maß knapp zwei Meter. Er hatte feuerrotes Haar und eine Körperhaltung, die Edda selbst auf die Entfernung mühelos lesen konnte: Am liebsten hätte er den kleinen Mann am Kragen gepackt und ins Meer geschleudert. Der dritte Mann stand etwas abseits, als wünschte er sich weit weg.

Außerhalb der Absperrung gafften einige Schaulustige. Als Edda sich über den Strand näherte, holte eine junge Frau mit einem langen gelben Schal, dessen Ende ihr der Wind immer wieder ins Gesicht wehte, ein Smartphone hervor, wohl um zu fotografieren oder zu filmen. Doch einer der uniformierten Beamten, die an den zum Wasser hin liegenden Ecken des umzäunten Rechtecks standen, war sofort bei ihr, und kurz darauf steckte die Frau ihr Handy wieder weg.

Edda zeigte dem anderen Beamten ihren Ausweis, dann tauchte sie unter dem Absperrband hindurch und ging auf die Gruppe der drei Männer zu. Kriminalhauptkommissar Malte Pecker, Chef der Kriminaltechnik, war der Erste, der sie bemerkte.

»Dem Himmel sei Dank, das wurde aber auch Zeit, dass endlich ein bisschen Intelligenz diese Einöde bestrahlt.« Er zog Edda in eine Umarmung, beugte sein feuriges Haupt und raunte ihr ins Ohr: »Noch fünf Minuten mit Adolf, und ich hätte den Stauffenberg gemacht.«

»Dann wärst du gescheitert und würdest an die Wand gestellt.« Edda genoss für einen Moment das Gefühl von Maltes weichem Vollbart an ihrer Wange, bevor sie sich losmachte und an die anderen beiden Männer wandte. Sie nickte Kriminaloberkommissar Kurt Paschke zu und reichte dem Rechtsmediziner Sven Hilter die Hand. »Guten Tag, Dr. Hilter, wie immer eine Freude, Sie zu sehen. Wie geht es Ihnen?«

»Wie es mir geht? Glauben Sie, das ist hier ein gesellschaftliches Ereignis? Wie soll es mir schon gehen? Ich habe um zehn Uhr dreiunddreißig einen Anruf bekommen, dass es angeblich dringend sei. Also bin ich hierhergerast, und wozu? Nur damit ich mir hier seit einer halben Stunde die Beine in den Bauch stehe und den Arsch abfriere, weil unser Pumuckl hier sich nicht traut, die Leiche ohne Ihr Okay freizugeben. Er will Ihnen irgendetwas zeigen. Als ob er nicht schon jeden Quadratzentimeter fotografiert hätte! Dabei war die Frau kaum eine Kandidatin für Germany's Next Topmodel.«

Wie immer bei Wortgefechten mit Sven Hilter – Gespräche waren es eher selten – schossen Edda jede Menge Bemerkungen durch den Kopf, die sie sich jedoch verkniff. Zum Beispiel, dass es bei Hilters Arsch nicht viel gab, das abfrieren konnte, und dass er selbst wohl nur zu einem Schönheitswettbewerb eingeladen würde, wenn die Mitbewerber aus den Stollen von Moria rekrutiert würden. Doch sie war erleichtert, dass der Rechtsmediziner heute kein größeres Problem hatte, als dass seine kostbare Zeit nicht wertgeschätzt wurde. Der Mann machte an jedem Leichenfundort Ärger, besonders wenn er auf Malte traf. Die beiden waren bereits bei Hilters erstem Todesfall aneinandergeraten, weil Hilter in seinem Eifer die Leiche untersucht hatte, bevor Malte alle Spuren gesichert hatte. Malte hatte ihn daraufhin zusammengestaucht, und der Rechtsmediziner war nicht clever genug gewesen, den Anschiss als verdient zu akzeptieren.

»Das ist sehr nett von Ihnen, dass Sie gleich gekommen sind. Dann schlage ich vor, wir verschwenden nicht noch mehr Zeit. Malte?«

Edda nickte Malte zu, und gemeinsam traten sie hinter die Sichtschutzwände.

Edda hatte sich nicht geirrt. An der Stelle, die hinter den Sichtschutzwänden verborgen lag, hatte es vor einiger Zeit einen Erdrutsch gegeben. Vielleicht fünf oder sechs Kubikmeter

Lehm und Mergel bildeten am Fuß des Steilufers einen kleinen Hügel, aus dem allerdings bereits wieder Gräser und niedrige Sträucher emporwuchsen.

Auf diesem Hügel, in einer Höhe von vielleicht zwei Metern über dem Meeresspiegel, lag – wie ein Opfer auf einem Altar – die Tote. Auf den ersten Blick wirkte sie unverletzt. Sie lag auf dem Rücken mit dem Kopf in Richtung Ostsee, Beine und Füße zeigten ein Stückchen den Erdhügel hinauf zum Kliff hin. Der linke Arm lag eng am Körper, der rechte in einem Fünfundvierzig-Grad-Winkel dazu. Der Kopf war zur linken Seite gerollt, die Augen blickten über Edda hinweg auf das Meer, ihr Blick war glasig.

Edda unterdrückte den Impuls, die Hand auszustrecken, um die Augen zu schließen, was sie allerdings von ihrer Position aus ohnehin nicht hätte tun können. Um die Tote zu berühren, hätte sie erst ein Stückchen die Rutschung hochklettern müssen. Wobei Edda nicht sicher gewesen wäre, dass dies tatsächlich die Leiche einer Frau war, wenn Hilrieke es ihr nicht mitgeteilt hätte. Die Tote hatte millimeterkurze schwarze Haare, durch die ihre Kopfhaut hindurchschimmerte. Das runde Gesicht besaß weder ausgeprägte maskuline noch feminine Züge. Auch die Kleidung war geschlechtsneutral: Jeans, Lederjacke, Turnschuhe, die eine mittelgroße, kompakte Gestalt ohne erkennbare Kurven verhüllte. Schmuck trug die Frau ebenfalls nicht, soweit Edda das sehen konnte. Allerdings lag ihre rechte Hand, an der möglicherweise ein Ehering steckte, zwischen den Zweigen eines Hagebuttenstrauchs verborgen.